LES FILLES DE ROZ-KELENN

DU MÊME AUTEUR

Aux Presses de la Cité

Que ma terre demeure (2001 ; Pocket n° 11496, 2003), Grand Prix Bretagne 2002
L'Adieu au Connemara (2003 ; Pocket n° 12069, 2005)
Au-dessous du calvaire (2005 ; Pocket n° 12967, 2007)
Les Ciels de la baie d'Audierne (2006)
Le Testament des McGovern (2006)

Chez d'autres éditeurs

La Mariée rouge (Jean Goujon, 1979 ; NEO, 1983 ; Euredif, 1985 ; Picollec, 1986 ; Livre de Poche, 1989 ; Editions de la Chapelle, 2002)
La Chasse au merle (Jean Goujon, 1979 ; Gallimard, 1984 ; Editions de la Chapelle, 2002)
Pleure pas sur ton biniou (Jean Goujon, 1980, sous le titre *La Petite Fille et le Pêcheur* ; Gallimard, 1985 ; Editions de la Chapelle, 2002)
Quai de la Fosse (Fleuve Noir, 1981 et 1991 ; Editions de la Chapelle, 2002), Prix du Suspense 1982
Marée basse (Fleuve Noir, 1983 et 1991 ; Editions de la Chapelle, 2004)
Toilette des morts (Fleuve Noir, 1983 et 1992)
Le Crime du syndicat (Denoël, 1984 ; Editions de la Chapelle, 2003)
Histoire d'ombres (Denoël, 1986 ; Livre de Poche, 1990 ; Editions de la Chapelle, 2004)
L'Adieu aux îles (Mazarine, 1986 ; Folio Gallimard n° 3151, 1999), Prix des Bretons de Paris 1986
Les Chiens du sud (Denoël, 1987 ; Editions de la Chapelle, 2003)
Coup de chaleur (Fleuve Noir, 1987 ; Editions de la Chapelle, 2004)
Le Fils du facteur américain (Payot, 1988)
Connemara Queen (Denoël, 1990 ; Folio Gallimard n° 2483, 1993 ; Folio Policier n° 51, 1999)
Hôpital souterrain (Denoël, 1990 ; Folio Gallimard n° 2424, 1992 ; Folio Policier n° 137, 2000), Grand Prix de littérature policière 1990
Les Douze Chambres de M. Hannibal (Stock, 1992)
Les Endetteurs (Stock, 1994)

(suite en fin d'ouvrage)

Hervé Jaouen

LES FILLES DE ROZ-KELENN

Roman

Production Jeannine Balland
Romans Terres de France

PRESSES DE LA CITÉ

Site Internet de l'auteur :
www.hervejaouen.fr

ISBN 978-2-258-07383-8

Ce livre est un roman. Toute ressemblance avec des personnes existant ou ayant existé serait pure coïncidence.

H. J.

Prologue

Août 2002, Briec-de-l'Odet, Cornouaille...

Autrefois, le bedeau savait mesurer du glas, du sombre glas, cette lente, lente mélopée des coups sur le tambour de l'âme, en prélude à la montée au ciel des paroissiens estimables. Mais il savait aussi glisser dans le tempo, aux funérailles de mécréants revendiqués en transit sous la cloche juste à cause du qu'en-dira-t-on, un joli brin d'alacrité, histoire de leur savonner le toboggan des enfers. Ah ! ah ! c'est que du temps des bedeaux, ça ne rigolait pas ! Le tribunal de la foi ne laissait pas aux chrétiens de la vingt-cinquième heure le temps de refroidir : sitôt les paupières closes, les bougres étaient aiguillés vers les rôtissoires éternelles, sans possibilité d'appel au Jugement final. A l'humeur du glas, on distinguait tout de suite les élus des damnés.

A présent, les cloches étaient électriques et rendaient un son uniforme. Il n'y avait plus de bedeau, il n'y avait même plus assez de curés. Le dernier en activité, bien qu'il eût dépassé l'âge de la retraite, se partageait entre quatre paroisses, et le lundi n'était pas son jour de service à Briec-de-l'Odet. Alors, hélas, trois fois hélas, au lieu d'une belle messe d'enterrement le mort n'aurait droit qu'à une simple cérémonie d'adieux, préparée et réglée par deux diaconesses, oh ! des dames de bonne volonté, de cela personne ne se serait permis de douter, mais deux voix grêles, si sincères soient-elles, ne remplaceront jamais l'accent campagnard et le timbre grave, onctueusement oxydé par des décennies d'aspersion d'eau bénite, d'un vieux recteur qui n'a pas besoin d'ouvrir son livre sur le lutrin pour réciter ses paroles d'Evangile.

— Les choses ont changé, ça ne sert à rien de se lamenter, déclara Jeannette, la sœur jumelle du mort.

Pour Fanch Goasdoué, *ar Mestr*, le patron de la ferme de Roz-Kelenn, l'heure était venue de rejoindre sa dernière demeure, comme aurait dit le curé. Quatre-vingt-huit ans s'étaient écoulés depuis la naissance des jumeaux en 1914. On racontait que ce jour-là une grosse saucisse volante était passée en rase-mottes au-dessus de la campagne – sûrement un dirigeable d'observation, préciseraient plus tard, fiers de leur expérience, les soldats en permission. Les bêtes avaient galopé se cacher sous les arbres et les gens sous leurs lits dans les maisons. A présent, il y avait plus de traînées d'avions à réaction dans le ciel que de giclées de fientes de corneilles sur le faîtage des hangars.

A l'âge où l'homme se dresse sur ses pattes de derrière, Jeannette et Fanch avaient vu ce premier engin à quatre roues qui avançait tout seul sans cheval pour le tirer : une automobile ! A présent chacun avait sa voiture, sinon plusieurs, et de Roz-Kelenn on entendait nuit et jour le bourdonnement de la voie express. A une époque qui remontait à Mathusalem, c'étaient des millions d'abeilles qu'on entendait butiner les fleurs d'acacia.

Depuis la naissance des jumeaux, un tas de choses magiques étaient apparues : le téléphone public au croisement du chemin de la ferme et de la route départementale, le premier poste de radio à lampes, le premier transistor, le premier tourne-disques, la machine à coudre électrique... Et ne parlons pas des tracteurs et des autres engins agricoles, ni des réfrigérateurs, des congélateurs, des lave-linge, des lave-vaisselle, de la télévision, et maintenant des ordinateurs, des jeux vidéo et des téléphones portables que les gosses réclament à peine savent-ils marcher.

— On s'habitue à tout, disait Jeannette, et on vit sûrement mieux qu'avant, mais beaucoup de choses n'ont pas changé dans le bon sens.

En ce jour d'enterrement, elle déplorait l'abandon des usages. Naguère, tout le canton se serait déplacé pour venir aux obsèques du maître de Roz-Kelenn. Là, aujourd'hui, en dehors de la famille, il n'y avait presque personne sur le placître pour attendre le transport du cercueil dans l'église. Et à l'intérieur de l'église – Jeannette jeta un coup d'œil subreptice – l'assistance était bien clairsemée. Un lundi après-midi, les gens en âge de travailler travaillent, se consola-t-elle, et les vieux ont presque tous disparu.

Jeannette déplorait aussi le manque de respect pour les morts. Evidemment, face aux jeunes, elle n'avait plus son mot à dire. Ses petits-enfants et ses arrière-petits-enfants avaient sur le dos leurs habits de tous les jours. Ses trois garçons à elle, des messieurs dans la soixantaine, avaient mis une cravate, mais ses brus étaient habillées en clair, ainsi que ses nièces, Nicole et Gwenaëlle, les filles de Roz-Kelenn.

Enfin, deux des filles de Roz-Kelenn, parce qu'il manquait la troisième, l'aînée, Soizig, fâchée de son père depuis la nuit des temps. Jeannette ne pouvait se résoudre à ce qu'elle ne soit pas là. Pourtant, il allait bien falloir. On l'avait attendue en vain au funérarium, on patientait depuis cinq minutes sous le porche de l'église, alors…

— Jeannette, tu sais qui doit porter la croix ? demanda Yannig Loussouarn, le jeune patron de l'entreprise de pompes funèbres.

Il avait pris la succession de son père et ça au moins c'était une bonne chose, peut-être la seule qu'il restait de bien, que de pouvoir se reposer en confiance sur quelqu'un qui tutoyait les vivants et connaissait la place de chaque locataire du cimetière.

Jeannette haussa les épaules. Qui porte la croix ? Dans le temps, tout ça aurait été réglé d'avance, le meilleur copain du mort se serait désigné lui-même parmi cinquante volontaires.

— Celui qui veut, bougonna Jeannette. Son Veg[1] aussi bien...

Yannig Loussouarn adressa un regard interrogatif au dénommé Veg. Il accepta la croix. A l'intérieur de l'église, une des dames diaconesses appuya de nouveau sur le bouton des cloches. Le glas se remit à sonner, le porteur de croix se mit devant le cercueil posé sur un brancard à roues, Yannig Loussouarn et ses trois gars l'encadrèrent pour le pousser, et la famille franchit le porche de l'église à la suite du défunt, Jeannette en tête, toute vêtue de noir.

Deux vieilles femmes se signèrent au passage du cercueil et l'une d'elles chuchota :

— *Ma*[2] *!* Regardez donc, la Jeannette, comme elle est maintenant, on dirait sa mère, Jabel gozh...

Jeannette entendit et apprécia le compliment à sa juste valeur. Appuyée sur sa canne, le dos voûté, le regard fixé sur l'autel, elle allait à petits pas en s'identifiant à leur mère, la première et vraie patronne de Roz-Kelenn.

S'obstinant à étayer de sa silhouette bancale des traditions déjà écroulées, Jeannette glorifiait le siècle passé.

Dans ses haillons de petite mendiante, sa mère, elle, avait défié le siècle à venir.

---

1. Diminutif d'Hervé.
2. Exclamation bretonne, souvent d'étonnement. Equivalent du français « Eh bien ! », « Ça alors ! », « Ah bon ? ».

1

A l'origine de la ferme des Goasdoué de Roz-Kelenn, il y eut une maîtresse femme, restée dans les mémoires sous le nom de Jabel gozh – la vieille Isabelle –, comme si elle n'avait jamais eu de jeunesse. Il faut dire que de son enfance les gens connaissaient seulement ce qu'elle avait pu raconter : une rescapée de la misère ne parle pas à tort et à travers, même à l'âge où les anciens arrangent les histoires à leur façon.

Elle était née en 1892, à mi-chemin de Quimper et Briec, au bord de la rivière Odet, dans une masure dont les propriétaires, les Bolloré de la papeterie, avaient laissé la jouissance gratuite à ses parents, en contrepartie de menus travaux d'entretien des allées de chasse du domaine, à quelques kilomètres de là. Le père de Jabel, un journalier de faible constitution, un beau matin était parti faire chemineau, laissant sa mère se débrouiller avec la vache pie noire et ses deux filles en bas âge, Jabel et sa sœur Maï-Yann.

Des années plus tard on le retrouva paraît-il noyé dans un fossé, du côté de Redon. Quand elle en parlait, Jabel gozh n'était pas méchante avec son père. Elle disait que les hommes comme lui, qui ne parlaient pas français, sans un bout de terre à eux ni instruction ni quoi que ce soit, à l'époque avaient le choix entre l'esclavage chez un *pinvidik* [1], prendre leurs cliques et leurs claques, ou bien encore se passer la corde au cou.

Au moins, quand ils ne se pendaient pas mais quittaient le pays, on avait l'espoir qu'ils reviennent. Il y en avait qui trouvaient du travail dans une usine ou dans un port aux confins de la Bretagne, et rentraient un beau jour avec plus d'un *gwenneg*[2] en poche, de quoi acheter une vache, une truie et même des fois un cheval de trait, le début de la fortune.

Mamm, la mère de Jabel gozh, n'avait pas eu la chance de voir revenir son homme, enterré donc en pays gallo, dans le coin des indigents d'un cimetière quelconque. Elle n'eut pas de chance non plus avec sa santé. Jabel gozh n'avait pas d'autre souvenir de sa mère qu'allongée sur son matelas de balle d'avoine, dans la cabane couverte de genêts et d'ajoncs qui leur servait de maison. « Je suis née dans une crèche, comme le petit Jésus, plaisanterait parfois Jabel gozh, sauf qu'il n'y avait pas de bœuf dans l'étable et que les rois mages ne sont pas venus. »

Mamm réussissait à se lever pour aller faire ses besoins dehors, mais le reste du temps restait allongée, une bouillotte sur l'estomac, rongée par la maladie, le visage bruni et craquelé comme l'écorce d'un vieux têtard de chêne, alors qu'elle n'avait pas vingt-cinq ans. Le dernier veau avait été vendu sitôt sevré, et tous les sous dépensés depuis belle lurette. La vache n'avait jamais donné beaucoup de lait, qui ne mangeait que ce qu'elle pouvait brouter au bord des chemins, mais là c'était pire, car les mains des deux petites manquaient de force pour lui presser les pis.

Un jour, de son lit, Mamm appela Jabel, entrouvrit

1. Riche.
2. Sou.

ses yeux sanieux de larmes de douleur et lui dit de sa voix fatiguée :

— Mamm n'en peut plus, ma pauvre fille... Prends ta sœur avec toi, partez en vadrouille, allez chercher votre manger autour... On vous donnera bien un morceau de pain ici ou là...

Jabel avait six ans et sa petite sœur Maï-Yann tout juste un an de moins. Main dans la main, les deux sœurs partirent mendier en direction des fermes qui se signalaient à leurs oreilles par des bruits lointains, hennissements, meuglements, cris de cochons, crissements de roues de charrette, tout autant que les appels des hommes aux champs et le cliquetis des pierres à affûter sur leurs faux, des sons prodigieux, à vous creuser l'estomac, annonciateurs d'abondance. Elles ignoraient que ces bruits annonçaient aussi des dangers qui les guettaient dans les cours : chiens aux babines retroussées, truies féroces en liberté, garçons de ferme à la bouche baveuse et au regard torve d'innocents.

Dans la première ferme, elles demeurèrent tétanisées devant un grand chien noir heureusement à l'attache, en priant sainte Cécile, la patronne de la chapelle voisine, qu'il ne casse sa chaîne et ne les dévore. La fermière finit par apparaître sur le seuil de sa porte, sa *spanell*[1] à la main. C'était un vendredi et elle avait fait des crêpes à midi pour son mari et les trois commis, plus la bonne qui ce jour-là mettait les pieds sous la table parce que, trop nulle devant une *pillig*[2], elle gâchait les trois quarts de la marchandise – et peut-être bien qu'elle faisait exprès, pour se faire servir. De mauvaise humeur, les joues en feu et les chevilles gonflées d'être restée trop longtemps debout, la fermière finissait la pâte, une fois tout le monde reparti aux champs.

1. Spatule.
2. Galettière.

— Malheur de Dieu ! jura-t-elle, puis elle se signa vivement.

Le chien noir continuait d'aboyer et de cracher comme un dragon.

— Ferme ta trappe, toi ! lui cria-t-elle dessus, puis elle continua d'une voix aiguë : *Ma !* Regardez donc qui vient là ! Mais qui vous êtes ? Les filles de la jeune veuve de la cabane, peut-être ?

Depuis des mois elles allaient nu-pieds et la crasse leur montait jusqu'aux genoux comme des chaussettes longues. Leurs robes et leurs sarraus n'avaient plus de couleur et leurs cheveux longs pendaient gris et raides de poussière, encadrant leurs joues et leur bouche croûtées de lait séché. Dans toute cette saleté, seuls leurs yeux bleus, écarquillés d'hébétude, brillaient, purs comme des saphirs.

— *Ma !* Pauvres petites !

La fermière les fit asseoir à un bout de la table et rajouta du bois de fagot sous sa *pillig* posée sur un trépied dans l'âtre. Pour tromper la gêne que lui causait le regard fixe des deux gamines, elle monologua tout en étalant une louchée de pâte sur la *pillig* chaude :

— Vous aimez les crêpes ? Oh ! sûr assez que vous aimez les crêpes… On va vous donner votre content…

Elle retourna la crêpe, cassa un œuf dessus, mélangea le blanc et le jaune, attendit que ça cuise, plia la crêpe sur une assiette qu'elle posa devant Jabel. Elle lut une sorte de reproche dans les yeux de Jabel et crut que l'autre petite allait pleurer. Alors, se ravisant, elle prit une autre assiette et partagea la crêpe en deux. Les fillettes ne firent qu'une bouchée de leur moitié de crêpe.

— *Hopala !* Du temps vous avez pour manger ! Mal au ventre vous aurez si vous mangez trop vite !

Les gamines la fixaient de nouveau, de leurs beaux yeux bleus qui ne s'étonnaient plus de rien. La fermière fit une autre crêpe à l'œuf, rajouta deux bouts de lard – « Malgré que ce soit vendredi », marmonna-t-elle – et coupa la crêpe en deux sur la *pillig*, et les deux moitiés furent avalées aussi vite que si le lard avait été de la purée.

— *Ma !* rit la fermière, même les cochons n'avalent pas leur *boued*[1] aussi vite que vous. Combien il faudra que je vous en fasse ? Il ne me reste plus tellement de pâte... Faudra vous en réchauffer, peut-être ?...

Les beaux yeux bleus ne disaient pas que c'était assez. Les gamines étaient comme deux poupées qu'on aurait posées là, au bout de la table, les bras pliés et les mains jointes sur leurs cuisses.

— Vous avez perdu votre langue ? C'est quoi votre nom ?

— Jabel.

— Et ta petite sœur ?

— Maï-Yann.

— Votre *mamm* est malade ?

— Elle ne peut plus bouger de son lit.

— Ah ! malheur de Dieu !

Au bout de huit crêpes, la fermière estima que cela suffisait.

— Plus, ça risquerait de vous faire plus de mal que de bien. Je vais vous en donner pour la maison.

Elle plia une demi-douzaine de crêpes sèches et les noua dans un torchon.

— Laissez-les dedans, autrement elles se casseront en miettes et ne seront plus bonnes qu'à mélanger avec la soupe. Vous me rendrez mon torchon la prochaine fois.

Jabel hocha la tête et prit sa sœur par la main.

— Dis merci à la dame.

— Merci, bredouilla Maï-Yann en baissant la tête.

---

1. Nourriture.

— C'est bien, vous êtes mignonnes. Allez, retournez à la maison maintenant. Votre maman doit vous attendre. Elle vous réchauffera les crêpes ce soir. Vous avez du beurre au moins ?

Jabel fit non de la tête. La fermière dénoua le torchon et rajouta un gros morceau de beurre emballé dans un bout de papier.

— Voilà, maintenant vous avez de quoi. Allez, partez, et ne traînez pas en route.

La fermière intima au chien de se taire et les regarda s'en aller, main dans la main, et tourner par la garenne qui menait à une autre garenne qui menait à une autre garenne, puis à la prairie et à la cabane au bord de la rivière. Le soir, la fermière dirait à son bonhomme, qu'elle vouvoyait ainsi que c'était l'usage en ce temps-là :

— Vous dire je dois que j'ai donné des crêpes aux *bugale ar loch*[1].

— Elles sont venues jusqu'ici ?

— Sales comme des bohémiennes et affamées comme des petits veaux.

— Leur mère n'ira plus bien loin, d'après le curé qui l'a visitée.

— C'est à craindre.

— Alors, les filles reviendront.

— Elles reviendront quand elles voudront. Quoi, vous n'êtes pas d'accord ?

— C'est vous la patronne.

— Sûr assez que c'est moi la patronne dans ma cuisine !

Toute seule, la petite Maï-Yann se serait perdue dans le lacis de garennes. Jabel retrouvait son chemin à l'allure d'un chêne, à la forme d'un houx, à un talus cri-

1. Enfants de la cabane.

blé de terriers, à un tas de terre jaune devant un trou de blaireau. Elle n'avait pas peur. Pourtant, par endroits les arbres qui poussaient de chaque côté sur la crête des talus se refermaient sur elles comme des tunnels. Mais au bout on voyait la lumière, des passages où le bois avait été coupé, où ne subsistaient plus que des moignons d'arbres dont les bras n'avaient pas encore repoussé, laissant le soleil chauffer le fond de la garenne et les ronces.

Dans ces clairières, Jabel passait devant et donnait des coups de bâton sur les broussailles pour faire fuir les vipères. Puis elles entraient de nouveau dans l'ombre, marchaient sur la mousse, rassurées par la présence familière de ces plantes dont elles ne connaissaient le nom qu'en breton : l'ortie, la fougère, le narcisse sauvage, la violette, la reine-des-prés. Elles connaissaient le nom breton des arbres qui donnaient des fruits à tromper la faim : le noisetier, le châtaignier, le néflier, le poirier sauvage. Elles connaissaient le nom breton des oiseaux faciles à dénicher et qui donnaient des œufs à gober : le merle, la grive, le chardonneret, le pinson, la mésange à tête noire. Mais personne ne leur avait appris à évider une branche de sureau de sa sève et à y percer des trous pour en faire une flûte : elles ignoraient ce qui n'était pas utile.

Elles s'assirent un instant sur le rebord en pierre du lavoir, une sorte de hernie aménagée dans le lit du ruisseau qui descendait de Penity. Ce lavoir, elles le trouvaient déjà loin de la maison au temps où leur *mamm* avait encore la force de pousser la brouette, alors à présent qu'elle pouvait à peine ruser ses sabots[1] pour aller s'accroupir derrière la cabane, il n'était plus question d'y venir laver le linge. Des têtards étaient collés sur le sable

1. Ruser ses sabots : traîner les pieds.

ocre du fond. La queue d'une anguille dépassait d'un trou entre deux cailloux. Une salamandre cheminait, cahin-caha, sous le cresson. C'était leur univers familier, bien plus rassurant que le monde des gens.

Rien qu'à battre des pieds dans l'eau fraîche du ruisseau, elles se sentirent plus propres. Le temps de rêver un instant à une jolie robe bien repassée que... Ah ! mais, regardez donc ! Qu'est-ce que c'est ? Des fourmis qui courent sur le torchon posé par terre ?

— Malheur de Dieu ! Malheur de Dieu ! cria Jabel en imitant la fermière, et elles rirent toutes les deux.

Jabel dénoua le torchon pour chasser les fourmis. Maï-Yann avala sa salive.

— Manger tu as encore envie ? lui demanda Jabel.

La petite opina.

— C'est les crêpes pour Mamm.

Maï-Yann haussa les épaules.

— Bon, rien qu'une à chacune...

Jabel étala le beurre avec ses doigts sur deux crêpes qu'elle roula en forme de cornet, puis sur deux autres, et la demi-douzaine y passa. Jabel se rinça les doigts dans l'eau du lavoir. La queue de l'anguille disparut dans le trou entre les cailloux.

Elles entrèrent dans la cabane sans faire de bruit, mais la mère avait les yeux ouverts. Elle tourna la tête.

— A manger vous avez eu quelque part ?

— Des crêpes, dit Jabel.

— Qu'est-ce qu'il y a dans votre torchon ?

— Du beurre.

— Mets-le de côté. Au moins on pourra frire le restant de bouillie d'avoine... Maintenant, allez ramasser du bois et allumez le feu sous la *chid-houarn*[1]. Ma bouillotte est froide.

1. Marmite en fer.

Le pli fut pris d'aller mendier. Les fillettes établirent une sorte de tournée, sept fermes pour les sept jours de la semaine, déterminés à partir du dimanche, jour où la cloche de Sainte-Cécile sonnait. Jabel mémorisa les fermes, dont elle ne connaissait pas les noms, d'après des signes pour elle distinctifs. Le vendredi, par exemple, c'était la ferme au grand chien noir et aux crêpes, où la patronne, quand elles revinrent pour la deuxième fois, leur fit cadeau d'un panier en osier. C'était le plus souvent des œufs que les gens y déposaient, quand ils ne leur disaient pas d'aller elles-mêmes en ramasser dans les nids au milieu des tas de paille et de foin. On leur donnait aussi du lard, de la bouillie de froment et d'avoine, parfois une carcasse de poulet et toujours, en plus, un bon morceau de pain.

Elles apprirent à mesurer leur faim, pour laisser sa part à leur *mamm*, bien qu'elle n'eût pas d'appétit. Elles apprirent aussi un tas de choses, de leur mère qui ne bougea guère de son lit pendant les deux années suivantes : à faire une bonne provision de bois mort à la belle saison ; à laver leurs hardes quand le temps était beau et chaud ; à économiser sur la nourriture pour les mauvais jours, quand tombait un déluge de pluie glacée et que les oiseaux crevaient de froid sur les pâtures. Ces jours-là, malgré les vieilles capes à capuchon qu'une fermière leur avait données, Mamm leur disait de ne pas mettre le nez dehors. Si elles avaient attrapé le mal des poumons, c'est-à-dire plus qu'un de ces rhumes qui vous obligent simplement à souffler la morve une narine après l'autre, c'eût été une catastrophe.

Une fois le docteur était venu, de lui-même, par charité, sur sa belle jument pommelée. Il avait posé un bout de métal froid sur la poitrine des filles et avait écouté leur respiration par deux tuyaux plantés dans ses oreilles. Il avait tapoté le ventre de Mamm et de sa sacoche en cuir avait tiré une boîte de poudre à mélanger dans de l'eau, assez pour trois mois. La poudre calma la douleur, Mamm n'eut plus besoin de sa bouillotte, mais elle ne retrouva pas ses forces pour autant.

Pendant deux années, Jabel et Maï-Yann grandirent en exerçant leur métier de mendiantes qui les occupait une bonne partie de la journée. Le reste du temps, selon les saisons, elles ramassaient du bois mort, glanaient de la paille sur les éteules pour en changer dessous leur matelas, cueillaient des mûres et des nèfles, remplissaient leur panier de châtaignes, de noisettes et de pommes à cidre tombées, coupaient du genêt et de la fougère à la faucille pour arranger le toit. A part le médecin qui repassa trois fois sur sa jument pommelée, et toujours de lui-même, apporter de la poudre, elles ne virent personne autour de la cabane.

Un matin du mois de mars, Mamm garda les yeux fermés, malgré qu'on la secouât. Jabel et Maï-Yann coururent jusqu'à la ferme au grand chien noir, frapper à la porte de leur destinée.

2

Jabel dit à la fermière :

— Mamm est froide.

— *Ma paour vihan*[1], répondit la fermière. Entrez donc avec votre sœur, quelqu'un va s'occuper de vous.

« Quelqu'un » s'occupa d'abord d'enterrer leur *mamm*, le curé et le maire, probablement, dans le cimetière autour de l'église de Briec. La fermière les emmena à la messe, dans des habits propres. Elles mangèrent des yeux tout ce qu'elles découvraient pour la première fois : les bancs, l'autel, les enfants de chœur, le curé en robe de tralala, les poutres que dévoraient à leurs extrémités des gueules ouvertes de drôles de bêtes, les vitraux qui brillaient à l'intérieur alors que du dehors on ne voyait aucun personnage dessus, et enfin les statues fixées contre les piliers, parmi lesquelles une dame avec son bébé dans les bras, qui ressemblait à Mamm.

Elles comprirent à peu près ce que dit le curé en breton, mais rien à ce qu'il raconta en français et en latin. Le cercueil fut poussé dehors sur une espèce de brouette avec deux roues de vélo et descendu dans un trou. Après, elles entendirent que le curé et des messieurs bien mis parlaient d'elles avec la fermière. On hocha la tête, la fermière les prit par la main et elles marchèrent

1. « Ma pauvre petite. »

jusqu'au char à bancs dans lequel elles étaient venues. Elles attendirent toutes les trois que le mari de la fermière sorte du bistrot. Il détacha le cheval, fit tourner le char à bancs, monta à son tour, cria « *War-raok*[1] ! » et le cheval se mit en route vers la ferme au grand chien noir où elles allaient vivre un bout de temps.

La ferme s'appelait Prat-Lugiri, et les paysans Yann et Magrit Kermoal. Ils devaient avoir un certain âge parce que leurs enfants, trois fils et deux filles, n'étaient plus avec eux. Obligés eux aussi d'aller chercher leur nourriture ailleurs, ils s'étaient placés dans des grandes fermes, ou bien avaient pris d'autres métiers que celui de la terre. Des fois on en voyait un ou une, à l'occasion des anniversaires, ou plusieurs le jour du pardon de Sainte-Cécile. Jabel et Maï-Yann, encore trop petites pour s'intéresser au pourquoi du comment du devenir des gens, les considéraient comme des étrangers et voyaient bien que Yann Kermoal n'était pas trop content des discussions à table. Après leur départ, il y avait un mot qui revenait souvent dans sa bouche : *koll-boued*, fainéant, bon à rien, qui ne mérite pas la nourriture qu'il mange.

— Dire des choses pareilles de vos propres enfants, ce n'est pas beau, lui reprochait Magrit Kermoal.

— Regardez-moi ces deux *marmouz*[2], répliquait-il, celles-là au moins ne sont pas des fainéantes ! Celles-là au moins resteront à la terre, sûr assez !

Jabel et Maï-Yann n'étaient pas nourries pour rien. Elles faisaient une partie du travail de la bonne, qu'on pouvait envoyer au champ plus souvent. Elles mettaient la table, débarrassaient la table, faisaient la vaisselle, passaient le café, épluchaient les légumes, aidaient à la lessive, coupaient de l'herbe et ramassaient de la ravenelle

1. « En avant ! »
2. Littéralement : singe. Familièrement : gamin, gamine.

pour les lapins, jetaient le grain aux poules, récoltaient leurs œufs un peu partout, plumaient celles qui passaient à la casserole, cassaient du petit bois, alimentaient la cuisinière allumée nuit et jour et, au fur et à mesure qu'elles grandissaient, faisaient front à des tâches plus rudes : tirer l'eau du puits, remplir les auges, préparer le manger des cochons, traire les vaches de bon caractère, manier la manivelle de la baratte, butter les pommes de terre et sarcler et désherber les rangs de légumes dans le potager, mettre en tas les betteraves à la saison où le matin il y a de la gelée blanche et finir avec les mains gercées. A la nuit tombée, Jabel et Maï-Yann s'endormaient comme des bienheureuses, serrées l'une contre l'autre dans leur lit au grenier, sous un édredon de plume plus gros que le ventre d'une vache prête à vêler.

Sauf pour aller à la messe à Sainte-Cécile, elles ne franchissaient pas les limites de Prat-Lugiri. Elles n'étaient pas retournées à la cabane. Elles vivaient leur vie au jour le jour, à cet âge où votre personne à venir ne vous apparaît qu'en rêve, soyeuse et irréelle comme la silhouette du renard au fond d'une prairie tapissée de brume vaporeuse.

Bizarrement, c'est à cette image que Jabel songea – aux oreilles du renard qui seules dépassent de la brume – quand une religieuse en cornette vint boire le café à Prat-Lugiri, dans les premiers jours du mois de septembre. Il y avait deux ans que Mamm était morte.

La bonne sœur parla en français, que Magrit Kermoal comprenait mais ne parlait pas, afin que les petites n'entendent pas la conversation. On se mit d'accord, visiblement.

— Vous allez venir à l'école du bourg, leur annonça la bonne sœur en chassant les miettes de quatre-quarts de sa robe.

Jabel haussa les épaules, ce qui lui valut une tape sur la joue, Maï-Yann secoua la tête comme un cheval agacé par une nuée de mouches.

— Tous les enfants doivent apprendre à lire et à écrire, dit la bonne sœur. L'école est obligatoire.

Maï-Yann se mit à pleurer, Jabel la consola. Elles ne posèrent aucune question, on ne leur expliqua rien, sinon qu'elles avaient de la chance que les bonnes sœurs les prennent sans demander de sous pour leur pension.

— *E-giz amañ*[1], répéta Magrit Kermoal plusieurs fois.

Ce fut comme ça : le lundi matin Yann Kermoal les emmenait sur son char à bancs au bourg de Briec, et il revenait les chercher le vendredi après-midi. Le lundi, en plus de leurs petites affaires, le char à bancs embarquait de la nourriture, surtout du lard et des pommes de terre, que Yann Kermoal donnait aux bonnes sœurs, façon de payer une partie de leur pension en nature – l'autre partie, elles la payaient de leur travail : ménage et lessive de l'école, la tâche des pensionnaires nécessiteuses.

— Dieu vous le rendra au centuple, disait sœur Philomène, la mère supérieure et directrice de l'école.

— Il aura du mal, bougonnait le paysan. Vous croyez que les patates poussent dans le ciel, vous ?

— Généreux comme vous êtes, votre place est déjà réservée parmi les cultivateurs du paradis.

— Merci bien, je préfère me reposer pendant l'éternité, répliquait Yann Kermoal, ce qui faisait rire sœur Philomène dans son plastron.

Hormis le fait qu'on ne leur servait pas le bon lard de Prat-Lugiri, que les bonnes sœurs devaient se réserver, mais des *restachoù*[2] de charnier, Jabel ne se déplaisait

1. « C'est comme ça. »
2. Restants.

pas à l'école, qui lui ouvrait toutes les portes de l'univers, à commencer par celles des maisons du bourg, grâce aux récits des externes, filles de riches commerçants, dotées de chambres à elles et de jouets inouïs. Autour du bourg, point minuscule sur les cartes de géographie, il y avait la Terre proprement dite, assez difficile à concevoir, mais Jabel parvint à admettre qu'il y eût des océans et des continents et dans les océans des baleines et sur les continents des éléphants et des rhinocéros et des gens noirs et des gens jaunes qui se mangeaient entre eux en parlant tout un tas de langues bizarres.

Justement, à propos de langues, la mère supérieure – la Philo, comme les fillettes l'appelaient – avait un principe indéfectible : apprentissage sans pitié du français pour les études, afin que les sbires de la République n'aient rien à redire de l'école privée, mais catéchisme, prières et messe en breton. En moins d'un an, Jabel sut à peu près lire, écrire et compter en français, ainsi que lire en breton, ce qui n'était pas facile parce que les mots écrits étaient bien plus longs sur le papier que sur la langue, qui avalait la moitié des syllabes. Bref, Jabel apprenait bien et sœur Philomène se promit de la présenter au certificat d'études, le moment venu.

Maï-Yann peinait. Malgré les coups de baguette, les privations et les corvées, presque rien n'entrait dans sa caboche. A peine arrivée le lundi, elle n'avait qu'une hâte, retourner à Prat-Lugiri parmi les cochons et les vaches. A l'école, elle se renfermait, n'avait pas de copines, restait accrochée aux jupes de Jabel.

— *E-giz amañ*, répétait Magrit Kermoal, il y a toujours des différences dans une même portée.

Maï-Yann avait hâte que le printemps arrive, mais pas Jabel : Yann Kermoal ne les envoyait pas à l'école quand on avait besoin d'elles. Pour la fenaison, par exemple. Les hommes coupaient, on étalait l'herbe et il fallait se tenir prêtes à la retourner dès que le soleil chauffait, et puis après on empoignait les râteaux en bois pour dresser les meules, et un beau jour tout le voisinage était réquisitionné pour rentrer le foin d'une ferme, et puis de l'autre, et ainsi de suite. Les jours où c'était le tour de Prat-Lugiri, il y avait tellement de monde autour de la table midi et soir que Jabel et Maï-Yann mouillaient leurs petites chemises à servir et desservir.

Cette vie-là durait depuis deux ans et demi quand les Kermoal entendirent parler de l'ouverture prochaine d'une école publique à moins de trois kilomètres de Prat-Lugiri à travers champs, un peu plus par le chemin qui sinuait entre les parcelles. Ce serait du côté d'un lieu-dit au nom bizarre, Waterloo, dont personne ne connaissait l'origine. La rumeur se vérifia : effectivement, sur les fondations d'une maison décrépite qu'ils avaient rasée, des maçons étaient à l'œuvre. Le bâtiment – une classe unique avec au-dessus le logement du maître ou de la maîtresse – serait terminé avant la fin juin.

L'école gratuite pour des enfants qui n'étaient même pas les leurs, c'était un avantage indiscutable qu'il n'était pas utile de discuter, et Yann et Magrit Kermoal n'en discutèrent même pas. Mi-juin, en venant chercher les filles pour les foins, Yann Kermoal annonça à la mère supérieure qu'elles iraient à l'école de Waterloo à la rentrée. Sœur Philomène pinça la bouche.

— A l'école laïque ? Quelle hérésie !

Yann Kermoal ne connaissait pas le mot.

— Ce sera comme ça !

La bonne sœur monta sur ses grands chevaux : et que ce serait une honte, et que ce serait un péché contre Jésus-Christ, et que ce serait un crime vis-à-vis de Jabel qui aurait son certificat à coup sûr l'année prochaine.

— Elle l'aura à Waterloo, dit Yann Kermoal.

— Quoi ? Les socialistes récolteraient ce que nous avons semé ?

— Des fois les vaches du voisin viennent brouter mon herbe...

— Les laïques ne faucheront pas notre blé en herbe, on ne les laissera pas faire !

— Chacun est libre de faire ce qu'il veut ! maugréa Yann Kermoal.

— Attends-toi à recevoir de la visite ! le menaça la bonne sœur.

Cette école laïque, c'était la tête de pont des armées anticléricales que les Kermoal n'étaient pas les seuls à accueillir à bras ouverts. Bon nombre de métayers, non pas parce qu'ils étaient *pizh*[1] comme Yann et Magrit, mais par nécessité, parce que pour eux le moindre sou comptait, y avaient déjà inscrit leur progéniture. Combien de petits enfants l'école du diable allait-elle corrompre ? Le risque était immense de voir se tarir, en cette basse Bretagne jusque-là si fertile, le vivier d'âmes où l'Eglise puisait à l'envi, dans le fumier de la misère, ses cohortes de séminaristes et ses litanies de religieuses. Le recteur de Briec monta au front.

Il était assis sur la chaise à accoudoirs, à la place de Yann Kermoal, au bout de la table, et Yann à la place de Magrit, sur le banc, à sa droite. Debout, Magrit était dans tous ses états. Dame, le recteur, à Prat-Lugiri, c'était un honneur et une bénédiction. Sûr qu'après une telle visite la maladie n'entrerait plus dans la maison.

Pendant que le recteur goûtait et appréciait le café et les crêpes de Magrit, on parla des moissons. Le curé essuya sa bouche dans la serviette brodée sortie pour l'occasion et croisa ses mains sur son ventre d'homme

1. Avares.

qui n'était pas à plaindre. Il plissa les paupières, signe qu'on allait passer aux choses sérieuses.

— Alors, comme ça, on me dit que vous voulez priver les deux petites de l'enseignement des religieuses ?

— Oh ! notre décision n'est pas encore prise ! se défendit Magrit en triturant son tablier.

— Vous me rassurez, parce que je me disais : les pauvres petites, orphelines de père, orphelines de mère, et en septembre orphelines de Dieu, ça aurait fait beaucoup.

— Beaucoup ou pas, ça le fera, parce qu'elles iront à l'école de Waterloo !

— Qu'est-ce que tu racontes ? dit Magrit, affolée. On n'en a pas discuté.

— On n'en a pas discuté parce qu'il n'y a rien à discuter.

Le recteur posa ses mains jointes sur la table.

— Quoi, Yann ? Serais-tu en train de tourner rouge ?

— Ni rouge ni bleu, ni blanc ni noir. Je vois midi à ma porte. Je ne vais pas continuer à perdre mon temps deux fois par semaine à les emmener et à aller les chercher au bourg alors qu'elles pourront faire le chemin à pied.

— Le chemin de l'enfer, Yann Kermoal, de l'enfer éternel !

— Ce sera leur dernière année d'école, de toute façon. Et la balance de saint Pierre penchera en leur faveur. Deux ans au bourg, un an à Waterloo, les bonnes sœurs les auront eues le double. Le bon Dieu sait compter aussi bien que moi.

— Notre Seigneur ne compte pas comme toi.

— Les maîtres ont leurs diplômes et souvent les bonnes sœurs n'en ont pas.

— Elles ont la foi !

— Et de l'appétit ! ricana Yann. Vu le lard, les patates et le beurre que je leur donne tous les lundis ! De quoi nourrir tout un couvent !

— Là, tu vas trop loin, Yann Kermoal, beaucoup trop loin, dit le recteur, rouge comme une crête de poule pleine d'œufs.

— Tu ne pouvais pas fermer ta grande trappe, imbécile ! dit Magrit.

— Même si je ne suis pas assis sur ma chaise mais sur le banc des commis, j'ouvre ma trappe quand je veux !

— Bon, votre décision est prise ? demanda le recteur en les regardant de haut, comme s'il était en chaire.

— Mais non, elle n'est pas prise, sanglota Magrit.

Yann Kermoal tapa du poing sur la table.

— Je te dis que si ! Les petites iront à Waterloo, ce sera comme ça et pas autrement !

— Bon, alors tu m'obliges à vous dire ce que j'ai déjà dit à d'autres dans les parages, récita le recteur en faisant clapoter ses bajoues de bouledogue. Je ne peux pas vous refuser l'entrée de l'église, ni vous refuser la confession, par contre je peux vous refuser l'absolution. Dans ces conditions, vous ne ferez plus vos Pâques, ni à Sainte-Cécile, ni à l'église du bourg. Le mois d'août est à peine entamé, vous avez encore le temps de réfléchir.

Yann Kermoal se leva à son tour.

— Réfléchir, c'est bon pour les riches. Nous, c'est le travail qui nous occupe.

Il enfila sa veste et sortit, laissant Magrit seule avec le curé. Quels arguments complémentaires le recteur assena-t-il à la fermière en sus de la privation de ses Pâques ? Lui décrivit-il, en paroles de miel, l'épouvantable conséquence : la honte de ne pas pouvoir s'agenouiller et tendre la langue avec les autres devant l'autel ? Lui susurra-t-il, la lippe humide et l'œil lourd, qu'il vaudrait mieux, plutôt que de subir cette honte, qu'elle renonçât à la liturgie et à la fête, c'est-à-dire au plaisir de se montrer en coiffe, tablier brodé et souliers vernis à la grand-messe, et aussi au plaisir d'aller *caféter*[1] après les vêpres sous les toiles dressées autour de Sainte-Cécile ? Lui récita-t-il la funeste oraison de la pestiférée ?

— As-tu songé à ce que les gens penseront de toi ? « Quelle faute a-t-elle pu commettre pour qu'on lui refuse de communier ? »

— Ils en sauront bien le pourquoi. Yann ne gardera pas sa langue dans sa poche.

— Je te l'accorde, mais ça ne leur suffira pas. Ils t'inventeront des péchés.

— Oh ! ça, je leur fais confiance là-dessus. Pour vous salir, les gens ne sont jamais à court d'idées.

— Alors, Magrit, ne reste pas les deux pieds dans le même sabot. Ramène ton Yann à la raison.

Sûrement que le recteur lui chanta tous ces couplets, ainsi que son refrain, l'enfer garanti en cas de mort subite, non absoute, et peut-être en état de péché mortel.

Pendant les moissons et le battage, Magrit mena la vie dure à son Yann, soit en lui flanquant ses gamelles de soupe à la figure, soit en gémissant après l'école des bonnes sœurs. Il sut qu'il n'aurait plus la paix tant qu'il ne ferait pas une croix sur l'école laïque. Or, il n'avait aucune envie de céder à un recteur, pas plus qu'à un évêque ou au pape, d'ailleurs.

— Tu pourrais couper la poire en deux, plaidait Magrit. Laisser Jabel chez les bonnes sœurs et mettre Maï-Yann à Waterloo.

A la fin du mois d'août, ce n'est pas la poire qu'il coupa en deux, mais les deux têtes du dilemme.

---

1. Goûter.

— J'ai décidé ! Les filles n'iront pas à l'école laïque et elles n'iront pas chez les bonnes sœurs. Elles n'iront plus nulle part, comme ça tout le monde sera content.

— Ma foi, ce n'est pas la plus mauvaise des solutions, concéda Magrit.

3

Dans son grand âge, Jabel, devenue Jabel gozh, aimerait répéter : « Napoléon et moi on a été battus à Waterloo, lui par les Autrichiens, moi par les curés », ce qui la faisait rire en claquant du dentier. Elle ajoutait parfois : « Tant mieux, finalement, parce que les bonnes sœurs auraient peut-être fini par me mettre leur grappin dessus, si j'étais partie avec elles à la grande école pour avoir le brevet. »

Outrée de la décision de Yann Kermoal d'enlever les filles de l'école, sœur Philomène vint à son tour à Prat-Lugiri proposer que la congrégation s'occupe des petites, quelque part en France dans un couvent, où elles continueraient à apprendre – sous-entendu : et où la vocation leur viendrait certainement.

Magrit Kermoal ne fut ni pour ni contre. Ils seraient débarrassés du fardeau, mais privés du travail gratuit que fournissaient les filles. Yann dit qu'ils n'avaient aucun droit sur elles et que c'était à elles de décider. On leur posa la question. Jabel répondit qu'elle voulait rester au pays, Maï-Yann qu'elle voulait rester avec sa sœur.

— Hum ! Je me demande s'il ne vaudrait pas mieux les séparer, dit Yann Kermoal. Accrochée à sa sœur, Maï-Yann restera toujours à la traîne. Elle n'apprendra pas à se débrouiller toute seule.

— Je crois que tu as raison, acquiesça Magrit Kermoal.

Ils gardèrent Jabel, la meilleure, et placèrent Maï-Yann à Penhoat, une ferme tenue par des petits cousins à eux, à la limite de Briec, sur la commune d'Edern.

Au cours des trois années suivantes, les deux sœurs ne se virent plus qu'aux pardons. Chaque fois Maï-Yann se plaignait de la dureté du travail et des mauvais traitements qu'elle subissait. Aussi Jabel ne fut-elle pas trop étonnée de recevoir un jour une carte postale avec dessus des montagnes enneigées. Sœur Philomène était revenue à la charge et Maï-Yann était bel et bien partie faire la bonniche dans un couvent des Hautes-Alpes.

C'est à peu près vers cette époque que Jabel prit conscience de sa propre valeur. En deux ans d'école, elle avait avalé des connaissances que la plupart auraient mis cinq ans à acquérir. Elle parlait, lisait et écrivait le français convenablement ; elle savait lire en breton ; personne ne pourrait plus jamais la *vendre*, dans aucune des deux langues, ni par la parole ni par l'écrit. Intelligente, elle tenait en plus de son enfance misérable un esprit d'initiative qui prépare à commander. Enfin, malgré la faim et les souffrances des premières années, son corps s'était harmonieusement développé.

D'une santé à toute épreuve, à seize ans, Jabel était une belle jeune fille, plus grande que la moyenne, aux épaules larges et rondes, aux bras et aux cuisses musclés, une fille solide, *costaud* comme on disait dans le pays, en n'accordant qu'un genre, le masculin, à l'adjectif prononcé comme un superlatif. Rien qu'à la voir on sentait la force de travail qu'elle était capable de donner, et à la voir tenir la dragée haute aux hommes lors des corvées, on avait envie de l'embaucher.

Le jour de la Saint-Michel, l'année de ses seize ans, des fermiers lui firent des appels du pied, en lançant des petites phrases destinées à lui tourner dans la tête : « J'espère que Yann et Magrit Kermoal ne sont pas trop *pizh* avec toi... Moi je sais combien je donnerais à quelqu'un de ta capacité... Il y en a qui ne te valent pas, loin de là, et qui touchent tant et tant... »

Jabel n'était pas une ingrate, mais elle songea que toutes ces années de labeur à Prat-Lugiri couvraient la dette à l'égard de ses bienfaiteurs. Un soir, après avoir débarrassé la table, fait la vaisselle et balayé le ciment de la cuisine, elle annonça :

— Je pense que le moment est venu de me donner des gages.

— Des gages ? répéta Yann Kermoal, incrédule.

— On te donne des sous quand tu vas au bourg ou aux pardons, protesta Magrit.

— Pas assez pour faire des économies, répliqua Jabel.

— Et pourquoi tu aurais besoin d'économies ? dit Yann Kermoal.

— Pour payer mon trousseau, quand je me marierai.

— Oh ! tu as du temps devant toi avant de mettre un homme dans ton lit ! dit Magrit. Et n'importe comment, un trousseau tu auras. Il est resté assez de choses ici après les enfants.

— Ce n'est pas pareil.

— On vous a nourries, habillées, logées, Maï-Yann et toi, dit Magrit.

— On a payé votre pension à l'école du bourg ! En nature ! surenchérit Yann.

— J'ai travaillé pour rembourser.

Yann Kermoal haussa les épaules.

— Sans nous tu serais morte de faim, ma pauvre fille, ou sous la coupe de l'Assistance publique.

— Je ne dis pas le contraire, mais...

— La paix ! La patronne et moi on n'est pas décidés à te donner des gages.

— Dans ces conditions, je serai obligée de partir.

— Tout de suite, si tu veux !

— Ne la dispute pas, elle va réfléchir, dit Magrit.

— C'est à vous de réfléchir, pas à moi.

— J'ai assez entendu comme ça, dit Yann, et il sortit pisser dans la cour.

Le lendemain midi, ce fut Magrit qui remit la question sur le tapis :

— Le patron et moi, on a décidé de faire un geste, malgré qu'on ne s'estime pas obligés du tout. Voilà ce qu'on te propose.

Ils annoncèrent un chiffre, en se regardant tous les deux par en dessous.

— Ailleurs j'aurais plus du double, dit Jabel.

Yann Kermoal tapa du poing sur la table.

— Plus du double ! Vaut mieux entendre ça que d'être sourd.

— On m'a dit que je les valais.

— On est un con !

— C'est le prix qu'on paye les gens qui donnent satisfaction.

— Oh ! je te trouve bien haute de caractère, tout d'un coup, ironisa Yann Kermoal. *Mar plij*[1] *!* Voilà qu'on veut péter plus haut que son cul !

— Je ne demande pas la lune. Il faut bien que j'aie quelques sous de côté pour quand je me marierai.

— Te marier ! Et qui voudra d'une mendiante ?

— Yann, ne va pas trop loin, protesta Magrit.

— Quoi ! C'est pas une fille de la cabane, peut-être ? Quand on l'a ramassée, elle venait mendier ici.

Jabel sortit en claquant la porte.

— Jabel ! Reviens ici ! cria Magrit.

— Laisse-la donc, elle va cuver son orgueil, dit Yann.

— Ou jouer *rip*[2], dit Magrit.

1. « S'il vous plaît. »
2. Partir comme un voleur.

— Et où elle irait, tu peux me le dire ?

— Peut-être qu'elle sait où aller.

— Tu peux me croire, elle n'est pas près de mettre les bouts d'ici.

— Espérons.

Rien moins que sotte, Jabel attendit son heure. Elle s'arrangea pour rencontrer à la sortie de la messe le paysan qui lui avait fait des appels du pied. Il s'appelait Louis Saliou et sa ferme Kerbolossen. Jabel discuta juste les conditions de logement, des fois qu'on voudrait la remiser au-dessus des vaches ou des chevaux – le travail, elle savait ce que c'était, et peu importait qu'on lui dise combien de vaches à traire et de cochons à nourrir et combien de gosses à torcher il y avait, n'importe comment elle aurait tout à faire. Louis Saliou lui garantit une chambre dans la maison, avec un vrai lit.

— *Mat tre*[1] *!* dit-elle.

Elle quitta Prat-Lugiri du jour au lendemain, à la veille de la fenaison, laissant Magrit Kermoal catastrophée devant deux ou peut-être trois grands repas à préparer et à servir. Imbibé de *lambig* pour se donner du courage, Yann Kermoal alla gueuler sa rancune à Kerbolossen. Avec le nouveau patron de Jabel, il reçut son *pegement*[2].

— T'as pas à te plaindre, lui dit-il, cette fille t'a rapporté bien plus qu'elle ne t'a coûté. Si tu étais moins bête, tu aurais su comment la garder, et pour moins cher que moi, encore ! Les bourses trop pleines finissent par péter à la figure des radins !

— Personne n'aime qu'on lui chie dessus.

— Personne ne t'a chié dessus ! Jabel défend ses intérêts, un point c'est tout. Bon, on ne va pas se faire la

1. « Très bien, parfait. »
2. Recevoir son *pegement* : s'entendre dire son fait.

guerre pour ça, hein ? On aura encore besoin de s'entraider.

Louis Saliou déboucha une bouteille de Négrita, la paix fut scellée, et Yann Kermoal revint chez lui avec un bon coup dans l'aile.

— Le Louis Saliou en a pris plein sa gueule, se vanta-t-il auprès de Magrit, ce qu'elle ne crut qu'à moitié.

Il n'empêche, pendant de longues années, les Kermoal feraient face *koad*[1] à Jabel à toutes les occasions qui se présenteraient – messes, pardons, enterrements – jusqu'à ce qu'elle les invite à son mariage, et qu'ils acceptent de venir.

Kerbolossen était plus près du bourg de Briec que Prat-Lugiri, et par conséquent de la salle Kerrossignol où les dimanches et jours fériés se tenaient des *festou-deiz* et des *festou-noz*. Malgré la menace du recteur d'excommunier toutes les filles qui s'y rendraient, Jabel, venue en âge de fréquenter[2], ne fut pas la dernière à y aller danser la gavotte des montagnes, l'*andro* et l'*hanter dro*, la *dañs fisel* et la *scottische*, au son des binious *kozh*.

Dans les rondes qui se formaient, les garçons se bousculaient pour l'encadrer et passer de chaque côté un bras sous le sien, mains serrées. Beaucoup avaient des vues sur elle, certains juste pour la basculer dans le foin – ceux-là, ils étaient faciles à repérer, à leur façon de frotter leur bras contre son sein –, d'autres pour se fiancer sérieusement et la conduire à la mairie et à l'église. Dame, c'est qu'avec une fille comme elle, infatigable et courageuse, on pouvait songer à se marier et à prendre une terre en location, jusqu'au moment d'en acheter une et d'avoir des enfants solides qui plus tard prendraient votre suite et s'occuperaient de vous dans votre grand âge.

---

1. Littéralement, « figure de bois ». Bouder, faire la tête.
2. Sortir avec un garçon en particulier.

Bien sûr, Jabel n'était pas seulement connue pour ses qualités : dans le canton, nul n'ignorait d'où elle sortait. Les gars intelligents, nés à peine plus haut qu'elle, y voyaient un avantage supplémentaire : ceux qui ont eu du dur dans leur enfance sont aguerris pour la vie. A l'inverse, les gars *cheuc'h*[1], les fils de gros propriétaires ou de commerçants du bourg, se détournaient d'elle, à cause de ses origines. N'importe comment, Jabel n'aurait pas voulu d'un de ces farauds, ni de ce qui allait avec, une belle-mère plus sourcilleuse et teigneuse qu'une *karabasenn*[2].

Parmi les quelques gars sérieux qui lui tournaient autour, il y en avait un qui correspondait à ses ambitions, tout en répondant à ces inclinations du cœur, qu'il ne lui serait pas venu à l'idée d'appeler « amour ». Tout comme elle, François Goasdoué était né sur la rive droite de l'Odet, à environ un kilomètre en aval de la cabane où Mamm était morte, au lieu dit Poull-ar-Eog, en français « trou du saumon », dénommé ainsi parce que les gros poissons d'argent se reposaient là dans un large méandre de la rivière, après avoir franchi les gorges du Stangala et avant d'affronter les pièges des braconniers, au confluent du cours principal et du bief de la papeterie Bolloré.

Cinquième d'une bande de sept enfants – trois filles, puis trois garçons, et puis une fille – François Goasdoué se souvenait d'avoir épié Jabel et Maï-Yann quand elles allaient mendier, tandis que lui-même dénichait les tourterelles sauvages à la cime des mélèzes. Les fillettes seraient-elles venues par hasard à Poull-ar-Eog qu'on n'aurait pas pu leur donner grand-chose. Certes, les Goasdoué avaient un toit en ardoise au-dessus de la tête,

1. Chic, élégant, souvent avec ostentation.
2. Bonne du curé.

mais rien à partager. Les parents vivotaient toujours autour du pennti, avec l'aide des deux derniers gosses au foyer.

Comme la plupart, après ses deux années d'école, François fut placé dans une ferme à douze ans. Lui aussi était réputé pour son travail. Il venait de rentrer du service militaire quand Jabel fit sa connaissance à Kerrossignol. Elle était presque plus grande que lui quand elle mettait ses bottines à talons hauts. Il avait une bonne bouille bien franche, toujours gai sans jamais faire de réflexions déplaisantes ou grossières. Il savait s'arrêter de boire avant d'être saoul au point de ne plus rien voir – *mezv-dall*, ivre aveugle, comme on dit en breton. Etant le cadet de trois sœurs qui l'avaient dressé, il respectait les femmes, de cela Jabel se rendit bien compte. Ses mains s'égaraient gentiment sur elle, mais pas plus, au cours de leurs promenades le long de l'Odet.

— Est-ce que tu crois qu'on pourrait se marier tous les deux ? lui demanda-t-il un après-midi qu'ils étaient allongés dans la fougère.

— Je pense que oui, répondit-elle, mais avant il faut qu'on discute de la façon de mener notre vie.

— Pose tes conditions, Jabel.

Ils ne resteraient pas journaliers. Elle avait en vue une métairie de quinze hectares, à la limite de Landrévarzec, qui serait libre bientôt.

— Roz-Kelenn ? Je la connais. Moi aussi, j'ai des vues sur elle.

— Tu as des économies ?

— J'en ai. De quoi acheter au moins trois vaches et pas mal de petits cochons.

— Je paierai le cheval et on se mariera une fois que le bail aura été signé.

Le bail fut signé mi-décembre et ils se marièrent mi-janvier, le mois où le travail de la terre est au point mort et permet de perdre deux jours en festivités. Ils dépensèrent le strict minimum : un costume, une chemise, une cravate et des chaussures neuves pour François ; quant à Jabel, estimant superflu de se faire faire une robe de mariée, elle acheta des souliers et des bas blancs, ainsi qu'un tablier et un caraco en dentelle blanche qu'elle passa par-dessus sa robe noire en velours du dimanche. Sa coiffe à la mode de Quimper fut repassée par la mercière de Briec.

La coutume voulant que chaque convive paie son écot, s'invita aux deux repas qui le voulut. Cela ne fit pas grand monde pour autant : une centaine environ, des jeunes journaliers pour la plupart. En raison du temps froid, les repas de midi et du soir furent servis à l'abri, sous le toit en tôle de Kerrossignol, dont les propriétaires, pour remercier François et Jabel d'avoir organisé le *friko*[1] chez eux, offrirent aux mariés une ménagère en inox et un service de verres gravés, ainsi que le salaire des musiciens, un accordéoniste, un joueur de biniou *kozh* et deux chanteurs de *kan-ha-diskan*.

Les mariés s'éclipsèrent vers une heure du matin, mais demeurèrent tout habillés sur leur lit à l'auberge voisine en attendant, cela ne manquait jamais, la bande de jeunes éméchés qui viendraient leur porter un bol de soupe à l'oignon. Ils n'eurent leur nuit de noces que le lendemain, une fois chez eux, dans le pennti de la métairie de Roz-Kelenn.

Les deux cheminées, une côté cuisine, l'autre côté chambre, tiraient bien. Ils n'eurent pas froid, d'autant qu'à deux dans le même lit on se réchauffe. François savait comment le bon Dieu a fabriqué une femme. Il sut donc s'y prendre, et se retira à temps, comme Jabel le lui avait recommandé, suite à des bribes de conversa-

1. Grand repas, festin.

tions entendues à Kerrossignol dans la bouche de filles qui ne faisaient jamais tapisserie sur le banc autour de la salle, et qui disaient qu'il fallait s'arranger pour que ce soit comme quand le verrat sort trop vite de la truie et que ça gicle dehors. Jabel ne voulait pas tomber enceinte avant qu'ils ne soient « à jour de leurs affaires ».

De bonne heure le surlendemain des noces, ils étaient au travail.

Pour ces deux experts en la matière, il y avait l'ordinaire de tous les jours de l'année : allumer le feu dans l'âtre du *loch*[1] attenant et préparer la *boued* chaude des cochons dans la grosse *chid-houarn* où l'on touillait les vieilles patates, les épluchures, le son et le petit lait ; traire les vaches, écrémer le lait, baratter deux fois par semaine ; aller vendre le beurre et les œufs au marché le samedi matin ; nourrir les poules et les lapins ; prévoir des plats *fournables*[2], qui feraient plusieurs repas : platées de riz au lait, far, lard rôti, civet de lapin, et bien sûr le pot-au-feu du samedi dont le bouillon pour la soupe ne tournerait pas avant le jeudi ou le vendredi, sauf en été par temps d'orage, où il régalait les cochons parfois dès le mardi, mais c'était assez rare.

En plus de l'ordinaire il y avait les travaux de saison. En janvier et février, c'était au bois qu'on pouvait consacrer son temps. Les talus de Roz-Kelenn avaient été négligés par le précédent locataire. Les têtards de chênes et de châtaigniers allongeaient des gros bras âgés de dix ou douze ans. Le long du ruisseau au fond de la prairie, les saules méritaient qu'on les considère. En haut de la butte inculte qui donnait son nom à la métairie[3], on pouvait bien abattre un houx centenaire sur deux.

---

1. Cabane, appentis.
2. De *fournis*, abondant, complet, rentable.
3. *Roz* : butte, tertre ; *kelenn* : houx. Roz-Kelenn : la butte aux houx.

Jabel et François purent tout de suite tester la valeur de l'autre à l'occasion de ce travail de force. Ils se mesurèrent presque, en se lançant des défis silencieux. François abattait les grosses branches des têtards et les arbres sur pied à la hache, puis ils les débitaient ensemble au harpon. Chacun fendait sa part au merlin et là-dessus Jabel était d'accord avec François : mieux valait fendre tout de suite, parce qu'une fois séchés, le chêne et le châtaignier, et même le bouleau, résistent au merlin, et c'est une perte de temps que de les attaquer aux coins et à la masse, comme on le fait avec les vieilles souches. Pendant que Jabel brûlait un minimum de branchages et commençait de mettre les bûches en tas, François alignait les fagots, un toutes les dix minutes, tirés au cordeau, tassés sous le pied et noués en un tournemain d'un souple rejet de noisetier aussi serré qu'une sangle. Ils couvraient les tas constitués le long des talus de fourchées d'ajoncs sur lesquelles, après les moissons, ils ajouteraient des matelas de fougère épais d'un mètre, qui se tasseraient au fil du temps. Ils firent du bois pour au moins trois hivers. Ils le rentreraient au fur et à mesure, charretée par charretée.

Au printemps, ils labourèrent, semèrent du blé et de l'orge, et une parcelle de sarrasin, au pied de la butte aux houx. En juin ils firent les foins dans la prairie. Après ce fut la moisson, le battage du blé et de l'orge. En octobre ils récoltèrent le blé noir, qu'ils apportèrent au meunier. Jamais ils ne restaient les bras ballants. Avant une nouvelle saison de bois, ils défrichèrent une lande, à la houe et avec une vieille hache qui ne risquait rien à rencontrer la caillasse autour des racines. Ils gardèrent le plus gros du bois d'ajonc, dans les trois cordes, excellent pour le feu sous la lessiveuse et la *chid-houarn* de la *boued* à cochons. Le soir, tandis qu'ils rinçaient leur sueur, le torse nu près de l'auge sous la gouttière au coin du pennti, ils riaient, heureux de voir qu'ils ne s'étaient pas trompés sur le compte de leur conjoint.

— Si tu crois que tu vas réussir à crever ta femme, disait Jabel, autant te détromper tout de suite.

— Oh ! je vois bien que le travail n'est pas près de te faire peur, répondait François en souriant finement.

Ils iraient loin ensemble, ça c'était sûr, aussi sûr que sous un plant de patates on ne trouve pas de betteraves.

Trois ans plus tard, ils possédaient deux juments, cinq vaches, une truie, un char à bancs en plus de la charrette, une cuisinière neuve avec deux fours et réserve d'eau chaude, et un matelas en laine sur lequel ils décidèrent de se fabriquer une descendance, puisqu'ils étaient à jour de leurs affaires et avaient plus d'argent de côté qu'ils n'en avaient à eux deux en démarrant.

Jabel fut prise tout de suite, en février 1914, ce qui ne pouvait mieux tomber, puisqu'elle accoucherait en novembre, à l'époque où la nature est au repos.

— Au besoin, si jamais tu es trop fatiguée avec le petit, je ferai le bois tout seul, dit François. N'importe comment, on a de quoi brûler pendant plusieurs années.

Au marché du bourg, début juillet, des gens instruits comme le clerc de notaire parlèrent de l'assassinat d'un archiduc dans un pays faisant partie de l'empire austro-hongrois, quelque part entre l'Italie et la Grèce, et de celui d'un socialiste, un nommé Jean Jaurès, dans un café parisien. On ne voyait pas très bien pourquoi, mais enfin toujours est-il qu'à cause de ça l'Allemagne risquait de déclarer la guerre à la Russie et la France, et l'Angleterre à l'Allemagne, à cause des traités d'alliance.

Jabel crut qu'elle allait faire une fausse couche quand une bande de gars plus que gais vinrent à Roz-Kelenn annoncer la mobilisation générale, juste à la fin de la moisson, encore heureux.

— Si ce n'est pas terminé dans un mois, dit François, prends une bonne avec toi pour t'aider en permanence et puis des journaliers au coup par coup. Te fais pas de bile, je ne serai pas dans les premiers à monter à l'attaque, tu peux me croire.

Ils s'embrassèrent sur les deux joues, intimidés comme des jeunes cœurs de se séparer pour la première fois, et François partit à pied rejoindre la caserne de Quimper.

Au front, il sut sûrement se débrouiller, ou bien eut plus de chance que certains, car il revint en permission à la Noël, en qualité de père de famille. Deux enfants lui étaient nés, mi-novembre, des jumeaux, garçon et fille, que Jabel déclara sous le nom de François et Jeannette. On alla au bourg de Briec faire un portrait de famille : Jabel en coiffe et robe noire, François en uniforme et Fanch bihan[1] et sa sœur tous les deux en robe blanche, avec sur la tête un bonnet incrusté de nacre lacé sous le menton. Avec leur photo de mariés, ce portrait serait la seule image tangible que Jabel garderait de son mari.

Fin avril, elle entendit les sabots légers d'un cheval de riche sonnailler sur l'empierrement du chemin et reconnut le crissement grêle des grandes roues d'un cabriolet. C'étaient le maire et le curé.

— *Mallozh Doue ! Mallozh ru*[2] *!* blasphéma-t-elle.

François avait été gazé sur le front de l'Ouest. Les oiseaux de malheur expliquèrent que les Allemands avaient pris les Français par traîtrise, avec cette nouvelle façon de tuer l'ennemi, envoyer des gaz mortels portés par le vent sur les tranchées ennemies.

---

1. Petit François.
2. « Malédiction de Dieu ! Malédiction rouge ! », c'est-à-dire épouvantable.

François n'était pas mort, mais ne valait guère mieux. Il fut rapatrié et étalé sur un grabat de salle commune à l'hôpital de Quimper, où Jabel alla le voir. Le docteur ne lui cacha pas que les gaz continuaient de dévorer les poumons et qu'il fallait se préparer au pire. Son pauvre mari n'était plus qu'un sac de farine vide duquel sortait un souffle grinçant. Il trouva la force de sourire mais ne put sortir deux mots de suite sans tousser. Elle serra ses mains dans les siennes, baisa ses lèvres et, les larmes aux yeux, s'en retourna à la maison, après s'être arrêtée à la mairie de Briec signer pour une concession perpétuelle.

François fut enterré trois semaines plus tard. Compte tenu de l'état du corps, il n'y eut pas de veillée. Le cercueil fut transporté directement de l'hôpital à l'église. François eut droit à une belle messe et à des honneurs, avec des drapeaux, des soldats et des grosses têtes, mais que valent ces simagrées au moment où l'on descend le cercueil dans le trou et que la terre recouvre celui avec qui vous comptiez faire toute votre existence ?

La douleur fut trop vive. S'être sortie de la misère pour connaître une misère pire encore, c'était injuste et insupportable. Cette fois, le *marmouz* que Jabel portait dans son ventre suite à la permission de Noël ne resta pas accroché.

Elle se jura que rien ne pousserait plus jamais dans ce ventre qui appartenait à François, *da viken*, à jamais, pour toujours.

4

Personne ne sut jamais exactement pourquoi, à la suite de quels contacts, Jabel quitta Roz-Kelenn. On supputa que c'était dans un bureau à Quimper, à l'occasion des papiers à remplir pour sa pension de veuve de guerre, que quelqu'un lui fourra dans le crâne cette idée ahurissante : quitter la terre et la Bretagne pour prendre une affaire à son compte.

Les mauvaises langues, parmi lesquelles Yann et Magrit Kermoal, dirent que ce quelqu'un était sûrement un homme, un Parisien peut-être, incarnation de toutes les turpitudes, qui l'avait mise dans son lit et embobinée, parce que comment aurait-elle pu s'embarquer là-dedans, sinon aveuglée par les sentiments ? Jabel ne démentirait ni n'infirmerait cette prétendue histoire d'amour. Au festin de la curiosité aussi bien qu'à un grand repas de battage, on n'autorise pas les convives à soulever le couvercle du faitout où le ragoût mijote. Laisser les indiscrets sur leur faim est une façon habile de mieux les dominer. Fière de l'auréole d'aventurière qu'on lui tressa au-dessus de la tête, Jabel se tairait afin qu'elle continue de tourner.

La réalité était non pas banale – l'aventure de Jabel ne l'était pas – mais toute bête, finalement. En effet, ce fut bien dans un bureau de Quimper qu'elle rencontra quelqu'un : une jeune veuve de guerre qui revenait de

Touraine, où ses beaux-parents possédaient une affaire et cherchaient une nouvelle gérante courageuse au travail. Jabel écrivit à ces gens pour demander des précisions sur les bénéfices, bien supérieurs à ceux qu'elle pouvait espérer tirer de la métairie de Roz-Kelenn.

La perspective de gagner en quelques années assez d'argent pour s'acheter une ferme coïncida avec l'état d'esprit de Jabel à ce moment-là : désespérée par la mort de François et déterminée à ne pas le remplacer, elle savait que seule avec deux petits elle ne pourrait jamais tenir la métairie. Condamnée à se replacer comme journalière ou bonniche, elle ne pourrait jamais réaliser son rêve de devenir patronne. Elle se jeta à l'eau – « C'est bien le cas de le dire », se moquait-elle d'elle-même, vu le nouveau métier qu'elle avait choisi – en se répétant cet aphorisme à chasser les scrupules : il n'y a que ceux qui ne font rien qui ne se trompent jamais.

Après l'enterrement de François, elle organisa la fenaison et la moisson et nombreux furent ceux qui lui donnèrent un coup de main avec dans l'idée de remplacer François sur le matelas de laine. Pouvaient toujours courir. En septembre, mais cela on ne l'apprit que plus tard pour se rendre à l'évidence qu'elle avait bien préparé son coup, elle sous-loua Roz-Kelenn à deux journaliers, deux frères trop âgés pour risquer d'être mobilisés, en leur accordant un délai pour payer les bêtes et en s'engageant par écrit auprès du propriétaire sur le loyer qu'elle réglerait à leur place au cas où ils feraient défaut.

En octobre, Fanch bihan et Jeannette dans les bras, elle embarqua ses affaires – le matelas en laine, une caisse de vêtements, une autre d'ustensiles de cuisine – dans le fourgon de queue du train de Paris, via Nantes. Elle s'arrêterait à Tours se jeter à l'eau : prendre en gérance un bateau-lavoir.

Un bateau-lavoir ! Les deux mots associés vous en bouchaient un coin. Déjà un bateau, à part pour ceux qui lisaient les journaux illustrés, ou qui avaient vu la mer en allant au pardon de Sainte-Anne-la-Palud, ou qui pouvaient se vanter d'avoir vu un lougre remonter l'Aulne à Châteaulin, c'était difficile à concevoir. Alors, un bateau-lavoir... Un bateau qui lave ? Un bateau où l'on lave le linge ? Un bateau où les personnes se lavent ?

Il ne se passerait pas une année, de son retour jusqu'à ses vieux jours, sans que Jabel ait à raconter son aventure ligérienne, à l'occasion d'un mariage, d'un enterrement ou d'un pardon.

— *Ma*, vous n'en aurez donc jamais assez de cette histoire ? disait-elle.

— Sûr que non. Aucun d'entre nous n'a été là-bas, tu sais bien.

— *Ma*, puisque vous n'êtes pas rassasiés, autant recommencer, alors.

Elle prenait son air gourmand, relevait le menton, arrondissait la bouche comme un fumeur pour faire des ronds de fumée, et reprenait l'histoire de ses années sur le bateau-lavoir, en rajoutant souvent des détails inédits qui embellissaient son récit comme un conte de veillée.

Elle parlait du fleuve comme d'une personne, avec le respect qu'on doit aux saints de sa paroisse. Il naissait dans des montagnes lointaines pour aller se jeter dans l'Atlantique, en bas de la Bretagne, et sur la carte de France son cours formait une lame de faucille posée sur le vert de la plaine, avec en guise de manche son estuaire courbé. Long comme un hiver sans soleil, il était large comme plusieurs prairies accolées où, au lieu des bouquets de saules isolés qu'on trouve dans les terres humides, poussaient aux beaux jours des îles et des îlots entre lesquels les barques se perdaient.

Le fleuve n'avait pas la couleur de l'eau des rivières bretonnes, qui n'est pas différente de celle d'un seau d'eau ou de la pluie qui remplit les auges en tombant des toits. De loin, l'eau de la Loire avait la couleur du lait chaud mélangé de miel de châtaignier, ou bien encore de la pâte à crêpes de blé noir malaxée au cidre nouveau, un ocre jaune que le bleu du ciel irisait de reflets de verroterie à trois sous, surtout des verts et des mauves semblables à ceux des prairies en tenue d'automne. Pourtant, quand on la puisait, cette eau était aussi claire que n'importe laquelle.

Tours, la ville au bord du fleuve, était cent fois, peut-être mille fois plus étendue que le bourg de Briec, construite en pierre blanche, si tendre qu'on aurait presque pu la travailler au couteau, rien à voir avec le granit breton. Le long de la Loire, des gens avaient creusé leur habitation dans des falaises de craie ; on les appelait du même nom que le petit oiseau qui fait son nid dans les trous de talus, *al laouenan*, le troglodyte.

Comparée aux Montagnes Noires et aux monts d'Arrée, la Touraine était un pays de cocagne. On y cultivait de la vigne et on y buvait du vin, blanc, rouge et rosé, en boisson ordinaire. A l'extérieur de la ville, sur le damier d'une campagne parsemée de petites maisons coquettes, s'entrecroisaient avec les vignobles d'immenses vergers dignes du paradis d'Adam et Eve, plantés de pommiers, de pruniers et de pêchers qui donnaient tellement qu'on avait peine à tout ramasser.

Pas étonnant que dans un tel Eldorado Jabel gozh eût bourré son porte-monnaie de pièces d'or, observait son auditoire avec ce plaisir que prennent les gens à vouloir diminuer votre mérite.

— *Hopala !* répliquait-elle, nulle part l'argent ne tombe du ciel. Il ne faut pas croire, j'avais de la concurrence.

L'argent, il avait fallu le tirer du fleuve, comme un orpailleur, et la concurrence était celle d'une vingtaine de bateaux-lavoirs alignés le long du quai, en pleine ville. Quelques-uns étaient un simple ponton au ras de l'eau, mais la plupart, comme celui de Jabel, étaient des bateaux-lavoirs à deux étages : le pont du bas avec les postes de lavage, au-dessus la chaufferie couverte et, autour des feux sous les gigantesques lessiveuses, un réseau de fils où les femmes étendaient leur linge par mauvais temps ; par beau temps, elles l'étendaient sur le toit de l'étage, ou sur le quai, dans des espaces réservés. A l'avant du bateau-lavoir se trouvait l'appartement de Jabel : un cabinet de toilette, un débarras, une cuisine et une chambre.

Quand Jabel prit le bateau-lavoir en gérance, l'affaire consistait à louer des places à deux catégories de lavandières : des ménagères qui n'avaient pas d'endroit où laver leur linge dans leurs minuscules logements en ville et des professionnelles qui lavaient le linge des bourgeois. Les places étaient louées à la journée et le prix comprenait : un poste de travail sur le pont d'en bas, avec un « carrosse » où s'agenouiller, un baquet et un battoir ; l'usage de la cuve du haut où le linge était mis à bouillir, la fournée de chacune liée par une corde et identifiée par un bout de tissu particulier ; le droit d'étendre le linge autour du poêle et de la cuve, ou sur le toit ou sur les fils du quai. Le bateau-lavoir vendait obligatoirement la lessive, au prix fort, pour tenir compte du coût du bois de chauffe.

L'eau du fleuve était la même partout, cependant les lavandières avaient leur bateau-lavoir attitré, en fonction des patrons, de la qualité de la lessive, du tirage du poêle, de la température de l'eau chaude, de la propreté des cabinets d'aisance. Les professionnelles n'étaient pas des Filles de Jésus, loin de là ! Des vive-la-joie, à la langue bien pendue, et il le fallait bien pour se distraire, parce que si les ménagères venaient une fois le temps au bateau-lavoir, les professionnelles étaient tous les jours sur le pont, qu'il fasse chaud ou qu'il gèle, à genoux à décrasser le linge, à genoux à le rincer, debout ou pliées en deux autour de la cuve, à suer les courants d'air attrapés en bas.

La première semaine, elles essayèrent de prendre le dessus sur Jabel, pensez donc, une jeunette de l'âge des filles de certaines d'entre elles, à peine sortie de son trou, déguisée en péquenaude, et complètement bouchée concernant les gros mots. *Hopala !* Jabel en avait bridé des juments têtues, dressé des truies mordeuses, coupé le cou à des oies sournoises ! Les relations furent très vite mises au clair. Evidemment, de temps à autre il y avait encore des prises de bec et des moqueries, mais au besoin les ménagères se mettaient du côté de Jabel pour venir à bout d'une commère un peu trop forte en gueule. Si la grande trappe croyait embêter Jabel en utilisant des mots inconnus d'elle, la Bretonne lui répondait en breton :

— *Graet peoc'h, boulc'hurun*[1] *!*

Et c'était comme un cri d'Ostrogoth qui faisait éclater de rire les femmes d'un bout à l'autre du bateau-lavoir.

En tout cas, *torr-penn*[2] ou pas, les lavandières étaient gentilles avec Fanch bihan et Jeannette, qu'elles surveillaient du coin de l'œil pour qu'ils ne tombent pas à l'eau, la grande frayeur de Jabel tant qu'ils n'eurent pas appris à nager avec les autres garçons et filles de leur âge, un peu plus haut en amont, dans un renfoncement du fleuve que les gosses appelaient « les sables ».

A l'approche de l'été, avant que le fleuve ne montre ses eaux d'étiage et ne rende la navigation aléatoire, les

1. « La paix, boule de tonnerre ! »
2. Casse-tête.

mariniers et les pêcheurs frôlaient les bateaux-lavoirs quand les lavandières n'avaient plus grand-chose sur elles : penchées sur l'eau, à rincer ou à essorer, elles leur donnaient à admirer des seins souvent gonflés de lait. Certaines, un peu malhonnêtes, se déboutonnaient du haut carrément. Et ça gloussait comme des poules qui viennent de pondre : une barque passait...

Le niveau du fleuve baissait, le niveau du fleuve montait, les bateaux-lavoirs suivaient les hauts et les bas. Jamais Jabel ne vécut une de ces crues catastrophiques dont les gens parlaient avec terreur : les bateaux-lavoirs soulevés, bousculés sur le quai, amarrés en vitesse à des poteaux supplémentaires plantés loin de la berge, et le tour de garde pour surveiller la décrue, repousser à temps les bateaux-lavoirs dans le lit du fleuve pour éviter qu'ils ne restent plantés à sec sur le quai.

En revanche, Jabel avait connu des crues d'automne et de printemps où le courant forcissait tant qu'il devenait dangereux d'y rincer un drap, sauf à risquer d'être emportée avec lui. Déjà, en temps normal, il fallait faire attention à ne pas laisser une pièce de linge vous glisser entre les doigts. Si c'étaient les doigts d'une lavandière dans les premières en amont, il s'en trouvait bien une parmi les suivantes à pouvoir rattraper le linge. Mais les dernières en aval devaient redoubler de précautions et tenir prêt leur bâton à crocheter le linge en perdition. Une belle pièce de perdue et à rembourser à sa propriétaire, ça pouvait vous fiche en l'air une semaine de turbin.

Voilà ce que racontait volontiers Jabel gozh. Elle gardait pour elle ce qui concernait le commerce proprement dit, d'abord parce que ça ne regardait pas les gens trop prompts à multiplier les mille et les cents de ses bénéfices supposés, ensuite parce qu'elle ne se serait pas sentie très à l'aise d'avouer qu'elle, la fille de la cabane, mendiante dans son enfance et ancienne journalière, avait exploité le travail des autres comme les gros patrons de ferme avaient gagné de l'argent sur son dos.

Pendant deux ans elle se complut dans la routine du bateau-lavoir, et puis au printemps 1917 lui vint à l'esprit une sorte de désir de mettre les choses au propre au démarrage de la belle saison, comme on décide de nettoyer les crèches après avoir ramené les bêtes aux champs. La gérance du bateau-lavoir était trop facile, elle avait l'impression de s'engourdir. Certes, l'argent tombait régulièrement dans la caisse, mais n'y avait-il pas mieux à faire ?

Elle constata que les lavandières professionnelles étaient mal organisées ; elles perdaient beaucoup de temps à transporter du linge – le prendre, le livrer – aux quatre coins de la ville ; il leur arrivait d'avoir du mal à se faire payer, parfois non sans raison – parce qu'elles avaient négligé de faire bouillir deux fois des draps de malade, ou mélangé ou perdu des pièces. Tout le monde n'a pas assez bonne cervelle pour travailler à son compte. Ces femmes-là avaient besoin d'une patronne qui serve d'intermédiaire entre elles et la clientèle.

Jabel proposa aux meilleures de devenir ses salariées. Elle leur prouva par *a* + *b* que tout le monde avait à y gagner. Continuant d'être payées à la pièce, elles en laveraient bien plus puisqu'elles n'auraient plus que ça à faire : Jabel s'occuperait de mettre au point une tournée de ramassage du linge sale et de livraison du linge propre, et les impayés seraient pour ses pieds, au cas où. Ah ! évidemment, cela supposait un travail parfait de la part des lavandières, de l'assiduité au carrosse et à la cuve, et donc de la fatigue supplémentaire, mais il fallait savoir ce qu'on voulait : des sous en plus ou des reins bien reposés.

Une dizaine de lavandières sautèrent d'emblée sur la proposition, qui plus d'une fois avaient elles-mêmes pensé au temps perdu à pousser la brouette dans les rues de la ville. Quelques-unes demandèrent à réfléchir, puis acceptèrent. Trois ou quatre traitèrent Jabel d'exploiteuse – leurs maris devaient être des Rouges – et changèrent de bateau-lavoir, et bon débarras, car de plus malléables se présentèrent pour les remplacer.

Malgré l'augmentation des prix, la majorité de la clientèle des lavandières suivit : le service était de meilleure qualité, et être sûre de récupérer son linge propre à jour et à heure fixes, cela plaisait aux dames. Et puis le bouche-à-oreille fit son effet. Ces dames-là, ça cause à la sortie de la messe. Connaissez-vous le bateau-lavoir de Jabel la Bretonne ? Non ? Ah ! je vous le conseille ! On vous prend votre linge et on vous le rapporte tout repassé et plié à la perfection. Tout repassé ? Eh oui ! Jabel, pour aller jusqu'au bout de son idée, installa des repasseuses dans un hangar désaffecté. Elle acheta une charrette à bras et embaucha un homme pour la tirer, qu'elle accompagnait dans ses tournées de livraison, une sacoche en cuir accrochée autour de la taille, afin d'encaisser tout de suite. Elle faisait crédit une fois, dans certaines circonstances – la bourgeoise avait oublié soit l'heure de passage, soit de donner de l'argent à la bonne –, jamais deux. Toutes ces rues qui lui inspiraient de l'angoisse au début, aussi touffues qu'une lande mélangée d'épines noires, lui devinrent familières.

On aurait dit que Jabel, née dans la crasse, voulait décrasser la Touraine tout entière. Comme l'argent rentrait à flots, elle réserva cinq places gratuites à des veuves de guerre nécessiteuses, un moyen efficace d'effacer le sentiment de culpabilité qu'elle éprouvait à faire travailler les autres, qui lui valut les félicitations du curé en confession. Soucieuse de remplir son bas de laine au maximum, elle changea trois fois rien à son train de vie, hormis de la viande ou du poisson à presque tous les repas, et l'achat de quelques meubles et de vêtements du dimanche à Fanch bihan et Jeannette.

Dès leurs quatre ans, elle envoya les enfants à la petite école chez les sœurs, juste derrière les quais. A six ans, elles gardèrent Jeannette dans leur école primaire et firent passer Fanch bihan chez les jésuites. A douze ans, les jumeaux furent présentés au certificat d'études. Fanch bihan fut reçu, Jeannette échoua, ce qui n'avait aucune importance. Comme toutes les filles, elle était destinée à apprendre un métier. Les jésuites firent des pieds et des mains pour que Fanch bihan entre au petit séminaire.

— Non, il n'ira pas, répondit Jabel.

— Mais pourquoi ?

— Oh ! ce n'est pas que j'aie quelque chose contre vous. C'est que nous allons partir d'ici, tout simplement.

Jabel avait atteint son but, il était temps de retourner en Cornouaille afficher son succès. L'argent ne représente rien s'il n'est qu'un nombre à plusieurs chiffres sur un livret du Comptoir national d'Escompte de Paris, qu'on ne porte pas en pendentif autour du cou. Il faut montrer sa réussite sous une forme que chacun peut estimer d'un seul coup d'œil, à savoir du bien qui respire au rythme des saisons, des champs cultivables, des prairies et des bois, autrement dit une ferme, avec tout ce qui pousse dessus et tout ce qui va avec.

En janvier 1927, elle écrivit au notaire de Briec de donner congé aux sous-locataires de Roz-Kelenn pour la Saint-Michel et de tâter le terrain du côté des propriétaires de la métairie pour voir s'ils n'étaient pas vendeurs. Qu'il prenne son temps et n'estime pas nécessaire de lui répondre par écrit : il lui dirait de vive voix ce qu'il en était, à son retour, vers la Saint-Michel.

Mi-septembre, elle remit les clés du bateau-lavoir à la nouvelle gérante et prit le train de Quimper sans que ça lui fasse ni chaud ni froid de quitter le bord de la Loire que douze années durant elle avait en quelque sorte cultivé. Le jour de son arrivée, la Loire était gonflée et son porte-monnaie vide ; le jour de son départ, l'eau était basse et son porte-monnaie rempli, c'était la seule différence.

Pendant un moment le train longea le fleuve, sorte d'éteule liquide où les îles et les îlots figuraient les touffes de *broenn*[1] au milieu des prairies. Sur cette image se superposa dans l'esprit de Jabel l'image d'un champ de bataille où son pauvre François avait respiré le gaz mortel des Allemands, puis encore celle, réconfortante, d'un champ enneigé de sarrasin en fleur.

1. Joncs.

5

Luxe inouï qui témoignait de la fortune faite en Touraine, Jabel et les jumeaux passèrent une semaine à l'hôtel, en attendant le départ des sous-locataires et le transport du mobilier en consigne à la gare de Quimper.

Les deux frères célibataires avaient bien entretenu les terres et le matériel. De la maison, on ne pouvait pas dire autant : du ménage d'homme, ou de femme fainéante, qui balaie les moutons sous les lits. Bah ! c'était à prévoir… Jabel les dédommagea sans rechigner pour la paille, le foin et le bois en avance, les choux et les betteraves sur pied, ainsi que pour les améliorations qu'ils avaient réalisées – élargi un *toull karr*[1], réparé le toit du hangar, des choses comme ça –, et ne discuta pas le prix des bêtes, sept vaches et deux juments en bonne santé, qu'il valait mieux leur acheter directement plutôt que de les racheter une semaine après, au prix fort, à un quelconque maquignon.

Une crainte avait hanté Jabel à partir du moment où elle leur avait donné congé par l'intermédiaire du notaire : qu'ils aient la même idée qu'elle, s'intéresser à l'achat des terres. Mais non, ces deux-là étaient des hommes sages. Ayant à présent dépassé la cinquantaine et mis de l'argent de côté pour leurs vieux jours, ils

1. Passage de charrette ou de tracteur dans un talus.

avaient choisi de finir leur temps comme commis d'expérience dans une ferme en dessous de Karreg an Tan, la Roche du Feu, sur la commune de Gouézec. Jabel aurait-elle dû leur proposer de rester à Roz-Kelenn comme journaliers ? Non, c'eût été risqué. Bien que sous-locataires, ils n'en avaient pas moins été maîtres des lieux, et d'anciens maîtres ne se laissent pas facilement commander, surtout par une femme.

Une autre crainte habitait toujours Jabel à la veille de sa réinstallation. Cela concernait les jumeaux. Pour eux, emménager à Roz-Kelenn, c'était pire que de débarquer sur la Lune. Ils avaient grandi en ville, comment allaient-ils considérer la campagne ? Bien sûr, Jabel leur avait appris le breton en leur promettant que cela leur servirait quand ils reviendraient à la maison – et « la maison », cela ne leur disait rien. Mais comment, sur le bateau-lavoir, leur apprendre à mener un cheval ou à traire une vache ? Les gènes devaient être bons, parce qu'aucun des deux n'eut peur des bêtes. Jusqu'à la rentrée des classes, Jabel les fit participer à toutes les tâches, tant et si bien que ce fut presque à reculons que Fanch entra en pension à Quimper, chez les curés de Saint-Yves. Quant à Jeannette, Jabel lui laissa le choix : aller à l'école des sœurs encore un peu, ou rester avec elle.

— Je préfère rester avec toi.

— D'un côté c'est dommage, de l'autre ce n'est pas pour me déplaire, répondit Jabel. Mais je te préviens, il ne faudra pas reculer devant le travail. Ça ne t'empêchera pas d'aller en apprentissage à quatorze ans si on te trouve une bonne place quelque part.

Un vendredi matin, de bonne heure après la traite des vaches afin que rien ne presse la discussion, Jabel prit le car au carrefour de Kroazh-Venn et se rendit chez maître Durand. En haut de la grand-rue, les maisons du notaire et du médecin se faisaient face, comme si elles voulaient comparer leurs trois étages sous leur toit tarabiscoté, leurs balcons de pierre travaillée, et leurs beaux jardins de devant pleins d'arbustes taillés qui n'avaient même pas de nom en breton. Sans doute Jabel avait-elle de quoi acheter une maison comme celles-là, mais après, de quoi aurait-elle vécu ? De pain sec et d'eau du puits ?

Maître Durand avait pris la succession de son père à trente ans et approchait maintenant de la soixantaine, un âge auquel, songea Jabel, ayant suffisamment amassé de picaillons, il n'était plus forcé d'aller contre les intérêts des petits en faveur des puissants, à la différence d'un jeune notaire qui s'est endetté pour s'installer. Et pareil pour le médecin, se dit Jabel : un vieux docteur passe plus de temps chez les pauvres qu'un jeune pressé de gagner sa croûte.

Natif de Briec, maître Durand parlait breton avec l'accent du canton et n'avait aucun effort à faire pour prononcer les noms des gens et des lieux-dits de façon compréhensible à l'oreille des vieux qui ne savaient ni lire ni écrire et ne parlaient pas français. Il connaissait le plan cadastral de la commune par cœur, ainsi que toutes les disputes du passé et du présent à propos de tel ou tel talus, de telle ou telle parcelle, de tel ou tel puits à droit d'usage partagé. Il ne cacha pas son plaisir à recevoir Jabel, qu'il tutoya, en français, non pas par supériorité, mais par habitude et amitié, bon nombre de paysans le tutoyant eux aussi, qui ne faisaient pas la différence entre le tu et le vous, en breton.

— Alors, Jabel, comment va ? Comment vont tes enfants ? Quel âge ils ont pour maintenant ? Attends un peu... douze ans ?

— Ils sont dans leur treizième année tous les deux, puisqu'ils sont du même jour de la même année.

— Des jumeaux, je m'en souviens parfaitement. Ils s'arrangent bien ?

— Ils s'arrangent comme frère et sœur, et des fois comme chien et chat.

— Ils ont dû bien pousser, car ils ont de qui tenir.

— Oh ! ils ont poussé à Tours sans doute mieux qu'ils ne l'auraient fait ici. Fanch a eu son certificat et je l'ai envoyé en pension à Saint-Yves. La fille va rester avec moi.

— Parfait, parfait... Je suis admiratif, tu sais... Il t'en a fallu du courage pour partir en Touraine.

— Oh ! quand on part d'où je suis partie, il ne faut pas avoir peur d'aller au-devant du nouveau.

— Ah ! ça, pour du nouveau, tu n'as pas hésité !... Un bateau-lavoir... Mais la réussite était au bout, puisque tu songes à acheter de la terre.

La discussion était lancée. Bien que très fière qu'on lui parle presque d'égal à égale, Jabel se campa sur ses gardes.

— Ma foi, puisque je vous l'ai écrit, c'est une idée que j'ai, je ne dirai pas le contraire...

— Tu n'es pas femme à lancer des idées en l'air !

— A demander, on se met en position d'infériorité.

— C'est bien comme ça que je l'ai entendu, Jabel. Ne t'inquiète pas, je ne suis pas allé dire aux propriétaires : « Voilà, Jabel, votre locataire, veut acheter à n'importe quel prix. »

— Vous auriez menti. Chaque chose a son prix.

— Oui, mais le prix d'une chose ne représente pas la même valeur selon l'état des biens de chacun. Les propriétaires ne sont pas dans le besoin. Tu sais qu'ils ont fait fortune dans le négoce du vin d'Algérie.

— Je m'en doute, avec les hommes qui ont appris à boire du vin à la guerre. Ce ne sera plus la peine d'essayer de vendre du cidre bouché à qui que ce soit. Encore heureux si les commis acceptent d'en boire.

— Ils sont en train de faire construire leur propre bateau pour transporter le vin d'Algérie jusqu'à Quimper et Morlaix.

— Ah ? Et ils ont besoin de sous pour ?

— Je ne crois pas. Je crois que la terre les intéresse moins. Ils seraient d'accord de te vendre Roz-Kelenn, mais à condition de ne pas perdre dessus.

— Comment ils pourraient perdre dessus avec tous les loyers qu'ils ont empochés ?

— Perdre par rapport à leur estimation.

— Et combien ils pensent que ça vaut ?

Le notaire donna le chiffre.

— Qu'est-ce que tu en penses ?

— Je pense qu'ils ne sont pas riches pour rien. Ils savent compter.

— Toi aussi, Jabel. Songe que tu n'auras plus jamais de loyer à payer.

— C'est entré en considération dans mes calculs.

— Ils ne baisseront pas leur prix, je le crains.

Jabel soupira.

— A leur place, je ne l'aurais pas baissé non plus. Je suis d'accord, mais à condition qu'ils paient les frais de notaire.

— Ils n'auront que les droits d'enregistrement à payer, je ne prendrai pas d'honoraires.

— Mais pourquoi ? s'étonna Jabel, estomaquée.

— Parce que comme ça il n'y aura rien à discuter avec eux et que ça me fait plaisir. J'ai envie de te voir devenir une patronne, Jabel. D'ailleurs... Tu sais qu'ils sont aussi propriétaires de trente et quelques hectares en limite de Roz-Kelenn, côté Landrévarzec. Ils seront libres à la Saint-Michel de l'année prochaine. Je leur ai proposé de te les louer.

— Merci bien ! s'exclama Jabel. Rien que des *minés*[1] plein de cailloux et des landes aussi vieilles qu'Hérode.

— Une bonne moitié de terres labourables, quand même...

— C'est ça, et quand j'aurai fait nettoyer et amender et récolté une première fois, ils me diront : *« Maez, Jabel, maez, kerz kuit*[2] *! »* Et moi une fois dehors, ils loueront deux fois plus cher. Je ne serai pas la première à qui on fait le coup.

Maître Durand joignit les doigts écartés de ses mains et souffla sur ses pouces en regardant Jabel par-dessus ses lunettes, d'un air malicieux.

— Non, parce que tu auras une promesse de vente en même temps que le bail.

— *Sell-tat*[3] *!* s'écria Jabel. Et comment c'est possible ?

— C'est la condition que j'ai discutée. Pendant dix ans c'est toi qui décideras, acheter ou pas. A l'expiration de la promesse, si tu n'as pas acheté, les terres seront perdues pour toi.

— Acheter, mais à quel prix ? Celui de maintenant ou celui de dans dix ans ?

— Au prix de l'hectare de Roz-Kelenn au jour d'aujourd'hui.

— *Ma*, ça demande réflexion.

— Rien ne presse, Jabel.

— Oh si, que ça presse ! Je vais faire un tour dans le bourg et je reviens.

— Si c'est après l'heure de midi, frappe à la porte de derrière.

— Oh, ce sera avant, j'ai mon car à midi et demi.

---

1. Ou *menez*, mont, montagne, butte, mais aussi champ de peu de valeur.
2. « Dehors, Jabel, dehors, fous le camp ! »
3. « Regardez donc ! »

Tourneboulée par la proposition du notaire, Jabel alla d'abord se changer les idées en achetant une paire de sabots neufs et ensuite un gros pain de quatre livres et une brioche que Fanch aurait du goût à manger, puisqu'il revenait à la maison le samedi après-midi jusqu'au dimanche soir.

François, son père, avait deux fois son nom au milieu du bourg : sur le monument aux morts, ce qui lui faisait une belle jambe, et sur sa tombe dans le cimetière devant l'église, où Jabel se rendit. Elle posa ses paquets sur la pierre, récita une prière mains croisées, arracha quelques herbes autour du monument, puis reprit ses paquets et retourna chez le notaire vers midi moins le quart. Il était occupé avec un client mais sortit tout de suite de son bureau pour la recevoir dans la salle d'attente, où il n'y avait personne.

— François n'aurait pas laissé passer l'occasion, dit-elle. Je suis allée sur sa tombe.

— Les morts sont souvent de bon conseil.

— Quand est-ce qu'il faudra payer ?

— A la signature. Je vais préparer les actes dès que possible. Tu as placé tes sous ?

— Au Comptoir d'Escompte de Quimper. Ils avaient une succursale à Tours.

— C'est une bonne banque.

— Je risque d'avoir du dur avec toutes ces terres en propriété et en location.

— Personnellement, je ne me fais pas de souci pour une femme comme toi.

— Pourvu que j'aie la santé.

— Tu l'as eue jusqu'à présent, pourquoi veux-tu que ça change ?

— On est peu de chose ! Mamm est morte alors qu'elle n'avait pas eu ses vingt-cinq ans.

— Tu regrettes déjà ta décision ?

— Sûr que non, dit Jabel en relevant le menton, c'était juste pour dire.

— Je te ferai signe dès que les papiers seront prêts.

— Le plus tôt sera le mieux.

— Ne t'inquiète pas, c'est comme si c'était fait.

— Sûr ? Parce qu'il ne faudrait pas maintenant que ça me passe sous le nez !

Le notaire la raccompagna dehors. Des passants les regardèrent se serrer la main et Jabel se sentit gonflée de fierté à l'idée que bientôt les gens sauraient qu'ils avaient affaire à une propriétaire. Elle en avait fait du chemin, la fille de la cabane ! Elle songea soudain qu'elles étaient deux à être sorties de cette cabane... Que devenait Maï-Yann ? Etait-elle bonne sœur, pour maintenant ? Bah, si Maï-Yann voulait lui donner de ses nouvelles, elle saurait bien trouver comment. A chacune sa destinée, se dit-elle en parcourant le bon kilomètre qui séparait l'arrêt des cars de Kroazh-Venn des bâtiments de Roz-Kelenn.

Les terres lui paraissaient déjà différentes, plus rentables, rien qu'à imaginer les changements qu'un propriétaire peut envisager, au contraire d'un locataire : réunir deux parcelles, détourner un ruisseau pour assécher une prairie marécageuse, planter des peupliers là où il n'y a rien d'autre à faire, dessoucher et labourer une lande, créer un grand verger de pommes à cidre et de pommes à couteau digne de concurrencer ceux qu'elle avait admirés en Touraine, bâtir un nouveau hangar, et à la suite de ces idées lui poussèrent dans la tête une kyrielle de projets adjacents qui la porteraient d'un bout à l'autre du calendrier de la première année, puis de la deuxième, puis de la troisième, et puis des suivantes, sans repos mais sans hâte non plus, calmement et résolument.

Avant même l'échéance du terme, huit ans plus tard, l'année de ses quarante-deux ans, Jabel achetait comptant les terres en location, et dans la foulée, ayant attendu d'être propriétaire de l'ensemble comme s'il lui avait d'abord fallu payer la réalisation du miracle pour y croire, elle décida de faire construire la maison à trois étages sur laquelle, près de deux années après le creusement des fondations, on apposerait au-dessus de la porte d'entrée une plaque commandée aux faïenceries de Quimper : *Roz-Kelenn*, en lettres rondes, au milieu d'un ovale de branches de houx à boules entrelacées.

C'est à partir de ce moment-là qu'on commença d'appeler Jabel « Jabel gozh », non qu'elle eût vieilli plus vite que le nombre d'années qu'elle avait prises ni qu'elle eût plus de cheveux gris qu'une femme de son âge, mais certainement pour marquer le respect qu'on devait à sa réussite et sans doute aussi parce qu'elle allait désormais s'effacer devant sa descendance.

Pendant ces huit années d'embellissement des terres, les jumeaux passèrent de l'adolescence à l'âge adulte en suivant à peu près la ligne tracée par leur mère. Jeannette ne resta pas à la ferme. Une année suffit à Jabel pour juger sa fille. Oh ! fainéante elle n'était pas, ni désobéissante non plus, mais elle n'aimait pas beaucoup se salir et n'allait pas au-devant du travail. Il fallait tout lui dire : fais ceci, fais cela, attention à ceci, attention à cela, et elle faisait ceci et cela sans jamais rire de sa fatigue comme les gens contents d'avoir transpiré. Elle devait tenir de son grand-père chemineau, le noyé des marais de Redon : fatiguée à la naissance du travail de la terre et l'envie de partir accrochée au derrière. Jabel ne lui en tint pas rigueur, mais demeura lucide. A moins d'un retournement de caractère, Jeannette ne serait jamais fermière.

Jabel l'envoya en cours ménagers chez les sœurs de Briec, où elle resta un an, pour revenir à la ferme avec le statut un peu particulier de bonne qui peut se permettre de refuser une corvée sous prétexte qu'elle n'est pas payée. Les cours ménagers l'avaient transformée en *gish kêr*, en fille à chichis, mais ce n'était pas pour déplaire à Jabel de recevoir des leçons de savoir-vivre, car pour faire figure de riche il ne suffit pas d'avoir de l'argent, encore faut-il avoir de belles manières. Jabel se mit à répercuter aux commis les règles dictées par Jeannette : on ne lape pas sa soupe directement dans l'assiette, on ne plante pas dans le beurre son couteau qu'on a léché, on ne s'essuie pas la bouche dans sa manche, on ne pète pas à table et on garde pour soi la consistance de ses excréments du jour – pas la peine d'en faire profiter tout le monde.

Fanch brilla moins au lycée qu'à l'école de Tours. La concurrence était rude. Il avait des lacunes, notamment en littérature, n'ayant jamais lu un livre à la maison. Une barrière invisible séparait les internes comme lui, une poignée de gars de la campagne, des externes culottés, qui pourtant les traitaient sans mépris. Il redoubla sa quatrième et décida d'abandonner à la fin du deuxième trimestre.

« Je manquais de culture générale, paraît-il, l'entendrait-on répéter plus d'une fois quand il serait au sommet de sa réussite. Je t'en foutrai, moi, de la culture générale ! Je te les aurais mis au cul d'une charrue derrière une paire de chevaux, et ils auraient vu ce que c'est que la culture, bon Dieu de merde ! »

Maître Durand, rencontré au bourg, conseilla à Jabel de le maintenir à Saint-Yves jusqu'en troisième. Il pourrait tenter le concours d'entrée à l'Ecole normale et le réussir, et quatre ans plus tard, à vingt ans, il serait instituteur, assuré d'un bon salaire et d'une bonne retraite.

C'était tentant, mais qui prendrait la succession à Roz-Kelenn ? Jabel n'eut pas à se ronger les sangs à ce sujet : chez Fanch, l'amour de la terre dépassait le goût des études.

— J'ai suffisamment de bagage comme ça pour aller loin, dit-il à sa mère. Et pour aller loin, il suffit que je ne bouge plus d'ici. A moins que tu me foutes dehors.

— Et qui je mettrais à ta place, espèce de *droch*[1] ? répondit Jabel en riant de bonheur.

— Tu pourrais te remarier.

— Tu peux être tranquille à ce sujet, à présent j'aime trop dormir dans un lit propre pour avoir envie qu'un homme me salisse mes draps avec ses pieds sales.

En 1930, l'année de leurs seize ans, il y eut un chassé-croisé entre le frère et la sœur. Fanch revint à la ferme, Jeannette s'en alla. Elle avait trouvé d'elle-même une place de vendeuse nourrie, logée et blanchie à la boulangerie du bourg, une façon de rendre son tablier à sa mère. Personne ne douta plus qu'elle ferait sa vie ailleurs qu'à la ferme. Jabel et Fanch pensèrent la même chose : le départ de Jeannette faisait place nette.

Au bout de trois ans, il aurait fallu être sourd et aveugle pour ne pas s'apercevoir que Fanch avait l'envergure d'un patron d'entre tous les patrons. Il « crocha dedans » – l'une des expressions favorites de Jabel concernant l'ardeur au travail – aux labours, aux foins, aux récoltes, au nettoyage des crèches, au défrichage des landes, partout où l'on se crevait la paillasse, afin d'en remontrer aux journaliers. Il forcit des épaules, de la nuque, des bras et des cuisses, jusqu'à l'harmonie et l'élégance d'un corps de mâle bien découplé, sans excès ni enflure de lutteur de foire. Il se muscla aussi le caractère, et au fur et à mesure qu'il prenait de l'ascendant sur son entourage,

1. Imbécile, idiot.

c'est à l'intérieur de sa tête qu'il y eut quelques boursouflures, devinables à la froideur de ses yeux bleus, à ses coups de menton inquisiteurs, à ses sourires en coin. Mal en prenait aux journaliers de le traiter en gamin, il les remettait à leur place d'une repartie :

« Vous êtes payés pour travailler, pas pour déblatérer. »

Bientôt il fut craint. Il avait la manie de se planter les mains dans les poches devant les gens, et de les observer au travail comme s'il les soupesait, de la même façon qu'il soupesait les paies à la fin de la semaine, et annonçait, l'air goguenard :

— Je t'ai retiré la journée que ça fait au total si on additionne les heures où tu t'es reposé depuis lundi.

— Branleur ! lança un journalier.

— Toi, je ne t'ai rien retiré, mais ce n'est plus la peine de revenir.

— Continue et tu ne trouveras plus personne à se crever le cul dans les champs de ta mère !

— Personne ? Des « personne », comme tu dis, il y en a à faire fumier, à demander du boulot à genoux.

Devant le personnel, Jabel ne disait rien. Quand un garçon si jeune a autant d'autorité, il ne faut pas aller contre lui, ce serait comme couper les pattes à un cheval.

— Peut-être que des fois tu es trop dur avec eux, dit-elle un soir.

— Avec le mal que tu as eu depuis que tu es née, je m'en voudrais que tu sois volée par des *koll-boued*[1] ! C'est pour toi que je le fais, pas par plaisir.

Jabel gozh rougit de fierté : avec un fils comme Fanch, elle pouvait dormir sur ses deux oreilles jusqu'à la fin de sa vie.

---

1. De *koll*, perte, et *boued*, nourriture : personne qui ne mérite pas sa nourriture.

Le jour où il fut appelé sous les drapeaux, elle était la seule, dans sa tête, à l'appeler encore Fanch bihan. Partout ailleurs il était connu sous le nom de Fanch Roz-Kelenn, preuve qu'il était bel et bien le patron, ce qui n'est pas donné à tout le monde, quand on n'a pas encore fêté son vingtième anniversaire.

Au service militaire, compte tenu de son niveau d'instruction, Fanch fit le peloton des sous-officiers et obtint le grade de sergent. Il vit un peu plus de pays que les autres : Le Mans, Paris, le Midi, le Maroc, mais plus que les autres il rongea son frein, en pensant à tout ce qu'il y avait à faire à Roz-Kelenn.

La semaine qui précéda son départ, on creusait les fondations de la maison neuve. Quand il revint, elle dominait le paysage. La ferme, elle aussi, avait pris du galon. Il ne restait plus qu'à retrousser ses manches, et à trouver une femme pour assurer la descendance.

6

Un dimanche de l'automne 1938, aux alentours de midi, Fanch descendit du car au carrefour de Kroazh-Venn et s'engagea dans le chemin de Roz-Kelenn en jetant à droite et à gauche des regards d'adjudant de revue. Rien à dire, les talus étaient rasés de près et les meilleures parcelles n'attendaient plus que d'être retournées une dernière fois avant les semis de blé d'hiver. Fanch n'avait pas eu peur du contraire : bien qu'un peu trop tendre à son goût avec les journaliers, sa mère savait diriger les opérations.

Parvenu à cent mètres de la ferme, il posa son balluchon par terre, alluma une cigarette de troupe, se la coinça au coin du bec et tira dessus à petites bouffées en admirant la maison terminée. Ses deux cheminées de pignon encadraient une façade en pierre de taille ornée au premier étage, devant la fenêtre du milieu, d'un balcon dont la balustrade en ciment imitait un réseau de branches à l'écorce crevassée.

Bâtie au bout de la cour, sur une bosse de terrain qui la surélevait encore, la maison de Jabel gozh comportait trois niveaux, quatre en comptant le sous-sol, c'est dire si elle était haute et si on la voyait de loin. Le sous-sol, trop bas de plafond pour qu'un homme puisse s'y tenir debout sans plier le cou, faisait office de cave. Le premier niveau était d'un seul tenant : cuisine et salle. Cuisinière à bois et grand évier d'un côté, cheminée de l'autre. L'évier était alimenté en eau par une pompe à main branchée sur le puits. Au premier étage il y avait trois chambres en tout, une de chaque côté de la chambre au balcon, celle de Jabel gozh, plus un cabinet de toilette avec cuvette, broc et seau hygiénique. Des cabinets neufs, en planches, avaient été bâtis au fond du potager, au-dessus du trou où l'on vidait le seau. Enfin, au deuxième étage, il y avait un grenier perdu auquel on accédait par une échelle de meunier.

Fanch se remit en route, sourcils froncés. Ses traits se détendirent lorsqu'il aperçut, planté dans le jardinet de devant, le palmier qu'il avait fait expédier du Maroc, à la demande de sa mère désireuse de bisquer le docteur et le notaire qui n'en avaient pas dans leur jardin. Haut d'un mètre cinquante environ, il n'avait pas poussé depuis, mais paraissait avoir bien pris. Il avait intérêt à s'enraciner : Fanch le voyait déjà atteindre le niveau du balcon et symboliser sa propre montée vers les sommets.

Il fronça de nouveau les sourcils en apercevant un vélo de femme et un vélo d'homme contre le mur de la maison, près des marches du perron. La porte était entrouverte. On parlait à l'intérieur. Il reconnut les voix de sa sœur et de sa mère. Il poussa la porte d'un coup de baluchon et lança gaiement en breton :

— Il y a du monde à la maison ?

Il y avait quelqu'un : assis au bout de la table, un verre de vin cuit devant eux, se trouvaient Jabel gozh, Jeannette et un homme. Jabel gozh se leva, rouge de plaisir.

— Ah ! voilà mon Fanch qui a trouvé le chemin de la maison !

— Ouais, fini de faire le con.

Le fils et la mère s'embrassèrent. Jeannette et le gars se levèrent. La sœur embrassa son frère.

— On t'attendait, dit-elle.

— Avec de la compagnie, releva Fanch en fixant le gars droit dans les yeux.

— C'est René, mon fiancé.

— Ah ! je ne savais pas qu'il y avait anguille sous roche.

— On est venus pour te l'annoncer, dit Jeannette.

— Et pour ma part je ne suis revenu du service que le mois dernier, dit le gars.

La main que serra Fanch était une main blanche, une main de bureaucrate, qui n'avait pas dû souvent manier la fourche. Ceci dit, il n'avait pas l'air bien arrogant, avec sa moustache de phoque, ses yeux marron clair et ses cheveux frisés de griffon doux et obéissant.

— Et où tu étais ? demanda Fanch.

— Oh ! pas bien loin. A Quimper.

— Dans les bureaux ?

— Service d'entretien.

— T'es quoi dans le civil ?

— René est facteur, dit Jeannette.

Fanch siffla.

— Ah ! sous l'Etat ! Eh ben, comme ça, au moins, on aura un fonctionnaire dans la famille.

Les yeux de Jeannette lancèrent des éclairs.

— Il faut de tout pour faire un monde !

— Sûr assez, temporisa Jabel gozh, chacun gagne son pain à sa façon.

Fanch fit la moue.

— Dans certains métiers on reste au pain sec toute sa vie, dans d'autres on peut espérer mettre du lard dessus, à condition de s'en donner la peine.

— A la poste, on peut passer des concours pour monter en grade, dit René.

— Et même si tu restes facteur toute ta vie, qu'est-ce que ça peut faire ? répliqua Jeannette, furieuse que son fiancé se soit déjà abaissé devant son frère.

Fanch esquissa un sourire finaud, content d'avoir d'ores et déjà affirmé son autorité sur l'étranger.

— C'est pas tout de causer, dit-il, et si on buvait un coup ?

— Tu veux un verre de banyuls ? proposa Jeannette.

— Je ne dis pas que c'est pas bon, mais j'ai mieux que ça.

Il tira de son sac une bouteille et demanda au facteur :

— Ça te dit ? C'est de l'anisette, un souvenir du Maghreb.

— Ma foi...

Jeannette posa deux verres propres sur la table.

— De l'eau, s'il te plaît, ma chère sœur, dit Fanch.

— Il y a de l'eau au robinet de l'évier, répondit Jeannette sans bouger.

— *Mat tre...*

Fanch versa un tiers d'anisette dans les verres et compléta avec de l'eau.

— Plus clair que le Pernod, dit René.

— Le goût n'est pas pareil non plus. *Yehed mat*[1] *!*

Ils choquèrent leurs verres, et dans l'esprit de Fanch ce fut comme s'il célébrait une victoire définitive sur le seul concurrent qu'il aurait risqué d'avoir à Roz-Kelenn.

— Qu'est-ce que tu as prévu de bon à manger, Jabel gozh ?

— Tu ne devines pas à l'odeur qui sort du four ?

— Rôti de veau et patates rôties, c'est ça ?

— Et macédoine de légumes en entrée et un gâteau de roi au dessert.

— Depuis le temps que j'en rêvais !

En mangeant, ils burent la bouteille de blanc et la bouteille de rouge que Jeannette et son facteur avaient apportées. Après le gâteau de roi et le café, ils s'attardèrent à

1. « Bonne santé », « A la tienne », « A la vôtre »...

table devant un verre de fine champagne pour les hommes et une cerise à l'alcool pour les femmes.

— Le mariage est pour quand ? demanda Fanch.

— On a réservé à Kerrossignol pour début décembre.

— Début décembre ! *Gast*, il y a urgence ? Vous avez fêté les Rameaux avant Pâques ?

— Dis donc ! Je ne te permets pas ! protesta Jeannette.

— On a pensé à toi comme garçon d'honneur, dit René.

— C'est logique, dit Jabel gozh, quand la mariée a un frère célibataire.

— Logique peut-être, mais moi je n'ai aucune envie de faire le guignol.

— Je savais bien qu'il refuserait, dit Jeannette.

— Chacun est libre, dit Jabel gozh.

— Oh ! toi, tu vas toujours du côté de ton fils !

La tension, tombée pendant le repas, était remontée d'un cran.

— Jabel gozh ne va ni d'un côté ni de l'autre, dit lentement Fanch en allumant une cigarette.

— C'est vrai. Je leur ai proposé d'habiter ici, au début.

— Ici ?

— Dans le pennti, puisque maintenant on a la maison neuve.

— Rassure-toi, dit Jeannette, on a refusé.

— Trop de route à faire pour aller au boulot et revenir, dit René. On a une petite maison en vue à la sortie du bourg.

— Alors, tout est pour le mieux ! dit Fanch. Bon, je m'en vais aller faire le tour des terres, histoire de digérer. Ça te dit de venir avec moi, le facteur ? Marcher, ça te changera de pédaler.

René interrogea Jeannette du regard.

— On ne va pas rester, dit-elle. On a prévu d'aller au bal ce soir.

— Tu pourrais aller avec eux, dit Jabel gozh à Fanch, tu verrais d'anciennes connaissances.

— *Hopala*, la mère ! Me voilà à peine arrivé que tu veux me jeter des filles dans les pattes ? J'ai le temps. J'ai tout mon temps. Laisse-moi d'abord reprendre contact avec la terre.

— Elle ne risque pas de s'envoler, dit Jeannette.

— S'envoler avec quelqu'un, tu veux dire ?

— S'envoler tout court.

— Mes bottes sont toujours sous l'appentis ?

— Dans la vieille lessiveuse, dit Jabel gozh, à l'abri des souris et des rats.

Il sortit, chaussa ses bottes et fit un grand tour du domaine, par les champs cultivés, par la butte aux houx, par les prairies humides, par le ruisseau bordé de saules, par la grande pâture où les vaches se pressaient contre la barrière en réclamant la traite. Il regarda sa montre. Ma foi, à une demi-heure près... Il ouvrit la barrière et les vaches prirent d'elles-mêmes le chemin de l'étable. Les vélos n'étaient plus contre le mur de la maison.

— *Mat tre*, dit-il.

Jabel gozh sortit de la maison, en bottes et tablier, un seau au bout de chaque bras. Fanch posa son tabouret sous les pis d'une vache et commença de la traire.

— Tu n'as pas perdu la main, dit sa mère.

— Il y a des choses qu'on n'oublie pas.

— Tu vas salir ton beau pantalon.

— Il sera lavé. Le lavoir est plein d'eau.

— Chameau ! Tu veux donner du travail supplémentaire à ta mère ? dit Jabel gozh en riant.

Ils se levèrent en même temps pour vider leur seau dans le pot en aluminium.

— Alors, la maison te plaît ? demanda Jabel gozh.

— Elle est belle et il y a de la place.

— Plus qu'il n'en faut pour nous deux.

— Je ne suis pas trop pressé de la remplir.

— Tu as l'âge de te marier.

— Je risque de repartir.

— Repartir ? Mais où ?

— Tous les officiers le disaient, à l'armée, que les Boches pourraient avoir envie de remettre ça.

— Pas la guerre, tout de même !

— Si, le casse-pipe.

— *Mallozh Doue !*

— Comme tu dis.

Jeannette épousa son facteur au mois de décembre. Du côté de la mariée, le tour de la famille fut vite fait : sa mère et son frère. Jabel gozh supposait qu'elle avait des tantes et des oncles et sûrement des cousins et cousines, mais Mamm, morte si jeune dans la cabane, n'en avait jamais parlé, ou bien alors Jabel et Maï-Yann étaient trop jeunes à l'époque pour s'en souvenir à présent. Maï-Yann elle-même n'avait plus donné de ses nouvelles depuis une éternité. La dernière carte de bonne année que Jabel lui avait expédiée chez les religieuses était revenue avec un mot de la supérieure disant qu'elle avait quitté la communauté, et ça remontait à combien de temps ? Quinze, vingt ans ? Quant à trouver de la famille du côté de Tad, le père de Jabel gozh noyé dans les marais de Redon, il aurait fallu, tout comme pour la famille de Mamm, aller dans les mairies faire des recherches, et Fanch s'en foutait, tandis que Jeannette n'en avait aucune envie : qui sait sur quoi on serait tombé, des cloches dont elle aurait eu honte.

Du côté du marié, il y eut bon poids d'invités. Le facteur avait des sœurs et des frères, des oncles et des tantes et des cousins et des cousines en veux-tu en voilà, sans compter tous ses collègues de travail. Il fallut songer à en loger au moins une partie à Roz-Kelenn.

— On fera paillasse par terre[1] autant qu'on pourra dans le pennti et la maison neuve, dit Jabel gozh.

— Vous vous démerderez avec ces *tud-kêr*[2], dit Fanch.

— Personne ne te demande rien à toi, répondit vertement Jeannette, sauf d'être aimable avec ta cavalière.

— Pour ça, faudra voir si elle n'a pas la bouche en cul de poule !

Jeannette rompit avec deux traditions : sa tenue et les repas. Plutôt que de faire retoucher la robe de mariée bretonne de sa mère, elle préféra une robe longue en satin, avec un bout de traîne. Concernant les repas, elle exigea qu'on se contente d'un seul, précédé d'un lunch à la sortie de la messe : mairie à dix heures, église à onze, lunch de midi à deux, repas de trois à huit ou neuf, et bal pour terminer.

Du point de vue de Jeannette, tout se passa sans accroc, excepté que Fanch négligea sa cavalière, une certaine Josette employée aux Contributions directes, bien roulée de partout, et visiblement en chasse d'un mari. Elle connaissait toutes les danses et quand elle virevoltait elle en montrait un peu trop au goût de Fanch – d'ailleurs, elle finit la soirée avec un cousin du marié, contre le mur de la grange attenante à Kerrossignol, où elle ne resta pas longtemps debout, paraît-il. Fanch prit une cuite carabinée.

— Tu as fait exprès, lui reprocha sa sœur le lendemain, lors du retour de noces où on alla en car privé et en petit comité se rafraîchir les idées à Sainte-Anne-la-Palud.

1. Aménager des lits de fortune.
2. Gens de la ville.

— Si j'avais tiré la gueule, tu me l'aurais reproché pareil ! rétorqua-t-il. J'ai participé, c'est ça que tu voulais, non ?

— Des fois, on franchit la mesure sans le savoir, tempéra Jabel gozh.

— Ah ! bien sûr, tu vas encore du côté de ton chouchou, dit Jeannette.

— Vous êtes jumeaux, vous avez eu la même place dans le ventre de votre mère.

— Et dans le cœur ? piqua Jeannette.

— Je n'ai pas regardé à la dépense pour tes noces.

— Une noce, c'est un seul jour dans toute une vie.

— Personne ne sera défavorisé par rapport à l'autre.

— Pour l'instant, ce n'est pas le cas. Il est allé jusqu'en quatrième au collège, moi je suis allée travailler.

— Je ne t'ai pas enlevée de l'école.

— Tu ne m'as pas poussée à y rester.

— Je t'ai laissée faire selon ta volonté.

— Oh ! et puis c'est le dernier de mes soucis maintenant que je suis mariée.

— Alors *mat tre*, conclut Fanch, pas la peine de se bouffer le nez.

La cuite qu'il prit au mariage de sa sœur fut la seule qu'il s'accorda pendant les deux ans qui s'écoulèrent entre son retour du service et son départ à la guerre. A peu près certain qu'un jour il serait mobilisé, il continua de gérer la ferme telle que sa mère et lui l'avaient mise sur pied avant qu'il parte au service. Il gardait ses projets pour plus tard, quand la situation serait éclaircie, à condition de ne pas finir avec son nom sur le monument aux morts, comme son père. Il acheta un poste de radio pour écouter les informations.

Le 1er septembre 1939, lorsqu'il entendit le speaker annoncer que l'Allemagne avait envahi la Pologne, il prépara son sac. Le lendemain, c'était la mobilisation générale. Jabel gozh retint ses larmes – jamais Fanch ne l'avait vue pleurer – mais son émotion fut si grande qu'elle fit ses adieux à son fils en breton.

— *Ma faotig bihan*, mon tout petit petit garçon, lui dit-elle, ne va pas suivre l'exemple de ton père. Echappe-toi si tu peux.

S'échapper de quoi ? Comme le mari de Jeannette, comme ses copains de régiment, comme des centaines de milliers de gars, de l'automne au printemps Fanch se balada le long de la ligne Maginot, à regarder la pendule croiser et décroiser ses aiguilles, à taper le carton, à faire sa lessive entre deux patrouilles inutiles, à tirer un coup de fusil sur ceux d'en face de temps en temps, ou sur un sanglier à l'occasion, histoire de se distraire.

En mai 40, hébété, engourdi, Fanch eut l'impression d'être foutu hors de son lit par un taureau enragé. Pendant un bon mois, ce fut comme s'il n'arrivait pas à se réveiller. Ça se mélangeait, ça volait partout comme poules et pintades dans un enclos, en perdant des plumes et en chiant des pruneaux. Des régiments se dispersaient, des compagnies se reformaient, des sections égarées couraient droit devant. Fanch se retrouva à l'arrière d'un camion qui roulait vers le sud au milieu d'un tas de civils. Ils arrivèrent devant la Loire, presque nez à nez avec des Boches aussi surpris qu'eux. On se bagarra pour un pont, il y eut de la casse, et après ce fut chacun pour soi. Le 20 juin, à l'heure du dîner, Fanch poussait la porte de Roz-Kelenn. Jeannette et Jabel gozh finissaient de manger.

— Ça sent bon le civet, dit-il, rigolard, sûr de son effet.

— *Ma !* Tu t'es donc échappé ? dit Jabel gozh en s'essuyant la bouche dans les deux sens sur un bout de son tablier.

— Bien malgré moi, pour dire les choses comme elles sont.

Les deux femmes se levèrent pour l'embrasser.

— *Ma !* Ça me fait tout drôle que tu sois là alors qu'on ne comptait pas te revoir de sitôt.

— René a été fait prisonnier, dit Jeannette.

— Au moins il a sauvé sa peau.

— Quand est-ce qu'il reviendra ?

Fanch haussa les épaules.

— On a pris une déculottée, les vainqueurs décideront.

— Tu comptes rester ? demanda Jeannette.

— Tu ne crois tout de même pas que je vais retourner dans ce merdier ? Je vais me planquer et regarder d'où vient le vent.

— J'avais proposé à ta sœur de revenir à la ferme tant qu'on serait seules toutes les deux, dit Jabel gozh.

— Tu n'es plus seule, maintenant, dit Jeannette.

— Ça ne change rien, dit Fanch. Avec la majorité des hommes prisonniers en Allemagne, on va avoir besoin de tous les bras. Mais ne viens pas dire après que tu as fait la bonniche à Roz-Kelenn, ou bien ça ira mal entre nous.

Jeannette se renfrogna.

— Je n'aime pas qu'on pense à ma place.

— Je te connais.

— La paix, dit Jabel gozh. Le civet est réchauffé. Mange !

— Allume donc le poste, qu'on écoute les déconneurs déconner.

— Je vais faire ton lit, dit Jeannette.

Jabel gozh n'aurait jamais pensé que les trois chambres de la maison neuve seraient occupées aussi vite. Voilà qu'à nouveau ses deux enfants vivaient avec elle, un de chaque côté de la chambre au balcon. Elle ne se faisait pas trop de soucis à leur sujet : malgré les coups de griffe, elle était sûre qu'ils s'aimaient bien.

L'armistice fut signé le 22 juin et appliqué à partir du 25. Jabel gozh se fichait de Pétain et compagnie, mais il fallait bien reconnaître au maréchal le mérite d'avoir arrêté la guerre au bout de deux mois. La vie allait continuer. Que les Allemands retournent chez eux ou campent sur place, le blé n'arrêterait pas de pousser ni les vaches de donner du lait. Dans une ferme, on aurait toujours à manger, même si les Boches réclamaient leur part. Les Parisiens pourraient bien claquer du bec, ce n'était pas Jabel gozh qui les plaindrait. La France n'aurait pas le beurre ni les patates ni le lard des cochons de Roz-Kelenn. La France avait pris son François en 14-18, cela suffisait. Heureusement, le fils s'était tiré les pattes.

Fanch n'eut pas à se planquer très longtemps. Il se fit démobiliser sans difficulté.

— Maintenant, il s'agit juste de ne pas se faire remarquer, dit-il à sa mère.

— Ça n'empêche pas d'aller de l'avant, puisque tu ne risques plus de repartir.

— Repartir je ne ferai pas, concéda-t-il – en présence de sa mère, il oubliait son français et son latin et se mettait à parler comme elle sans s'en apercevoir –, à moins que les Boches ne changent d'avis sur les démobilisés, et ça m'étonnerait. Mais qu'est-ce qu'on peut faire d'autre que marquer le pas ? On ne sait pas à quelle sauce on va être accommodés. L'heure n'est pas à investir. Où on ira chercher des journaliers ? Les jeunes sont presque tous dans des stalags, et pour combien de temps ? On ne trouvera que les vieux et les femmes. Le rendement n'est pas le même. Non, on ne demandera pas plus à la terre et aux bêtes qu'on ne leur en demandait avant la déroute. N'importe comment, on n'est pas dans la misère et on ne risque pas de tomber dedans. Après la guerre, on avisera.

— On dirait que ça t'arrange, observa Jeannette.

Fanch aurait pu lui répondre : « De quoi tu te mêles, occupe-toi donc d'envoyer des colis en Prusse à ton facteur et de préparer tes fesses pour le jour où il reviendra ! » ou quelque autre de ces perles qu'il réservait à sa sœur. Bizarrement, il ne prit pas la mouche.

— Ça ne m'arrange pas, je fais avec, bien obligé, répondit-il d'un ton égal.

Sa retenue vis-à-vis de Jeannette ne devait rien au calcul ni au raisonnement, mais à l'intuition. Il avait compris d'instinct que montrer trop d'agressivité, c'était permettre à sa sœur de mettre le doigt sur le défaut de sa cuirasse, tout comme un boxeur se découvre à l'instant de frapper. Face à ses yeux en pointe de baïonnette, mieux valait esquiver. Sa jumelle avait toujours su lire dans ses pensées, quand ils étaient gamins et qu'il s'apprêtait à faire une connerie, du genre mettre une pincée de tabac dans le cul d'une vache pour qu'elle saute en l'air ou accrocher de la paille aux pattes d'un coq et foutre le feu dedans. Or, Jeannette l'avait bel et bien percé à jour : oui, l'Occupation ne lui déplaisait pas.

Il en était un peu surpris lui-même, cette troisième parenthèse dans sa vie l'arrangeait. La première parenthèse, ç'avait été les années entre le lycée et le départ sous les drapeaux, pendant lesquelles il n'aurait servi à rien d'entreprendre de grands changements. La deuxième, le service militaire, ç'avait été le repos forcé, qu'il avait fait suivre de la mise en jachère de toute ambition, en prévoyant qu'un jour la guerre serait déclarée, et il ne s'était pas trompé. La guerre-éclair avait ouvert la troisième parenthèse et personne ne savait quand elle serait refermée. L'Occupation venait à point pour lui rogner les ailes et Jabel gozh aurait été bien étonnée de découvrir qu'il n'était pas trop malheureux d'être obligé de continuer à courir encore un peu en terrain déjà labouré par sa mère, plutôt que de prendre son véritable envol de patron de grande ferme, bien qu'il fût traité comme tel, comme un pacha.

Jabel gozh s'inquiétait de ses désirs comme s'il avait douze ans et Jeannette ne ménageait pas ses efforts pour être aimable, trop contente de récolter à la source les bonnes choses qu'elle expédiait une fois par semaine à son mari. Fanch n'avait pas à se lever de table pour prendre un couteau ou une fourchette ; jamais il ne devait réclamer une chemise propre ; ses bottes, sa veste de travail et son chapeau se trouvaient toujours là où il allait les chercher ; son lit était fait au carré, draps bien bordés, comme il les aimait. Traité comme un coq en pâte, il aurait bien vu la vie continuer ainsi jusqu'à perpète.

Soucieux de sa tranquillité, il garda les pieds sur terre pendant l'Occupation. Il ménagea la chèvre et le chou. Il n'accueillait certes pas les Allemands à bras ouverts, mais il ne glissait pas non plus de semences de tapissier sous les roues de leurs camions. D'ailleurs, ces gars-là étaient le plus souvent bien lunés. C'était rare qu'ils exigent plus que la quantité réquisitionnée. S'ils demandaient un extra, ils payaient. Quelques-uns connaissaient le travail de la terre. Evidemment, à Roz-Kelenn on vendait – quand on pouvait, quand il y avait de quoi ! – du beurre, du lait, du lard et de la farine à des femmes de prisonniers qu'on connaissait, surtout des journalières ou des femmes de journaliers que Jabel gozh avait eues à son service ou employait encore, parfois des femmes de gars des PTT, sur recommandation de René à des potes du stalag. Mais personne n'aurait pu les accuser de marché noir : ce qui était vendu l'était au prix normal.

A partir de l'été 43, une bande de plus ou moins maquisards, en grande partie des réfractaires au STO, commença de plastronner dans les alentours, de ferme en ferme où ils réclamaient leur pitance. Un après-midi, un gars se présenta à Roz-Kelenn, un antique Lebel à l'épaule. Il faisait sa tournée des popotes.

— On viendra manger mardi soir, on sera huit ou neuf.

— On ne tient pas un restaurant, répliqua Jeannette.

— Vous refusez de nourrir les patriotes ?

— Mon mari est prisonnier en Allemagne !

— Personne n'a dit qu'on refusait, dit Fanch. C'est d'accord, mais tâchez d'avoir du pain, parce qu'ici il n'y en aura pas pour toute une équipe.

Il fit la leçon à sa sœur et à sa mère. Quand on est pris entre l'arbre et l'écorce, le mieux est de s'aplatir.

— Les Boches finiront par se tailler, il ne manquerait plus que d'avoir les autres artistes sur le dos à ce moment-là. On mettra la table dans le pennti et on leur préparera un *friko* digne de les contenter. Pâté et cornichons, du lard rôti et une marmitée de patates à l'eau, des pommes à discrétion et du cidre à gogo. Une fois de temps en temps, ce ne sera pas la mer à boire.

Le soir prévu, les gars arrivèrent en deux groupes. Une fois qu'ils furent installés à table, rigolards comme des convives de banquet, Fanch les regarda de haut – du haut de son expérience militaire et de ses galons de sergent.

— Alors, vous êtes tous là, il n'en manque aucun ?

— Ben ouais, on est huit.

— Les femmes peuvent commencer à servir ?

— Ben ouais.

— Eh ben, tant que vous serez tous là le cul sur le banc, vous pourrez attendre longtemps !

— Qu'est-ce que tu veux dire ?

— Qu'on n'a pas envie d'être fusillés en votre compagnie ! Vous prenez les Boches pour des cons ? Vous croyez qu'ils ne savent pas que votre bande court un peu partout dans le canton ? Quand on entendra leurs camions, il sera trop tard. On y passera tous.

Il s'adressa à celui qui lui avait répondu :

— C'est toi le chef ? T'as placé des guetteurs ? Non, bien sûr que non. Alors il y en a quatre qui vont déraper vite fait. Un au carrefour de Kroazh-Venn, un au bout du chemin côté nord, un sur la butte aux houx et le quatrième sur le talus derrière. Les quatre autres boufferont pendant ce temps-là. Relève dans une heure et demie.

— Non mais, pour qui tu te prends ?

— J'ai fini mon service comme sergent. Et toi, t'étais quoi ? Bureaucrate ?

— Si tu es tellement bon, pourquoi tu ne viens pas avec nous ?

— Et c'est toi qui tiendras la ferme ?

— Allez-y, les gars, cala le chef, on fait comme il a dit.

— Et à propos, comme je suppose que vous avez pas mal de temps libre, ironisa Fanch, faudra pas hésiter à venir donner un coup de main de temps en temps. Mais pas tous en même temps. Un par un, ça suffira.

— T'as qu'à croire !

Malgré la réplique du chef, il y en eut pour venir à Roz-Kelenn transpirer aux corvées. Un modus vivendi s'établit entre Fanch et la Résistance. A la Libération, on entendit dire qu'il avait probablement sauvé pas mal de vies dans le coin en remontant les bretelles des gars, alors que dans d'autres cantons on n'avait pas assez des deux mains pour compter les pauvres types dénoncés par des collabos, surpris en plein repas et fusillés sur place ou brûlés vifs dans les bâtiments incendiés. Sa réputation de pète-sec s'en trouverait grandie pendant ses années de gloire, tant qu'on croirait qu'il était tout entier taillé dans le granit, avant que la pierre ne se fissure.

La guerre allait se terminer, tout s'était passé pour le mieux, finalement. Il ne manquait qu'une chose au bonheur de Jabel gozh : une bru. Alentour, il y avait un tas de belles filles non fiancées à des prisonniers, plus quelques jeunes veuves dont le chagrin s'évanouissait petit à petit.

— Fanch pourrait quand même trouver chaussure à son pied, disait Jabel gozh à Jeannette.

— Chaussure à un pied difficile à chausser.

Pendant la traite, Jeannette serinait des chansons d'amour à son frère.

— Amou-ou-ou-our ! roucoulait-elle.

— Tais-toi !

— Quoi ? Tu comptes rester vieux garçon ?

— La paix !

— Tu ne crois pas en l'amou-ou-ou-our ?

Fanch ne parlait pas d'amour mais d'attirance.

— Pour l'instant, je ne suis pas *attiré*, espèce de *torr-penn*[1], râlait-il quand sa sœur le tarabustait.

— Pour être attiré, comme tu dis, il faudrait sortir de ton trou !

— La ferme, *torr-revr*[2] !

— J'ai l'impression qu'il faudrait qu'on cherche à ta place...

Jeannette n'eut pas besoin de chercher : au printemps 1944, le destin se chargea de mettre sous les yeux de Fanch une fille correspondant à l'idée qu'il se faisait de l'*attirance*. Une sorte d'apparition...

---

1. Casse-tête, enquiquineuse.
2. Casse-cul.

7

La fille était venue à Roz-Kelenn chercher du beurre à la place de quelqu'un. Un panier sous le bras, intimidée, elle demeura plantée au milieu de la cour jusqu'à ce que Jeannette la hèle du seuil de la maison neuve où elle se trouvait à éplucher des légumes avec Jabel gozh. Elle était jolie, la figure ovale, les yeux gris-bleu et les cheveux châtain clair arrangés en chignon. Elle portait un corsage et un paletot à la mode de la ville, mais sa jupe noire était une partie de costume traditionnel, celui de sa mère ou de grandes sœurs sans doute, preuve que la famille ne devait pas rouler sur l'or. Ses chevilles et ses poignets fins dénotaient un corps menu, mais sûrement bien fait, étant donné sa silhouette élancée et bien proportionnée.

— Je viens de la part de ma tante voir si vous avez du beurre.

Jeannette n'hésita pas une seconde à donner un coup de pouce au destin. Son frère était à l'intérieur de l'appentis, occupé à affûter des outils à la meule.

— Fanch ? Fanch ! Sors de là ! Il reste du beurre ?

Fanch sortit de l'appentis en bougonnant. Comme si sa sœur ignorait qu'il restait du beurre, à l'abri des mouches dans le torchon humide ! Il changea de mine en voyant la fille.

— *Demat dit*, lança-t-il.

Et « bonjour à toi » en breton, ce n'était pas des mots qu'il disait à n'importe qui.

C'était plutôt : « C'est pourquoi ? » ou pis, à un type dont la gueule ne lui revenait pas : « Qu'est-ce que tu viens foutre ici ? T'as perdu ta route ? »

Fanch avait tout pour plaire à une demoiselle au cœur tendre : les cheveux en bataille, le visage déjà cuivré de grand air, sa chemise en coton écru déboutonnée jusqu'à mi-poitrail, sa ceinture serrée au dernier cran et son pantalon étroit glissé dans la tige de ses bottes, comme un gendarme. La fille rougit. Fanch boutonna sa chemise et lissa ses cheveux.

— Tu es de par ici ? C'est la première fois qu'on te voit à Roz-Kelenn.

— J'habite sur Landrévarzec, de l'autre côté de la route de Brest.

— Presque une voisine, alors !

— Ben oui, dit-elle en baissant les yeux.

— Ah ! *mat tre*, *mat tre*, répéta Fanch en hochant la tête.

Jeannette sourit. Ce qu'il fallait à son frère, c'était une fille qui baisse les yeux devant lui pour qu'il abaisse les siens sur elle. Puisque c'était à peu près l'heure du *merenn vihan*[1], elle l'invita à prendre un café. Jabel gozh fut très aimable avec elle. Cette fille tombée du ciel lui plaisait, qui était gracieuse et avait de bonnes manières.

Elle s'appelait Adelice, était dans sa vingt-deuxième année et travaillait comme bonne chez un pharmacien de Quimper.

— Ah ! voilà pourquoi on ne t'a pas vue par ici avant, dit Fanch.

— Et tes parents font quoi ? demanda Jeannette.

— Journaliers tous les deux.

1. Goûter.

— Il n'y a pas de honte à avoir de ça, dit Jabel gozh, moi je viens d'encore plus bas.

Tandis que Fanch partait raccompagner la fille, Jabel gozh dit à Jeannette :

— *Ma*, c'est toi qui as eu l'idée de l'inviter ? Une bonne idée, ma foi. Le Fanch lui roulait des yeux de tourterelle. Si ça va plus loin, on pourra presque dire que tu auras fait un coup de *bazhvalan*[1], le temps de servir un café et un bout de gâteau de roi.

Fanch raccompagna Adelice jusqu'au croisement de la grand-route.

— Il faudra revenir, dit-il.

— Je tâcherai.

Il lui tendit la main, elle lui donna la sienne, qu'il secoua. Elle réprima une grimace d'un sourire.

— Vous serrez fort.

— Excuse-moi. C'est des mains qui ont l'habitude du travail.

— Ça se voit.

— Bon... eh ben... *kenavo*, alors.

— *Kenavo*.

— *Hag ar vec'h all*[2] *!* répondit Fanch, et il se retourna plusieurs fois pour regarder Adelice s'éloigner.

« La prochaine », c'était facile à espérer, plus difficile à réaliser, avec les Boches qui multipliaient les contrôles à l'entrée et à la sortie de Quimper. En principe, Fanch ne risquait rien. Exempté du STO en tant que paysan, il était en règle aussi bien du côté des gendarmes français que des doryphores, mais bon, on pouvait se faire ramasser pour trois fois rien. Il hésitait à s'éloigner de Roz-Kelenn, tandis que Jabel gozh et Jeannette s'évertuaient à

1. Mariage arrangé.
2. « Et à la prochaine ! »

provoquer « la prochaine », en lui inventant des prétextes pour se rendre à Quimper.

Il fit semblant de croire à l'un d'eux, une histoire de pièce de rechange pour l'écrémeuse, qu'on pouvait très bien se procurer au bourg. Il expédia un mot à Adelice un lundi – un mot écrit en cachette, qu'il alla lui-même glisser dans la boîte contre le mur de l'arrêt des cars de Kroazh-Venn – et le samedi, jour de marché, il se rendit à Quimper, vêtu de son pantalon de sortie et de sa veste en velours neuve. Il revint sans la pièce de rechange mais avec le sourire. Jabel gozh et Jeannette pouffaient dans leur corsage de l'entendre siffloter.

— Alors, tu as vu ta chérie ? ne put s'empêcher de demander Jeannette.

— Ma chérie ? Quelle chérie ?

— Ta future ! dit Jabel gozh en riant aux éclats.

— Où ça ? Il y a une future de cachée quelque part ? râla-t-il.

Mais on voyait que cela lui faisait plaisir d'être taquiné, preuve qu'il était bel et bien pris de sentiments.

Pour autant, l'idylle ne pourrait guère progresser tant que l'Occupation durerait.

En débarquant en Normandie, les Alliés vinrent au secours de l'amour, qu'ils faillirent tuer dans l'œuf, par ricochet, à cause de la hâte de jeunes coqs à montrer leurs fusils. Les Boches devinrent nerveux, prêts à arroser le premier venu.

Malgré le danger, Fanch reprit le car de Quimper, un matin de juillet. A l'arrêt de Penity, quatre gars attendaient. Trois étaient à pied, le quatrième hissa son vélo sur la galerie. Sur le porte-bagages du vélo était vaguement attachée une grosse pièce de tissu blanc, comme un drap qu'on aurait plié puis roulé. A l'arrêt de Ty-Sanquer, le car stoppa devant un barrage au niveau du bistrot. Un sous-off monta à bord et scruta les visages des passagers, sans plus. Il tournait le dos pour redescendre quand dehors ça se mit à gueuler. Le sous-off fit demi-tour, empoigna le chauffeur et le tira dehors. Une demi-douzaine de Boches montèrent dans le car faire le vide. Les femmes furent mises d'un côté, les hommes de l'autre. Le sous-off ordonna au propriétaire du vélo de se dénoncer. Fanch leva les yeux vers la galerie du toit. Le paquet s'était défait, le tissu avait volé au vent…

— Parachute ! Parachute ! glapissait le sous-off.

L'autre brêle n'avait même pas eu l'idée de le fourrer dans un sac. Personne ne moufta. Le sous-off dégaina son pistolet et le pointa sur une fillette. Sa mère la protégea de son corps. Le propriétaire du vélo fit un pas en avant. Les fridolins le jetèrent à terre à coups de crosse. Tous les autres hommes furent poussés vers le bistrot et mis en file indienne devant un capitaine aussi sec et aussi peu causant qu'un têtard de chêne frappé par la foudre.

Il s'était installé dehors, assis à une table sortie du café. Le tri commença. Le sous-off poussait un type devant la table en gueulant *« Papirs ! »*, le capitaine comparait le nom à ceux d'une liste, et la sanction tombait : Saint-Charles, l'école des frères transformée en prison, ou le peloton d'exécution. Le tour de Fanch n'allait pas tarder à venir – ce serait Saint-Charles, sûr, car le capitaine ne trouverait rien contre lui, mais quand est-ce qu'il sortirait de là ? – quand un des Boches s'approcha, lui glissa un papier dans la poche et chuchota en breton :

— Tu glisseras le papier en douce au capitaine sans dire un mot. Et tu donneras le bonjour de ma part à Jabel gozh…

Fanch n'eut pas le temps d'examiner le visage sous le casque qu'on le poussait devant le capitaine. Il hésita une seconde. Et si c'était un piège ?

— *Papirs !*

Fanch posa le papier sur la table, le capitaine y jeta un coup d'œil et dit quelque chose que le sous-off traduisit :

— Tu peux rentrer chez toi.

Fanch prit à pied la direction de Quimper et faillit se mettre à courir quand il entendit des rafales dans son dos. Le car le dépassa. Il n'y avait plus que des femmes à l'intérieur, excepté le chauffeur, à qui il fit signe de s'arrêter, mais l'autre le toisa du haut de son siège comme s'il avait tué père et mère. Il arriva en retard à son rendez-vous devant la cathédrale Saint-Corentin. Ne l'ayant pas vu descendre du car, Adelice n'avait pas attendu. Déconcerté, il fit les cent pas avant d'oser se rendre à la pharmacie.

— Qui la demande ? l'interrogea le pharmacien d'un ton comminatoire.

— Fanch Goasdoué, de Roz-Kelenn.

— Ah, c'est vous, son François ! Adelice ! Adelice !

Elle descendit de l'étage, écarlate de confusion.

— Tu peux prendre ton heure, lui dit le pharmacien avec un sourire entendu.

Tout de suite, Fanch lui raconta son aventure, ce qui fournit à la douce Adelice l'occasion de dire le chagrin qu'elle aurait éprouvé s'il avait été arrêté. Ils en demeurèrent tristes et muets, comme s'ils venaient de traverser ensemble l'une de ces terribles épreuves qui soudent un homme et une femme entre eux, pour la vie entière. Ils se baladèrent sur les quais, du théâtre au pont Pissette, et inversement, en s'arrêtant de temps en temps regarder les truites chasser les bancs de mulets de leur territoire.

— Comme les Américains vont chasser les Boches, dit Fanch.

— Il ne vaut mieux pas que tu reviennes tant qu'ils ne seront pas partis.

— Oui, malheureusement.

L'heure était venue de reprendre le car. Adelice donna ses joues à embrasser.

— Fais attention qu'il ne t'arrive rien de mal, dit-elle.

— Toi aussi !

Ces paroles, ils surent tous les deux qu'elles valaient promesse de fiançailles.

— Tu aurais dû garder le papier, dit Jabel gozh une fois qu'il eut raconté à sa mère et à sa sœur comment il s'était tiré les pattes du guêpier de Ty-Sanquer.

— Si tu crois que j'ai eu le temps de penser à ça !

— Comment il était, ce bonhomme ?

— Mais je ne sais pas ! Je l'ai à peine regardé ! Toujours est-il que tu as le bonjour de sa part.

— Hum ! Un journalier qui a travaillé ici, sûrement.

— Et sûrement un milicien breton enrôlé chez les Allemands, dit Jeannette. Maintenant les gens vont croire que tu en es un, toi aussi. D'ici que la Résistance vienne te réclamer des comptes...

— Des comptes ? *Kaoc'h ki du*[1] *!* Avec toute la bande qui bouffe sur notre dos une fois par semaine ! Et puis d'abord, à part celui qui me l'a mis dans la poche, personne n'a vu le papier que j'ai donné au capitaine des Boches !

Quelques semaines plus tard, la Cornouaille fut libérée sans grande casse. Une bonne partie des Allemands avait déjà rejoint Brest ou Lorient, et les déloger de là serait plus problématique que d'enfumer des renards au terrier.

Le départ des Boches coïncida avec les fêtes des moissons. On aurait dit que le bon Dieu avait donné un coup de houe dans une fourmilière. Ivres de liberté, les gens se déplaçaient d'un endroit à un autre sans vrai motif, comme pour voir de leurs yeux que c'était bien fini, que

1. « Merde de chien noir ! »

telle et telle ferme était encore debout et cultivée, que tel gars avait échappé au STO, que telle fille avait grandi et embelli de la poitrine. En prévision de visites, les femmes confectionnaient des douzaines de crêpes d'avance et des gâteaux de roi grands comme des roues de charrette, le cidre bouché moussait dans les bols, le café d'orge grillée était arrosé de *lambig* tiré des cachettes, les jeunes cœurs avaient l'esprit à reprendre le rouet des histoires d'amour.

Fanch emmena Adelice danser à Kerrossignol.

— Il faut qu'il soit mordu pour faire un tel sacrifice, commenta Jeannette, qui lui en voulait encore d'avoir boudé son bal de noce, trop saoul qu'il était, même pour la danse du tapis.

Il détestait le chambard des bals, les bouches vineuses des gueules saoules et les poses de ces filles qui se prenaient pour des pouliches alors qu'elles n'étaient que des ânesses, il n'y avait qu'à écouter leurs braiments. D'ordinaire, il n'aimait pas non plus la danse en elle-même, parce qu'elle vous expose au jugement du tout-venant. Mais avec Adelice, ce fut très différent. Elle était légère et souple dans ses bras comme une branche d'osier, dont elle avait la modestie. Il la gardait à tourner sur place en face du long miroir, à l'opposé de l'orchestre, afin de s'attarder sur l'image du beau couple qu'ils formaient.

Beaucoup d'envieux se demandaient qui était cette belle fille que se trimballait Fanch Roz-Kelenn, lui qu'on croyait perdu pour l'amour, si peu souvent qu'on l'avait vu à Kerrossignol avant-guerre. Vers la fin de la soirée un guignol *mezv-dall* se permit de poser la main sur Adelice en bégayant une invitation à danser la polka. Fanch lui colla son poing dans la gueule. L'enfoiré ne répliqua pas, qui ne faisait pas le poids : un *poch-pluñv*, un sac de plumes, aussi peu viandé qu'une vieille poule de réforme.

— Tu n'aurais pas dû, dit Adelice.

— C'est comme ça, il n'avait qu'à rester à sa place.

— Il n'avait pas l'air bien méchant.

— Tu me reproches de t'avoir défendue ?

— On est au bal, c'est un peu normal que les gars invitent les filles à danser.

— Tu es avec moi.

— Je l'aurais renvoyé gentiment.

La conversation tournait au vinaigre. Tout à l'heure ils allaient se disputer, craignit Fanch. Aussi recula-t-il d'une repartie un peu savante, qui le mettrait en valeur.

— Pour moi, il a eu tort. Il aurait dû se rappeler les dix commandements : Femme d'autrui tu ne convoiteras pas !

— Je ne suis pas ta femme !

— Mais tu pourrais bien le devenir, non ?

S'il avait pu, il lui aurait passé la bague au doigt sur-le-champ, de peur qu'un autre zèbre ne la lui prenne. Elle lui appartenait, il ne pouvait pas en être autrement.

— Tu as été au petit séminaire, pour connaître les dix commandements ? éluda-t-elle.

— Pareil. A l'école des curés, à Tours.

— A Tours ? C'est où ?

Il lui narra son enfance au bord de la Loire, les vergers, les baignades, le bateau-lavoir de sa mère.

— *Ma !* Ce n'est pas ordinaire !

— Mais je suis là, maintenant, et Roz-Kelenn va avoir besoin d'une patronne.

— Pas d'une bonne de pharmacien.

Il rit de bon cœur.

— Personne à Roz-Kelenn n'est venu sur terre dans un berceau déjà posé en haut de l'échelle. J'ai été biffin avant d'avoir mes galons de sergent ! Avoir servi comme bonne est un avantage. Tu connaîtras le métier quand tu auras la tienne à diriger !

— A moins qu'elle ne soit têtue comme une bourrique !

— Jabel gozh t'apprendra comment la faire marcher droit. A Tours, elle a commandé à des dizaines de bonnes femmes.

— Tu es sûr de vouloir de moi ?

— Jamais je n'ai été plus sûr de moi ! Et toi ?

— Oh ! moi aussi, je suis sûre que tu es le bon.

— Alors, il n'y a plus qu'à commander ta robe et mon costume de marié !

— S'il reste du tissu chez le tailleur !

— Oh ! avec la plupart des hommes en Allemagne, il n'a pas eu beaucoup de mariés à habiller ces dernières années !

— Ta sœur voudra sans doute attendre que son mari soit rentré.

— *Kaoc'h !* Tu as raison. Les Américains ne sont pas près d'arriver à Berlin. Qui sait quand il va revenir ! Dans six mois ? Dans un an ? On ne va pas attendre jusque-là. Avec toi à Quimper et moi ici, quand est-ce qu'on se verrait ? Une fois le temps ? Non, on va se marier avant la fin de l'année. Je pense que Jeannette et ma mère seront d'accord pour dire qu'on ne peut pas faire autrement.

Elles le furent. Jeannette fit la moue à l'idée d'aller seule à la noce de son frère.

— On sera comme deux veuves toutes les deux, dit-elle à sa mère.

— Dieu soit loué, tu ne l'es pas.

— Mais j'ai encore le temps de le devenir. Avec les Boches, on ne sait jamais.

— Malheureuse !

Jabel gozh jeta du gros sel sur la table, afin de conjurer le mauvais sort.

— Ton René reviendra te faire des enfants, sûr assez !

Adelice présenta Fanch à ses parents. Les Scouarnec habitaient un pennti, au lieu-dit bien nommé Stang-Gouez [1], au fin fond de la triste vallée d'un affluent du Stéir, dont les pentes n'étaient bonnes qu'à récolter de la lande et de la fougère à litière. Pour compléter leur activité de journaliers, ils nourrissaient deux vaches et de la volaille sur quatre hectares à peu près propres au sommet du coteau, bornés par une rangée de pommiers à cidre.

En l'honneur d'un patron de ferme en puissance, ils avaient mis leur pennti sur son trente et un. Pas une miette de pain ne traînait par terre. La cuisine sentait la cire, le vrai café fort en train de passer et le Mirror étalé à chaud sur les plaques de la cuisinière. La table d'un grand goûter était prête sur une toile cirée neuve : deux sortes de pâtés, crêpes, lard, cornichons, quatre-quarts et crème fouettée. N'empêche que les parents d'Adelice jaugèrent Fanch autant qu'il les jaugea, et l'impression fut bonne des deux côtés.

Qu'ils soient gros propriétaires ou locataires d'une misérable poignée d'hectares, la connaissance du travail de la terre rend les gens égaux en fierté. Les Scouarnec venaient de si bas qu'ils pouvaient s'enorgueillir d'avoir élevé correctement leurs enfants et de ne manquer de rien, sinon d'économies, mais bon, on n'emporte pas ses sous avec soi dans la tombe, et ce n'était pas parce qu'ils en manquaient qu'ils auraient donné leur Adelice à n'importe quel imbécile, fût-il prince ou marquis. Plutôt que mal mariée, ils auraient préféré la voir vieille fille, d'autant qu'une fille célibataire n'est pas sans avantages,

1. La vallée sauvage.

quand on arrive sur ses vieux jours et qu'une présence est nécessaire auprès de vous.

Mais bon, le promis d'Adelice n'aurait-il eu que sa chemise sur le dos pour toute fortune qu'ils auraient accordé leur bénédiction sans hésiter : on voyait bien que l'homme était aussi fort de corps que de caractère et du genre à charruer profond, de rage, sur un semis raté, pour ressemer aussi sec.

Tout comme Jeannette, Fanch tenait de sa mère ce regard pointu qui juge et tranche d'un trait. Il se méfiait des apparences. Dans un couple, parfois la femme tient bien son intérieur mais l'homme néglige son domaine. Ce n'était pas le cas. L'ordre régnait dans l'appentis du futur beau-père. Le matériel était parfaitement rangé, les outils accrochés au-dessus de l'établi, les manches bien lisses, les tranchants huilés. Fanch apprécia un détail en particulier : la lame de la scie à cadre, qui ne sert guère qu'en hiver, était enveloppée d'un chiffon enduit de graisse rose, preuve que le père Scouarnec était un homme de soin autant que sa femme une bonne ménagère. De tels gens n'engendrent pas des souillons. Avec de tels parents, il ne fallait pas s'étonner qu'Adelice eût trouvé une si bonne place chez des bourgeois de Quimper. C'était comme si les Scouarnec avaient fabriqué et élevé leur fille cadette pour qu'elle devienne la patronne de Roz-Kelenn.

Fanch purgea d'une réplique toute idée de dot ou d'apport dans la corbeille de mariage. Les Scouarnec avaient mis un peu d'argent de côté pour compléter les économies d'Adelice destinées à payer, selon la coutume, la chambre à coucher des mariés – un lit, une armoire, une table de chevet.

— Tout ça n'a plus lieu d'être. S'il y en a un des deux qui a des sous, c'est assez. Adelice me prend tel que je suis et je la prends telle qu'elle est. Et pareil pour la noce. Je ne suis pas pour le tralala ni le cinéma. Juste le strict minimum. N'importe comment, avec les restrictions... Et puis ceux qui vous font bonne figure au repas sont les premiers à vous envoyer des piques dans le dos dès le lendemain, si ce n'est pas le soir même.

Adelice tint malgré tout à se faire faire une robe longue en satin, qu'elle paya sur ses économies. Fanch ressentit comme des pertes de temps répétées l'essayage de son costume de marié. Pour le reste – la mairie, le curé, la réservation de la salle de Kerrossignol, le menu, les musiciens, les invités, la fille et le garçon d'honneur, le photographe et tout le bazar – il délégua tous pouvoirs aux trois femmes, sa mère, sa sœur et sa future, bienheureuses d'exercer ce mandat général. Fanch bouillait d'être obligé d'en passer par là.

Le jour des noces fut pour lui une succession de corvées qu'il expédia à coups de ruades verbales, nerveux comme un étalon. Adelice s'inquiéta de son humeur, mais Jabel gozh la rassura :

— Ton Fanch a toujours été un peu dur à faire plier... Ce sera à toi de le dompter.

Dans l'intervalle entre la fin du repas et l'empilement des tables autour de la salle pour le bal, calmé à l'idée que les aiguilles de sa montre avaient parcouru l'essentiel du chemin, Fanch s'étonna lui-même de s'être senti aussi étranger à la noce tout au long de la journée. Tout juste s'il pouvait mettre un nom sur quelques personnes « de l'autre côté », des frères et sœurs et beaux-frères et belles-sœurs d'Adelice, pourtant. Rien à foutre, pas avec eux que je vais vivre, se dit-il en guise d'excuse.

Il trouva enfin la sérénité au moment de l'entrée de bal qui sonnait la fin du calvaire. L'orchestre attaqua une marche, Fanch prit Adelice dans ses bras et ils dansèrent un pas de paso-doble tout autour de la salle, au milieu du cercle des invités. Le cercle se rapprocha, on alluma des bougies, on éteignit les ampoules électriques, les bougies furent posées sur le plancher et rapprochées jusqu'à ce que les mariés puissent à peine esquisser un pas. Ils s'embrassèrent sous les olé, les bougies furent enlevées, Fanch fit valser sa mère, le père Scouarnec sa fille, et le bal battit son plein jusqu'à son apogée, la danse du tapis, qui dura une bonne demi-heure pendant laquelle la mariée ne quitta pas le cercle tandis que Fanch fut peu requis de s'agenouiller, après quoi les anciens commencèrent à quitter la salle et les jeunes à boire de l'alcool fort.

A minuit dix, Fanch dut rappeler à Adelice que le taxi les attendait devant l'église depuis minuit.

— Déjà ! dit-elle.

Et quelque part au fond de lui-même il en voulut à sa femme de paraître infatigable et d'apprécier les plaisirs du bal de noce.

Il fallait filer en douce pour ne pas être suivis par une bande de jeunes éméchés. Adelice fit des adieux discrets à sa famille et ils allaient s'éclipser par la porte de derrière quand il vit une bande de lascars ricaner. Le taxi avait dû vendre la mèche. Fanch prit la bande de jeunes entre quatre yeux.

— Pas question de venir faire les gugusses à Roz-Kelenn. Pas question de venir nous servir la soupe à l'oignon au lit. Je ne veux pas de ce genre de simagrées, compris ?

— Hé ! ho ! tu ne vas pas limer toute la nuit ! On te laisse une heure pour tremper ton biscuit et après on déboule. Tu peux ouvrir les bouteilles !

— Les chiens seront lâchés, répondit Fanch entre ses dents, vous êtes prévenus.

Il résulta de cette menace qu'on parla ensuite de mariage triste. Pourtant, le soleil avait été de la partie.

Des années plus tard, on dirait : « Il aurait mieux fait de pleuvoir… Mariage pluvieux, mariage heureux… »

Les jeunes ne vinrent pas servir la soupe à l'oignon aux mariés. Heureusement, sinon Fanch aurait pu en tuer un, tellement la nuit de noces fut ratée.

8

Fanch n'était allé qu'une seule fois avec une femme, dans un bordel au Maroc. Le camion avait déposé la section au complet, une quarantaine de biffins, devant une sorte de hangar en briques chaulées couvert de tôles. Fanch avait pris son tour dans la file pour montrer son robinet à un major médecin assis sur une chaise pliante.

« Faudra te faire arranger ça, mon gars, ou bien ce sera le fiasco. »

Arranger quoi ? Il n'avait jamais eu de problèmes pour pisser ni pour se taper une queue comme les élèves délurés le lui avaient appris, à Saint-Yves. Troublé, il se laissa bousculer par les copains et, submergé par la harde en rut, fut dans les derniers à pouvoir se choisir une mouquère.

L'intérieur ressemblait à une crèche, ou à une écurie, ou à une porcherie de reproductrices, songea Fanch. Sur trois côtés du hangar, des cloisons en bois délimitaient des stalles étroites avec par terre une paillasse et une fille allongée dessus. Flottait dans l'air une drôle d'odeur écœurante, mélange de paille moisie, de vieux marc de café, d'eau de Cologne tournée et de caleçon sale. Avec deux ou trois branquignols aussi peu démerdes que lui, Fanch remonta le long des boxes et s'aperçut que les petits malins ne s'étaient pas précipités pour rien. Piquer un sprint, sauter sur les plus belles filles et laisser les boudins aux puceaux.

Certaines filles étaient toutes jeunes, fines et menues, des gosses on aurait dit, sans un poil sur la motte, or Fanch savait bien que les filles en ont, pour avoir vu ceux de Jeannette, des fois, dans le temps, quand elle se reculottait sans trop faire attention après s'être accroupie dans le coin du jardin. Il comprit qu'elles s'étaient rasé le pubis et ça le troubla un peu plus. Comme il reluquait une mignonne cuisses écartées, le gars déboutonné devant elle se retourna et ricana : « Hé, mon pote, faut pas croire que je vais partager ce p'tit trou, et pour regarder faut payer ! »

Fanch s'éloigna, honteux d'être pris pour un voyeur et contrit de devoir se contenter des restes. Il serait bien ressorti, au risque de passer pour un castrat, mais de sa paillasse une grosse mouquère l'alpagua à coups d'œillades et de couinements de souris. Allongée sur le dos comme un hanneton et agitant ses petites mains et ses petites pattes, c'était une montagne de chair, un tas de boyaux et de jambonneaux, avec au-dessus une figure de Mardi gras et au milieu du masque une langue pointue qui clappait gloutonnement.

Fanch domina sa répulsion, baissa son pantalon et s'allongea dans le saindoux. La mouquère dut le tripoter jusqu'à ce qu'il ait la trique, puis elle le guida quelque part dans son milieu, dans la béance, dans le néant. Elle eut beau lui flanquer des claques sur les fesses et beugler des youyous, rien ne vint, puisqu'il ne sentait rien. Elle le finit à la main. Il se releva d'un bond et courut dehors fumer une cigarette en compagnie d'autres gars qui eux aussi avaient terminé leur affaire. Ils rigolèrent de lui, qui s'était tapé la grosse, mais il y avait dans leur moquerie comme un zeste de respect, en considération de l'exploit accompli.

Adelice ôta sa robe de mariée et ses bas et se mit au lit en combinaison, sans enlever sa culotte. Fanch se déshabilla complètement, à moitié caché derrière l'armoire, enfila sa chemise de nuit et rejoignit son épouse entre les draps. Adelice se blottit contre lui. Il l'embrassa et commença de la caresser un peu partout comme il avait entendu dire que cela se faisait. Elle souleva les reins pour qu'il puisse lui ôter sa culotte. Doucement, en prenant garde que Jabel gozh et Jeannette, chacune d'un côté de la chambre des mariés, n'entendent pas le sommier grincer, il s'allongea sur Adelice. Comme la clé ne trouvait pas le chemin de la serrure, Adelice se positionna de meilleure façon. Le souffle court, elle serrait ses bras fort autour de son torse. Il alla de l'avant.

Il en avait entendu, des gaillardises de biffins, à propos de dépucelages laborieux, et que ça pouvait être drôlement douloureux pour la fille et que le plaisir ne venait qu'après la douleur, mais là, c'était inouï, c'était à lui que ça faisait mal, comme si un étau brûlant se serrait sur sa verge à chaque fois qu'il voulait forcer le passage. Pourtant Adelice y mettait du sien. A force de contorsions, la nature le trahit : il se vida dehors, sur la cuisse d'Adelice. Il y eut une déchirure, mais ce fut lui qui la ressentit ; il y eut du sang, mais ce fut le sien : le bas de sa chemise en était taché. Adelice lui caressa la joue, tendrement, et lui dit qu'ils essaieraient à nouveau, que ça irait mieux demain.

Le lendemain et les autres jours, tous les lendemains de nuits d'échec, il lui fallut siffloter comme un pinson, sur l'air de celui qui a eu son content. Jabel gozh et Jeannette se doutaient que le refrain cachait quelque chose. Trois fois elles demandèrent à Adelice si elle n'avait pas de petit linge à faire bouillir, trois fois elle leur répondit qu'elle laverait elle-même son linge. Il y eut une allusion, qu'elle ne releva pas, au sang qui est difficile à détacher. Au bout d'une semaine, elle décida de parler à Fanch de son problème. Il ne se buta pas trop. D'avoir été bonne chez un pharmacien donnait à Adelice une espèce d'aura médicale que son homme se sentit obligé de respecter.

— Tu devrais aller voir le docteur, lui chuchota-t-elle sur l'oreiller.

— Le docteur ? Pour quoi faire ?

— Deux de mes frères ont été opérés *de là*, quand ils étaient petits.

— Justement ! Je ne suis quand même plus un *marmouz* pour aller au docteur montrer mon *pissou* ! répliqua-t-il en se souvenant de l'humiliation subie à l'entrée du bordel, au Maroc, puis sur la grosse mouquère – une brûlure d'amour-propre presque aussi intense que celle qui l'empêchait de posséder Adelice.

— Il n'y a pas de honte à ça. Et puis il le faut, si tu veux qu'on soit mari et femme et qu'on ait des enfants.

Il se résolut à aller s'asseoir dans la salle d'attente du docteur Kergourlay, au rez-de-chaussée de la belle maison en face de la villa du notaire. Une vieille grelottait ; un gosse morveux piaillait dans les bras de sa mère ; une bonne femme disait son chapelet ; une autre tricotait : Fanch bouillait d'impatience à l'idée que quelqu'un allait entrer, qui le connaîtrait et raconterait des conneries sur son compte, comme quoi le grand Fanch de Roz-Kelenn devait être patraque puisqu'une semaine après son mariage on l'avait vu chez le docteur. Enfin, ce fut son tour.

Il lui fallut arracher les mots de sa langue pour décrire la nature de son problème. Il baissa son pantalon, debout devant le docteur Kergourlay assis. Le médecin échoua à le décalotter, essaya à nouveau en rajoutant de la vaseline, renonça. C'est en breton qu'il dit à Fanch, pour moins heurter sa sensibilité :

— Mon pauvre Fanch, ton *pod-mezenn*[1] est vraiment *strij*[2]. Il va falloir couper !

— Maintenant, ici ?

— Non, bien sûr, je ne suis pas chirurgien. A l'hôpital ou à la clinique.

Fanch blêmit.

— Avec les grands malades ?

— Ne te mets pas martel en tête. C'est une formalité, juste un petit coup de bistouri. Tu préfères aller à la clinique ? Je te fais un mot pour le docteur Quelvin.

Le docteur Kergourlay lui serra la main.

— Allez, une formalité, je te dis. Après, ça ira tout seul et comme dirait ta mère, beaucoup de plaisir vous aurez, ta femme et toi. Tiens, ajouta-t-il en lui tendant le tube de vaseline, prends ça, tu n'auras qu'à t'en mettre quand tu seras guéri, ça glissera encore mieux, les premiers temps.

Pendant tout le trajet en car, Fanch tripota le tube dans sa poche en songeant qu'il allait dire à Jabel gozh et Jeannette qu'il souffrait d'un ongle incarné. Sitôt conçue, l'idée lui parut irréalisable : les malignes fronceraient les sourcils. Depuis quand ? Tu n'as jamais rien dit jusqu'ici. A la noce, tu as dansé comme les autres. A la sortie de la clinique, il lui faudrait simuler, mettre un pansement autour de son pied, faire semblant de boiter. Elles demanderaient à voir...

Il n'eut rien besoin d'inventer. Adelice s'était sûrement confiée à sa belle-mère et à sa belle-sœur. Pas un mot ne fut prononcé devant lui sur son problème, par respect pour le mâle et son attribut si précieux pour assurer la descendance.

---

1. Prépuce.
2. Etroit.

— Des bêtes et du reste on s'occupera pendant que tu seras indisponible, dit Jabel gozh.

Il eut l'impression déplaisante de retomber en enfance. Il rêva que les trois femmes jouaient à la poupée avec lui, changeaient ses langes et s'extasiaient sur son *pissou*.

Encore heureux qu'à la clinique les infirmières fussent des religieuses. Se montrer nu devant des bonnes sœurs, c'est comme dire ses péchés dans l'ombre du confessionnal : rien ne sortirait de leurs yeux aussi bien que rien ne sort de la bouche du curé.

Une bonne sœur le rasa tout autour, il fut endormi et quand il se réveilla on lui avait coupé ce maudit bout de peau. On le garda trois jours à la clinique, par prudence, au cas où une infection se déclarerait. Ensuite, il souffrit pendant un bon mois. Adelice lui faisait les soins, matin et soir. Son drapeau restait en berne, et puis, un beau soir, il se redressa dans la main d'Adelice. Elle rit de bon cœur et l'attira sur elle. Il y alla avec tant de circonspection, tant d'appréhension, que le drapeau se remit en berne. Ils recommencèrent. Il fallut un autre bon mois avant qu'il ne la possède vraiment et lâche sa semence au fond de la poche à bébés.

Toute anxiété disparut du regard de Jabel gozh. Les rires des trois femmes résonnaient dans la maison, et surtout à la cuisine, quand Fanch avait le dos tourné. Bah ! Il se sentait non plus couvé, mais respecté. On aurait dit que ses épaules s'élargissaient, que son dos se redressait et que son regard, à nouveau, s'élevait, pour considérer le monde de haut, et le plus loin possible.

Le temps passa, Berlin tomba, les prisonniers furent libérés. René le facteur débarqua à la gare de Quimper en juillet 45. Pour alors, il y avait déjà un petit en route chez Adelice, et Fanch était bien parti pour devenir le plus gros fermier du canton.

9

Dix ans plus tard, nul mieux que Fanch de Roz-Kelenn ne méritait le titre de patron. *Ar Mestr !* Un grade que l'accent oblige à prononcer au garde-à-vous, le menton en galoche, en claquant des talons et de la langue sur les dents de devant. A quelques ares près, les terres atteignaient un chiffre rond, *hanter-kant*, la moitié de cent, puisque c'est ainsi que cinquante se dit en breton.

Cinquante hectares ! En ce temps-là, on tirait son chapeau à l'énoncé d'un tel chiffre, même s'il fallait exclure de sa note d'admiration les quatre ou cinq hectares d'une tourbière hantée de saules moussus, excellente pour la chasse à la bécasse, si Fanch s'y mettait un jour.

Selon l'usage, les quarante-cinq hectares utiles étaient divisés grosso modo en trois : un tiers en pâture pour les vaches et les chevaux, un tiers en culture de céréales – blé, orge, avoine –, un tiers en betteraves, trèfle violet et ray-grass quand la mode viendrait de semer de l'herbe qui donnait du foin amélioré par rapport aux prairies naturelles.

A Roz-Kelenn, en plus du matériel qui allait avec les cinquante hectares, on possédait : quatre juments pour le travail ; un étalon pour le plaisir de le commander ; une vingtaine de vaches laitières et le taureau nécessaire ; des truies, un verrat et les petits cochons à engraisser ; une basse-cour de poules pondeuses ; les poulets des couvées qu'on laissait faire aux poules qui clochaient ; des lapins pour en avoir un par semaine à manger. L'argent coulait de tout cela comme l'eau de la source grossit la rivière. On vendait les veaux, les poulains, les cochons et les vieilles vaches. On vendait le lait, le beurre et les œufs, une partie à des particuliers qui venaient à la ferme, l'autre partie à des commerces du bourg – alimentations générales, restaurants et crêperies, que Fanch livrait personnellement.

Il passa son permis de conduire et quand la production automobile reprit, en 1946, Jabel gozh cassa une de ses tirelires pour lui payer une fourgonnette Juvaquatre Renault. Le long museau de la Juvaquatre lui plaisait : la voiture avait du nez, comme lui, et il faisait corps avec elle pendant ses tournées, elle en tenue bleu foncé immaculée et lui en veste de velours, sa casquette légèrement de travers et en arrière du crâne, non pas comme un gars en goguette, mais pour afficher son bonheur d'intermédiaire entre la terre et les estomacs du canton.

En 1953, il acheta la première Renault Prairie de la commune, plus spacieuse que la Juvaquatre, plus puissante, plus trapue, plus cossue, à l'image de celui qu'il était devenu en huit ans. Il garda la Juva pour les déplacements autour de la ferme et réserva la Prairie aux balades et aux tournées, dans lesquelles, cette même année 1953, s'inscrivit Jeannette. Une fois fini de torcher les trois garçons que René lui avait fabriqués, elle avait ouvert une crêperie de crêpes à emporter sur la moitié du rez-de-chaussée de leur maison à la sortie du bourg de Briec, au bord de la route d'Edern.

Pour acheter la maison, ils n'avaient pas eu grand-chose à rajouter comme prêt du Crédit foncier à la prime de retour de captivité touchée par le René, l'heureux fonctionnaire. Enfin, malgré tout, chaque semestre il y avait un mandat à expédier au Crédit foncier, et parfois c'était dur. Jabel gozh aurait bien aimé qu'on fournisse les œufs, le beurre et le lait gratuitement à Jeannette, Fanch était contre.

— Elle les revend avec bénéfice, pourquoi elle aurait à l'œil ce qui nous a coûté du travail ?

— Elle est partie sans rien de Roz-Kelenn, juste son trousseau.

— Elle ne perd rien à attendre. Je lui devrai sa part le jour où…

Il ne pouvait pas poursuivre. C'était elle qui continuait :

— Oh ! tu peux bien le dire ! Le jour où ta mère ne sera plus là.

— Je te conseille de prendre ton temps, feignait-il de la menacer.

— Oh ! des fois, ça vient plus vite qu'on croit !

Fanch éludait le sujet en reprenant son argumentation :

— Les gars de la campagne, ils ont fait tintin, question prime de captivité. Deux poids, deux mesures… Nous, les paysans, on est toujours la dernière roue de la charrette.

— Elle ne roule pas si mal que ça, gloussait Jabel gozh en rentrant sa tête dans ses épaules.

Une ferme de cinquante hectares, c'était plus un carrosse qu'un char à bancs. Si le soleil brille pour tout le monde, il brille bien mieux au-dessus de ceux qui ont leur capital sous les yeux en permanence.

Ce capital n'était pas officiellement à Fanch, mais c'était tout comme. Outre les terres et les bêtes, Fanch possédait aussi des gens : quatre commis, qu'il menait à la trique, et au mépris de la hiérarchie entre eux. Les supérieurs, le commis des chevaux et le commis des vaches, étaient traités comme les commis à tout faire : réveillés en fanfare aux aurores, de corvée de trèfle pour commencer la journée, et ensuite bringuebalés de-ci delà, sans une minute pour rouler une cigarette. Il n'y avait qu'à table qu'ils étaient tranquilles. Là, le Fanch n'osait pas trop les harceler : il fallait bien qu'ils se remplissent le ventre s'il voulait qu'ils marnent.

Dans le monde des commis, il y avait un nom pour une saleté de patron comme Fanch : *ar c'hwill*, le scarabée dans le règne animal, mais en l'occurrence le malin, l'emmerdeur qui rampe sous les feuilles mortes et se dresse soudain au détour d'un talus et vous surprend allongé dans l'herbe, une pâquerette entre les dents, au moment d'une pause-minute bien nécessaire pour reprendre votre souffle, mais toujours en cachette car toujours imméritée aux yeux de l'esclavagiste. L'obligation de rouler le *c'h* piquait d'ironie le surnom, par assonance avec le mot *ar roué*, le roi, *ar rouill*, le roi des cons !

L'inventaire des gens sous la coupe de Fanch se terminait par une bonne. *Deux* bonnes ! rigolaient les commis. Parce que la première des bonniches, c'était la patronne. Qu'avait Adelice à se faire pardonner ? La nuit de noces calamiteuse ? L'opération de Fanch ? L'absence de dot ? Adorait-elle son Fanch au point de se tuer au travail ? Etait-il méchant avec elle, au lit ? Jeannette ne le pensait pas, qui estimait plutôt qu'elle voulait montrer de quoi elle était capable, elle, une fille de la ville, finalement.

Les années passées au service du pharmacien de Quimper avaient suffi à la rendre étrangère au petit monde des commis de Roz-Kelenn, bien qu'ils connussent ses origines plus que modestes. Cette altérité lui valait une déférence de surface et de la moquerie dans son dos, car elle ne se comportait pas comme une vraie patronne, ne donnait jamais d'ordres, sinon sur le ton du conseil. Toujours est-il que ce petit bout de femme aux longues mains fines s'avérait être un bourreau de travail, non pas pour montrer l'exemple – c'était souvent le cas, dans les fermes, où le patron et la patronne entendaient prouver aux valets et aux bonnes qu'ils étaient infatigables et que jamais des inférieurs ne pourraient les égaler, même sur le plan physique –, mais comme si, dans un virtuel contrat de mariage, il avait été écrit qu'elle devait en faire plus que sa part.

Elle était de toutes les corvées avec la bonne – traite des vaches, lessive, ménage, cuisine – tout en s'occupant de ses enfants et du potager de quelque sept cents mètres carrés, presque un domaine de maraîcher, que Fanch lui avait attribué – elle l'avait compris au mépris qu'il avait affiché pour « ce travail de bonne femme » – et qui aurait suffi à occuper l'essentiel de ses journées. Courageuse, elle était aussi habile de ses petites mains et réussissait tout ce qu'elle entreprenait.

Sauf les enfants. En cinq ans, elle avait été enceinte trois fois, et trois fois elle avait accouché d'une fille. Pour la première, fin 1945, Fanch n'avait pas été mécontent, mais les deuxième et troisième fois, en 1947 et en 1950, il avait caché son dépit, et puis s'était remis à l'ouvrage dans l'espoir de fabriquer un gars, hélas sans succès : le moule devait être cassé, Adelice ne prenait plus. Seule à seul avec son fils, Jabel gozh se montrait rassurante :

« La nature sait quand le ventre a besoin de repos... Te décourager tu ne dois pas... Chaque chose vient à son heure... »

Jabel gozh avait pris ses quartiers d'aïeule, dans la cuisine, comme toutes les grand-mères hébergées chez l'un ou l'autre de leurs enfants.

— C'est comme ça, les vieux finissent toujours par être à la charge de quelqu'un, aimait-elle répéter, pour le plaisir de s'entendre dire le contraire.

— A la charge de qui ? Vous êtes chez vous, ici, la grondait Adelice en entrant dans son jeu.

— Oh ! chez moi, c'est maintenant chez vous...

— Avec les sous que tu as de côté, tu ne risques pas d'être à la charge de qui que ce soit, disait Fanch.

— Mes sous vous reviendront, à ta sœur et toi, comme le reste. D'ailleurs, il faudrait sans doute que je pense à partager, avant que je ne sois plus capable de signer chez le notaire.

— Il y a le temps ! bougonnait Fanch.

Souvent, au moment de s'endormir, il imaginait la montagne de difficultés que Jeannette créerait s'il fallait discuter du partage des terres par anticipation. Il escaladait cette montagne, écrivait le dialogue, disait que la ferme lui revenait de droit puisque aussi bien c'était lui qui l'avait enrichie, Jeannette répondait : Justement, tu en as bien profité, tu as gagné ta vie avec, faisons les comptes ! Alors il tapait du poing sur la table : Les comptes, quels comptes ? Tu prends les sous de la mère, moi je prends Roz-Kelenn. Taratata ! claironnait Jeannette, le notaire m'a dit que ce n'est pas aussi simple que ça.

Incapable de trouver le sommeil, Fanch se levait, allait boire un verre d'eau à la cuisine, marchait un peu dans la cour, et se calmait à l'idée qu'on ne discuterait pas partage avant l'heure : parce qu'il refuserait, hé, tout simplement, et *mat pell zo*[1]. La meilleure solution serait de traiter le problème à chaud, après l'enterrement de la mère, c'est-à-dire à la saint-glinglin, car Jabel gozh se portait comme une future centenaire.

1. Equivalent de « très bien comme ça pour un bout de temps ».

« Je suis reposée de tout », soupirait-elle avec de la béatitude dans les yeux et la voix.

Elle entendait par là qu'elle avait admis une fois pour toutes qu'elle pouvait se reposer sur Fanch, concernant la tenue de la ferme. Libre à lui de cultiver de l'orge ou du blé, de vendre et d'acheter telle ou telle race de vaches, d'embaucher ou de congédier les commis, de tuer le cochon à telle ou telle date, d'en faire plus de pâté que de saucisses, peu importe, elle savait que ce qui serait fait serait bien fait. Comme on s'allonge dans un lit douillet, elle se reposait de son passé de misère et de travail acharné sur la bienheureuse transmission de sa réussite à Fanch.

Ainsi qu'une poule qui cherche la fraîcheur dans le trou qu'elle a creusé, elle *kluchait*[1] – moralement – en frissonnant d'aise de toutes ses plumes, mais se démenait comme une jeune – physiquement –, pour le bonheur de se rendre indispensable, et elle le fut, quand la dernière bonne quitta Roz-Kelenn. Sans elle, Adelice n'aurait jamais pu arriver à bout de tout son travail. Jabel gozh était à la fois la bonne de cuisine et la cantinière en chef. Elle mettait et débarrassait la table, épluchait et lavait les légumes, égorgeait et préparait les poulets, tuait et saignait les lapins, mettait à mitonner des ragoûts, des civets, des blanquettes, des pot-au-feu, des marmitées de *yod-kerc'h*[2], confectionnait des fars, des quatre-quarts, des gâteaux de riz, des platées de semoule.

Le feu ne s'éteignait jamais dans la cuisinière à bois, dont Jabel gozh était la seule à ressentir les humeurs de tirage en fonction des vents. L'après-midi, tandis que le plat du soir mijotait doucement, elle s'asseyait aux

1. Du verbe breton *kluchañ*, s'accroupir.
2 Bouillie d'avoine.

beaux jours devant la fenêtre ouverte, en hiver près de la cuisinière, et tricotait, ou brodait des napperons. De temps à autre, elle pensait à Maï-Yann. Peut-être était-elle enfermée au Carmel, ayant fait vœu de silence ? Peut-être était-elle morte et les bonnes sœurs n'avaient-elles pas jugé utile de prévenir Jabel gozh, estimant que ce n'était pas la peine puisqu'elle avait gagné sa place au paradis, sans besoin des prières de sa sœur, sa seule famille ? Jabel gozh secouait la tête et marmonnait : « Quand même pas, on ne peut pas être chameau à ce point-là. » Elle aurait pu essayer de se renseigner auprès des religieuses du bourg, mais une crainte superstitieuse la retenait. Elle se disait que chercher à avoir des nouvelles de quelqu'un qui n'en donne pas, c'est comme vouloir tirer sur la chaîne d'un chien enragé calé au fond de sa niche : on risque d'être mordu et d'attraper la rage – de s'empoisonner les pensées d'un quelconque malheur qu'on aurait mieux fait de laisser ignoré.

« C'est comme ça, Maï-Yann est sûrement bien là où elle est », marmottait-elle avec fatalisme en se servant un fond de tasse de café.

Sur le coin de la cuisinière, l'énorme cafetière de cinq litres ne contenait jamais du café de la veille.

— La cafetière, c'est votre bébé à vous, avait plaisanté un jour Adelice, alors qu'elle donnait le sein à sa dernière.

— La cafetière, mon *marmouz* ? Des fois, tu dis des drôles de choses, mais si on accepte ton idée, alors il faut dire qu'au moins elle n'est pas difficile à remplir et à vider, et heureusement, parce que j'ai assez à faire avec tes filles.

— Vous savez bien que je préférerais m'occuper des petites, mais avec le travail autour de la ferme…

— Est-ce que j'ai l'air contrariée d'avoir les petites autour de moi ?

— Oh non !

— Alors, fais ton travail de patronne, moi je fais mon travail de *mamm-gozh*[1], et tout le monde sera content.

Tout le monde l'était, ou tout le monde sembla l'être pendant une bonne dizaine d'années, jusqu'au jour où l'aînée des filles répondit à Fanch comme une fille ne doit pas répondre à son père. Ce fut une révélation : l'univers avait changé autour d'eux, et Fanch ne s'était aperçu de rien, aveuglé de travail.

1. Grand-mère.

10

Travail, travail, travail : c'était une religion qui comptait des adeptes partout dans la campagne, où chaque ferme était un lieu de culte, de la modeste chapelle à l'*iliz veur*, la majestueuse cathédrale, et Roz-Kelenn en était une, qui avait Fanch pour évêque.

Chaque disciple célébrait la messe sur son autel : dans ses champs, de l'aube au crépuscule, comme un forcené. Le travail était cet opium des fermiers qui vous durcit les muscles et vous tanne le cuir dans la journée, mais vous procure la nuit le profond sommeil du prosélyte en paix avec sa conscience.

Aussi bien que la religion du curé, celle du travail aveuglait ses fidèles en leur donnant l'illusion d'une double immuabilité : celle du monde et celle du dieu lui-même. Or, les dieux peuvent changer de visage à l'insu de ceux qui les prient.

Fort de l'exemple de sa mère avant lui, fort de ce que la terre lui rendait en récompense de ses forces qu'il n'économisait pas, Fanch se croyait sous la protection de son idole jusqu'à la fin de ses jours.

Ce fut l'époque où tout marchait comme sur des roulettes : semer, récolter, engranger les billets ; élever, traire, compter les billets.

Ce fut l'époque de la Juvaquatre puis de la Prairie, des commis en veux-tu en voilà, et des sous qui s'accumulent au Crédit agricole.

Ce fut aussi l'époque où il « tira », comme cela se disait, son permis de chasser, non par passion mais pour asseoir son statut de patron. Il mit ses terres « en société » avec des voisins, acheta un beau fusil et trois chiens courants pour débusquer les lapins des landiers. Lui qui voulait être le meilleur en tout, à la chasse il dut déchanter : il tirait comme un pied, toujours trop tard, toujours derrière les lapins – la volée de plombs faisait fuser une motte de terre, parfois le lapin était soulevé avec, mais tiens, tintin, l'animal retombait sur ses quatre pattes et filait au trou.

Ses compagnons de chasse, souvent des commis madrés qui prenaient au tir leur revanche sur les patrons, se foutaient de sa gueule, mais il encaissait leurs plaisanteries en leur promettant qu'un jour il saurait mettre dans le mille à tous les coups.

Peut-être tirait-il mal à cause des œillères qui l'empêchaient de voir le monde changer autour de lui. De même qu'on en met au cheval pour qu'il regarde droit devant et qu'il n'ait pas peur du chien qui tournicote à droite ou à gauche, ou d'un vélo ou d'une voiture en traversant la grand-route, Fanch chaussait ses œillères par crainte d'avoir à reconnaître les signes des changements qui le priveraient de sa liberté : outre la mécanisation en marche et l'arrivée des premiers tracteurs, on annonçait un bouleversement des méthodes, on prévoyait la toute-puissance des coopératives, on prédisait l'encadrement de la production laitière et la mise au pas des paysans par le Marché commun et une ribambelle de fonctionnaires de tous acabits qui vous colleraient sur le dos un tas de lois pondues par des bureaucrates parfumés comme des cocottes à propos de règles d'hygiène, de races de vaches, de sortes de semences obligatoires, d'interdiction de faire monter les vaches par le taureau ou les juments par l'étalon au profit de l'insémination des bêtes par un trou du cul de vétérinaire assermenté.

Fanch n'y croyait pas ou refusait d'y croire.

« Vont quand même pas nous empêcher d'aller chier dehors derrière un talus quand on en a envie ! » clamait-il au café de l'arrêt des cars de Kroazh-Venn, le samedi après la foire.

Entre eux, les autres paysans s'étonnaient de son aveuglement, lui le fermier modèle, plus instruit que la plupart, qui aurait pu avoir des ambitions politiques et syndicales. C'était étrange.

« On ne connaît jamais vraiment les gens », concluait un sage.

Et c'était vrai : personne, même pas sa mère, et sauf sa femme sans doute, ne connaissait vraiment Fanch de Roz-Kelenn.

Il ne vit pas grandir ses filles. Il regardait plutôt du côté de chez sa sœur Jeannette et de son facteur René qui avaient eu, eux, à peu près au même rythme qu'Adelice avait accouché de trois filles, trois garçons bien costauds, de la graine de leur mère, pas de celle de leur gringalet de père. Fanch les observait avec bonhomie faire les quatre cents coups autour de la ferme, quand ils venaient voir leurs cousines. Il n'y eut pas besoin de leur apprendre à dénicher les merles ou à fabriquer un lance-pierre, non plus qu'à se tailler des arcs dans des rejets de noisetier et à tirer des flèches dans le derrière des vaches pour les faire galoper. Fanch aurait aimé qu'ils soient à lui.

Il fermait les yeux sur toutes leurs bêtises, alors qu'il ne se rappelait l'existence de ses filles qu'à l'occasion des soucis qu'elles lui causaient, toujours à se courir après en piaillant pire que des pintades, toujours à se chamailler, toujours mal ici ou là, à la gorge ou autre part, toujours à réclamer un cartable neuf et des vêtements comme ci et comme ça, toujours enrhumées avec des cloches pendues au nez, et toujours la tête en l'air, au propre et au figuré, pour renifler et pour oublier ce qu'on leur disait de faire, aller chercher des œufs dans les tas de foin ou ramasser de la ravenelle pour les lapins. Il ne leur pardonnait rien, même pas d'oublier le lait sur le feu.

Un matin, ça l'énerva encore plus que d'habitude. Il était revenu des champs pour son casse-croûte de dix heures. Les filles étaient parties à l'école, Adelice travaillait autour des petits veaux dans la crèche, Jabel gozh était seule dans la cuisine. En entrant, il sentit l'odeur de lait brûlé et de Mirror frotté sur les plaques chaudes de la cuisinière pour camoufler le délit.

— Pas la peine de friser le nez, dit Jabel gozh, j'ai nettoyé. Tes filles, c'est pas les premières ni les dernières à oublier le lait sur le feu.

Elle posa devant Fanch son couteau attitré, deux tranches de pain, l'assiette de lard rôti et un bol de café.

— Toi, tu n'as jamais oublié une casserole sur le feu.

— Je suis d'une autre génération.

— Dire que j'aurais pu avoir trois gars, comme Jeannette.

— On dit que c'est l'homme qui fabrique le sexe des enfants, et que la femme ne fait que recevoir la graine.

— Dis tout de suite que c'est de ma faute !

— Ta faute à toi, ce n'est pas, c'est la nature. S'il n'y avait pas eu un ventre de femme pour te porter, tu ne serais pas ici à râler dans ma cuisine. Si tu n'avais pas une femme dans ton lit, avec qui tu prendrais ton plaisir ?

— Qui te dit que je prends mon plaisir au lit ?

— Je ne tiens pas la chandelle.

Il piqua un bout de lard de la pointe de son couteau, le posa sur un morceau de pain qu'il trempa dans son café.

— Ça fait plus de huit ans que la dernière est née ! dit-il, la bouche pleine.

— Et qu'est-ce que ça pourrait bien faire qu'elle reste la dernière ? Trois enfants, c'est largement suffisant. Et je me demande si Adelice ne couve pas une maladie quelconque. Depuis un moment, je trouve qu'elle a mauvaise mine. Elle se fatigue beaucoup.

— Elle ne fait que le travail qu'elle a à faire.

— Peut-être que tu devrais exiger moins d'elle.

— Tu es contre moi ? répondit Fanch, l'œil mauvais.

— Quoi, contre toi ? s'écria Jabel gozh en prenant le torchon de vaisselle comme si elle allait le flanquer à la figure de son fils.

Au lieu de cela, elle chassa les miettes de pain autour de son bol, frotta la toile cirée et s'essuya la bouche avec le torchon, signe qu'elle était énervée.

— Qui est contre toi, ici ? Tu peux me le dire ?

Fanch tapa du poing sur la table et c'est en breton, une façon de mettre plus de violence dans ses paroles, qu'il répondit à sa mère :

— Moi je te dis, vous êtes toutes contre moi !

— Assez ! La paix ! A tes pieds tout le monde est, ici ! Qu'est-ce que tu as à monter sur tes grands chevaux dès qu'on t'adresse la parole ? Qu'est-ce que tu as donc dans le derrière depuis un moment ?

Il haussa les épaules. « Je me sens dépassé », eut-il envie de répondre à sa mère. Il renferma cette pensée dans sa tête comme on referme son couteau pour le glisser dans la poche de son pantalon. Mais le couteau dans la poche, on est bien content d'en sentir le poids et la dureté contre sa cuisse : on sait que sa lame est bien affûtée et qu'il vous rendra service quand vous voudrez. Pour l'idée bizarre logée dans sa tête, c'était à la fois pareil et le contraire : il sentait sa présence, mais redoutait ce tranchant qui, une fois la lame bloquée à cran, lui faisait couper en quatre tout et n'importe quoi. C'était le cas de le dire : couper en rondelles ce qui ne tournait plus rond. Quoi ? Il n'en savait trop rien lui-même.

Il s'en retourna aux champs sur le tracteur neuf dont il n'était déjà plus fier. Il préférait les chevaux. Il devinait qu'après ce tracteur-là on s'arrangerait pour lui en vendre un plus gros, et après encore un plus gros, et ainsi de suite, jusqu'à ce que ça devienne une habitude et un besoin et qu'il soit seul avec des machines plein les hangars. Les paysans devenaient des vaches à traire par tout un tas de lascars aux doigts crochus : fonctionnaires de la DDA, cols blancs de la Maison de l'Agriculture, commerciaux de la coopérative, assureurs, comptables, marchands de matériel, mécaniciens. On peut se défendre d'une armée de maquignons, pas d'une nuée de suceurs de sang.

Fanch avait l'intuition que les paysans comme lui allaient s'appauvrir et le monde entier s'enrichir à leurs dépens. Il aurait voulu que le temps se fût suspendu quelques années après son mariage, à l'époque où l'on n'avait des comptes à rendre qu'à soi-même. La terre n'avait pas bougé, mais autour d'elle un manège s'était mis en route, impossible à arrêter. Il aurait voulu fermer les yeux, il devait les garder ouverts sur tout ce qui lui démontrait que les temps changeaient.

Au plus près de lui, c'étaient le dos de sa mère qui se voûtait, les cheveux d'Adelice qui grisonnaient et, arcboutées à pousser la charrette des ans vers des temps qui tourneraient de moins en moins rond, ses trois filles et les formes qu'elles prenaient avec l'âge, annonçant des soucis qu'il n'aurait pas eus avec des garçons. Des gars, il les aurait dressés ; des filles, il ne pouvait pas les frapper, seulement les engueuler, et sans jamais être sûr d'avoir eu raison. Ses éclats de voix déclenchaient les pleurs, Jabel gozh et Adelice baissaient la tête en signe de reproche, et voilà, une fois de plus il avait eu tort.

Soizig était née en novembre 1945, Nicole en juin 1947 et Gwenaëlle trois ans plus tard, en septembre 1950. C'est au tournant des années soixante, juste avant l'arrivée de l'eau de la ville à Roz-Kelenn, que Fanch en vint à regarder ses filles comme trois sorcières en herbe prêtes à lui jeter des sorts. Lui qui jusque-là ne s'était pas plus occupé d'elles que de lapins dans leurs clapiers se mit à les scruter, à épier de chacune l'éclosion du vrai caractère.

Petites, les trois filles s'étaient ressemblé. Gavées par leur grand-mère de bouillie de froment, de riz au lait, de purée de pommes de terre réchauffée à la poêle dans un océan de beurre, de soupe au pain trempé dans le bouillon de vieille poule, de ragoût, de rôti de porc dans les morceaux bien gras, de quatre-quarts nappé de confiture, elles avaient eu, enfants, la même bouille ronde de petits pots à tabac.

A la puberté, Soizig s'amincit, en faisant sa difficile sur les portions qu'on lui servait. Elle grandit, sèche comme un coup de trique, pendant un an ou deux, avant de se développer, toujours mince mais costaude, avec des épaules de garçon. Il s'avéra qu'elle était le portrait craché de Jabel gozh jeune, péremptoire et têtue.

Nicole demeura bien ronde de partout, y compris de caractère. Nonchalante et malléable, dominée par Soizig, elle obéissait à toute la maisonnée, sans rechigner, sinon, parfois, en faisant la moue, à peine une contrariété que contredisait son regard soumis. Nicole était toujours la première à empoigner le balai pour balayer autour de la table après les repas. Elle devait tenir de sa tante Jeannette et ferait probablement sa vie comme elle, en tombant amoureuse du premier nullard venu – nullard du point de vue de Fanch –, un fonctionnaire quelconque, ou assimilé, employé des PTT ou guichetier à la Caisse agricole. Pour l'instant, elle avait la solide santé et la placidité d'une génisse qui poussera toute seule dans la pâture, de ces bonnes bêtes dont Fanch disait : « Celles-là, on n'aura pas besoin d'avoir le vétérinaire avec ! »

Face à la petite Gwenaëlle, neuf ans quand Soizig en eut quatorze et commença de se révolter contre son père, Fanch était démuni, attendri, si tant est que ce fût possible. Ce n'était pas qu'il se raisonnait : il le ressentait, d'instinct, comme il savait qu'on ne cravache pas un poulain tout juste sorti du ventre de sa mère. Gwenaëlle aussi, à l'instar de Soizig, avait perdu ses rondeurs, mais au lieu de forcir dans la minceur, elle demeurait grêle, au désespoir de Jabel gozh, qui tentait de continuer à la gaver.

« Elle se nourrit à peu près normalement, mais elle ne profite pas », se lamentait la grand-mère.

Fanch ne pouvait pas l'enguirlander comme les autres. Il devinait que ni Jabel gozh ni Adelice ne l'auraient permis, et Soizig non plus, sans doute.

Quand il râlait contre tout son gynécée, sous prétexte que sa soupe était tiède ou son vin piqué parce qu'« on » avait oublié de remettre le bouchon dessus, Gwenaëlle le fixait de ses yeux bleus de poupée, et il avait honte de lui-même. La gamine avait le regard de sa mère, qui traversait sa cuirasse et lisait en lui, un regard qui semblait chavirer et se redresser tour à tour, parcouru de vaguelettes de reproche et d'amour. Mal à l'aise, Fanch se taisait, et c'est à Soizig qu'il disait :

« Pourquoi tu me regardes comme ça, toi, espèce de *keben*[1] ? »

---

1. Mégère, mauvaise femme ou fille.

— Un chien regarde bien une saucisse, pourquoi on ne regarderait pas une andouille ? se moqua un jour Jabel gozh pour détendre l'atmosphère.

C'était le repas de midi. Elles rirent toutes les trois dans leur assiette, Gwenaëlle moins fort que ses sœurs. Fanch marmonna :

— Ah ! merci, merci bien ! Ça fait plaisir à entendre ! Moi qui me crève le cul à vous gagner votre nourriture !

— Tu n'as pas à te plaindre de notre travail, répliqua Jabel gozh. On se crève tous le derrière, ici.

Ce jour-là, Soizig ajouta :

— Et maman en particulier.

Nicole pouffa nerveusement de l'audace de sa sœur aînée.

— Quoi ? s'écria Fanch. Quoi, qu'est-ce que j'entends ?

— Tu ne vois pas que maman est fatiguée ?

— Qui te permet ? Monte dans ta chambre, saleté !

— Dans ma chambre ? Quelle chambre ? J'ai même pas de chambre à moi !

Fanch repoussa sa chaise. Il tira la toile cirée à lui, les couverts valsèrent. Il leva la main sur Soizig. Jabel gozh s'interposa :

— Halte-là !

— Monte un moment, dit doucement Adelice à Soizig, tu finiras de manger après.

— Et toi, dit Jabel gozh à son fils, va dehors te rafraîchir les idées !

— Dehors ? Dehors de chez moi ? protesta Fanch, mais il sortit malgré tout, en sentant dans son dos les grands yeux bleus de Gwenaëlle le transpercer.

Sur le fil au fond du potager, une kyrielle de serviettes hygiéniques pendaient, qui avaient le don de l'irriter, comme des fanions que l'ennemi aurait hissés en permanence sous son nez. Elles étaient trois à en user, deux tous les mois, Soizig et Nicole, et Adelice de moins en moins régulièrement.

A part lui, Fanch maugréa des mots qu'il n'aurait jamais osé prononcer devant Jabel gozh :

— Des filles, des filles, rien que des trous entre les jambes. Un trou qui pète, un trou qui saigne, ça fait deux trous pour faire chier le peuple ! Trois fois deux six, avec la demi-douzaine je suis servi ! Nom de Dieu de nom de Dieu de nom de Dieu !

Soizig lui avait déclaré la guerre il y avait environ un an. Elle revenait du collège en fredonnant des chansons américaines à tortiller du cul ou, au contraire, à tomber en pâmoison, les paupières en capote de fiacre : elle réclama un transistor, sa mère et sa grand-mère cédèrent. Après, ce fut un blue-jean, pour se mouler les fesses comme les filles des magazines. Malgré le veto de Fanch, blue-jean il y eut, puisqu'il le voyait sécher sur le fil, mais elle ne le portait jamais en sa présence. Elle le mettait pour aller au bourg à vélo, chercher un peu d'autonomie chez sa tante Jeannette, où elle donnait un coup de main à la crêperie. Fanch soupçonna sa sœur de fourrer ces idées à la con dans la cervelle de Soizig, rien que pour l'emmerder, lui.

C'est probablement Jeannette qui lui souffla dans le derrière cette lubie dont elle ne démordait pas : la maison était trop petite, il n'y avait même pas de salle de bains, mademoiselle voulait sa chambre à elle. Cent fois sur le métier elle remit son ouvrage, par allusions fielleuses. Venant d'Adelice ou de Jabel gozh, Fanch aurait admis les réflexions. A l'évidence, ils étaient tous à l'étroit, à l'étage de la maison neuve. Trois filles dans une même chambre, ça faisait beaucoup. En son for intérieur, Fanch le reconnaissait, mais il refusait d'en discuter pour ne pas avoir l'air de céder à Soizig. Ce qui l'irritait par-dessus tout, c'était que cette « branleuse » réussissait à instiller en lui un sentiment de culpabilité. Un double sentiment de culpabilité. D'abord, à propos de ces dispositions qu'il savait devoir prendre, concernant le réagencement de la maison. Ensuite, il y avait pire : Soizig, depuis quelques mois, avait l'art et la manière de lui rappeler, en multipliant les attentions à l'égard de sa mère, qu'Adelice avait de plus en plus mauvaise mine. Et cela, il refusait de le voir, aussi.

Et voilà que, ce midi, Soizig se permettait de lui dire carrément qu'Adelice se crevait à la tâche. Comme si chacun ne connaissait pas ses limites ! râla-t-il dans sa tête. Celui qui est trop fatigué se repose, et il repart, nom de Dieu ! Adelice ne se reposait qu'une fois couchée au lit ? Eh bien, c'est qu'elle n'était pas si fatiguée que ça dans la journée ! se mentit-il à lui-même. Quelqu'un comme lui, qui lisait leur fin dans les yeux des bêtes, savait bien que quelque chose allait de travers chez Adelice. Il y avait plusieurs mois qu'ils n'étaient plus mari et femme. Elle sombrait comme une masse dans le sommeil, se tournait et se retournait pendant la deuxième partie de la nuit, avait du mal à se lever le matin et restait pâle toute la journée. L'idée qu'elle pût tomber malade le rendait fou d'angoisse. Dès que cette perspective l'effleurait, il la refoulait. Des problèmes, il n'en voulait pas.

Jusqu'ici, quand il s'en était présenté, il les avait réglés séance tenante : un journalier fainéant, viré ! une vache boiteuse, à la boucherie ! des semis à moitié bouffés par les corneilles, on charrue dessus et on sème à nouveau ! Voilà ce qu'il aurait dû faire depuis longtemps : céder aux caprices de Soizig, pour avoir la paix avec ses filles ! Il enrageait de se rendre compte qu'il s'était trompé. Cinquante hectares et le statut de patron de Roz-Kelenn ne l'avaient pas hissé sur l'Himalaya agreste du haut duquel il aurait pu contempler les jours s'écouler, paisibles et identiques. Au lieu de cela, tout se transformait autour de lui en même temps que des nichons poussaient à ses filles.

Ses trois chiens s'agitaient autour de lui. Il leur botta le cul, traça une croix sur son repas et s'engouffra dans le pennti qui, depuis la construction de la maison neuve, servait de remise. Il retroussa ses manches et s'attaqua au bric-à-brac.

De la cuisine, Jabel gozh, Adelice et les filles entendirent le fracas du grand déménagement. Elles se précipitèrent sur le seuil. C'était à croire qu'une tornade tournoyait à l'intérieur du pennti. Par la porte basse volaient dans la cour cageots, clayettes, bouteilles vides, vieille brouette, vieux landau, lessiveuse rouillée, jouets abandonnés, cadres de vélo, sommier métallique, lit de bébé, tout ce qu'on peut mettre de côté au fil du temps en se disant qu'un jour ça pourrait servir. Les chiens aboyaient comme des fous.

— Papa ! Papa ! pleurnicha Gwenaëlle.

Jabel gozh poussa les filles à l'intérieur de la maison et referma la porte.

— Laissons votre père vider sa colère...

A quatre heures, Fanch vint prendre son goûter, le visage, le cou, les épaules et les bras encrassés de poussière noire collée à la sueur, sale comme un goret. Personne n'essaya de lui adresser la parole, il ne prononça pas un mot. Pourtant, il s'était calmé. Gwenaëlle lui arracha même un sourire quand elle dit à ses sœurs qu'il ressemblait aux nègres des images d'explorateurs qu'on trouvait sur les tablettes de chocolat.

Après le goûter, il dressa les objets combustibles en bûcher derrière le poulailler, puis jeta le reste pêle-mêle sur la remorque et s'en alla en tracteur les balancer à la « jaille », un mot que Fanch avait appris au service militaire, et qu'il préférait à son synonyme « bourrier », à cause sans doute de sa consonance avec le verbe breton *drailhañ*, qui donnait dans sa bouche le barbarisme *drailler*, au sens de déchirer, déchiqueter, fracasser.

Jaille ou bourrier, les deux termes désignaient une décharge sauvage comme en usaient toutes les grandes fermes, à l'époque. A Roz-Kelenn c'était, au bout d'une friche, un large et profond fossé naturel qui se creusait à la verticale d'un glacis en pente douce d'où il était facile de décharger une remorque. Dans le trou gisaient des monceaux de matériel réformé, dépassé par le progrès : araires, faneuses, lieuses, cerclages de roues de charrette, éléments d'une batteuse, et bientôt les rejoindraient, pour ne pas payer les frais d'enlèvement, la Juvaquatre et la Prairie, quand, maudit par Fanch, le progrès priverait ses voitures de pièces de rechange.

Ce cimetière disparaissait en été sous la ronce et l'ortie, d'où il émergeait en hiver, une fois que s'était retirée la marée de verdure, et de là-haut, du champ, bien malin celui qui eût été capable de distinguer les câbles rouillés des tiges de ronce brunies. Sous la jaille coulait un ruisseau affluent de l'Odet, mais en ce temps-là tout le monde s'en fichait ; la nature, non encore pourrie par les nitrates et les pesticides, était assez forte pour digérer un peu de rouille et des résidus d'huile et de peinture. Les truites pullulaient dans les rivières et les anguilles se prenaient pour des couleuvres, qui traversaient les prairies pour aller de ru en ru, à la saison où elles dévalent vers les estuaires et la mer des Sargasses.

Fanch revint à la ferme et alluma le feu. Adelice et ses filles accoururent, et leur première réaction fut de sauver des babioles des flammes.

— *Gast !* Il faut savoir ce que vous voulez ! leur dit Fanch. Vider le pennti ou garder ces saloperies, il faut choisir.

— Le landau ! pleurnicha Gwenaëlle.

— Tu es grande, tu n'as plus l'âge de jouer à la poupée !

— Et si j'avais un petit frère ?

Adelice baissa les yeux sous le regard interrogateur de son Fanch.

— Tu es la petite dernière et tu le resteras, dit-elle.

Fanch souleva un matelas à bout de bras et le jeta sur le brasier. Le feu sembla d'abord s'étouffer, puis soudain expira des flammes de tous côtés, ainsi qu'une brassée de petit bois sous une marmite.

— Feriez mieux d'aller chercher des fourches ! ordonna Fanch.

Les trois filles s'occupèrent du feu, dans une atmosphère de Saint-Jean, avec des cris de frayeur quand un tison pétait, des cris de joie quand la robe en paille d'une dame-jeanne s'embrasait d'un coup. Au crépuscule, leurs joues étaient aussi écarlates que le tas de braises parcouru de frissons de chaleur. Jabel gozh cria que le dîner était prêt.

— *Ma !* s'émerveilla-t-elle à table, tu as abattu autant de travail en une demi-journée que d'autres en une semaine.

— Quand on ne peut pas passer ses nerfs sur les gens, on les passe sur les bêtes ou les choses.

— Quelle idée tu avais en tête pour que ça t'ait pris de faire tout ça d'un coup, comme une envie de pisser ?

— Quelle idée ? C'est toi qui me demandes ça ? Avec la Soizig qui me bourre le mou en permanence ? L'idée d'avoir la paix avec vous toutes. Adelice et moi, on va habiter dans le pennti. Soizig prendra notre chambre. Puisqu'elle veut jouer les princesses, elle n'aura qu'à se mettre au balcon avec l'espoir qu'un Roméo vienne lui jouer de la mandoline dessous.

— J'ai rien demandé, protesta Soizig.

— Laisse ton père parler, lui dit Adelice.

— Ouais, elle a intérêt, parce que je suis loin d'avoir fini. Nicole et Gwenaëlle auront une chambre pour deux, et toi, Jabel gozh, tu gardes la tienne. Vous serez tranquilles toutes les quatre là-haut. Maintenant, à propos du cabinet de toilette, j'ai vu comment on pouvait faire. On va prendre sur la surface du palier et faire installer un W-C et un lavabo.

— Avec l'eau chaude ? l'interrompit Soizig.

Fanch la regarda de travers. Jabel gozh croisa ses doigts sur son tablier, comme pour prier sainte Anne de ne pas couper net cet instant de bonne volonté de son fils.

— On a assez de sous au Crédit agricole à rester sans rien faire, dit-elle.

— Ta mère a besoin d'avoir chaud, à son âge, dit Adelice. Tant qu'à faire des trous dans les murs pour amener l'eau à l'étage, on pourrait mettre des radiateurs.

— Ne prends pas la mouche, dit Jabel gozh prudemment, mais tu sais bien que chez ta sœur il y a une douche et une chaudière à mazout, alors qu'ils sont moins riches que nous.

— Brûler du mazout, avec tout le bois qu'on a !

— Tu n'as plus beaucoup le temps de couper du bois.

— C'est vrai, le travail a changé, admit Fanch.

Et ce fut comme s'il disait amen au changement, à sa propre fin.

— On chauffera le pennti avec un poêle, reprit Adelice, ce sera plus facile que le feu dans la cheminée. De cette façon, tu auras toujours le plaisir de faire du bois.

— Un poêle ? Pendant que dans la maison il fera aussi chaud qu'au Maroc ? Ben merde alors ! C'est une chaudière à bois qu'on mettra, et des radiateurs. Moi je vous le dis, vous voulez le palais de Versailles, vous l'aurez !

— Un gros poêle, ce sera bien assez, dit Adelice.

— Bon, *mat tre*, à ta guise.

Jabel gozh alla prendre la bouteille de rhum dans le buffet.

— Je vais te faire un grog, dit-elle.

— Moi, je prendrais bien une cerise à l'eau-de-vie, dit Adelice. Vous en voulez aussi ?

— Ma foi…

Chaque année, Jabel en fabriquait un pot, avec du *lambig*, de ces cerises aigres, à moitié sauvages, qu'on cueillait au bord d'un talus du côté de la rivière. Elle collait une étiquette d'écolier dessus, pour indiquer l'année.

— Vous avez droit à une cerise aussi, les filles, dit Adelice.

Soizig se leva vivement et disposa sur la table cinq verres à digestif. Adelice en remplit deux d'une demi-douzaine de cerises et d'une louchée de jus, puis dans le verre de Soizig et de Nicole elle déposa trois cerises en prenant soin de ne pas y ajouter d'alcool, et enfin une cerise dans le verre de Gwenaëlle.

— Pas trop d'eau dans mon grog ! plaisanta Fanch.

Gwenaëlle recracha sa cerise en grimaçant.

— C'est fort !

— Pas tant que ça, dit Jabel gozh. Celles-là ont huit ans, presque ton âge. Mais elles se sont ratatinées dans le *lambig*, alors que tes joues à toi ne sont pas près de se rider.

Soizig usa de la forme indirecte pour interroger son père :

— Papa compte mettre du carrelage dans la salle de bains ?

— Sûrement, dit Adelice, à cause de la douche.

— Je n'ai pas dit qu'il y aurait une douche.

— Puisqu'il y aura de l'eau chaude à l'étage…

Fanch rendit les armes sans sourciller. Ce jour-là serait à marquer de plusieurs croix sur le calendrier des PTT.

— D'accord, d'accord, on installera une douche et je t'amènerai à Quimper choisir le carrelage.

— Bleu et blanc ! lança Soizig.

— Avec des fleurs, proposa Nicole.

— Du carrelage simple, dit Adelice, on n'a pas des goûts de riches.

— *Ma !* Une douche, des doubles vécés et le chauffage central, qui aurait cru ça ? s'extasia Jabel gozh.

— Ouais, c'est la fin des haricots, dit Fanch.

— Qu'est-ce que ça veut dire, ça, la fin des haricots ? répliqua Jabel gozh.

— Rien, rien du tout, ça ne veut rien dire du tout.

Devinant qu'il ne fallait pas gâcher cette soirée, Fanch fit l'ultime concession de ne pas essayer d'expliquer le fond de sa pensée. Ce n'était rien de sûr ni de tangible, une sorte de prémonition mélancolique qu'il ne serait plus maître de son destin, non par incapacité, mais par renoncement. En acceptant ces améliorations de Roz-Kelenn, il avait plié un genou, il plierait bientôt le deuxième et finirait la nuque courbée.

Il songea à l'un de ses chiens qui avait sauté dans la rivière en crue pour récupérer un pigeon : le courant l'avait emporté, dans un méandre en aval il avait touché le bord, s'était démené de toute la force de ses reins, mais la glaise glissait, et c'était trop haut. Sans doute Fanch aurait-il dû s'allonger à plat ventre sur la prairie et tenter de l'agripper par la peau du dos. Il s'était contenté d'encourager le chien, qui s'était noyé, en définitive. Lui, Fanch, ne se noierait pas, nom de Dieu ! Il n'essaierait pas de remonter sur la berge, il se laisserait descendre au gré du courant, découragé, fataliste, puisque le progrès, la société, le monde et ses filles étaient plus forts que lui.

Le lendemain matin, il se réveilla dans une tout autre disposition d'esprit, décidé à liquider le chantier le plus vite possible. Il se rendit chez le plombier-chauffagiste de Briec et lui décrivit ce qu'il aurait à faire.

— Fanch Roz-Kelenn casse sa tirelire ? plaisanta l'autre.

— Non, je vais faire un prêt au Crédit agricole, finassa Fanch.

— Un prêt, toi ? Mon œil.

— T'as peur de ne pas être payé ?

— Arrête donc de déconner. Mais si je peux me permettre, tant qu'à creuser une fosse septique pour la maison de Jabel gozh, vaudrait autant relier le pennti dans la foulée. Un jour il faudra le faire, alors...

— Un jour ? Quel jour ? grogna Fanch.

— On vieillit tous, contre ça personne ne peut lutter. Ta mère n'est pas éternelle, tes filles se marieront, ta femme et toi vous retournerez habiter la maison neuve et peut-être que l'une ou l'autre de tes filles voudra du pennti. Ou bien tu voudras le louer, je ne sais pas, moi. Enfin, les travaux seront faits, quoi ! Et puis je te vois mal traverser la cour pour aller caguer dans la maison. Remarque, chacun voit midi à sa porte, et t'as le temps de réfléchir.

— C'est tout réfléchi. D'accord, on mettra le confort dans le pennti, chauffage et cabinet de toilette, comme ça personne n'aura rien à me reprocher.

— Je vais te chiffrer le devis.

— N'arrondis pas trop !

— N'aie pas peur, je n'ai pas l'habitude d'estamper les gens.

Pendant le bon mois que dura le chantier, les femmes de Fanch furent aux petits soins pour lui. La dépense inouïe, après des décennies d'épargne, plongeait la maisonnée dans l'euphorie. Un dimanche après-midi, Jeannette, son facteur et leurs gosses vinrent se rendre compte du résultat.

— Ho ! ho ! Voilà l'inspectrice des travaux finis ! dit Fanch.

— Sois poli avec ta sœur, le tança Jabel gozh.

— Oh ! certainement que je serai poli avec ma chère sœur !

Il ne répliqua pas quand Jeannette trouva à redire sur telle et telle chose, et moi j'aurais fait comme ci et moi j'aurais fait comme ça, et blablabla et blablabla, tout cela glissa sur le poil de Fanch comme la pluie sur le cuir des vaches. Dans l'après-midi, Jabel gozh mit un pot-au-feu en route, ce qui valait invitation à rester dîner, impossible à refuser par les visiteurs. Pour le goûter, on installa les rallonges en bouts de table, ainsi que la toile cirée supplémentaire. Cousins et cousines allèrent chercher les vaches au champ, et Adelice et Fanch s'occupèrent de les traire. Quand ils revinrent de la crèche, Jeannette avait débarrassé la table du goûter et mis le couvert du dîner. Apéritif et vin rouge aidant, l'humeur de Fanch changea. Ses neveux chipotèrent le pot-au-feu et quittèrent la table. Fanch lança une première pique :

— On voit que le menu de Roz-Kelenn n'a pas plu à tes gars.

— Ils n'ont pas l'habitude des gros repas, dit Jeannette. Le dimanche soir, on mange des restants, ou du fromage avec une salade sur le pouce, et puis après ils révisent leurs leçons pour le lundi.

De leçons en devoirs, Jeannette porta la conversation sur les résultats scolaires de ses fils, tous les trois brillants, à la croire.

— Comme on pouvait s'en douter, commenta Fanch.

Jeannette fit semblant de n'avoir pas entendu. C'était décidé, poursuivit-elle, après le BEPC, l'aîné irait au lycée, essayer d'avoir ses deux bacs, et ses deux frères suivraient son exemple, espérait-elle.

— Ça ne m'étonne pas, dit Fanch, avec un père intellectuel.

— Intellectuel ?

— Ben, René est un homme de lettres, non ?

Il fut le seul à rire de sa sortie.

— Imbécile ! dit Jeannette.

— On me l'a faite plus d'une fois, celle-là, dit René, je ne le prends pas mal.

— Oh ! toi, tu ne vois jamais le mal nulle part, lui reprocha Jeannette.

— Pas quand il n'y a pas lieu... Et toi, Soizig, continua-t-il, tu veux aussi aller au lycée après le brevet ?

— A condition qu'elle soit capable de l'avoir ! dit Fanch.

— Qu'est-ce que tu as, à être toujours après Soizig ? dit Jeannette.

— C'est elle qui te raconte ça, que je suis toujours après elle ?

— Non, mais je le vois bien.

— Et pourquoi qu'elle ne serait pas reçue ? coupa Jabel gozh.

— Elle travaille normalement, murmura Adelice.

Les enfants étaient montés dans la chambre des filles. De la cuisine on entendait des éclats de voix et de la musique rock.

— Alors, c'est que dans son transistor elle écoute des leçons d'histoire et de géographie ! Remarquez, c'est possible, comme je ne parle pas l'anglais. Mais, à ma connaissance, les professeurs ne chantent pas encore leurs leçons.

Fanch devenait fielleux, tout le monde se tint coi. Jeannette résolut de boire la coupe jusqu'à la lie, par égard pour sa mère et Adelice. Elle proposa une partie de belote.

— Ah ! *gast !* Tu n'es plus pressée de rentrer, maintenant ?

— Je pensais que ça te ferait plaisir.

— Jouez, moi je ferai la vaisselle pendant ce temps-là, dit Adelice.

Elle fit de la place à un bout de la table et étala un torchon en guise de tapis. On tira les rois. Les hommes contre les femmes.

— Ça va être vite réglé ! se rengorgea Fanch.

— On va leur foutre une déculottée, jubila Jabel gozh.

Avec Jeannette comme partenaire, elle était redoutable et ne laissait rien passer, refus de couper et atout gardé dans la manche, une tricherie dont Fanch était coutumier.

Les femmes perdirent le premier mille, gagnèrent le second avec plus de deux cents points d'avance et enlevèrent la belle haut la main, en infligeant aux hommes une capote, avec un cent beloté. Mauvais joueur, Fanch attaqua sa mère :

— Avec tes annonces, il n'y a pas moyen de gagner contre toi, tu as le cul bordé de nouilles.

Jabel gozh rit à s'en décrocher le dentier.

— Malhonnête ! Tu n'as pas honte de dire des choses pareilles à ta mère !

Jeannette appela ses garçons. Cousins et cousines dégringolèrent l'escalier, les joues en feu.

— Vous avez dansé le rock and roll ? ricana Fanch.

— Tu étais bon danseur, dit Adelice en se rappelant combien ils étaient beaux tous les deux dans la grande glace de Kerrossignol.

— Ouais, dit-il, mais pas de la danse du ventre.

— Quand est-ce que vous emménagez dans le pennti ? demanda Jeannette en boutonnant son manteau.

— Pas plus tard que demain !

— Vous serez comme des amoureux, dit René.

Adelice eut un pâle sourire.

— Oui, comme dans notre jeune temps, dit-elle.

Elle grimaça. Elle avait les traits tirés d'avoir veillé si tard. D'habitude, elle était au lit à huit heures et demie. Jeannette scruta sa pâleur, ses cernes, ses lèvres blanches.

— Tu as mal tout le temps ? chuchota-t-elle.

Adelice haussa les épaules.

— Pas quand je dors.

— Tu as peut-être l'appendicite.

— Je ne crois pas, c'est plutôt les organes.

— Il faut que tu ailles chez le médecin du bourg.

— On verra.

Jeannette et les siens se tassèrent dans la 4L. Fanch regarda les deux points rouges s'éloigner et s'adressa à une chouette perchée sur le carré de cheminée du pennti.

— Hou ! Hou-hou ! Je préfère voir le cul de cette voiture plutôt que son devant, dit-il. M'est avis qu'on a fait notre devoir de réception pour un certain temps.

Les chiens gueulaient dans leur chenil.

— Avec tout ça, j'ai oublié de donner à bouffer aux clébards, rigola-t-il.

Il leur jeta du pain rassis.

— Ça suffira pour ce soir. Demain, on vous le trempera dans le bouillon du pot-au-feu. Bande de connards…

Il n'avait pas du tout envie de se coucher. Il entra dans le pennti, considérer une fois de plus les travaux terminés. Le plombier-chauffagiste avait agi à sa guise, et il n'y avait rien à lui reprocher. Il avait installé le cabinet de toilette dans l'appentis – seulement un W-C et un lavabo, pour la douche une seule suffisait, dans la maison –, si bien que la grande pièce du pennti n'était encombrée de rien, sinon du poêle, du vieux buffet de Jabel gozh, repris aux poules sous le hangar et nettoyé et ciré à neuf, du lit, d'une petite table et de deux chaises, et tout cela reposait sur un plancher en châtaignier, posé sur des poutres à la place de la terre battue qu'il avait décaissée sur une épaisseur d'un bon demi-mètre. Il avait conservé la cheminée, où ils pourraient allumer un feu juste pour le plaisir des yeux, car en principe le poêle devait suffire à vous faire transpirer. Demain, Adelice mettrait des draps et des couvertures au lit, et ils seraient chez eux. Il eut l'impression de retrouver la liberté, enfin débarrassé de ses filles. Il soliloqua :

— Débarrassé, c'est un bien grand mot, parce que je les aurai toujours sur le dos à l'heure des repas...

Il en vint à se dire qu'il aurait dû rester seul. Oui, peinard. Pourquoi se marie-t-on, sinon pour avoir une femme dans son lit ? Or, lui, il dormait avec un fantôme, puisque Adelice ne supportait plus qu'il l'approche. Oui, c'était comme s'il était célibataire, sans les avantages du mariage et avec les inconvénients des fruits engendrés. Il envisagea qu'Adelice pouvait avoir une maladie grave. Veuf, il serait seul. Mais pas peinard. Pas pareil. Rester seul, ça se décide, ça ne s'impose pas. Même le bon Dieu et ses saints n'ont pas le droit de vous dicter leur loi.

— Ah non, pas de ça ! dit-il aux chiens qui s'étaient levés pour le regarder passer et pointaient leur truffe par les trous du grillage du chenil. PAS DE ÇA, NOM DE DIEU ! gueula-t-il.

Ne comprenant rien à cette engueulade, les chiens s'aplatirent, soumis.

— Bande de béni-oui-oui ! rigola-t-il.

Il but un verre de vin avant de monter se coucher dans la chambre au balcon pour la dernière fois. Adelice ronflait, en chien de fusil, les bras serrés autour de son ventre. On aurait dit une momie inca, comme sur le livre d'histoire des filles.

11

Le lendemain, une fois leurs parents partis dormir dans le pennti, les filles veillèrent assez tard dans la chambre de Soizig, à écouter une radio crachotante qui passait des tubes de Paul Anka et d'Elvis Presley. Jabel gozh dormant comme une souche, elles pouvaient parler, rire, faire presque tout le bruit qu'elles voulaient. Ce menu plaisir s'estompa rapidement. Au bout d'une quinzaine de jours, elles se sentirent orphelines de leur mère. Certes, elle était présente à table aux repas, mais le soir, lorsqu'elle enfilait un paletot et chaussait ses sabots pour traverser la cour, cela ressemblait à une séparation, ressentie comme un abandon par la petite Gwenaëlle, qui demanda pourquoi il n'y avait pas de lit pour elle dans le pennti.

— Parce qu'il n'y a qu'une seule pièce, dit Jabel gozh.

Il avait suffi qu'Adelice quittât la maison à la tombée de la nuit pour qu'elles s'aperçoivent que leur mère était incrustée en elles, que sa douceur toujours égale, son effacement, sa quasi-transparence étaient sa façon à elle d'être présente. Elle s'éloignait – si peu –, et voilà que leur manquaient le bruissement de ses pas dans l'escalier, sa manière discrète de fermer la porte de la chambre au balcon, le tapotement mat de ses mains sur son oreiller avant de s'allonger. Mais jusque-là, il ne leur avait pas semblé qu'elle souffrît le martyre. Adelice avait l'art de dissimuler la douleur sous ses doux sourires de statue de la Vierge Marie.

Or, tout d'un coup, la séparation à l'heure du coucher ouvrit en grand les yeux de Soizig. Et la douleur était telle qu'Adelice ne pouvait plus la dissimuler. Un soir, Jabel gozh lui tendit une bouillotte emmaillotée dans une serviette de toilette. Il pleuvait à seaux. Adelice se couvrit la tête de son paletot, ses sabots pianotèrent des triples croches sur les flaques de la cour, puis ce fut la porte du pennti qui claqua. Soizig en eut le cœur serré. L'idée la traversa que leur père la séparait d'elles pour mieux la laisser mourir à petit feu.

— Ce n'est pas avec une bouillotte que maman va guérir, dit-elle à sa grand-mère.

— Mamm avait trouvé ce moyen pour calmer son mal.

— A quel âge elle est morte ?

— Oh ! jeune, très jeune ! En ce temps-là on n'avait pas de sous pour aller au docteur.

— Maman devrait y aller.

— Elle se dit que ça va passer, et des fois ça passe sans qu'on fasse quoi que soit.

— Mais qu'est-ce qu'elle a ?

— Oh ! sûrement un mal de femme, comme on en a toutes un jour ou l'autre.

— Toi, tu n'es jamais malade.

— En apparence. Il ne faut pas être trop inquiète, c'est la personne qui a le mal qui sait bien jusqu'où elle peut aller.

— N'empêche, il faut que maman voie un docteur.

— Essaye de le lui dire. Elle est têtue.

— Non, elle a peur que papa lui reproche de travailler moins.

— Ce n'est pas à toi de mettre ton grain de sel à ce sujet. Entre mari et femme, il n'y a pas de place, personne ne peut s'intercaler.

— Tu défends toujours papa !

— Je ne le défends pas, je le prends comme il est.

— Eh ben, pas moi !

Le lendemain, un jour de semaine – les filles étaient parties à l'école de bonne heure –, Adelice dit à Jabel gozh que la bouillotte lui avait fait du bien. Elle s'occupa de la traite du matin, de la lessive, du potager, puis de la traite du soir et de nouveau, après le repas du soir, Soizig la regarda emporter sa bouillotte pour s'enfermer dans le pennti.

Le samedi et le dimanche, elle observa sa mère à la dérobée. Plusieurs fois elle la surprit dans la crèche ou dans le potager, presque pliée en deux, à se mordre les lèvres.

— Tu as mal, maman ?

Chaque fois Adelice se redressait et affichait son sourire de désolation. Le dimanche soir, Soizig dit à ses sœurs :

— Maman est très fatiguée, il faut qu'on l'aide. On fera nos devoirs en vitesse et on traira les vaches tous les jours...

— Je sais pas faire ! protesta Gwenaëlle.

— Bof, maintenant, avec la trayeuse électrique, c'est comme brancher un tuyau sur un robinet. T'en fais pas, Nicole et moi on portera les seaux. Le samedi et le dimanche, en plus de la traite, on fera tout pour que maman puisse se reposer.

— Tu crois qu'elle va mourir ? demanda Gwenaëlle.

— Mais non, il faut qu'elle aille chez le médecin, c'est tout.

Le week-end suivant, de voir les filles s'agiter comme des abeilles autour de la ruche, Jabel gozh grelotta de rire à s'en démantibuler le dentier.

— *Ma !* Qu'est-ce qui vous prend ? Vous avez attrapé la danse de Saint-Guy ?

Adelice sourit des yeux comme elle ne l'avait pas fait depuis longtemps.

— Laissez donc, les filles... A votre âge on a mieux à faire que travailler, dit-elle, mais elle ne fut pas écoutée.

Dans la crèche où Soizig trayait les vaches, Fanch gonfla le cou comme un pigeon prétentieux.

— En voilà du changement ! La raison vous est venue tout d'un coup ? On a enfin compris qu'on n'a rien sans rien, sur cette terre ?

— C'est pour maman qu'on le fait, pas pour tes beaux yeux ! répliqua Soizig.

Fanch serra les poings et s'ébroua comme s'il avait reçu un seau d'eau glacée en pleine figure.

— *Keben !* T'as de la chance d'être une fille ! Ne me parle plus comme ça ou bien je te fous dehors d'ici !

— A partir de maintenant, je parlerai quand j'en aurai envie et je dirai ce que je voudrai.

— J'aimerais bien voir ça !

— Quand est-ce que tu amènes maman chez le médecin du bourg ?

— Quand elle le décidera elle-même !

— Mon œil ! C'est toi qui décides pour elle.

— Saleté !

— Laisse-nous travailler !

— Travailler ! Peuh ! Laisser les vaches chier dans le lait !

Soizig sut à cet instant précis qu'elle était capable sinon de dominer son père, du moins de lutter à égalité, sur son terrain, à savoir la réplique odieuse, avec une chance qu'il touche le sol de ses deux épaules, ne serait-ce qu'une seconde.

— Eh ben, va donc voir s'il y a de la merde de vache dans les pots de lait ! Il n'y en a pas ! C'est pas comme dans tes caleçons ! Quand je pense que maman s'use les mains à décrasser ton linge cradingue... Tu ne pourrais pas te changer plus souvent ? Fais attention, on n'est pas tes bonniches, un jour on te laissera te démerder avec tes chemises sales et le reste !

Fanch manqua étouffer.

— Salope ! Dégueulasse ! Dégage d'ici ! C'est moi qui vais traire les vaches !

— Sûrement pas ! Ou il faudra que tu me traînes dehors par les cheveux ! Va-t'en faire le beau sur ton tracteur !

— Saleté ! Tu me paieras ça !

— Toi aussi, tu me paieras ça !

— Et quoi donc ?

— Tout !

— Tout quoi ? ricana-t-il. Tout ce que vous avez à votre disposition ici ?

— Peut-être bien qu'on a tout, sauf la joie de vivre dans cette maison. Tu nous pourris la vie !

— Merde alors, grogna Fanch en tournant les talons.

Il avait touché terre des deux épaules.

— Et ne t'avise pas de raconter notre engueulade à maman, sinon on s'en va d'ici avec elle ! lança Soizig.

— Dire que cette saloperie est sortie de mes couilles...

— Connard !

Cet après-midi-là, Fanch perdit définitivement tout ascendant sur Soizig. Sous l'égide de la haine si soudainement éclose, elle n'avait plus peur de lui. Elle se jura que jamais plus il n'aurait le dernier mot. Ce qu'il ne pouvait pas deviner, tellement ce futur était inenvisageable, c'est que viendrait un temps où il quémanderait un mot d'elle, n'importe lequel, mot d'affection ou de détestation.

Il garda le silence sur leur accrochage dans la crèche. Il en allait de son amour-propre : comment aurait-il pu le raconter sans conclure par une forfanterie du genre : « Je lui ai claqué une paire de beignes sur la gueule qu'elle en est tombée sur le cul les jambes en l'air ! », vantardise que l'intéressée aurait démentie aussitôt. Il était ficelé, dompté, vaincu. Le secret de la haine déclarée les liait aussi intimement qu'un inceste consommé, et ferait que Fanch dérobe son regard à celui d'une Soizig toujours prête à mordre.

Pour se soustraire au regard de Soizig et éviter autant que faire se peut qu'elle dresse ses sœurs et sa grand-mère contre lui, Fanch écourta ses allées et venues dans la maison neuve. Il installa un réchaud à gaz dans le pennti et, sous le prétexte qu'Adelice puisse rester plus tard au lit, décréta qu'ils prendraient le petit déjeuner « chez eux ». Toujours ça de gagné : ne pas côtoyer la Soizig à l'heure du jus, où il avait les nerfs à fleur de peau. Il prit goût à cette mise en retrait. Bientôt, sous le prétexte qu'Adelice se reposerait mieux, il commença, quand le menu s'y prêtait, à emporter leur dîner dans une gamelle, qu'ils mangeaient en tête à tête, Adelice et lui, en silence.

Il poussa le jeu jusqu'au bout, les jeudis et samedis et dimanches, jours où les filles étaient à la maison. Il se découvrait des corvées dans les champs les plus éloignés, partait avec un casse-croûte et ne revenait qu'en fin de journée, à l'heure de la traite, et encore ça de gagné, pas de faces *koad* pendant le repas de midi. Inventées pour la bonne cause, les corvées n'en étaient pas moins réelles. Fanch s'aveuglait de travail, plus que jamais son maître mot.

Un jeudi en fin d'après-midi, après avoir dessouché un talus de têtards de chêne qui auraient pu pourrir sur place sans inconvénients, il fut bien obligé d'ouvrir les yeux. Les vaches beuglaient dans la crèche, réclamant qu'on les soulage. Le cœur battant, il courut vers la maison neuve. L'Aronde du docteur Kergourlay était garée dans la cour. Personne dans la cuisine. Il gravit l'escalier quatre à quatre, poussa sans réfléchir la porte de leur chambre, eut un choc en y découvrant les affaires de Soizig. Sur le coup, toutes ses pensées aspirées par la pompe à vide de l'angoisse, il avait oublié qu'ils avaient emménagé dans le pennti. Pas possible, pas possible, se répéta-t-il.

Il dégringola l'escalier et traversa la cour. Du seuil du pennti, dans le clair-obscur, les yeux encore éblouis par la lumière du dehors, il découvrit une scène de veillée funèbre.

Assis devant la table, le docteur Kergourlay remplissait des papiers. Fanch eut encore une surprise : un médecin, ça vieillit aussi, comme les autres. Le crâne chauve du docteur Kergourlay brillait d'un jaune mat sous l'ampoule nue du plafonnier, trois rides parallèles lui creusaient le front et sa pomme d'Adam pendait au bas de son cou amaigri.

Entourée de Jabel gozh et des filles en pleurs, Adelice gisait sur le lit, les jambes serrées et bien droites, les bras le long du corps. Ses yeux étaient ouverts.

— C'est fini ? bafouilla Fanch.

Dans son esprit, il voulait demander si l'examen était fini, si tout allait bien. Le médecin se méprit.

— Mais non, ton Adelice est en vie. Elle aurait dû venir me voir il y a des mois. Il faut l'hospitaliser d'urgence. On ne peut pas la laisser avec ça, la pauvre.

— Avec quoi ?

— Un fibrome, je pense. Gros comme une betterave. Une betterave rouge, ajouta-t-il d'un ton bonhomme, pas une betterave à vache, hein, tout de même.

Fanch s'approcha du lit. Il s'appuya sur l'épaule de Soizig, elle s'écarta avec brusquerie.

— Alors, Adelice, qu'est-ce qui t'est arrivé ?

Adelice esquissa son sourire de madone, avala sa salive, mais ne put parler.

— La petite l'a trouvée allongée dans le jardin, dit Jabel gozh. Elle était tombée dans les pommes.

— Depuis longtemps ?

— Un quart d'heure peut-être, pas beaucoup plus. Elle était allée chercher une salade. J'ai envoyé Soizig à vélo jusqu'à Kroazh-Venn. Elle a su se débrouiller avec le téléphone public. Le docteur Kergourlay est venu tout de suite.

— Aussitôt que j'ai pu, rectifia-t-il. Bon, voilà, j'ai fait un mot pour le chirurgien de la clinique Saint-Michel, rue Bourg-les-Bourgs à Quimper, tu vois où c'est, Fanch ?

— Il faut y aller ce soir ?

— Ah ! écoute, pas la peine de traîner. J'appelle le chirurgien de mon cabinet et je te fais envoyer l'ambulance de Briec.

— Bon, si on ne peut pas faire autrement.

Jabel gozh, prévoyante, avait pris son porte-monnaie dans la poche de son tablier. Elle paya le médecin.

— Combien de temps elle va rester en clinique ? demanda Fanch.

— Une huitaine de jours, ça dépendra.

— Ça dépendra de quoi ?

— Des complications éventuelles. Allez, ne t'en fais pas, une opération comme celle-là, c'est une formalité. Jabel gozh, pense à préparer une valise à ta belle-fille. Un nécessaire de toilette, des chemises de nuit et de jour.

— J'y aurais pensé toute seule !

— Certainement, Jabel gozh, certainement ! Au fait, je ne t'ai pas demandé comment tu allais… Comme un charme, puisque tu n'as pas besoin de moi… Et ces trois grandes filles ? Pas de problème de croissance ? Non, bon, alors…

Le médecin serra la main à tout le monde et s'en alla, salué par les chiens. Et le meuglement des vaches.

— Il reste celles-là à traire encore, dit Fanch. Nous voilà propres !

Soizig lui cloua le bec.

— Nicole et moi on va les traire, tes vaches ! Occupe-toi de maman !

— Fanch ! Fanch ! appela Adelice d'une voix éteinte.

— Je suis là !

— Fanch, promets-moi... d'embaucher... quelqu'un si vous n'arrivez pas à... à vous débrouiller sans moi, réussit-elle à dire.

— Ne te mets pas martel en tête, ma fille, dit Jabel gozh, le travail se fera sans toi. L'essentiel c'est de te soigner, maintenant que tu es bien obligée.

Une heure plus tard, l'ambulance emportait Adelice. Gwenaëlle courut après. Soizig et Nicole la consolèrent, graves et un peu fières de vivre un tel événement qui vous grandit aux yeux des autres – « Maman est à la clinique, on va l'opérer. »

Au dîner, Fanch dit à Gwenaëlle, qui ne voulait pas manger :

— On ira voir ta maman dimanche.

— On lui cueillera des fleurs, dit Soizig. Il y a des marguerites jaunes dans les prairies.

— Je vais lui faire un dessin, dit Gwenaëlle.

— Alors, un dessin d'une petite fille qui mange sa soupe, dit Jabel gozh.

Fanch eut du mal à s'endormir, sans Adelice à son côté. Pourtant, c'était ce qu'il avait souhaité plusieurs fois, être seul dans son lit. « Une idée de con », lui souffla sa conscience, une sorte de déesse en robe vaporeuse, mais au visage revêche de vieille maîtresse d'école, qui trempait et retrempait des sentences dans son crâne comme la lavandière brasse le linge dans la lessiveuse, pour blanchir ses mauvaises pensées. Elle lui donna un coup de baguette sur les doigts – il ressentit vraiment la douleur au bout de ses ongles – et le soulagea de la menace de la terrible punition suspendue au-dessus de sa tête : Adelice, morte, sur la table d'opération...

Le vendredi soir, Soizig annonça qu'en revenant de l'école elle avait téléphoné à la clinique, de l'arrêt des cars de Kroazh-Venn.

— Ah bon ? dit bêtement Fanch, ahuri qu'elle ait pris une telle initiative.

— Maman a été opérée, elle s'est réveillée, elle va bien.

— *Mat tre*, opina Jabel gozh.

Le samedi, elle confectionna deux gâteaux de roi, un grand et un moyen, et le dimanche midi on se contenta d'un repas de jour ordinaire afin de pouvoir partir de bonne heure à Quimper. Le matin, Fanch avait briqué sa 203 Peugeot, qui avait remplacé la Juvaquatre, partie à la jaille. La Prairie lui servait toujours à transporter les pots de lait au croisement du chemin et de la départementale.

Ils mangèrent en vitesse, les filles se mirent toutes les trois à la vaisselle – jamais Jabel gozh n'aurait quitté une maison « sale » –, on déposa bouquets, dessins et gâteaux de roi dans le coffre de la 203, les filles se tassèrent à l'arrière et Jabel gozh s'installa à l'avant avec l'aide de son fils. A cause de ses vieux os qui rouillaient par intermittence, elle dut s'asseoir de côté sur le siège, Fanch lui souleva les jambes et elle put se tourner, calée contre le dossier, bien droite face au pare-brise. On démarra, dans le silence recueilli d'un départ vers l'aventure.

C'était la première fois que Gwenaëlle allait à Quimper et, pour les deux grandes, seulement la deuxième fois. On traversa le bourg de Landrévarzec, pour aller chercher la route de Brest. Des hauteurs de Ty-Sanquer,

Gwenaëlle eut la grande ville sous les yeux : des immeubles et des maisons qui s'étalaient en arc de cercle jusqu'à l'horizon, dominés par les deux clochers de la cathédrale Saint-Corentin. A partir de la place de Brest, Fanch prit par le centre-ville et la place Laennec afin que Gwenaëlle voie la cathédrale de près, flanquée de l'extraordinaire magasin des Nouvelles Galeries. Ils longèrent l'Odet – à gauche la préfecture, à droite l'hôtel de l'Epée – et Fanch alla se garer place de la Tour-d'Auvergne. La clinique se trouvait en face du grand porche austère du lycée Brizeux, le lycée de filles.

— C'est là que tu iras si tu veux passer tes deux bacs, dit Soizig à Gwenaëlle.

— Toi et la Nicole, ça risque pas, dit Fanch.

— Merci, toujours aussi aimable, répliqua Soizig.

— On n'en a aucune envie, dit Nicole.

— Tant mieux, comme ça avec vous je n'aurai pas de frais !

— On dirait une porte de prison, dit Gwenaëlle.

— A l'intérieur, ça doit être chic, dit Nicole.

— Sûr assez, dit Jabel gozh, c'est là que vont les filles des riches de la ville.

— Riches ! Riches ! râla Fanch. Et nous alors, on n'est pas riches ? M'est avis qu'on est aussi riches que plus d'un bourgeois, sans avoir besoin d'un manche à balai dans le cul pour se tenir droit.

— C'est pas pareil, dit Jabel gozh, nous c'est de la terre qu'on a, eux c'est des commerces et tout le tralala.

— Tu déconnes. Tous les sous se valent.

Les filles sortirent de la voiture, ouvrirent le coffre et prirent les gâteaux, les fleurs et les dessins. Fanch aida sa mère à se déplier et à poser les pieds par terre.

— Peut-être que je devrais acheter une canne.

— Je t'en fabriquerai une, le jour où tu en auras vraiment besoin.

Ils traversèrent la rue Bourg-les-Bourgs. Jabel gozh prit le bras de Soizig pour descendre et monter le trottoir et marcher jusqu'à la porte vitrée de la clinique.

— Dans ta cuisine, tu es plus agile, dit Fanch.

— Dans leur espace, les vieux ont toutes leurs jambes...

— On entre ? demanda Nicole, la main sur la poignée de la porte.

— Pourquoi on est venus, tu crois ? bougonna Fanch.

Le lino du couloir brillait comme s'il avait été verni. Une jeune religieuse leur indiqua la chambre d'Adelice. Jabel gozh dit aux filles de lui donner le grand gâteau de roi.

— C'est pour la communauté, ma sœur.

— Vous voulez nous pousser au péché de gourmandise ? plaisanta la religieuse.

— Quand il n'y a que des bonnes choses dans un gâteau, péché de gourmandise il n'y a pas ! dit Jabel gozh. Comment va la malade ?

— Très bien. Je préviens la surveillante de votre visite.

Il fallut monter à l'étage. Fanch baissa les yeux en croisant un homme de son âge qui se promenait en chaussons dans le couloir, en tenant à la main un bock d'urine sanglante relié à un tuyau branché dans la fente de son pyjama.

— Il y a plus d'une misère sur terre, dit Jabel gozh.

— Tais-toi donc, lui intima Fanch.

Il frappa à la porte de la chambre d'Adelice, une fois, deux fois, trois fois, en tendant l'oreille, dans l'expectative.

— Moi, j'ai entendu « entrez », dit Soizig.

— Ah bon ? Toi, tu fais toujours tout mieux que les autres.

— Moi aussi, j'ai entendu, dit Jabel gozh. Qu'est-ce que tu attends ? De prendre racine ?

Flottait dans la chambre cette odeur d'éther et de désinfectant qui contamine l'haleine des malades. Fanch et ses filles pâlirent. Adelice était assise dans son lit, le dos calé par deux oreillers. Ses cheveux avait été brossés et retombaient sur ses épaules. Ce n'était pas souvent que ses filles la voyaient ainsi. D'ordinaire, quand elle se levait, son chignon était déjà noué. Les cheveux libres, elle paraissait à la fois plus jeune et plus âgée. On voyait bien la belle jeune fille qu'elle avait été, mais on devinait aussi qu'elle ressemblerait un jour à ces vieilles femmes alitées qu'il n'est plus indispensable de coiffer.

Gwenaëlle s'agenouilla sur le lit pour embrasser sa mère. Elle grimaça de douleur.

— Tu as mal, maman ? demanda Soizig.

— Un peu, là où ça a été ouvert.

— Il faut le temps de la cicatrisation, dit Jabel gozh.

— Asseyez-vous doucement sur le lit, mes filles, dit Adelice.

— On t'a apporté des fleurs.

— On demandera des vases à l'infirmière.

— Je t'ai fait des dessins, dit Gwenaëlle.

— Ils sont jolis. Merci, ma fille.

Toutes étaient émues par ce vrai moment d'intimité avec leur mère. Fanch se sentait comme un intrus. Il resta les bras ballants, puis finit par se pencher et embrasser le front de sa femme.

— Tu as de la fièvre ?

— Un peu, c'est normal. Tu fais face au travail, sans moi ?

— Tout le monde s'y met, même la petite.

— Elles sont mignonnes, dit Adelice en caressant les cheveux de Gwenaëlle.

Fanch aurait bien dit le contraire, mais il n'osa pas. Ils parlèrent de choses et d'autres – de la route qu'ils avaient prise pour venir, de la ville, de la ferme – puis au bout d'un moment Fanch ne sut plus que dire et montra son impatience en allant se planter devant la fenêtre qui donnait sur le jardin où de vieilles bonnes sœurs en prière faisaient les cent pas. Des malades étaient assis sur un banc, sous un arbre de Judée. Fanch commençait à s'énerver. Heureusement, on toqua à la porte. C'étaient les parents d'Adelice.

— Qui vous a prévenus ? demanda Fanch, pour le regretter aussitôt, parce que cela signifiait qu'il n'avait pas songé à le faire.

La mère d'Adelice n'avait pas l'esprit mal tourné.

— Soizig est venue chez nous d'un coup de vélo, dit-elle.

— Ah ! c'est vrai, fit semblant de se rappeler Fanch.

Soizig lui jeta un regard noir qui disait : « Menteur, tu ne le savais même pas. »

— Ce n'était pas la peine de vous déranger, dit Adelice, je ne suis ici que pour quelques jours.

— De quoi on t'a opérée ? Soizig n'a pas su me dire.

— D'un fibrome.

— Ma pauvre Adelice !

Les femmes se mirent à chuchoter autour du lit. Fanch et le père Scouarnec descendirent rouler une cigarette dans le jardin des bonnes sœurs. Ils avaient tous les deux la même habitude : ils fumaient du gris dans la semaine et le dimanche s'offraient un paquet de bergerac. Alors que Fanch avait orienté la conversation sur le prix du lait, le père Scouarnec lui annonça qu'il avait vendu ses vaches et ne cultivait plus ses quatre hectares, et que sa femme faisait des ménages ici et là tandis que lui travaillait depuis six mois à l'usine de poulets qui venait de se monter. Il estimait que le travail de la terre n'avait plus d'avenir.

— Sauf pour quelques gros comme toi, sans doute.

— Oh ! ne crois pas ça, lui dit Fanch, c'est dur pour tout le monde et je t'avoue que moi aussi, les changements me dépassent. On gagne juste de quoi. On n'aurait même pas les moyens de se payer des journaliers.

— A condition d'en trouver !

Ils remontèrent. Du couloir, Fanch reconnut la voix de sa sœur. Avec mari et enfants. René le facteur s'était planté à la place de Fanch devant la fenêtre, par discrétion, pour laisser les femmes causer de maladies de femmes.

— Merde alors, dit Fanch, c'est toute la smala qui s'est déplacée.

— Heureusement que Soizig nous a prévenus, dit Jeannette, s'il fallait compter sur toi...

La table de nuit d'Adelice débordait d'oranges, de boîtes de pâtes de fruits et de gâteaux secs. Jeannette et Jabel gozh monopolisaient la parole, les hommes furent obligés d'élever la voix pour bavarder entre eux, le rouge monta aux joues d'Adelice, dont les yeux brillaient de fièvre. L'infirmière surgit et pria les visiteurs de se retirer afin de laisser la malade se reposer. Elle installa Adelice en position allongée.

— Quand est-ce qu'elle sortira ? demanda Fanch.

— Si tout se passe bien, lundi en huit. Si la fièvre ne baisse pas, il faudra attendre.

Ils se retirèrent sur la pointe des pieds. Adelice leur adressa un petit signe de la main, la tête de côté sur son oreiller.

— Elle est bien faible, dit Jeannette sur le trottoir.

— Oui, elle n'a pas bonne mine, dit la mère Scouarnec.

— Elle restera à la clinique le temps qu'il faudra, tu nous le promets, hein, Fanch ! piqua Jeannette.

— Est-ce que j'ai dit le contraire ?

— Non, mais je te connais !

Les autres avaient également garé leur voiture sur la place de la Tour-d'Auvergne. Fanch avait hâte de rentrer. Il serrait la main au père Scouarnec et à René quand il entendit Jabel gozh les inviter tous à venir dîner à Roz-Kelenn.

— Je ne sais pas s'il y aura de quoi, dit-il.

— Il y aura. J'ai cuit un rôti de porc hier en prévision.

Fanch n'avait plus qu'à dire amen. La perspective de se taper tout ce monde toute la soirée le mit en boule.

— Les filles ne pourront pas t'aider, elles ont les vaches à traire.

— On est assez de trois femmes pour mettre sur la table un repas froid, dit Jeannette.

— On va finir par ouvrir un restaurant, marmonna Fanch.

Le chirurgien garda Adelice une semaine de plus, en observation. Sur la feuille de température accrochée au pied du lit, la ligne zigzaguait. Soizig téléphonait tous les jours à la clinique de la cabine publique de Kroazh-Venn, au grand dam de Fanch, qui avait l'impression qu'elle lui volait ses prérogatives.

— On devrait mettre le téléphone à la maison, suggéra-t-elle.

— Merci bien, répondit son père, de la route à ici il y en aurait pour combien à tirer une ligne ? Un million ? Deux millions ? C'est toi qui paieras la facture ?

— Tu dis tout le temps qu'on est riches.

— Qu'on n'est pas dans le besoin, nuance ! Ce n'est pas parce qu'on ne doit rien à personne qu'il faut jeter l'argent par les fenêtres.

— Le téléphone serait assez pratique, dit Jabel gozh.

— Pratique ou pas, je n'aime pas qu'on me dicte ce que j'ai à faire !

— Sûr assez, tu préfères dicter aux autres !

— Si tu t'y mets, toi aussi !

Ils retournèrent voir Adelice le dimanche suivant. En descendant de voiture sur la place de la Tour-d'Auvergne, Fanch prévint sa mère :

— Si les deux autres équipes déboulent, pas question de les inviter à bouffer à Roz-Kelenn, compris ?

— Pour ce que tu as été aimable avec eux, dimanche dernier.

— Ils t'ont dit quelque chose à ce sujet ?

— Ta sœur a bien vu que tu étais mal luné.

— Elle n'avait qu'à nous inviter chez elle. Mais ça, ça ne risquait pas, radine comme elle est.

— Ta sœur a toujours été généreuse avec tes filles.

— Tu parles ! Pour les dresser contre moi !

— *Torr-penn !* Tu dégoises plus que de raisonnable, ces temps-ci.

Adelice avait encore une toute petite mine. Elle souffrait moins. Soizig et Nicole lui nattèrent les cheveux, Gwenaëlle s'allongea près d'elle.

— Regardez-moi celle-là, s'extasia Jabel gozh, comment elle fait *nonoche* à sa mère !

— *Nonoche ?* rit Adelice. Chez nous, ma mère disait faire *moumounig*.

Gêné par ces démonstrations d'affection comme s'il assistait à un spectacle indécent, Fanch descendit au jardin. Juste le temps de rouler et fumer une cigarette et il remonta dare-dare donner l'ordre de repli.

— Déjà ? se plaignit Gwenaëlle.

— Il y a les vaches à traire, dit Soizig d'un ton aigre.

— Mes parents doivent venir tout à l'heure, dit Adelice, je ne manquerai pas de visite.

— Et Jeannette ? bougonna Fanch.

— Jeannette et René sont venus hier.

— Ah bon ?

— Je pense que je serai sortie avant dimanche prochain.

— Qu'on me prévienne au moins un jour à l'avance.

— Soizig téléphone tous les jours à la surveillante de service.

— Je sais. Bon, ben, faut qu'on y aille.

Dans le couloir du rez-de-chaussée, ils croisèrent la jeune bonne sœur qui les avait renseignés le dimanche précédent.

— Votre gâteau a été apprécié, dit-elle à Jabel gozh.

— Je vous en ferai un autre pour le jour de la sortie de la belle-fille.

— Ne vous donnez pas cette peine.

— Oh ! sûr que si, que je me la donnerai ! Vous le méritez bien, à soigner les gens comme vous le faites. Et puis un jour peut-être j'aurai besoin de venir ici, alors vous vous rappellerez mes gâteaux de roi.

— On n'oublie pas une femme comme vous.

— Oh ! je ne sais pas ! Bons ou mauvais, un jour tous les gens sont oubliés.

Ils rentrèrent à Roz-Kelenn, les filles allèrent chercher les vaches au champ et s'occupèrent de les traire, Jabel gozh fit réchauffer une poêlée de bouillie d'avoine, et ce fut un dimanche soir maussade, au point que Fanch regretta de n'avoir pas d'invités.

Le jeudi en fin d'après-midi, Soizig l'informa qu'Adelice sortirait de clinique le lendemain, à quatorze heures.

— Un vendredi ? A deux heures de l'après-midi ? Mais vous serez à l'école ! Vous ne pourrez pas venir avec moi.

— Où est le problème ? Maman pourra marcher, insista Soizig. Pourquoi tu aurais besoin de nous ?

— Je n'ai pas dit que j'avais besoin de vous !

— Tu as peur d'aller en ville tout seul ?

— Pour qui tu te prends ? Parce que mademoiselle est pendue au téléphone de Kroazh-Venn, elle se prend pour une beauté de la ville ?

— Si tu as peur de te perdre, demande à ta mère d'aller avec toi !

— Non mais, tu vas te taire ! Une fille ne commande pas son père, j'ai dit !

— Ça fait un bout de temps que tu ne me commandes plus !

— Saleté !

Fanch jeta l'éponge. Si un chien s'était fourré dans ses jambes à ce moment-là, il l'aurait tué d'un coup de *penn-bazh*[1].

Pour rien au monde il n'aurait admis devant sa fille, ni qui que ce soit d'ailleurs, que seul en dehors de son fief, c'est-à-dire Roz-Kelenn et les bourgs de Briec et de Landrévarzec, il se sentait mal à l'aise, vulnérable, inférieur, engoncé dans son statut de paysan. La parole lui manquait pour parler d'autre chose que de son propre environnement. C'était comme si ses années à Tours, le collège des frères, son service militaire, les paysages du Maroc, tout ce qu'il avait reçu de territoires étrangers à son canton avait été effacé par l'accomplissement de son ambition. La terre lui avait mangé l'esprit, comme une maîtresse possessive exige qu'on ne pense qu'à elle, voire qu'on ne respire qu'en sa présence.

En ville, et qui plus est dans un lieu aussi intimidant qu'une clinique, la parfaite extraversion de Jabel gozh lui servait de passerelle pour franchir le gué, d'un monde à l'autre. A l'abri derrière l'absolue certitude de sa mère que ses valeurs étaient les bonnes – qu'un gâteau breton était le plus honorable des présents –,

1. Gourdin.

Fanch pouvait se taire, le menton relevé, les sourcils froncés, avec aux lèvres le sourire vaguement supérieur d'un directeur de conscience, sourire qui suggère de profondes pensées et non pas leur absence, une indulgence élevée et non pas de l'inhibition. Et ça marchait : silencieux au côté de sa mère, on le prenait pour un seigneur rural.

Ses filles lui étaient également utiles. Les tancer devant autrui, leur ordonner la politesse et les rappeler à plus de modestie, ou à l'inverse se plaindre avec bonhomie de leur turbulence relevait de la même tactique de défense : détourner l'attention de sa propre personne. Il pouvait remonter en chaire, sermonner le monde avec son regard supérieur et dissimuler sa vergogne sous un sourire entendu.

Sans compagnie, le trajet lui parut plus long, la ville hostile et la clinique moins accessible, moins familière que lors de sa dernière visite. Il se désempêtra du gâteau de roi fabriqué par sa mère – promesse tenue ! – entre les mains de la première bonne sœur qu'il croisa.

— Pour la communauté, de la part de ma mère, bredouilla-t-il.

Adelice avait libéré sa chambre. Elle patientait dans la salle d'attente, comme rapetissée, avec l'air de s'excuser de tous les tracas qu'elle causait.

— Alors, mon Adelice, ça y est, on sort ? dit Fanch gaiement.

— Il faut que tu passes au bureau d'abord.

Il se renfrogna.

— Ah bon, où ça ?

— Juste en face.

— Qu'est-ce qu'ils veulent ?

— Des papiers à signer.

Il signa des paperasses et la secrétaire en mit une partie dans un dossier qu'elle lui donna, en précisant qu'il y trouverait une première ordonnance, à faire renouveler par le médecin de famille, pour le traitement.

— Traitement ? répéta-t-il. Mais elle a été opérée…

— Le docteur Segalen va vous recevoir, dit la secrétaire. Deuxième porte à droite.

Il y alla comme on marche au supplice. Une salle d'attente minuscule, une porte entrouverte… Devait-il frapper ? Il s'assit, les mains entre les jambes. Au bout d'un moment, il se racla la gorge, pour signaler sa présence. Aussitôt, il y eut un bruit de chaise qu'on repousse. Fanch se leva. Le chirurgien, en blouse blanche par-dessus son veston, lui tendit la main.

— Vous étiez là depuis longtemps, monsieur Goasdoué ?

— Non, non, une minute…

— Entrez, je vous prie… Asseyez-vous.

Fanch obéit comme un automate.

— Bon, dit le chirurgien, je n'ai pas l'habitude de dissimuler la vérité à la famille. Ce que j'ai opéré n'était pas très beau… J'ai dû tout enlever…

— Tout ?

— La matrice… La totale, comme disent les femmes entre elles… Je crains que vous ne puissiez plus être vraiment mari et femme… Vous me comprenez ?

— Oui, oui… l'essentiel c'est qu'elle soit guérie.

— Ah ! je ne suis pas sûr qu'on n'ait pas une mauvaise surprise… Peut-être faudra-t-il aller à Brest, pour quelques séances de rayons…

— Elle a un cancer ?

— Je tiendrai le docteur Kergourlay au courant… En attendant, qu'elle se repose. D'accord ?

— Elle se reposera.

— Parfait. A bientôt, monsieur Goasdoué.

Sonné, un peu nauséeux, Fanch redescendit chercher Adelice.

— Tu es tout pâle, dit-elle.

— C'est l'odeur d'éther. Donne-moi ta valise.

— Le docteur Segalen t'a dit quelque chose ?

— Rien de particulier. Que l'opération s'était bien passée.

— Alors…

Pendant le trajet, Fanch roula doucement et demeura silencieux, en proie à l'étrange sensation qu'il véhiculait une grande malade, comme un ambulancier. Ils rentrèrent à l'heure du goûter. Dans la cuisine, l'odeur du café frais se mélangeait à celle, plus roborative, d'un jeune coq que Jabel gozh venait de mettre au four, pour le dîner.

— Avec des frites et une laitue, dit-elle.

— Les filles seront contentes, dit Adelice.

— Tu ne manges pas un bout de brioche ?

— Je me réserve pour ce soir, soupira Adelice.

Jabel gozh la dévisagea.

— Va t'allonger un peu en attendant.

— Oui, je crois que je ferais mieux.

— Sur mon lit, là-haut, tu seras bien.

— Non, je vais aller dans le pennti.

— Tu veux un coup de main ? demanda Fanch.

Adelice se força à rire.

— Tout de même pas, je peux traverser la cour toute seule.

— J'ai allumé le feu dans le poêle.

— C'est gentil, Fanch, mais il ne fait pas froid, c'est presque l'été.

Fanch trempa un bout de brioche dans son bol de café. De derrière le rideau de la fenêtre, Jabel gozh regarda Adelice traverser la cour.

— Tu as parlé au chirurgien ?

— Oui. Il lui a fait la totale.

— Mon pauvre Fanch, il lui faudra du temps pour redevenir ta femme.

— Ça fait belle lurette qu'elle ne l'est plus.

— Enfin, souhaitons qu'elle se rétablisse.

— Il n'y a pas de raison... Bon, je vais chercher les vaches...

Les filles déboulèrent vers six heures, en nage, les joues en feu. Elles avaient couru de l'arrêt des cars de Kroazh-Venn à la ferme.

— Maman n'est pas là ?

— Elle se repose dans le pennti, dit Jabel gozh.

— Elle ne va pas bien ? s'inquiéta Soizig.

— Si, si. Mais le trajet l'avait un peu fatiguée. Allez la voir. Si elle dort, ne la réveillez pas.

Adelice ne dormait pas. Ses filles l'embrassèrent. Gwenaëlle se lova près d'elle.

— Tu n'as plus mal au ventre ?

— Non, ma fille, maman n'a plus mal au ventre. Allez faire vos devoirs maintenant, et revenez me chercher à l'heure du dîner.

On but un verre de Saint-Raphaël pour célébrer le retour d'Adelice. Jabel gozh découpa le poulet, dont la peau était soufflée et craquante comme le dessus d'un gâteau de roi. Les filles se régalèrent de pommes de terre nouvelles.

— C'était un peu tôt pour les enlever de la terre, maugréa Fanch.

— Oh ! j'ai juste gratté autour de trois pieds, pour l'occasion, se défendit Jabel gozh.

Adelice grignota un peu de blanc de poulet et trois cuillerées à dessert du diplomate à la crème anglaise préparé la veille par Jabel gozh. Avant la fin du repas, ses yeux papillonnaient. Elle alla se coucher.

— Demain, ça ira mieux, dit-elle.

Le lendemain, vers onze heures, le docteur Kergourlay vint à Roz-Kelenn sans qu'on l'ait appelé.

— Où est Fanch ? demanda-t-il à Jabel gozh. Il faut que je lui parle d'urgence.

12

Fanch s'était réveillé découragé, incapable d'entreprendre quoi que ce soit d'important. Il avait trait les vaches et les avait renvoyées au champ, était revenu servir son petit déjeuner à Adelice et lui avait dit de se remettre au lit, que rien ne pressait, qu'il lui fallait profiter de sa convalescence, et comme elle s'inquiétait sur l'état de son potager, c'est à ce travail de bonne femme qu'il avait décidé de consacrer sa matinée : sarcler et désherber, traiter les pommes de terre et tant qu'à faire sulfater les rangs de tomates, préventivement. Il travaillait depuis une demi-heure, et déjà il s'en voulait de s'être infligé cette occupation indigne d'un patron, quand il entendit qu'on le hélait.

— Ho ! Fanch !

Merde alors, quoi encore ? se dit-il, prêt à bouffer tout cru l'emmerdeur. Il aperçut le docteur Kergourlay et en resta bouche bée, comme saoul en une fraction de seconde, un tas de pensées se bousculant dans sa tête. Il se précipita vers le médecin.

— Quelqu'un vous a appelé pour Adelice ?

— Ne t'affole pas, j'avais une visite dans le coin, alors comme le chirurgien m'a téléphoné ce matin à propos des analyses d'Adelice, je me suis dit : Autant faire un petit crochet par Roz-Kelenn.

— J'ai vu le chirurgien hier...

— Je sais. Il pense finalement qu'il vaudrait mieux que ta femme passe des examens complémentaires à Brest.

— Des rayons ?

— Peut-être.

— Comment je vais lui dire ça, à Adelice ?

— Je viens de le lui dire.

— Carrément ?

— Non, avec plusieurs paires de gants. Elle refuse l'idée d'aller à Brest. Ça m'embête. Ce serait moche de passer à côté.

— A côté de quoi ?

— Deux précautions valent mieux qu'une, tu le sais aussi bien que moi.

— Si elle ne veut pas aller à Brest, je ne peux pas l'emmener de force.

— Sûrement. A toi de la convaincre. On n'est quand même pas à un jour près.

— D'accord, d'accord, je vais faire mon possible, marmonna Fanch.

— Tiens-moi au courant, que je t'organise un rendez-vous à l'hôpital Morvan.

Dégoûté pour la journée, Fanch laissa le potager en plan, fit démarrer son tracteur, ouvrit la porte du chenil et, les chiens jappant au cul du Massey Ferguson, il s'en alla faire le tour des prairies qu'il faucherait bientôt, en pestant dans sa tête contre ceux qui répandaient des on-dit selon lesquels il fallait être con de faire les foins quand il suffisait d'acheter de l'aliment pour les bêtes.

— Nom de Dieu de nom de Dieu, à Roz-Kelenn on continuera les foins tant qu'on pourra ! promit-il aux chiens.

Puis il rentra déjeuner dans la maison neuve où Jabel gozh servait le repas à midi tapant.

Elle était en train de fricasser à feu vif, dans une tonne de beurre, les restants du poulet de la veille, cependant que le couvercle clapotait sur la casserole de pommes de terre à l'eau. Fanch fut content de voir Adelice, habillée et coiffée, assise à table, occupée à touiller la laitue dans le grand saladier en faïence. Si on fermait les yeux sur ses gestes plus lents et sur la pâleur de ses joues, on pouvait se dire que rien n'avait changé à Roz-Kelenn.

— Vide l'eau des patates, dit Jabel gozh à Fanch. Adelice est aussi bien assise que debout.

Il versa l'eau dans l'évier en tenant le couvercle aux trois quarts fermé et remit les patates sur le feu pour que l'humidité s'évapore : Jabel gozh aimait les pommes de terre à l'eau bien sèches. Il posa la casserole à côté de lui, sur un torchon. Jabel gozh mit la poêle à frire sur le dessous-de-plat au milieu de la table et dit en s'asseyant :

— Le docteur est venu prendre des nouvelles d'Adelice.

— Je l'ai vu.

— C'est gentil de sa part.

— Il t'a parlé de quelque chose ? demanda Adelice à Fanch.

— De la même chose qu'à toi, je suppose.

— De quoi donc ? demanda Jabel gozh.

— De rien, dit Fanch.

— Oh, vous deux, vous me cachez quelque chose !

— Rien du tout, affirma Adelice.

— Ah ! tu vois ! se rengorgea Fanch.

Le soir, en se couchant dans le pennti, Adelice lui dit :

— On a bien fait de se taire devant ta mère. C'est mieux de ne pas parler aux autres de l'hôpital de Brest. L'opération a réussi, c'est le principal.

— Si tu penses que tu prendras le dessus sur la maladie…

— Je me sens beaucoup mieux, ce serait du tracas inutile.

— Remarque, les docteurs cherchent souvent midi à quatorze heures.

— C'est sûrement le cas pour moi.

— C'est toi qui décides.

— J'ai décidé comme ça.

— Alors *mat tre*, Adelice, *mat tre*.

Fanch ne désirait rien tant que la vie reprenne comme avant et qu'on ne parle plus de maladie. Il se persuada qu'Adelice allait guérir. Qu'elle était déjà guérie. Elle se serra contre lui. Ils s'endormirent comme deux amoureux. Ou comme deux vieux dont le seul désir est de se chauffer les pieds l'un l'autre, songea Fanch.

Pendant une bonne partie du mois de juin, le temps fut clément, laissant accroire que les dieux avaient décidé de veiller sur Roz-Kelenn en permettant une fenaison idéale, leur façon à eux de faire oublier la maladie et les idées de malheur.

Fanch faucha les prairies avec la joie mystique du croyant dont les prières ont été exaucées par la manne. De bonne heure le matin après la rosée, il passa la faneuse une première fois, le soleil brilla, et au deuxième passage de la faneuse les griffes rotatives brassèrent et soulevèrent du sol des volutes de cet encens du paysan, l'odeur des foins, qui ne flattait pas seulement l'odorat de Fanch mais ses cinq sens, en plus de ce sixième qui lui donnait la conviction d'appartenir à la grande congrégation de la nature, aussi bien que le renard ou la musaraigne, la buse ou le merle, malgré le ronronnement du tracteur, qu'il n'entendait plus.

Mi-juin, Fanch accrocha son faneur-andaineur et couvrit les prairies de tapis parallèles. Trois jours plus tard, il rameuta quelques retraités et on rentra les foins. Gwenaëlle était trop petite pour manier la fourche. Soizig s'exempta elle-même de corvée car elle révisait son brevet. Nicole participa dans la mesure de ses moyens.

Adelice, bien entendu, demeura dans la cuisine avec Jabel gozh pour préparer le grand dîner où l'on conviait les aides à se remplir la panse de liquide comme de solide. Les retraités partirent à la nuit tombée, éméchés, repus et comblés, au point de remercier Fanch d'avoir maintenu la tradition, qu'on avait tendance à oublier, dans la plupart des fermes.

— Tout fout le camp, et ce n'est pas fini ! prêcha Fanch.

Une fin d'après-midi, début juillet, Jeannette déboula au volant de la R6 qui avait remplacé la 4L. Elle entra en trombe dans la cuisine où Jabel gozh, Adelice et Gwenaëlle écossaient des petits pois.

— Où sont les grandes ? lança-t-elle.

— En train de traire les vaches, dit Adelice.

— Va vite chercher Soizig, dit Jeannette à Gwenaëlle.

— *Ma !* Je crois savoir ce qui t'amène, dit Jabel gozh en commençant à rire doucement dans le haut de son tablier.

— Dis pour voir !

— Elle est reçue à son brevet ?

— Oui, elle est reçue ! Son nom est sur la liste à la porte du collège !

— *Ma !* souffla Jabel gozh en passant du rire aux larmes.

Elle s'essuya les yeux dans le torchon de table.

— Ça, c'est quelque chose.

— Et petit Pierre ? demanda Adelice.

— Il est reçu aussi !

— *Ma !* Rien que du bonheur, alors.

Soizig accourait d'une démarche de clown, comme entravée par les bottes de son père, trop grandes pour elle malgré les trois paires de chaussettes.

— Qu'est-ce qu'il y a ?

— Demande à ta grand-mère, dit Jeannette, laissant à Jabel gozh la prérogative d'annoncer la bonne nouvelle.

— Tu as eu ton brevet, ma Soizig.

— C'est vrai ? C'est sûr ?

— Ton nom est affiché, dit Jeannette.

— Vraiment ? T'es sûre, sûre, sûre ?

— Aussi sûre que je suis là devant toi. Petit Pierre est reçu aussi. Tu veux que je t'amène voir ?

— Ben oui !

— Tu es pire que saint Thomas !

— Ça se comprend, dit Jabel gozh. Emmène-la au bourg et revenez tous manger avec nous. Achète une bouteille de champagne au passage.

— J'avais déjà prévu ! dit Jeannette.

— Chameau ! Tu aurais pu me laisser avoir l'idée... Attends que je te donne des sous... Tu n'auras qu'à acheter un gâteau de pâtisserie à chacun.

Jeannette prit l'argent et s'arrêta sur le seuil.

— Si on revient tous ensemble, mon frère ne va pas nous fiche dehors ?

— Il ne manquerait plus que ça !

— Fanch est de bonne composition depuis les foins, dit Adelice.

— Pourvu que ça dure ! dit Jeannette.

Après son bol de café et sa tartine de quatre heures, Fanch était parti en tracteur à une réunion de quartier de la FNSEA, dans l'arrière-salle du café de Kroazh-Venn. Il ne militait pas. S'il répondait aux convocations, c'était juste pour se tenir au courant de « l'évolution », avec un brin de masochisme, car les discussions avec ses collègues plus jeunes le tourneboulaient. Ça ne causait que de nouvelles méthodes et d'investissements, à croire que tout ce qu'ils avaient appris de leurs pères et grands-pères ne valait plus un coup de cidre. Enfin, il fallait bien qu'il les écoute, pour ne prendre que ce qui l'intéressait. Par exemple, on parlait de restrictions sur la production laitière, à cause du Marché commun, et il risquait d'être touché.

Quand il rentra, un peu *badaouet*[1], il eut la désagréable surprise de voir « toute la smala » debout autour de la table, à déguster du champagne dans les fameux verres gravés que les anciens patrons de Kerrossignol avaient offerts en cadeau de mariage à Jabel gozh. La dernière fois qu'elle les avait sortis du buffet, c'était à l'occasion de la naissance de Gwenaëlle – Fanch se souvint qu'ils avaient bu du vouvray. D'un coup d'œil, il jugea que le facteur et sa suite avaient débarqué à l'improviste, étant donné qu'aucune odeur de fricot n'embaumait la cuisine et qu'au contraire la table était mise pour un grand goûter. Un repas froid, encore. Il allait grogner, mais Jeannette lui coupa la chique en lui mettant un verre plein à ras bord dans les mains.

— Au brevet de ta fille, Fanch !

— Parce qu'elle l'a eu ?

— Tu parles qu'elle l'a eu ! Haut la main ! Et son cousin aussi !

— Malgré qu'il a un an de moins que sa cousine.

— Ça prouve qu'on a eu raison de lui faire sauter une classe en primaire.

— Ça ne risquait pas d'arriver à sa cousine, ironisa Fanch.

— Arrête donc ! Soizig a passé son brevet à l'âge normal !

René désamorça l'accrochage qui menaçait.

— A la tienne, Fanch ! dit-il en ébauchant le geste de choquer leurs verres.

— Attention à mes verres ! glapit Jabel gozh. Aucun n'a été cassé, jusqu'ici.

---

1. Eméché.

— Combien de fois tu les as mis en service depuis tes noces ? se moqua Jeannette.

— Fiche-toi de ma poire, toi ! répliqua Jabel gozh, ce qui fit rire tout le monde, Fanch y compris.

— A la vôtre ! dit-il.

— Au brevet de Soizig, tu devrais dire ! le reprit sa sœur.

— Si tu veux… Au brevet de Soizig et au brevet de ton fils, alors !

On s'installa à table, les enfants à un bout, les adultes de l'autre. Fanch se servit une tranche de pâté et des cornichons, fit passer le plat et on commença à manger. Il y eut un moment de silence qui fut interrompu par une question que posa petit Pierre à sa cousine :

— Qu'est-ce que tu vas avoir pour ton brevet ? Moi, on va me payer une Mobylette.

— Je n'ai rien demandé, répondit Soizig.

— Toi aussi, tu devrais demander une Mobylette à ton père, dit Jeannette.

— De quoi elle se mêle encore, ma chère sœur ?

— Vous êtes loin de tout, ici, insista Jeannette. Avec une Mobylette, Soizig serait libre d'aller ici et là.

— Libre d'aller courir les gars ! Blousons noirs, *blev hir*[1] et compagnie !

— Tu vois le mal partout. Et quand bien même… tu n'as pas l'intention d'en faire une bonne sœur, je suppose ?

— Et ton fils, qu'est-ce que tu vas en faire, un curé ?

— Curé ou bonne sœur, ça n'a jamais été une mauvaise situation, philosopha Jabel gozh.

— Petit Pierre va attendre ses dix-huit ans pour passer les concours administratifs, dit René.

1. Cheveux longs, chevelus.

— Ah bon ? Un an d'avance et juste bon à faire un fonctionnaire ? se gaussa Fanch. Tu ne trouves pas qu'il y en a assez comme ça, des parasites ?

— Tu es bien content d'avoir un facteur pour t'amener ton courrier ! répliqua Jeannette.

— Pour ce qu'il m'amène comme lettres ! Factures à payer et règlements à respecter. Pondus par des fonctionnaires, tiens, encore !

— Soizig a peut-être envie de continuer ses études, elle.

— Le brevet, c'est largement suffisant, pour une fille.

— Tu ne crois pas que c'est à elle de décider ?

— J'ai dit le contraire ?

Jeannette s'adressa à sa nièce :

— Qu'est-ce que tu comptes faire, Soizig ?

— Pour plus tard, je ne sais pas encore… Mais pour l'instant…

Elle fixa son père droit dans les yeux. Il était suspendu à ses lèvres.

— Mais pour l'instant, reprit-elle, je vais rester à la ferme m'occuper de maman. Il le faut bien, puisque *personne* ne s'occupe d'elle.

Fanch plaqua ses couverts contre son assiette, qui se brisa en deux. Tout le monde sursauta. Il repoussa sa chaise, prit sa casquette, ouvrit la porte et du seuil lança :

— Personne ! Personne ! Ah ! il a le dos large, personne ! Fait chier, merde alors…

Il claqua la porte. Jeannette eut un fin sourire de satisfaction.

— Ça lui fait du bien d'entendre ses quatre vérités une fois de temps en temps.

— Soizig a tort, dit Adelice, son père n'est pas méchant.

— Méchant non, mais égoïste, dit Jeannette.

— Comme tous les hommes, dit Jabel gozh.

— Non, tous les hommes ne sont pas comme ton fils.

— Trop sûr de lui, peut-être, concéda Jabel gozh.

— Détrompe-toi. S'il était sûr de lui, il ne serait pas comme ça.

— *Ma !* Fanch c'est Fanch, on ne le changera pas. Gwenaëlle, va chercher ton père et dis-lui de revenir se remettre à table.

— Non, qu'elle le laisse tranquille, dit Adelice. Et toi, Soizig, ce ne sera pas la peine de rester à la ferme. Suis ton chemin, je vais assez bien pour m'occuper de moi-même.

— Tu n'as pas l'air si bien rétablie que ça, pourtant, dit Jeannette.

— C'était une grosse opération.

— N'importe comment, dit René, il ne faut pas que Soizig s'engage définitivement dans un métier sans avenir. Il faut qu'elle fasse comme petit Pierre, passer les concours. Je les lui indiquerai, le moment venu.

— Qu'est-ce que tu en penses, Soizig ? demanda Jeannette.

— Je crois que c'est une bonne idée.

— *Mat tre*, opina Jabel gozh. En attendant, ta grand-mère te paiera ta Mobylette, quel que soit l'avis de ton père.

— Oh ! merci !

— Oh ! je suis intéressée quand je dis ça ! Sûr que tu seras plus libre et que tu n'auras plus à courir après les horaires des cars. Mais d'un autre côté, quand on manquera d'un paquet de macaronis, tu pourras filer à Kroazh-Venn en acheter. On demandera au marchand de Briec de mettre des sacoches sur le vélomoteur.

— Pouah ! fit petit Pierre. Des sacoches ! Moi, j'aurai une selle biplace.

— Pour promener tes chéries ?

— Ben ouais.

Nicole et Soizig pouffèrent.

— Les enfants grandissent, dit Jeannette.

La porte s'ouvrit. Fanch accrocha sa casquette au portemanteau et lança :

— On ne fait pas une partie de belote ?

— Finis d'abord ton manger, dit Jabel gozh. On t'a mis une assiette neuve.

Les enfants montèrent dans la chambre de Soizig, René aida les femmes à débarrasser pendant que Fanch mangeait un bout de fromage et une pomme.

— Ta mère va payer une Mobylette à Soizig, dit Jeannette.

— Ça la regarde !

— Te voilà redevenu plus raisonnable, dit Jabel gozh.

— Quelqu'un s'en plaint ?

— Personne, dit Jeannette.

Jabel gozh adressa une grimace de reproche à Jeannette. Fanch crispa les mâchoires et posa son couteau à côté de son assiette.

— Ne recommence pas, toi, avec *personne*.

— Halte-là ! dit Jabel gozh. Assez de chamailleries. Il n'y avait pas d'autre mot pour te répondre que personne.

— Allez, on tire les rois, dit René.

Fanch tomba avec sa sœur, contre Jabel gozh et René.

— Les rois ont fait la paix entre vous, dit Jabel gozh.

— Je vais me coucher, dit Adelice.

Se sentant la cible de tous les regards, elle eut un sourire d'excuse.

— Oh ! je ne suis pas très fatiguée.

— Tu seras mieux au lit qu'à t'ennuyer pendant qu'on joue, dit Jabel gozh.

— Le bonsoir à tous.

Adelice s'en alla d'un pas furtif.

— Combien de temps qu'elle a été opérée ? Un mois, un mois et demi ? demanda Jeannette.

— Quelque chose comme ça, dit Fanch.

— Elle se remet tout doucement, dit Jabel gozh.

— Vraiment tout doucement, dit Jeannette.

— Joue au lieu de jacasser, lui dit Fanch.

— Oui, mon frère ! claironna Jeannette en coupant un as.

— Chameau ! dit Jabel gozh. Il te restait donc un atout ?

— Quand on ne sait pas compter, on se tait ! dit Fanch.

— Oh ! si ça se trouve c'est toi qui as refusé de couper, tout à l'heure.

— Avec quoi ? Je n'avais pas un seul atout.

— Hum ! A te croire j'hésite beaucoup.

— Ne vous en faites pas, Jabel gozh, on les aura au prochain tour, dit René.

Le mardi suivant, Fanch emmena sa mère et les trois filles à Briec dans la 203. Jabel gozh retira des sous du Crédit agricole pour payer la fameuse Mobylette. Soizig choisit le modèle le moins cher. Jabel gozh choisit les sacoches les plus coûteuses.

— C'est toi qui paies, dit Fanch.

Le commerçant expliqua à Soizig le fonctionnement de l'engin, elle fit quelques tours sur le parking de la mairie, d'abord au ralenti, puis en accélérant, en s'arrêtant, et en redémarrant comme une flèche.

— On penserait qu'elle a déjà eu un engin comme ça entre les pattes, dit Fanch, impressionné.

— Toi aussi, tu en auras une pour ton brevet, dit Jabel gozh à Nicole.

— Oh ! je ne crois pas que je saurai aller dessus !

— Tu n'es pas plus bête qu'une autre, dit Jabel gozh.

— Faut croire que si, dit Fanch.

— Pas de problème, dit Soizig en pilant devant le groupe, je rentre avec.

— Il faut voir l'assureur d'abord, dit Fanch. Attends-nous. Et ne t'amuse pas à rouler sur la route avec, hein ! Des fois que tu aies un accident avant d'être assurée.

On fit le nécessaire au cabinet Drouot et Fanch donna le feu vert à Soizig.

— On te suit.

— Pas la peine.

Malgré tout, Fanch suivit Soizig jusqu'à ce que, lassé par les gestes d'impatience qu'elle lui faisait, il la double.

— Qu'elle se démerde si elle tombe en panne !

Elle arriva à Roz-Kelenn cinq minutes après la voiture. Adelice sortit du pennti et s'extasia.

— Eh ben, ma fille, quel beau cadeau ! Avec ça, les grandes vacances te paraîtront moins longues.

— Va falloir que je gagne un peu de sous pour payer l'essence.

— On t'en donnera, ne pense donc pas à ça. Profite de ta liberté.

Soizig essaya d'apprendre à Nicole à piloter la Mobylette. Elle la démarra, Nicole s'assit sur la selle, les joues en feu, mais à peine eut-elle tourné la manette des gaz qu'elle posa les deux pieds à terre et trébucha de guingois, poussée par l'engin.

— Oh là là, non, j'y arriverai pas.

— Tu peux m'emmener faire un tour sur le porte-bagages ? demanda Gwenaëlle.

— Ben oui, puisque tu as moins de douze ans... Le marchand de vélomoteurs l'a dit.

Elles allèrent jusqu'au carrefour de Kroazh-Venn et revinrent. Gwenaëlle se frotta les fesses.

— C'est dur, mais ça ne fait rien... Tu crois que tu pourras m'emmener à Briec ?

— Ben oui, y a pas de raison. Mais qu'est-ce que tu irais faire au bourg ?

— Chercher des livres de bibliothèque.

— Pas de problème, on mettra une couverture sous ton derrière. Tu auras des livres à lire, puisque tu aimes ça.

— Chouette !

— Tu ne diras rien à papa, peut-être qu'il gueulerait comme un putois.

Elles rirent.

— Je t'attendrai au bout du chemin, comme ça il ne nous verra pas partir.

— Bonne idée.

Grâce à la Mobylette, les filles s'installèrent dans des grandes vacances de rêve. Nicole ne profitait pas du vélomoteur, mais elle était heureuse du bonheur qu'il procurait à ses sœurs. Cheveux au vent, la jupe retroussée, Soizig et Gwenaëlle filaient vers Briec, libres de hurler de peur quand le souffle d'un camion les bousculait, libres de rire quand des garçons leur sifflaient après, à l'entrée du bourg. Soizig poussait le moteur à fond sur les plats, pédalait dans les côtes pour l'aider et, prudente, coupait les gaz dans les descentes. En mettant pied à terre place de l'Eglise, elles avaient le sentiment d'avoir joué un bon tour à leur père. Fanch s'était aperçu du manège, mais il fermait les yeux. L'indépendance de deux de ses filles préfigurait la sienne et lui donnait un avant-goût du futur béni où il serait débarrassé des trois.

Le jeudi, Gwenaëlle empruntait les cinq livres auxquels elle avait droit et passait l'essentiel de son temps à les dévorer – des Bibliothèque rose et des Bibliothèque verte – jusqu'au mercredi suivant. Les vendredis et samedis, Soizig se rendait chez sa tante Jeannette, aider à plier et à mettre en sachet les crêpes à emporter, ce qui lui permettait de gagner quelques petits sous.

La femme du docteur Kergourlay venait tous les vendredis matin acheter une douzaine de froment et une douzaine de blé noir. Début août, profitant qu'il n'y avait pas d'autres clients, elle demanda à voix basse à Jeannette :

— Votre belle-sœur est allée à Brest ?

— A Brest ? s'étonna Jeannette.

— Mon mari s'inquiète. Il n'a pas été appelé à Roz-Kelenn depuis le mois de juin.

— C'est que tout va bien avec Adelice.

— Il l'espère. Mais le chirurgien avait conseillé des examens complémentaires, et votre frère a un caractère tellement particulier.

— Ah, ça ! têtu comme une bourrique, opina Jeannette. Soizig ? Soizig ! appela-t-elle.

Soizig sortit de la cuisine.

— Tu as entendu dire que ta mère devait aller à Brest ?

— Ah ! Soizig était là, dit la femme du médecin, gênée.

Elle adressa un signe de connivence – battements de cils, sourcils levés – à Jeannette.

— A Brest ? Non. C'est quoi cette histoire ?

— Rien, rien, j'ai mal compris madame Kergourlay.

— Je ne parlais pas de ta maman, mais d'une autre dame.

— Ah bon ? fit Soizig en les regardant tour à tour, d'un air soupçonneux.

— Retourne travailler, dit Jeannette.

— Faites comme si je ne vous avais rien dit, chuchota madame Kergourlay. Votre frère pourrait chercher des ennuis à mon mari.

La clochette de la porte tinta, Soizig fit de nouveau irruption dans la boutique.

— Ecoute, tata, faut pas me prendre pour une idiote. Madame Kergourlay t'a parlé de maman.

— T'énerve pas ! Ah là là ! J'aurais mieux fait de tourner ma langue dans ma bouche avant de t'appeler.

— Maman devait aller à l'hôpital de Brest ?

— Il semble que oui. Pour des examens.

— Et papa n'a pas voulu, c'est ça ?

— Non, on n'a pas dit ça.

— Tiens, mon œil !

— Ecoute, Soizig, tu n'es plus une petite fille... Madame Kergourlay n'était pas censée me parler de la maladie de ta mère... Le secret médical, tu comprends... Alors il faut que tu le gardes pour toi. N'en parle pas à ton père, tu sais bien qu'il ne supporte aucune remarque de ta part.

— Mais enfin ! Si maman est gravement malade !

— Je vais me renseigner de mon côté, et je te dirai. D'accord ?

Soizig haussa les épaules.

— Quand même...

— Parfois il faut laisser les choses se décanter avant de mettre son grain de sel.

— Oui, mais quand même, répéta Soizig.

Pour elle, ce fut la fin du bel été.

13

Ce fut comme si l'été n'avait jamais commencé, que Soizig n'avait pas été reçue au brevet et que sa grand-mère ne lui avait pas offert la Mobylette – bonheur qui paraissait ô combien immérité et dérisoire, soudain. Elle se retrouvait deux mois en arrière, dans les mêmes affres qu'avant l'opération de sa mère, quand elle guettait sur son visage les stigmates de la souffrance et qu'elle détestait son père pour son indifférence.

Ce vendredi soir, en revenant de chez sa tante Jeannette, elle considéra le beau visage de madone résignée de sa mère, avec au cœur un regain de haine à l'égard de son père, qu'une angoisse nouvelle attisait. C'était l'angoisse, plus tangible à présent, de la mort de sa mère, perspective qu'elle repoussa d'arguments puisés dans une logique de secours : « Maman est trop jeune... Personne ne meurt si jeune... Elle a été opérée... L'opération a réussi... Elle n'a plus mal. » Elle se rassura ainsi, pour un soir, à ne lire dans les cernes, les yeux humides, les cheveux qui semblaient plus fins, les mains qui semblaient plus blanches, les pas qui semblaient plus mesurés, que de la lassitude et aucune douleur.

— Pourquoi tu regardes ta maman comme ça ? lui demanda doucement Adelice, tandis qu'elles essuyaient la vaisselle toutes les deux.

— Parce que je voudrais que tu ailles mieux.

— Mais je vais beaucoup mieux, je suis guérie. Ça ne se voit pas ?

— Si, bien sûr, mentit Soizig.

Elle résista une semaine à la démangeaison d'attaquer son père. C'est à l'intérieur de l'étable, à l'heure de la traite, qu'il lui fournit l'occasion de vider son sac. Elle renversa un peu de lait, il se moqua :

— D'avoir eu ton brevet ne t'a pas rendue plus adroite.

— Maman ne devait pas aller à Brest ? répliqua-t-elle.

La violence de l'attaque, aussi soudaine qu'imprévue, le tétanisa comme une décharge électrique.

— Quoi ? Quoi, à Brest ? bougonna-t-il du coin de la bouche.

— Faire des examens complémentaires !

— C'est ma chère sœur qui t'a fourré ça dans le derrière ?

— Ma tête n'est pas du côté de mon derrière !

— Oh ! ça, ricana-t-il, je n'en mettrais pas ma main à couper !

— Alors, pourquoi elle n'est pas allée à Brest ? Parce que tu ne veux pas l'emmener, hein, dis-le !

Il en perdit la voix. Les tendons de son cou étaient tendus à claquer tant sa mâchoire était crispée.

— Démerde-toi avec les vaches ! lança-t-il en battant en retraite. Et puis après, demande à ta mère si c'est moi qui l'empêche d'aller à Brest. Merde alors !...

— Reste ici ! C'est toi qui vas te démerder avec tes vaches !

Soizig sortit de l'étable et traversa la cour à grands pas pour entrer dans le pennti. Adelice repassait du linge, avec ces gestes lents qui faisaient peine à voir.

— Maman, j'ai su que le docteur voulait que tu ailles à Brest faire des examens. Pourquoi tu n'y vas pas ? C'est papa qui ne veut pas ?

— Qui t'a dit ça ?

— Peu importe.

— Je n'ai pas envie d'aller à Brest, dit Adelice.

— Mais pourquoi, maman, pourquoi ?

— Je n'ai plus mal nulle part.

— Mais tu n'as plus de forces !

— Elles reviennent, petit à petit.

— Oh ! maman ! maman ! maman !...

Soizig éclata en sanglots. Menton sur la poitrine, penchée sur le linge, elle se mit à lisser une chemise de nuit, comme elle aurait caressé les fins cheveux gris de sa mère. Adelice souriait.

— Ça ira avec moi, va, ne t'inquiète pas.

Soizig tourna les talons pour tomber sur son père, dans la cour.

— Alors, se rengorgea-t-il, tu as eu la réponse à ta question ?

— Toi, je ne te parle plus !

Fanch alla faire du grabuge chez sa sœur : et qui lui avait dit qu'Adelice devait aller à Brest ? et de quel droit en avait-elle parlé à Soizig ? et qu'elle arrête de fourrer son nez dans les affaires des autres, nom de Dieu !

— Alors tu comptes laisser ta femme comme ça ?

— Occupe-toi de tes fesses, compris ?

— Oh, j'ai compris ! Tu n'auras pas besoin de me le répéter deux fois !

Le frère et la sœur se fâchèrent pour de bon, en éprouvant l'un et l'autre les délices morbides du mal qu'on fait et qu'on se fait en déclarant la guerre, qui donne du piment à l'ordinaire des jours.

— Ah ! *Mat tre !* Ça me changera de ne plus être obligé de faire bonne figure à cette connasse ! dit Fanch à sa mère.

— Si c'est pas malheureux, marmotta Jabel gozh en remuant son dentier comme un cheval mâchonne son mors.

Roz-Kelenn s'installa dans l'automne comme on cherche ses aises sur un mauvais matelas. La brouille entre le frère et la sœur, le silence têtu entre le père et sa fille aînée, la faiblesse persistante d'Adelice bosselaient le cœur de chacun, à la façon de ressorts qui vous meurtrissent le dos et les reins. Certes, de même qu'on dort par périodes, malgré tout, sur une literie défoncée, il y avait des moments de répit, mais il suffisait d'un rien pour qu'on se réveille avec l'âme endolorie et la rage au cœur.

Alors, Fanch agonissait la coopérative ou pestait contre les corneilles, Soizig débarrassait la table en cognant assiettes, verres et couverts, Nicole gloussait bêtement en regardant sa grand-mère ôter son dentier et le curer de la pointe d'un couteau, Gwenaëlle ouvrait grand les yeux sur le vide et Adelice fermait les siens, en croisant les mains, et soupirait : « J'ai moins besoin de me reposer, à présent. »

Gwenaëlle entra en septième et Nicole en troisième. Soizig continua d'aller toutes les fins de semaine chez Jeannette, plier et ensacher les crêpes, et donner des nouvelles de Roz-Kelenn. La tante et la nièce s'étaient encore rapprochées, complices en rancune contre Fanch. René le facteur inscrivit Soizig au même cours par correspondance que petit Pierre, pour qu'ils restent à niveau et soient fin prêts pour les concours administratifs, dès leurs dix-huit ans sonnés.

Jabel gozh respecta la brouille entre ses enfants. Cela faisait partie de la vie, aussi bien que la sécheresse ou les inondations, dont on voit toujours la fin. Néanmoins, trois jours avant la Toussaint, elle ordonna à Fanch :

— Demain, tu vas me conduire en voiture chez ta sœur.

— Chez ma sœur ? Merci bien !

— Quoi ? Tu ne feras pas ça pour ta mère ? Tu veux que je marche jusqu'à Kroazh-Venn prendre le car et revenir à pied si je peux ?

— Bon, bon, on ira, mais je resterai dehors.

— Libre à toi, ça te regarde...

Fanch demeura dans sa voiture pendant que Jabel gozh et Jeannette achetaient des chrysanthèmes. Jeannette les mettrait sur la tombe de François seulement la veille de la Toussaint pour éviter qu'ils ne soient flétris par un coup de gel imprévu, ou par une tempête soudaine, cela s'était déjà vu, tous les pots renversés et toutes les fleurs ravagées dans la nuit.

Fanch observa sa sœur dans son rétroviseur. Elle détourna la tête, embrassa sa mère et rentra chez elle.

— Toujours la gueule enfarinée, la frangine, dit Fanch en aidant Jabel gozh à s'asseoir dans la voiture.

— Sûr assez. Vous êtes aussi chameaux l'un que l'autre.

— Elle a participé pour les fleurs ?

— Certainement. Tu peux lui reprocher des choses, mais *pizh* ça elle n'est pas.

— Tu voudras aller à la grand-messe, je suppose ?

— Si ça ne contrarie pas tes projets.

— J'avais prévu.

— Adelice compte venir aussi ?

— Elle n'a pas encore décidé.

— De sortir lui ferait du bien.

— Tu n'auras qu'à le lui dire.

Adelice s'estima assez solide pour supporter la messe et les regards d'autrui. Son manteau sentait la naphtaline et la fumée, elle le mit à aérer dehors. Gwenaëlle fut la seule, bien obligée, à accompagner ses parents et sa grand-mère à la messe de Toussaint. Soizig et Nicole boudaient l'église depuis leur première communion et Jabel gozh avait fini par s'y résigner.

Après la messe, les fidèles se rendirent au cimetière, quasiment en procession, comme pour les enterrements. Qu'il n'y eût pas de corbillard à suivre ne privait pas les gens de cancaner. Au lieu de critiquer un mort, on médisait de ses compagnons de cortège. Des groupes se formaient, puis se dispersaient dans les allées du cimetière. Des commissaires-priseurs du devoir funéraire estimaient la profusion de chrysanthèmes sur telle tombe en pesants de gratitude, des experts ès mémoriaux s'indignaient de l'état d'abandon de telle autre, et des malfaisants en tiraient des conclusions savoureuses sur la santé des descendants du gisant : Unetelle n'avait pas pu se déplacer, sûrement, parce qu'autrement il y aurait eu des fleurs... Oh ! déjà, l'année dernière, elle marchait avec difficulté...

Adelice fut dévisagée de façon éhontée à plusieurs reprises, mais on attendit d'être à bonne distance pour commenter sa pâleur : « Elle a l'air bien bas, on dirait... Pas étonnant, avec son Fanch... Oh ! celui-là a toujours été dur avec son monde... »

Ceux de Roz-Kelenn se retrouvèrent nez à nez avec ceux du bourg près de la tombe du père. Fanch fit mine de prier, Jeannette trifouilla les chrysanthèmes à la recherche de feuilles fanées pour se donner une contenance, Adelice alla non loin de là sur la tombe de sa famille, où elle rencontra ses parents. Le ciel s'obscurcit tout à coup et une bourrasque de grêle chassa les gens hors du cimetière. Adelice, frigorifiée, claquait des dents.

— Ma pauvre fille, lui dit sa mère, il faut que tu prennes quelque chose de chaud.

On se hâta vers Kerrossignol. Les planches des banquets, mais sans nappes, étaient alignées sur leurs tréteaux. Dans le tumulte des conversations et les exhalaisons d'eau de Cologne et d'après-rasage du dimanche, des serveuses écarlates promenaient d'énormes cafetières en aluminium et remplissaient les bols de ceux qui les hélaient. On se servait soi-même en gâteaux secs.

Jeannette et Fanch ne signèrent pas l'armistice, mais prirent le café assis sur le même banc. C'était déjà un grand pas de fait. Le plus dur, ensuite, fut d'arracher Jabel gozh à toutes les commères qu'elle connaissait. Adelice défaillait presque. Gwenaëlle tira son père par le bras.

— Papa ! Papa ! Il faut qu'on rentre à la maison, maman est fatiguée.

Adelice fit un effort pour se mettre à table mais ne put avaler une bouchée de hors-d'œuvre, une macédoine confectionnée avec un reste de légumes de pot-au-feu et beaucoup de mayonnaise. Elle enfila son manteau pour traverser la cour et murmura son antienne, qui faisait tellement mal au cœur de ses filles : « Je ferais mieux d'aller me reposer », et Jabel gozh répondit comme la dernière fois et comme elle répondrait ensuite toutes les fois où Adelice devrait se lever de table :

— Va t'allonger un peu là-haut sur mon lit.

Soizig s'affola :

— Il faut appeler le docteur !

— Non, non, se défendit Adelice du haut de la dernière marche, j'ai seulement attrapé froid. C'était trop pour moi, la grand-messe et la visite des tombes.

— Sûr assez, dit Jabel gozh, c'était sans doute encore trop tôt après ton opération.

— Ça fait plus de quatre mois ! dit Fanch.

— Quatre mois qu'elle aurait dû aller à Brest ! lança Soizig.

— Toi, tu sais ce qu'il en est à ce sujet !

— T'as allumé le poêle dans le pennti ?

Fanch en resta coi.

— Eh ben, qu'est-ce que t'attends ?

— D'avoir fini de manger, si tu permets.

— Alors, bouffe ! Moi, tu me coupes l'appétit.

Soizig monta l'escalier quatre à quatre. Sa mère dormait tout habillée sous l'édredon en plumes. Elle sommeilla jusqu'à l'heure du dîner, prit un peu de soupe et alla se remettre au lit dans le pennti où le poêle ronronnait. Chassé par l'hostilité ambiante, Fanch la rejoignit sitôt avalés sa pomme et son verre d'eau du soir. Aucune de ses filles ne lui avait adressé la parole de tout le dîner.

Le lendemain, Adelice n'allait ni mieux ni plus mal. Elle reprit son train-train avec cette lassitude faussement enjouée des grands malades destinée à donner le change à leur entourage et à se rassurer eux-mêmes sur leur état, sinon à vouloir l'oublier.

Ceux de Roz-Kelenn et ceux du bourg se rabibochèrent à la Noël, sous l'impulsion de Jabel gozh qui exigea de respecter la tradition du grand repas du 25 décembre. Elle ordonna à son fils de tuer la dinde qu'on engraissait depuis le mois de juillet, la pluma elle-même et la bourra d'une farce de sa composition. La veille, elle confectionna un diplomate aux abricots.

Grâce à sa Mobylette, Soizig servit d'intermédiaire entre Jabel gozh et sa fille quant au reste du menu. Jeannette fut chargée d'acheter les huîtres et le pain bis, ainsi que les vins – côtes-du-rhône, muscadet et monbazillac, dont Jabel gozh appréciait une gorgée, parce qu'à ses yeux il n'y avait pas de grand repas sans « vin blanc doux » au dessert. De sa propre initiative, Jeannette acheta aussi un dessert extraordinaire qu'il suffirait de bien envelopper en venant : une bûche glacée à l'orange, d'abord pour le plaisir des enfants, ensuite pour faire la nique à son frère, afin de bien lui montrer qu'elle était parmi les premières du bourg à posséder un congélateur.

En rivalisant de politesses guindées afin de n'avoir pas l'air de s'abaisser à faire la paix, on s'échangea les cadeaux utiles pendant que René ouvrait les huîtres. Fanch s'y essaya mais, trop impatient, se coupa, rien de bien méchant, juste assez pour se sentir vexé. On prit l'apéritif, on ouvrit le muscadet et on attaqua les huîtres. Les garçons de Jeannette ne laissèrent pas leur part, preuve qu'« au bourg » on n'attendait pas les fêtes pour s'en régaler – sous-entendu : on jetait l'argent par les fenêtres. Soizig en avala une comme une potion amère, Nicole fit « pouah ! » rien qu'à l'idée de gober cette bête vivante, Gwenaëlle secoua la tête, et on n'insista pas. Adelice se força à en manger quatre puisque tout le monde lui affirmait que ça lui ferait le plus grand bien.

Ainsi que Jabel gozh l'avait prévu, le vin et la bonne chère, les allées et venues des gosses qui n'arrêtaient pas de sortir de table pour se courir après apaisèrent les tensions. Même Fanch et Soizig évitèrent de se lancer des réflexions acerbes. La dinde fut découpée dans la bonne humeur, les enfants firent un sort à la bûche glacée, Jabel gozh but sa gorgée de monbazillac et on ouvrit une bouteille de vouvray qu'on termina en jouant à la belote. Adelice alla s'allonger sur le lit de Jabel gozh, mais personne ne s'en offusqua ni ne la plaignit – l'habitude était prise, elle ne terminerait plus un grand repas sur sa chaise, dorénavant.

Le goûter du premier de l'An eut lieu chez ceux du bourg, à la satisfaction de chacun, et la vie continua sans surprise du destin. Ce qui arriva était prévisible. On s'était attendu, par exemple, à ce que Nicole se désintéressât de l'école et se laissât tourner autour par des garçons. Son manque d'assurance, ses rondeurs qui semblaient la gêner, son besoin de se rassurer par des compliments ou des avances directes attiraient les petits mâles en quête d'une proie facile. Des Mobylette pétaradaient sur le chemin de Roz-Kelenn les samedis et dimanches après-midi. Nicole sortait en catimini, revenait les joues empourprées.

— Attention à toi, lui disait Soizig, tu sais ce que veulent les garçons !

— Ils sont gentils.

— Gentils jusqu'à tant qu'ils aient eu ce qu'ils cherchent.

Nicole rougissait de plus belle devant sa sœur.

— Il y en a un qui voudrait sortir avec toi.

— C'est ça, et puis quoi encore ! Dis-lui qu'il vienne traire les vaches avec nous et après on verra !

Rien de plus prévisible, également, que Soizig fût devenue la bonne de Roz-Kelenn.

Rien d'étonnant que Gwenaëlle fût la première de sa classe, dans toutes les matières. Cela paraissait normal à tous. Prévisible aussi, par conséquent, comme une faveur du ciel qu'on ne doute pas vraiment de recevoir.

Concernant Adelice, il était prévisible aussi qu'elle voulût reprendre « son travail » : le ménage du pennti, grattouiller le potager, aider Jabel gozh à la cuisine et même s'occuper de la traite, le dimanche, pour soulager Soizig, qui se mortifiait à jouer les sibylles en mirant à la dérobée son double masque de résignation têtue et de détermination harassée. Détermination à vivre ou à mourir ? Depuis la Noël, d'un soir à l'autre identique, le masque transparent n'autorisait aucune prédiction, heureuse ou mauvaise. Adelice s'affirmait guérie et poussait Soizig à prendre du bon temps. Un dimanche matin, en présence de Fanch, elle lui dit :

— Va donc au bourg avec ta Mobylette, voir tes cousins ou des amies.

— Je n'ai pas envie de sortir…

— Elle préfère rester dans nos pattes, dit Fanch.

Soizig fusilla son père d'un regard noir et ajouta :

— Et toi, maman, tu ne devrais pas te fatiguer comme tu le fais.

Contre toute attente, Fanch abonda dans son sens :

— Ta fille a raison, ne force pas trop, on n'est pas au rendement, dit-il avec entrain.

Soizig resta bouche bée de tant d'hypocrisie. S'il se mettait à dissimuler ses sentiments, l'issue du duel entre eux deviendrait plus incertaine. Elle fut parcourue d'un frisson d'appréhension : quelle turpitude cachait cette fausse bonhomie ? Elle qui ne craignait pas sa brutalité eut peur soudain qu'il ne devînt sournois. Avec lui il faut s'attendre à tout, se dit-elle.

Le deuxième dimanche de janvier, il alla faire la fermeture de la chasse au lapin sur les terres de Keravalou, une ferme éloignée d'une dizaine de kilomètres en direction de Pleyben, dont le patron avait invité un grand nombre de fusils pour une opération de furetage dans un bois – une sorte d'apothéose de la saison, où dans l'allégresse on flinguait à tout va les lapins qui fusaient, parfois entre vos bottes, des trous dissimulés sous les feuilles mortes et la fougère sèche.

— Prépare-toi à faire du pâté ! dit Fanch à Jabel gozh.

— A condition que tu ne ramènes pas des vieux mâles qui sentent fort le genêt.

— Je choisirai des jeunots !

A Roz-Kelenn, on n'espérait certes pas qu'il rentre à cinq heures du soir – Soizig avait requis Nicole pour la traite – mais au moins à l'heure du dîner. On patienta jusqu'à huit heures, puis on décida de manger, et Adelice alla se mettre au lit.

— Ne sois pas inquiète, dit Jabel gozh, les hommes ensemble, ça ne sait pas s'arrêter.

— Oh ! je ne suis pas inquiète. S'il était arrivé quelque chose, on aurait été prévenues, pour maintenant.

Il était minuit passé quand Soizig entendit un grand ramdam dans la cour : portières de la voiture qui claquent, chiens qui glapissent sous les coups de pied au cul, porte de la grange qui grince sur ses rails. Soizig se leva et regarda par la fenêtre : ni roulis ni tangage, son père n'était pas ivre.

Le lendemain, pas un mot ne fut prononcé sur son retard. Jabel gozh lui reprocha seulement d'avoir rapporté trop de lapins.

— Je vais t'aider à les éplucher.

— Et à faire le pâté peut-être aussi ?

— Certainement ! affirma-t-il, alors qu'il savait très bien qu'il laisserait les femmes se démerder avec cette corvée.

Le dimanche suivant, il partit sans ses chiens, à une battue au renard, raconta-t-il. Le dimanche d'après, le temps s'étant remis au froid, il déclara vouloir apprendre sérieusement à chasser la bécasse et la bécassine en compagnie d'un spécialiste, un charpentier de Gouézec, qu'il avait rencontré à la battue au renard et qui possédait trois setters anglais. Sa nouvelle passion pour la plume dura jusqu'à la fermeture générale, fin février. Il rentrait tard le dimanche soir, ne rapportait aucun oiseau, mais le lundi matin se montrait guilleret.

— Le charpentier a eu huit bécasses, mais moi j'ai tout raté, se moquait-il de lui-même.

— On aimerait bien savoir quel goût ça a, disait Jabel gozh. Pourquoi il ne te fait pas cadeau de quelques-unes ?

— Il m'invite, je ne peux tout de même pas exiger qu'il partage. Oh, mais j'arriverai bien à en faire tomber un jour, de ces putains d'oiseaux au long bec !

Les dimanches sans Fanch étaient doublement des jours de repos. Aussi, personne ne se plaignit qu'une fois la chasse fermée il se découvrît des obligations syndicales, des réunions qui duraient, le dimanche après-midi, dans l'arrière-salle du café de Kroazh-Venn. Le lundi matin, c'était avec entrain qu'il agonissait de sarcasmes le Marché commun et les politicards qui foutaient le bordel en Algérie.

— Le grand Charles a raison. Les bougnoules, y a qu'à les laisser se démerder. La question sera vite réglée. Ils se boufferont entre eux ou bien ils crèveront de faim. Je les connais, moi, je les ai vus à l'œuvre au Maroc. C'est pas un poil qu'ils ont dans le creux de la main, c'est une forêt de palmiers !

Il en riait de bon cœur.

— C'est bizarre comme il a changé, disait Soizig à sa grand-mère.

— Eh ben, pourvu que ça dure...

Jabel gozh profita des bonnes dispositions de Fanch pour se faire conduire à la messe bénir le buis, le dimanche des Rameaux, ainsi qu'à confesse, la semaine suivante.

— Tu comptes faire tes pâques ?

— Sûr assez ! L'année dernière je me suis dérobée.

— Alors je t'amènerai à la première messe, parce qu'après j'ai une réunion.

— Un dimanche de Pâques ?

— Il faut bien qu'on défende nos intérêts !

— Peut-être que je devrais faire aussi mes pâques, dit Adelice.

— Ma pauvre fille, quels péchés tu aurais à confesser ? Aucun.

— Vous non plus, Jabel gozh, vous ne devez pas avoir beaucoup à en dire au curé.

— Oh, moi, c'est par précaution. A mon âge...

— Ecoutez-moi celle-là, se moqua Fanch. A son âge ! Alors qu'elle se porte comme un charme ! Depuis combien de temps tu n'es pas restée au lit avec le médecin ? Tu peux me le dire ?

— Depuis que vous êtes sortis de mon ventre, ta sœur et toi, je ne crois pas me tromper en disant ça ! gloussa Jabel gozh, au point d'en décrocher son dentier.

Elle le remit en place d'un coup de langue et posa ses mains à plat sur ses reins en faisant mine d'avoir du mal à s'étirer.

— Mais on aura beau dire…

— L'âge est là, hein !

— Ben oui, l'âge est là ! Tu n'as pas honte de te fiche de la poire de ta pauvre mère ?

— Non, parce que tu aimes ça !

— Oh ! que tu crois !

Le dimanche de Pâques, Jabel gozh étrenna sa tenue printanière, mi-paysanne, mi-citadine : sa robe en velours noir, son tablier brodé, un cardigan léger, son imperméable neuf en Tergal et un foulard en rayonne autour de son cou, agrémenté d'une perle montée sur une broche.

Place de l'Eglise, sa bouche fit *mousklenn*[1] de voir si peu de monde : des bigotes qui étaient de toutes les messes ; des vieilles comme elle, qui dormaient mal et se levaient de bonne heure ; des filles de ferme et des jeunes femmes qui avaient leur travail à assurer ensuite, notamment le repas de midi.

Dame, Jabel gozh aurait préféré assister à la messe de onze heures. Mais bon, on ne pique pas le cul du diable quand il vous sourit : Fanch aurait très bien pu ne pas la conduire du tout. Elle ne se rappelait plus quand il avait cessé de faire ses pâques. En revenant du service militaire ? Probable. C'était autour de ces années-là, en tout

1. La moue.

cas. Jabel gozh trempa ses doigts dans le bénitier extérieur et poussa la porte de l'église.

Fanch alla boire un café à Kerrossignol puis, n'ayant trouvé personne d'autre que des branquignols à qui causer, se promena dans le bourg, monta et descendit la rue Haute et la rue de la Boissière, s'engagea dans la rue d'Edern, mais en vue de la maison de sa sœur il fit demi-tour et resta à tourner en rond autour de sa voiture, puis à observer sa mère en grande conversation avec des paysannes à la sortie de l'église. Elle le regardait du coin de l'œil. Il lui fit signe de se dépêcher, ce à quoi elle se décida enfin.

— Alors quoi, dit-il, tu veux rester aussi à la messe de onze heures ? Remarque, ma chère sœur pourrait te reconduire à Roz-Kelenn...

— Démarre, au lieu de raconter des bêtises, dit-elle sèchement.

— Oh là, c'est pas le corps de Jésus qu'on t'a donné à bouffer, c'est de la vache enragée !

Jabel gozh se cala sur son dossier, bien droite, les yeux fixés sur la route, la bouche pincée – plus que *mousklenn*, cette fois, songea Fanch, un vrai *beg kamm* [1] de vieille rombière. Elle attendit que la voiture roule sur la grand-route, comme si ce qu'elle avait à dire ne pouvait pas se dire à l'intérieur du bourg, pour lancer à son fils, en breton, sans cesser de regarder droit devant elle :

— *'Blij a ra dit matezh ar Keravalou ?*

— Quoi-quoi-quoi ? répliqua Fanch.

— Tu as très bien compris les paroles de ta mère.

— Non, je n'ai rien entendu.

— Alors je vais te le répéter...

— C'est ça, tiens, répète un peu pour voir et je te débarque au bord de la route !

1. Bouche de travers.

— Oh ! tu ne m'empêcheras pas de te demander ce que j'ai le droit de te demander...

— Saleté !

— Saleté, merci bien... *Mat tre.* Maintenant je connais la réponse... Pourtant je te repose ma question...

Jabel gozh redressa encore le menton et répéta sa question en français, lentement, en détachant chaque mot :

— Tu te plais bien de la bonne de Keravalou ?

14

— La bonne de Keravalou ? Quelle bonne ? s'écria Fanch. Quelle ferme aurait les moyens de se payer une bonne au jour d'aujourd'hui, avec les charges sociales et les congés payés ? Qu'est-ce que c'est encore que cette histoire ?

— Tu n'as pas honte, tromper ta femme qui est si malade !

— Tromper qui ?

— Tu croyais pouvoir cacher ça à ta mère ?

Fanch en oubliait de passer ses vitesses. Il roulait à quarante à l'heure sur la nationale. Une voiture le doubla en klaxonnant. Un jeune.

— Branleur ! éructa-t-il.

— Pas la peine de nous envoyer au fossé pour calmer ta colère.

— Des racontars !

— Il n'y a pas de fumée sans feu.

— D'accord, d'accord, mais arrange-toi pour que cette fumée ne souffle pas vers Roz-Kelenn.

— Oh ! sois tranquille, tu n'as aucune crainte à avoir de mon côté. Tout ce que j'espère, c'est que ça ne revienne pas aux oreilles de tes filles. Parce que déjà, avec la guerre entre toi et Soizig, notre vie deviendra un enfer.

— Tais-toi !

— Et elle, qu'est-ce qu'elle espère, ta maîtresse ?

— Maîtresse ! piaffa Fanch. Nulle part il n'y a une maîtresse !

— Que tu restes veuf et qu'elle remplace Adelice ?

— Tais-toi, merde à la fin !

— Si c'est pas malheureux...

Jabel gozh n'insista pas. Elle savait que les commères du bourg rencontrées à la sortie de la messe avaient dit vrai, tout comme elle ne doutait pas que l'information circulerait et que, fatalement, un jour Jeannette serait au courant, et puis après les filles, et alors là, malheur de malheur !... Il ne lui restait plus qu'à se laisser ronger les intérieurs par le secret et, vis-à-vis de l'extérieur, à dessiner sur sa figure un sourire de façade pour faire semblant de n'être au courant de rien.

Fanch continua de sortir le dimanche mais ne rentrait plus guilleret. Le lundi midi, il baissait les yeux devant sa mère.

Il ne lui avait pas menti sur un point : il n'y avait pas de bonne à Keravalou.

Herveline, la fille en question, une petite cousine de la patronne de Keravalou, était venue donner un coup de main pour servir le repas des chasseurs, le dimanche de la fermeture de la chasse au lapin. Elle avait dans les trente ans et c'était une sacrée costaude, solide d'épaules, de poitrine, de fesses, de cuisses et de mollets. Elle avait une figure ronde, de grands yeux noisette et une bouche de poupée, avec des lèvres comme deux accents circonflexes en opposition, charnus et rose foncé, qui lui donnaient l'air un peu *droch*[1] de femme faite demeurée simplette. L'idée qu'elle ressemblait à sa fille Nicole traversa Fanch, mais il l'écarta comme une parole blessante venue d'une langue de vipère.

1. Sotte.

Pendant le repas des chasseurs, Herveline fut en butte aux plaisanteries des hommes, auxquelles Fanch ne participa pas – il ne savait pas jouer à ce jeu-là, pinçons et mains baladeuses. Elle ne le prenait pas mal, s'écartait d'un coup de reins des gars les plus audacieux et arrondissait sa petite bouche, comme pour s'étonner, d'un « oh ! » qui ne sortait pas. La patronne veillait au grain :

— Laissez donc Herveline tranquille !

— Herveline est une coquine, chantonna un gai luron.

— Oh ! ça je ne suis pas, répondit-elle timidement en regardant Fanch, qui opina.

Herveline n'était ni une coquine, ni tout à fait une proie. Il aurait fallu qu'elle soit complètement *droch* ou follement amoureuse pour croire encore aux boniments des gars. Plus jeune, elle avait été amoureuse, deux fois. Avec le premier, elle s'était laissé faire au bout d'un délai raisonnable, mais sitôt qu'il l'avait dépucelée le journalier avait disparu dans la nature. Avec le second, un mécanicien agricole, elle se montra plus futée : il fit ceinture jusqu'à l'échange de bagues de fiançailles. Le mariage devait suivre, à brève échéance. Ce gars-là était gentil mais au dernier moment il se défila aussi, poussé par sa famille qui le persuada que le parti ne valait pas tripette. Un lâche. Un minable. Bon débarras.

Herveline garda la bague de fiançailles et se résigna au sort qui lui était promis, sauf rencontre miraculeuse : rester vieille fille, au côté de sa mère, une veuve de cantonnier de la SNCF, titulaire d'une petite rente de réversion, son mari ayant été écrasé par une draisine haut-le-pied – parce qu'il était allongé sur la voie, ivre mort, s'il fallait croire les médisances. Toujours est-il que sa mort fut comptée comme accident du travail.

La mère et la fille habitaient ensemble dans une maisonnette à mi-chemin de Landrévarzec et de la gare de Quéménéven. Herveline travaillait trois heures par jour dans un élevage de poules pondeuses et le reste du temps louait ses services – sa bonne humeur, son ardeur à toutes les tâches – pour presque rien, l'essentiel étant de se changer les idées et de voir du monde dans l'espoir de rencontrer un jour un homme sérieux qui l'épouserait.

Pourquoi Fanch ? Plus tard, il dressa une liste de « peut-être ». Peut-être qu'elle avait apprécié ses façons réservées, et l'avait ainsi distingué des soûlots, au repas des chasseurs ; peut-être qu'elle l'avait trouvé beau et bien bâti, pour un cinquantenaire ; peut-être avait-elle eu des espérances sur Roz-Kelenn, à un moment donné, parce qu'une chose était sûre : elle était au courant de la mauvaise santé d'Adelice.

Quoi qu'il en soit, il n'avait aucune tache sur la conscience. C'était le destin qui l'avait mise en travers de sa route, au crépuscule, le soir de la fermeture du lapin. Elle se déplaçait à vélomoteur, un Racer, un gros engin plus puissant mais plus capricieux qu'une Mobylette. Il eut la surprise de l'apercevoir de loin, agenouillée près du deux-roues. Pour ne pas empiéter sur la chaussée pendant la réparation, elle l'avait poussé devant un pennti en ruine et sa vieille grange à moitié écroulée. Il s'arrêta. Elle dit que c'était la bougie qui perlait, qu'elle en avait l'habitude, si bien qu'elle en possédait toujours une neuve de rechange. Seulement voilà, elle n'arrivait pas à dévisser la bougie déficiente.

— Moi, je vais pouvoir la dévisser sans doute, mais quand ça t'arrive toute seule, attends que le moteur refroidisse.

— Vous avez eu d'autres lapins après le repas de midi ?

— Plus qu'il n'en faut !

Fanch enfila la clé sur la bougie et essaya de forcer. Effectivement, elle était bien serrée, et brûlante. Il craignit de la casser.

— Trouve-moi un caillou ou quelque chose pour taper sur la clé en douceur. Là, dans la grange.

Herveline trouva un bout de métal. Fanch s'en servit pour tapoter la clé.

— Je vous retarde...

— Bah, les vaches attendront.

— Ça doit être dur de tenir une ferme comme Roz-Kelenn, quand la patronne est malade.

Fanch se sentit piqué au vif. De quoi se mêlait-elle ? Il releva la tête. Bien sûr, on n'y voyait plus très clair, mais sur le visage d'Herveline il n'y avait aucune malice, rien que de la compassion.

— Ouais, c'est pas facile tous les jours...

La bougie céda. Il se protégea les doigts avec son mouchoir pour l'ôter de son logement, vissa la neuve, béquilla le vélomoteur, donna un quart de tour de pédale et l'engin pétarada. Pourquoi coupa-t-il les gaz au lieu de lui dire : « Eh ben, voilà, en route maintenant... » ? Parce qu'elle restait debout sans bouger en le regardant dans les yeux ? Ou bien était-ce lui qui la regardait dans les yeux ? Dans l'attente de quoi ? Il n'avait pas en tête l'idée de la caramboler, mais ce fut comme si son corps avait décidé d'agir à sa guise. Et son corps à elle, aussi ? Ou bien Herveline avait-elle une idée en tête ?

Sa main à lui s'avança vers sa hanche à elle.

— Je n'ai pas les mains propres, dit-il doucement.

Sa main à elle prit sa main à lui et la garda contre sa hanche.

— Ça ne fait rien pour mes dessous, dit-elle, il y a de l'eau et du savon à la maison.

Ils s'entraînèrent mutuellement à l'intérieur de la grange. Herveline s'allongea par terre, il retroussa ses jupes, se défit et s'installa entre ses jambes, fou de désir devant tant de chair offerte, avide de posséder cette force qui palpitait sous lui, tandis qu'il commençait d'aller et venir et qu'elle sentait que ce serait bref.

— Attention de ne pas rester dedans, chuchota-t-elle.

Une voiture arriva et ralentit, les muscles de Fanch se raidirent, la lumière des phares lança un long éclat dans la grange, la voiture accéléra, et Fanch aussi.

Coudes au sol, avant-bras dressés comme des vérins, Herveline posa ses paumes sur les hanches de Fanch, prête à agir, attentive à son propre plaisir aussi bien qu'au risque de négliger le danger, à cet ultime instant, qu'elle guettait, guettait, guettait, sourire aux lèvres, les yeux grands ouverts, en haletant de plus en plus vite au diapason de Fanch, qui se serait oublié si elle ne l'avait éjecté d'un coup, d'un cri, d'une poussée des bras et des reins, et d'une glissade n'avait esquivé les saccades tièdes – peut-être une seconde trop tard, songea-t-elle. Il se vida sur sa cuisse, longuement, très longuement, en râlant, puis laissa sa tête reposer au creux de son épaule.

Elle prit son visage entre ses mains et posa sur ses lèvres plusieurs *pokou*, ces baisers à la fois légers et têtus comme des petits coups de bec, comme de gentils reproches d'amoureuse.

— C'est bien, dit-elle. C'est bien ce qu'on a fait puisqu'on avait envie de le faire tous les deux.

— Tu es douce, toi, dit Fanch.

— Tu étais pressé.

— Depuis le temps…

— On recommencera.

— Quand ?

— Dimanche, si tu veux.

— Tu parles que je veux ! Tous les dimanches !

— Si tu peux !

— Quand on veut on peut.

Ils se donnaient rendez-vous dans des endroits différents à chaque fois. Herveline venait à vélomoteur,

Fanch embarquait le Racer dans le coffre de la 203, nouait une ficelle entre le pare-chocs et le coffre ouvert pour qu'il ne claque pas, et ils s'enfonçaient le plus loin possible dans des chemins à peine carrossables qui menaient vers des vieilles landes inexploitées ou des ruisseaux encombrés de végétation, à l'écart de toute activité humaine. S'il pleuvait, ils étalaient une couverture sur la banquette de la voiture et l'étroitesse de leur couche donnait du piment à l'amour.

Les vitupérations de Jabel gozh le lundi de Pâques gâchèrent un peu le plaisir de Fanch le dimanche suivant, mais les premières chaleurs de mai décuplèrent les délices des retrouvailles, plus lascives, plus sensuelles à présent que les corps se connaissaient bien. Sous le dais de verdure de leurs alcôves secrètes, Herveline se mettait nue, et c'était d'abord des yeux qu'il se repaissait de ses rondeurs, de sa blancheur, de sa toison de blonde, avant de s'imprégner les mains de son odeur. Il retardait le moment de la prendre. Parfois elle n'en pouvait plus d'attendre et l'enjambait pour le chevaucher et le cravacher de ses halètements. Après l'amour, dépité à l'idée qu'ils avaient eu leur content pour la semaine, il se disait que c'était une femme comme Herveline qu'il aurait dû épouser. Il avait perdu les meilleures années de sa vie. Mais l'idée contraire qu'ils étaient libres de recommencer le dimanche en huit atténuait ses regrets. Il philosophait : « Il faut prendre la vie comme elle vient », et Herveline l'aidait à prendre la vie comme elle venait.

En juin, Nicole fut collée au brevet, et bien heureuse de l'être, et son père autant qu'elle, car elle trouva immédiatement de l'embauche à l'abattoir de poulets. Magnanime, bien qu'elle eût été collée, il lui paya une Mobylette – et qu'elle se démerde pour apprendre à monter dessus. Un vélomoteur pour une fille de casée –

une fois entrée dans le monde du travail elle y resterait – ce n'était pas cher payé.

On parla de Gwenaëlle dans le bourg comme d'une célébrité : elle fut reçue première ex aequo avec le petit-fils du notaire à l'examen des bourses. Elle avait le choix entre aller au collège et y réussir à tous les coups ou bien viser plus haut, la sixième au lycée Brizeux de Quimper et le baccalauréat au bout. Sa grand-mère, sa mère et Soizig tinrent conseil de famille à ce sujet.

— Elle en a la capacité, dit Jabel gozh.

— Si son père est d'accord, dit Adelice.

— Et pourquoi il ne serait pas d'accord ? s'écria Soizig.

— C'est beaucoup de soucis. L'inscription, le trousseau, les allers-retours...

— Elle prendra le car !

— Quand même, ce sera des soucis pour votre père, dit Adelice.

— On croirait que c'est le bon Dieu, ici ! répliqua Soizig.

— C'est ton père, et tu le respectes de moins en moins, dit Jabel gozh.

— Parce qu'il est plus respectable que les autres ?

Jabel gozh baissa le menton et fit *mousklenn* en songeant à la bonne de Keravalou. Soizig avait-elle appris quelque chose ? Elle ne le pensait pas.

— Le mieux est de laisser la petite décider elle-même, dit Adelice.

— Parce que tu espères qu'elle choisira le collège, comme ça papa n'aura pas de soucis !

— Ne sois pas méchante avec moi.

— Je ne suis pas méchante avec toi, maman, se défendit Soizig, je veux seulement que pour une fois, pour au moins une fois dans ta vie, tu fasses comme bon te semble, sans obéir à ton mari.

Jabel gozh mâchonna son dentier et revint sur le sujet de la conversation :

— Hum ! Apte à décider elle-même, je ne sais pas si Gwenaëlle l'est vraiment. Peut-être qu'elle aura peur de cette grande école à Quimper, et ça peut suffire à la déterminer.

— C'est bien pourquoi il faut décider pour elle, répondit Soizig. Il faut qu'elle aille au lycée !

— On va le lui demander, dit Adelice. Appelle ta sœur.

Gwenaëlle était là-haut, plongée dans l'un de ces romans écrits tout petit que personne à part elle n'aurait pu comprendre. Son amour pour les livres faisait d'elle une énigme vivante, une sorte de jeune prêtresse détentrice de pouvoirs occultes, qui inspirait la vénération. Elle descendit l'escalier marche après marche, du rêve plein les yeux.

— Qu'est-ce qu'il y a ?

— Il faut décider avant la fin du mois de juillet, dit Adelice. Qu'est-ce que tu veux faire à la rentrée ? Aller à Briec ou bien à Quimper ?

— Au lycée de Quimper, dit-elle tout de go. En pension.

— En pension ? s'étonna Jabel gozh, vexée par cette affirmation péremptoire. *Ma*, tu te déplais tant que ça avec nous à Roz-Kelenn ?

Gwenaëlle écarquilla les yeux à sa façon, comme si les mots de sa grand-mère impliquaient une traduction difficile.

— Non, mais je travaillerai mieux en pension.

Soizig embrassa sa sœur.

— Bravo ! Tu t'en sortiras, toi !

— Et si tu as le bac, qu'est-ce que tu comptes faire après ? demanda Jabel gozh.

— Professeur de lettres.

— *Ma !* Si on m'avait dit… Et à supposer que tu arrives jusque-là, peut-être qu'on ne sera plus assez bien pour toi.

— Pourquoi ? dit Gwenaëlle, l'air peinée.

Soizig passa son bras autour de son épaule, l'attira contre sa poitrine et lui caressa les cheveux.

— Ta grand-mère se fait plus bête qu'elle n'est, ça n'a rien à voir.

— Il va falloir s'occuper du trousseau, dit Adelice en tirant une liste du tiroir de la table. Ils en exigent des choses ! Une blouse bleue, une blouse rose, un survêtement pour le sport, des socquettes et des chaussettes blanches, une veste et une jupe plissée bleu marine…

— Gwenaëlle sera adorable dans son costume de lycéenne, coupa Soizig.

— Et si papa n'était pas d'accord ? dit Gwenaëlle.

— Alors là, je voudrais bien voir ça ! dit Soizig. Ça barderait à Roz-Kelenn, crois-moi !

Fanch fut informé de la décision et ne s'y opposa pas, non plus qu'il ne l'approuva ouvertement.

— Si c'est ça qu'elle veut…

A l'instar de Jabel gozh, il était partagé entre la fierté d'avoir une fille lycéenne et un sentiment d'abandon, sinon de trahison du clan. Mais que la benjamine s'en aille en pension comportait un avantage : cela ferait moins de monde à tourner autour de lui. La Nicole aurait la chambre pour elle toute seule et la Soizig serait peut-être moins chameau. Sans indice tangible, par simple intuition, il considérait Gwenaëlle comme une future alliée de la Soizig contre lui. Une ennemie plus redoutable, parce que silencieuse, et intelligente. Il avait la pénible impression qu'elle piochait dans ses livres des éléments pour le sonder jusqu'au tréfonds. Et le juger.

Or, il appréhendait le moment de passer en jugement devant ses procureurs femelles.

Ce moment-là approcha à grands pas, au fur et à mesure que les jours raccourcissaient.

Herveline était enceinte et pour la Saint-Michel son gros ventre serait impossible à cacher.

15

Vers la fin de l'été, à l'insu de Jabel gozh et des filles, la bouillotte reprit du service dans le pennti. Maudit soit le ventre des femmes, cause de tous les ennuis ! songea Fanch. Celui de l'une enflait, celui de l'autre la faisait souffrir de nouveau.

« C'est pas grave, disait Adelice, j'ai moins mal que l'autre fois. »

Fanch fut bien obligé de se confier à sa mère.

— Adelice remet la bouillotte, elle a mal de nouveau.

— Le choc causé par le départ de la petite, peut-être...

Un dimanche après-midi – Fanch ne fut pas trop fâché de faire faux bond à Herveline, qui commençait à se lamenter –, ils s'étaient tous tassés dans la 203 pour amener Gwenaëlle au lycée. Les filles et les femmes versèrent une larme, surtout Nicole, la plus émotive, que la mort d'une abeille bouleversait, quand elle était petite. Même Fanch eut l'œil humide, chaviré par la solennité du lieu et ce qu'il impliquait d'ascension sociale.

— Hé ! ho ! ramassez vos mouchoirs ! dit Soizig. Gwenaëlle ne va pas en prison.

— Sûr que non, opina Jabel gozh.

— Elle nous écrira. Hein, Gwenaëlle, que tu nous écriras pour nous raconter ?

— Oui, sûrement.

— N'empêche que ça fait quelque chose, dit Adelice. Ça va être dur de se remettre de la séparation.

Alors voilà, puisque la malade expliquait elle-même que c'était la séparation qui nécessitait l'usage de la bouillotte, Fanch le prenait à la légère et Jabel gozh gardait espoir en se disant que des maux de ventre, il y en a de toutes sortes, des graves et des pas graves.

Jeannette n'était pas venue à Roz-Kelenn depuis début septembre. Elle avait des nouvelles et donnait des siennes par l'intermédiaire de Nicole, qui s'arrêtait souvent chez elle en rentrant de l'usine. Jabel gozh lui avait fait savoir qu'il était temps qu'elle vienne chercher des pommes de terre.

— Mon Dieu ! souffla-t-elle à part elle en apercevant Adelice assise sur une chaise au soleil, près de la porte du pennti.

Adelice avait terriblement jauni, ce dont ceux de Roz-Kelenn ne s'étaient pas rendu compte, puisqu'ils la voyaient tous les jours.

— Ça ne va pas ? demanda-t-elle.

— Comment tu sais ?

— Oh, je ne sais pas, je demande, c'est tout.

— En général, on demande si ça va.

— Je te trouve une petite mine.

— J'ai besoin de la bouillotte, avoua Adelice.

— La bouillotte ! Je vais dire au docteur Kergourlay de passer te voir, oui ! Cette fois, il faut que tu te soignes pour de bon !

— Jabel gozh a préparé le goûter. Vas-y, moi je vais m'allonger un peu, et je vous rejoindrai avec Fanch quand il viendra prendre son quatre-heures.

Soizig était partie au champ chercher les vaches, Jeannette et Jabel gozh purent parler tranquillement.

— Aussi sûr que deux et deux font quatre, j'appelle le docteur en rentrant au bourg. Tu as vu la tête d'Adelice ?

— Ton frère risque de le prendre mal.

— Le prendre mal ? J'espère bien ! Et moi, comment tu crois que je l'ai pris, ce qu'on m'a dit ? Pas avec le sourire, tu peux me croire.

— Quoi ? Qu'est-ce qu'on t'a dit ?

Aux maux de ventre graves et pas graves, Jabel gozh dut ajouter une catégorie : le mal de ventre pas grave du tout et néanmoins très grave en l'occurrence. Herveline, la chérie de Fanch, en souffrait.

— Tu savais que mon frère avait une maîtresse ?

— Ben oui. Et je vois que tu l'as su, ainsi que je savais que ce serait le cas un jour.

— Quel salaud ! Mais il y a une chose que, toi, tu ne dois pas savoir... Il lui a fait un petit !

— *Petra* [1] ? Ah ! malheur de malheur !

— Pourvu que personne ne le dise aux filles.

— Oh ça, il ne faut pas trop espérer !

— Qu'est-ce qu'on peut faire ?

— Rien qu'attendre, dit Jabel gozh.

— Tu vas lui en parler ?

— Sûr assez que je vais lui en parler ! Il ne faudrait pas qu'il nous prenne pour des imbéciles !

— Eh ben, nous voilà propres, conclut Jeannette.

Elle embarqua un demi-sac de pommes de terre dans sa R6 et dit avant de démarrer :

— Quoi qu'il en soit, je téléphone au docteur Kergourlay...

Le soir après dîner, Jabel gozh prétexta la douceur de l'air pour gratter les parterres de fleurs dans la cour et

1. « Quoi ? »

croiser le chemin de Fanch qui en été s'affairait toujours entre l'étable et la grange avant de se coucher.

— Ta femme a chauffé sa bouillotte ? lui demanda-t-elle, menton levé comme pour lancer un défi, ce qui mit aussitôt Fanch sur ses gardes.

— Ben ouais, qu'est-ce que ça a d'extraordinaire ?

— Oh rien ! rien d'extraordinaire... Il y en a une qui met une bouillotte sur son ventre et l'autre qui en a une au chaud à l'intérieur...

— Quoi-quoi-quoi ? caqueta Fanch.

— Une bouillotte que t'as fabriquée et qui doit remuer, pour maintenant.

— Ah ! c'est ma connasse de sœur qui... qui...

Il étouffait de rage.

— Qui-qui ! se moqua Jabel gozh. Oui, c'est ta sœur qui a appris au bourg ce que tu as fait ! Mais au lieu de l'insulter, tu ferais mieux de réfléchir. Puisqu'elle a été mise au courant, elle n'est sûrement pas la seule.

— *Ma sac'h*[1] *!* jura Fanch en tournant les talons.

— Cochon ! lui lança sa mère.

Le lendemain midi, il eut une nouvelle occasion d'agonir Jeannette. Le couvert d'Adelice n'était pas mis dans la maison neuve. Jabel gozh et Soizig se tenaient debout, comme deux juges...

Le docteur Kergourlay était venu vers onze heures et avait embarqué Adelice séance tenante, direction Quimper et les urgences de l'hôpital Laennec.

— Comme ça ? Sans mon accord ? C'est toi qui l'as appelé ?

— C'est ta sœur, après sa visite d'hier.

— Salope !

— Tu n'as pas honte ? Elle qui s'est proposée pour te rendre service.

1. « Mes couilles ! »

— Quoi ? Quel service ?

— Envoyer quelques affaires à Adelice à l'hôpital de Quimper, parce qu'on a supposé que tu rechignerais à le faire.

Fanch leva les yeux au ciel.

— Vous avez une drôle d'opinion de moi !

— Parce qu'on te connaît.

— J'en ai marre de vous toutes ! cracha-t-il.

— Pas autant que nous de toi ! répliqua Soizig.

— Toi ta gueule, saleté !

A cet instant, et plus que jamais, il se sentit cerné par toutes ces bonnes femmes qui lisaient en lui à livre ouvert et lui répercutaient leurs lectures chacune à sa manière : sa mère, avec ses paroles par en dessous ; Soizig, en lui tenant tête ; Nicole, avec ses airs de saintenitouche ; Gwenaëlle, avec ses grands yeux étonnés ; Adelice, par ses silences ; Herveline, grâce à son corps, ses mains, sa bouche, si habiles à lui tirer son plaisir ; et Jeannette, en lui rendant des services qu'il ne se serait pas abaissé à lui demander. Parce qu'elle savait parfaitement, la garce, qu'il aurait inventé un prétexte pour ne pas aller se perdre entre les bâtiments et dans les couloirs de l'hôpital.

— Un de ces jours, je vais me tailler d'ici ! menaça-t-il.

— Oh ! oh ! oh ! Et pour aller où, tu peux me le dire ? gloussa Jabel gozh. A la gare de Quéménéven ?

— Pourquoi la gare de Quéménéven ? releva Soizig.

Jabel gozh mâchouilla ses lèvres. Fanch se balança d'un pied sur l'autre.

— Parce que c'est là qu'on prend le train ! dit-il.

— *Mat tre*, murmura Jabel gozh.

— Eh ben, vas-y ! dit Soizig.

— Vous voulez toutes me rendre maboule ?

— Ceux qui se mettent des soucis sur le dos n'ont qu'à s'en prendre à eux-mêmes, dit Jabel gozh.

— C'est ça, retourne le couteau dans la plaie.

— Il va falloir prévenir les parents d'Adelice que leur fille est partie aux urgences.

— Tu crois que je ne suis pas assez grand pour y avoir pensé ? Soizig ou Nicole n'ont qu'à y aller, d'un coup de vélomoteur.

— Ce serait mieux que toi tu ailles.

— Je m'en fous ! Je m'en fous ! Tu entends ?

— J'entends surtout que la voiture de ta sœur arrive dans le chemin ! Va préparer des affaires pour ta femme !

— La porte du pennti est ouverte et les armoires ne sont pas fermées à clé, dit Fanch, puis il disparut dans l'étable.

Avec l'aide de Soizig, Jeannette réunit du petit linge dans une valise et toutes deux prirent la route de Quimper. Les deux hôpitaux, Laennec et l'hôpital psychiatrique Gourmelen qui le jouxtait, leur parurent plus vastes que le bourg de Briec. Au service des admissions, elles remplirent des papiers. Jeannette écrivit son numéro de téléphone au bout de la ligne « personnes à prévenir en cas de décès ».

— Maman va mourir ? chuchota Soizig.

— Mais non, même pour une jambe cassée on demande ça... Ton père ne parle toujours pas d'installer le téléphone ?

— Il dit que c'est trop cher.

— Il faudra bien, pourtant, un jour, soupira Jeannette.

On leur indiqua un pavillon neuf, derrière les vieux bâtiments sinistres. Elles s'y rendirent à pied. L'immeuble, éclairé par de longues baies horizontales, évoquait des soins de haut niveau, et par conséquent la guérison.

— Ils feront sûrement tout ce qu'il faut ici pour ta maman, dit Jeannette.

— Elle aurait dû venir il y a longtemps.

— Ah ! ça !...

L'intérieur du bâtiment vous rendait moins optimiste. Les têtes chauves, les yeux las, les corps décharnés des quelques malades qui traînaient leur mal dans les couloirs étaient ceux de gens qui n'en avaient plus pour longtemps. Mais l'infirmière avait le don de vous remonter le moral.

— Madame Goasdoué est à la radio, annonça-t-elle comme une excellente nouvelle. Je ne sais pas si vous pourrez la voir, il y a de la presse, cet après-midi.

Il y avait les vaches à traire. Jeannette et Soizig ne purent attendre au-delà d'une certaine heure. Elles confièrent la valise à l'infirmière et partirent sans avoir vu Adelice. Trois jours plus tard, suite à un coup de téléphone de l'hôpital, elles revinrent la chercher.

— Mon pauvre Fanch, s'excusa-t-elle en arrivant à Roz-Kelenn, je suis bonne pour aller faire des rayons à Brest.

— Il faudra qu'on t'amène ?

— Non, non, c'est organisé.

— Ah ! bon !

Pendant un mois, deux fois par semaine, une ambulance vint chercher et ramener Adelice. Entre deux séances, elle demeurait couchée la moitié de la journée, épuisée au dernier degré.

« Les rayons, ça fatigue beaucoup », disait Jabel gozh.

Adelice opinait. Elle ne quittait plus ses chaussons, sur lesquels elle traversait la cour. S'il pleuvait, elle les mettait à sécher devant la cuisinière, dans la maison neuve, ou à l'inverse près du poêle, dans le pennti. Les sabots étaient devenus trop lourds pour ses jambes affaiblies. Sa maladie rongeait Roz-Kelenn, les gens comme les bêtes. Ce n'était qu'une illusion, certainement, mais les vaches semblaient maussades. Méfiants, les chiens filaient doux sous les regards mauvais de Fanch, qui lui-même évitait les femmes, qui elles-mêmes évitaient comme la peste de prononcer le mot redoutable qui rimait avec « rayons ».

Ce mot, Fanch le prononça en dehors de Roz-Kelenn, sous le porche de la chapelle de Quilinen où il donna un dernier rendez-vous à Herveline.

— On ne pourra plus se voir, ma femme a un cancer, dit-il d'un trait.

— Mon pauvre Fanch...

Elle voulut l'enlacer, son ventre de six ou sept mois en avant. Il esquissa un écart, comme un cheval devant un serpent.

— Et toi, comment tu vas faire ? demanda-t-il.

— Je ne suis plus une oiselle, j'ai eu mes trente ans. Ce bébé tombe bien pour moi, ce n'est pas une malédiction.

Elle sourit à travers ses larmes.

— Je suis sûre que ce sera un garçon, fort comme son père...

— Je t'aiderai, je te donnerai des sous.

— Je ne te demande rien. On a la pension de ma mère. Et puis, un bébé, ce n'est pas une maladie, je continuerai à travailler.

— Autour d'ici ?

— Mon pauvre Fanch, dit-elle en essuyant ses larmes, n'aie pas peur, je ne te ferai pas d'ennuis.

— Je n'ai pas peur de ça, je ne t'ai jamais mal jugée... Ah ! malheur de malheur, comment on en est arrivés là tous les deux ?

— On a été attirés l'un vers l'autre.

— J'aurais dû résister.

— Je ne t'ai pas beaucoup aidé à résister.

Ils sourirent, en se souvenant de leur première rencontre, à l'intérieur de la grange abandonnée.

— J'aurais dû prendre plus de précautions, dit-elle.

— Il y a toujours deux responsables. N'importe comment, ce qui est fait est fait. Et puis…

Dans le regard d'Herveline, il y eut une lueur d'espérance. Elle baissa les yeux, honteuse de n'avoir pas su la contenir.

— Et puis, reprit Fanch, on ne sait jamais, on ne sait pas ce qui nous attend… Il faut laisser les jours et les semaines passer… Tu comprends ? Tu comprends ce que je veux dire ?

Elle hocha la tête.

— Oui, mais tu as trois filles.

— J'ai trois filles qui ne me simplifient pas la vie.

— Ne t'inquiète pas, ce n'est pas par moi qu'elles apprendront quoi que ce soit. Ma mère ne sait même pas qui est le père…

— Mais on a été vus ensemble, sûrement, puisque… Bon, enfin, voilà comment on va faire. Si tu as besoin de quoi que ce soit, dépose un mot sous enveloppe à mon nom à l'arrêt des cars de Kroazh-Venn, je passerai régulièrement voir ce qu'il en est.

— Si tu veux.

— Laissons l'eau couler sous les ponts et on avisera, hein ?

Elle hocha la tête. Ils s'embrassèrent sur les deux joues, deux fois. Elle enfourcha son vélomoteur, lestée de son ventre.

— Fais attention à toi.

— Toi aussi.

Il aurait dû se réjouir qu'Herveline fût aussi accommodante, il en demeura abasourdi, presque contrarié. En son for intérieur, il aurait préféré des pleurs, des cris, des menaces, du chantage, qui lui auraient permis d'exercer sa force, de faire preuve d'un cynisme brutal, comme on enfonce une fourche dans le ventre d'une bête malade.

« Et dis donc, aurait-il persiflé, qu'est-ce qui me prouve qu'il est de moi, ce lardon ? Une fille qui écarte les jambes si facilement ne se contente pas d'une seule queue ! Fous-moi le camp, poufiasse, et gare à toi si on me cherche des poux dans la tête à ton sujet ! » Rayé de la carte, le souci en gestation !

Mais non, malheur de malheur, jamais il n'aurait pu traiter Herveline de cette façon. Lui, le maître de Roz-Kelenn, était déconcerté par la tendresse.

Il la regarda partir, le cœur serré, avec le sentiment que disparaissait avec elle, au cas où il deviendrait veuf, un futur possible, un avenir d'autant plus radieux qu'il était chimérique. J'ai une mère et trois filles, se dit-il. Cela vous refroidissait les méninges. Et le reste. Pas demain la veille qu'il aurait envie d'une femme, ni d'une chèvre, ni de n'importe quelle femelle d'ailleurs, le genre honni.

Sitôt Herveline disparue au détour d'un virage, il commença d'être hanté par le spectre de la révélation de sa faute par un démon anonyme – démon femelle, cela allait de soi – qui adresserait un faire-part de naissance à Soizig, Nicole et Gwenaëlle. Félicitations au jeune papa et tous nos vœux de bonheur à la maman et au nouveau-né.

— *Ma sac'h !* jura-t-il.

Sûr qu'il aurait mieux fait de se les couper.

Il rentra à Roz-Kelenn d'un pas de bagnard, en traînant le boulet de son désarroi, les pensées entravées.

L'eau se mit à couler sous les ponts, ce fut l'automne.

L'Odet se gonfla de pluies torrentielles porteuses de soucis bienvenus, propres à distraire Fanch de ses idées noires : déboucher un caniveau, réparer une gouttière, déplacer les vaches vers des pâtures moins détrempées.

La cour luisait en permanence comme un étang. Adelice fut obligée de remettre ses sabots pour la traverser, sinon ses chaussons auraient été à tordre. Ce simple effort suffisait à l'essouffler. Elle devait s'asseoir, les jambes flageolantes, à peine entrée dans la cuisine de la maison neuve. Soizig essayait de la convaincre d'accepter qu'elle lui porte ses déjeuners dans le pennti, mais elle ne voulait rien entendre.

« J'ai besoin de la compagnie de tout le monde... »

La bonne chaleur de la cuisinière bourrée à bloc de morceaux de chêne, les conversations de Jabel gozh, les odeurs mélangées du repas en cours, du café en train de passer et d'un far mis au four en avance pour le soir parvenaient à lui rosir les joues. Les rayons semblaient avoir produit leur effet.

« Ça se maintient, ça se maintient, Adelice », claironnait le docteur Kergourlay à chaque visite.

Ses visites étaient impromptues, toujours sous le même prétexte : « Je passais dans les parages, alors je me suis dit pourquoi ne pas aller à Roz-Kelenn donner le bonjour à notre Adelice... » Le ton enjoué ne sonnait pas tout à fait faux, mais Soizig trouvait au médecin un regard soucieux qui la laissait perplexe.

A l'égard de son père, le statu quo était de rigueur : ni bonjour, ni bonsoir, une froide efficacité dans les tâches expédiées le plus vite possible, et après, le soir, une fois la vaisselle faite, elle bûchait ses cours par correspondance dans la cuisine, tandis que Jabel gozh brodait des napperons, ou s'endormait sur son ouvrage.

Là-haut, Nicole mettait le transistor à fond ou bien voulait bavarder de bêtises. En quatre mois, au contact des filles – et des garçons ! – de l'usine, la cadette s'était transformée. Elle se maquillait, se coiffait et s'habillait pour imiter les chanteuses aperçues en photo dans des magazines yé-yé ou à la télé au Sporting, un café du bourg. Fanch feignait de ne rien voir. Avec l'épée de Damoclès qu'il avait au-dessus de lui, il préférait arrondir le dos et les angles.

Nicole était tombée amoureuse au moins quatre fois en quatre mois.

— Méfie-toi, lui disait Soizig.

— Je ne les laisse rien me faire.

— Ça m'étonnerait.

— Oh ! toi ! Quel rabat-joie ! Tu veux finir bonne sœur ?

— Tu te répètes. Je te l'ai déjà dit : ni bonne sœur, ni esclave d'un bonhomme comme notre père.

— Tu crois qu'il me laisserait aller au bal à Kerrossignol le samedi soir ?

— J'ai l'impression qu'il se fout de tout, ces temps-ci.

— Tu viendrais avec moi ?

— Non.

— Comment tu peux supporter de rester tout le temps enfermée ici ? Tu ne vois jamais personne.

— Je supporte. Je supporterai le temps qu'il faudra.

— Si tu venais avec moi au bal, papa voudrait certainement. Et tu sais, c'est plus les bals pouêt-pouêt de dans le temps. On danse le rock. Il y a un garçon qui doit m'apprendre.

— Tant mieux pour toi.

— T'es vache !

— Bon, écoute, c'est moi qui vais demander pour toi à notre très cher père.

Elle le fit un soir, à la fin du dîner, en présence de Jabel gozh et d'Adelice qui se tinrent coites, s'attendant au pire. Fanch haussa les épaules

— Au bal ? Et comment elle irait ? En vélomoteur sous la flotte ?

— Seulement jusqu'à Kroazh-Venn, dit Nicole. Et puis en car après. Il y a un car qui fait le tour pour ramasser les jeunes et les ramener.

— *Ma !* C'est que ça doit leur rapporter. De notre temps chacun se démerdait, à pied ou à cheval.

— Je peux, alors ?

— Tu ne m'as pas dit avec qui.

— Avec le cousin du bourg, répondit Soizig à la place de Nicole.

— L'aîné, je suppose ?

— Oui.

— *Ma !* Il se dessale donc, le fils à Jeannette ? Et toi, tu y vas aussi, au bal ? demanda Fanch à Soizig.

— Non.

Il demeura interdit.

— Chacun son caractère, observa Jabel gozh.

— Bon, d'accord, mais pas de conneries, hein !

La semaine suivante, Nicole, tout excitée, fit retoucher et raccourcir une petite robe noire sans manches et acheta des bas fins, une gaine-culotte porte-jarretelles et des escarpins. Soizig en éprouva cette sorte de vague à l'âme que suscitent les réjouissances des autres, vaines parce que convenues. De même, le retour de Gwenaëlle le samedi d'avant la Toussaint, en tenue d'interne du lycée, l'emplit d'une douce tristesse, parce que c'était un autre signe de la fuite du temps.

A la Toussaint, Adelice, trop faible, n'alla pas sur les tombes. Comme d'habitude, Jabel gozh s'arrangea avec Jeannette pour les chrysanthèmes et Fanch ne put refuser de la conduire à la messe. Il la déposa place de l'Eglise.

— Je suppose que monsieur n'a pas trop envie de se montrer au cimetière ?

— A quoi ça sert de poser des questions quand on connaît la réponse ? Essaye de te renseigner...

Jabel gozh feignit de ne pas comprendre.

— Me renseigner ? Et à quel propos ?

— Tu le sais très bien.

— Ah ! ah ! On a besoin de la langue de sa mère pour demander des nouvelles de sa chérie ?

— T'aimes ça, hein, retourner le couteau dans la plaie.

Il donna rendez-vous à sa mère au bas du bourg, à l'écart des grands rassemblements, et repartit faire un tour en voiture jusqu'au canal à Pont-Coblant. Il revint par Gouézec, Carrec an Tan, Ty Fléhan et Edern, juste à temps pour apercevoir Jabel gozh clopiner vers le lieu de rendez-vous en compagnie d'une autre vieille. En arrière-plan, il y avait, comme une menace, la foule endimanchée. Il klaxonna, se gara contre le trottoir sans arrêter le moteur et aida sa mère à monter en voiture. Jabel gozh affichait un sourire de satisfaction mais demeurait muette, et il en devinait trop bien le pourquoi : pour qu'il s'abaisse à lui demander ce qui le démangeait. Il fut bien obligé de céder. Le carrefour de Kroazh-Venn était en vue.

— Alors, tu as entendu quelque chose ?

— Oh ! sûr assez que ta mère a entendu quelque chose !...

16

— Alors, dis-le, ce que tu as entendu, au lieu de friser ton nez !

— Elle a pris le train à la gare de Quéménéven avec son gros ventre !

— Hein ? Quoi ? Le train ? Pour où ?

— Il me semble que tu es mieux placé que moi pour le dire !

— Je n'en sais rien, moi !

— Alors, peut-être qu'on n'entendra plus parler d'elle…

— Eh ben, comme ça on n'en parlera plus !

— Espérons pour toi, soupira Jabel gozh, espérons pour tout le monde…

Dans le chemin de Roz-Kelenn, ils croisèrent un garçon en blue-jean et blouson de cuir noir accroupi comme un crapaud sur un engin mi-vélomoteur, mi-moto – un BB Peugeot à selle biplace.

— Ta Nicole a eu de la visite, dit Jabel gozh.

— Normal, puisqu'elle a commencé à aller au bal.

— Un *blev hir*, piqua Jabel gozh.

— Qu'est-ce qu'on en a à foutre ? C'est la mode des cheveux longs.

— *Ma !* Les *blev hir* ne te dérangent plus, maintenant ? On voit que tu as quelque chose à te faire pardonner pour être aussi coulant avec ta fille.

— Elle va sur ses dix-sept ans.

Mi-novembre, on fêta les dix-huit ans de Soizig en invitant ceux du bourg à un goûter dînatoire. Jabel gozh prépara plusieurs gâteaux et Jeannette et René apportèrent des coupes de chez eux et du vrai champagne acheté à l'Eco du bourg, qu'on but à la fin du repas. Après avoir sifflé leur coupe en grimaçant, Nicole et ses trois cousins montèrent écouter de la musique. Soizig n'était déjà plus de leur monde. Elle portait une blouse et elle avait oublié d'ôter le torchon qu'elle avait glissé sous sa ceinture : l'uniforme des femmes d'intérieur au destin tout tracé. Fanch remplit de nouveau les coupes et leva la sienne.

— A Soizig !

— Bon anniversaire, ma nièce, dit Jeannette. Et à Adelice ! Qu'elle guérisse définitivement

— A toi, maman, dit Soizig.

— Oh ! ça ne va pas mal, dit Adelice.

— Dix-huit ans, dit Fanch, quand on pense que de mon temps c'était l'âge de foutre le camp à l'armée.

— C'est toujours l'âge, dit René. Petit Pierre ne va pas tarder à aller faire ses trois jours à Guingamp.

— Ce service militaire, dit Jeannette, quelle perte de temps !

— Sûrement qu'il y en a qui sont bien contents de partir, répliqua Soizig. Au moins, ça leur permet de s'échapper.

Fanch toisa sa fille.

— Tu peux t'échapper si tu veux, et quand tu veux !

— Je ne parlais pas de moi !

— Ça m'étonnerait !

Ce fut le seul échange venimeux de la soirée. L'asthénie d'Adelice semblait contagieuse. La présence de la malade poliçait les paroles, étouffait les sempiternelles rancunes sous l'édredon de l'indulgence – un armistice tacite, tout comme dans une chambre d'hôpital, ou à l'église, ou au cimetière.

Jeannette et René parlèrent de leurs projets, mais en marchant sur des œufs, en soupesant le pour et le contre, en soulignant les risques qu'ils avaient de se tromper, afin que Fanch ne le prenne pas pour des fanfaronnades destinées à l'abaisser.

La circulation ne cessait d'augmenter route d'Edern, alors maintenant que leurs garçons étaient presque *débrouillés* tous les trois, ils allaient faire construire une maison neuve dans un lotissement tranquille, de l'autre côté du bourg.

— On va se mettre un nouveau crédit sur le dos, dit Jeannette. A notre âge, ce n'est peut-être pas raisonnable.

— Mais vous avez l'autre maison à vendre, dit Fanch.

— On va la garder. Finalement, petit Pierre a décidé d'aller à l'école hôtelière, au Paraclet de Quimper, apprendre la cuisine. Comme ça il sera sursitaire et pendant son service il travaillera sur son métier. Après, il a dans l'idée d'ouvrir un restaurant dans la maison de la route d'Edern. Elle est bien placée pour ça.

— *Ma !* Vous en avez des projets, dit Fanch, sidéré.

— Ça va exiger énormément de sacrifices, s'excusa Jeannette. Je serai obligée de continuer les crêpes à emporter encore un moment.

— M'est avis que j'aurais dû me faire facteur, moi aussi. Les affaires des fonctionnaires marchent du tonnerre, alors que les paysans ont de plus en plus de mal à gagner leur croûte.

— Les paysans ont le capital, dit René.

— Ça, c'est sûr que la terre n'est pas près de dévaluer, concéda Fanch. Et vos deux autres gars ? demanda-t-il, dans un assaut de courtoisie.

— Tu sais que c'est des manuels, dit René. Jean-Louis va aller au collège technique apprendre l'électricité et pour le dernier, c'est arrangé, comme il veut devenir mécanicien auto, il entrera en apprentissage au garage de Châteauneuf-du-Faou.

— C'est pas des grosses têtes comme votre Gwenaëlle, dit Jeannette.

Fanch rendit la politesse à sa sœur :

— Oh ! ne vendons pas la peau de l'ours avant de l'avoir tué ! Elle peut très bien s'arrêter en route.

— Etonnée je serais, dit Jabel gozh, on voit bien qu'elle en a là-dedans, cette petite.

Adelice toussota, le silence se fit, tous les regards se tournèrent vers elle. Son visage était empreint de cette béatitude pudique qui laissait accroire que le mal s'était envolé d'elle, comme l'âme à tire-d'aile du corps des bienheureux.

— Même tout bébé, dit-elle de sa voix essoufflée, elle avait l'air de réfléchir.

— Sûr assez que tu peux être fière d'elle, dit Jabel gozh.

La conversation reprit. Fanch proposa une belote. Il n'y eut aucune dispute.

La trêve se prolongea pendant les fêtes de fin d'année. Le retour de Gwenaëlle pour les vacances de Noël mit les deux maisonnées de bonne humeur. Elle rapporta du lycée un cartable presque plus lourd qu'elle, rempli d'un tas de bouquins qu'on étala sur la table de la cuisine. Adelice et Jabel gozh feuilletèrent les livres de latin, de grec et d'anglais, aussi émerveillées par leurs arcanes que par la hâte de Gwenaëlle à se changer et à enfiler ses bottes en caoutchouc pour aller voir les lapins et les vaches et câliner Rosalie, la dernière jument encore en vie, deux fois plus âgée qu'elle à présent.

— Roz-Kelenn manquait à vòtre *merc'h-vihan*[1], dit Adelice à Jabel gozh, le souffle encore plus court à cause de l'émotion.

1. Petite-fille.

— Sûr assez ! On est bien ici aussi, hein, ma mignonne !

Gwenaëlle hocha la tête.

— Attention à mes livres, dit-elle.

— *Ma !* Comment tu peux apprendre tout ça ?

— Je ne suis pas la seule. On est vingt-trois dans la classe.

— Oh ! mais je suis sûre que tu es la meilleure.

Fanch entra, regarda les livres à son tour et compulsa le manuel de latin. Il s'amusa à lire des déclinaisons.

— Tu as appris le latin ? s'étonna Gwenaëlle.

— Bien sûr, dit Jabel gozh, ton père a été chez les frères, à Tours.

— Tu n'as jamais dit que tu savais le latin.

— J'ai su, dit Fanch, mais j'ai presque tout oublié.

Fanch se tenait à carreau comme un prisonnier en liberté conditionnelle. Une seule fois pendant les fêtes, il se permit de faire une remarque un peu acide à Jabel gozh, en tête à tête. Il avait observé que depuis un moment elle épluchait un endroit bien précis du *Télégramme*, à la page Quimper : celui des naissances à l'hôpital et dans les cliniques.

— Qu'est-ce que tu cherches là-dedans ? La naissance du petit Jésus ?

— Justement !

— Puisqu'on t'a dit qu'elle avait pris le train.

— Les trains partent et les trains reviennent.

— Je t'emmènerai à la messe de Noël regarder les horaires.

— Espèce de *droch* ! Pour la Noël, l'époque de la naissance du petit Jésus, comme tu dis, sera passée de quinze jours.

— Tu es bien renseignée.

— Oui, mieux que toi qui ne sais même pas quand tu l'as fabriqué.

A Noël, ceux du bourg vinrent manger, goûter et dîner. Un dimanche tombait entre les deux fêtes. Jabel gozh requit son fils pour l'amener à la grand-messe. Nul besoin d'évoquer le pourquoi : mission de renseignement. Fanch l'attendit dans sa voiture, moins anxieux qu'à la Toussaint. Personne ne le regarda de travers et Jabel gozh, sur la route du retour, lui confirma qu'il pouvait être à peu près tranquille.

— Elle a disparu de la circulation et on m'a dit que sa mère n'avait pas de nouvelles.

— *Mat tre.*

— *Mat tre, mat tre...* Oh ! ne te précipite pas trop vite à dire « *mat tre* » ! Prie plutôt le bon Dieu que les rois mages ne viennent pas l'annoncer à retardement.

— La question est réglée.

— Tu pourrais au moins avoir une parole aimable pour cette pauvre fille.

— Elle m'a dit qu'elle était contente de son sort.

— *Ma !* Peut-être au fond, pourquoi pas. Mais il ne faut pas oublier qu'à l'heure qu'il est tes filles ont un demi-frère ou une demi-sœur quelque part dans la nature.

— Il y en a d'autres dans le même cas.

— D'être soulagé te rend bien arrogant, on dirait.

— Toi aussi, tu es soulagée.

— Soulagée ? Comment je pourrais être soulagée ? Moi, je ne lave pas mes fautes d'un coup de torchon ! Ah ! c'est facile de faire porter ta croix par ta mère !

— Personne ne te demande de porter ma croix.

— Tu t'en fiches que ça m'empêche de dormir.

— Peuh ! Tu dors comme une souche, j'en suis sûr.

— La paix, maintenant ! Laisse au moins ta vieille mère avoir le dernier mot.

Trois jours après ses dix-huit ans, Soizig s'était inscrite à l'auto-école du bourg, sur le conseil avisé de

René et Jeannette : d'avoir le permis de conduire lui donnerait des points supplémentaires aux concours administratifs.

— Avec Adelice malade, il vaudrait mieux qu'il y ait un deuxième permis dans la maison, dit Jeannette à Jabel gozh. En plus, pour toi ce sera l'idéal. Tu ne seras plus à la merci de ton fils quand tu voudras aller au bourg.

Les deux arguments convainquirent Jabel gozh de payer les leçons. Deux fois par semaine, le moniteur venait chercher Soizig à Roz-Kelenn en Simca 1100, l'emmenait par les petites routes se familiariser avec la conduite. A la troisième leçon, elle conduisit jusqu'au bourg, où elle fit des marches arrière et des créneaux. Vers la mi-décembre, pour apprendre encore plus vite, et sans demander l'autorisation à son père, elle s'exerçait à manœuvrer la 203 dans la cour et bientôt, en restant en seconde, s'aventurait par le chemin de la ferme jusqu'au carrefour de Kroazh-Venn. Elle faisait demi-tour dans un renfoncement juste avant la départementale et revenait au ralenti. Nicole y trouva son compte : pour qu'elle ne salisse pas ses escarpins, Soizig la conduisait au bout du chemin prendre le car de ramassage du bal de Kerrossignol. Fanch fermait les yeux.

Pour le jour de l'An, Jeannette invita ceux de Roz-Kelenn au repas de midi. Adelice se déclara assez d'attaque pour y aller. Un poste de télévision tout neuf trônait dans la salle à manger.

— *Ma !* Ici on veut nous en foutre plein la vue, dit Fanch. Vous avez gagné à la Loterie nationale ou quoi ?

— J'ai bien vendu mes calendriers, dit René.

— On paie le poste en plusieurs fois, dit Jeannette.

— Pourquoi tu ne l'allumes pas, qu'on voie ce qu'il y a dedans ?

— On n'a pas encore d'antenne, dit René, le poseur a été débordé.

— C'est dommage, dit Jabel gozh.

Après le repas, Jeannette, René, Fanch et sa mère se déplacèrent avec une seule voiture visiter le terrain où serait bâtie la maison neuve. Adelice resta au bourg se reposer sur le lit de Jeannette. Fanch ne trouva rien à redire à l'implantation prévue de la maison, ni au terrain en lui-même, sinon que le sol paraissait argileux et qu'un apport de terre végétale serait nécessaire pour le potager. On rentra jouer à la belote. Adelice se leva pour manger, mais fut soudain gênée par une toux sèche et persistante qu'on mit sur le compte de la chaleur et de l'atmosphère enfumée – ils étaient cinq à fumer : Fanch son bergerac du dimanche, René des ninas et deux des garçons, plus Nicole, des cigarettes américaines. On entrouvrit la fenêtre, Jeannette alla chercher une boîte de pastilles Valda dans son armoire à pharmacie. Adelice en suça deux, sans grand succès. Au retour, Fanch dut la porter dans son lit. Soizig et Jabel gozh lui préparèrent un lait chaud au rhum et au miel, et restèrent un moment à chuchoter près du poêle dans le pennti tandis qu'Adelice s'endormait.

— Elle a dépassé ses limites, dit Jabel gozh. Pourtant elle était assez vaillante ce matin.

— Demain elle sera défatiguée, dit Fanch.

— Il faudra appeler le docteur Kergourlay, dit Soizig.

— Fais à ta guise, dit Fanch avec diplomatie.

— Parce que toi ça ne t'inquiète pas, bien sûr ! piqua Soizig d'une voix rauque de colère.

— Oh ! moi je garde espoir, intervint Jabel gozh. Elle finira bien par prendre le dessus.

A la fin des vacances, Soizig conduisit Gwenaëlle et son énorme cartable à Kroazh-Venn, en 203.

— Maman est encore plus malade qu'avant ? demanda la gamine.

— Ne t'inquiète pas, elle a juste attrapé une angine.

Le car arriva, les deux sœurs s'embrassèrent.

— Travaille bien, ma petite poule.

Le car redémarra, Soizig traversa la route à pied et téléphona au docteur Kergourlay. Il vint dans l'après-midi. Fanch était aux champs. Soizig resta au pied du lit pendant l'auscultation. Le médecin écouta longuement la respiration d'Adelice.

— Oh ! oh ! oh ! fit-il mine de plaisanter, c'est une vraie forge, là-dedans ! Une belle bronchite. Bon, je suppose que tu ne veux pas être hospitalisée ?

Adelice secoua la tête.

— Alors on va traiter ça du mieux qu'on pourra.

— Vous pensez qu'il faudrait qu'elle retourne à l'hôpital ? chuchota Soizig.

Le médecin haussa les épaules.

— Bah ! Elle n'est pas plus mal chez elle... Tu sais, Soizig, ajouta-t-il après un temps de réflexion, c'est au moment de son opération qu'elle aurait dû aller tout de suite à Brest.

— Mon père ne voulait pas.

— Tu crois ?

Les cachets, les sirops et le lait chaud au miel et au rhum eurent raison de la toux, la respiration d'Adelice s'améliora un peu, mais on aurait dit que son visage et ses mains gonflaient sans gonfler vraiment. Cela produisait une drôle d'impression, à cause des ombres sur sa peau. Soizig téléphona de Kroazh-Venn au docteur Kergourlay.

— Les antibiotiques, probablement.

— Il faut l'envoyer à l'hôpital !

Le docteur Kergourlay se racla la gorge.

— Ah ! ma pauvre Soizig… C'est toi qui as le plus la tête sur les épaules, dans cette maison… Je crois que je peux te dire… Il faut que je te dise que ta maman est au plus mal. Si elle va à l'hôpital, ce sera pour ne pas en sortir. Je crois aussi qu'il faut respecter la volonté de chacun, et je pense que celle de ta maman est de rester chez elle… Tu me comprends ?

— Oui, souffla Soizig, et elle raccrocha.

Ainsi, sa mère allait mourir bientôt… Elle eut l'impression qu'elle le savait depuis des mois, mais en même temps, face à la révélation de l'inconcevable, ce fut l'incrédulité qui prima. Comment la vie peut-elle s'arrêter ? On cesse de respirer, comme ça ? Et qu'y a-t-il après ? Elle ne croyait plus en Dieu – elle n'avait jamais cru vraiment. Elle pensa à Gwenaëlle. Qui se chargerait de lui annoncer l'épouvantable nouvelle ? Elle, Soizig, forcément.

Elle décida de ne pas partager son secret. A qui se confier, d'ailleurs ? Nicole serait capable d'attraper le fou rire, sous le coup de l'émotion. Jabel gozh dirait : « Oh ! ne t'en fais pas, je mourrai avant ta mère. » Quant à son père, avec lui ce ne serait pas un partage mais un affrontement. Il dirait : « Les docteurs sont tous des cons et toi tu déconnes après celui-là », et elle répliquerait : « Le roi des cons, c'est toi, et empereur des aveugles, en plus ! » Elle en était presque à souhaiter cet affrontement, rien que pour pouvoir cingler son père de ces répliques qui lui venaient à l'esprit. La confidence à demi-mot du docteur Kergourlay, qui lui avait accordé sa confiance, « C'est toi qui as le plus la tête sur les épaules, dans cette maison », l'endurcissait au point d'admettre, oui, qu'il valait mieux que sa mère meure entourée des siens et non pas seule, à l'hôpital.

S'en convaincre était une chose, envisager l'instant où cela surviendrait en était une autre, tellement inimaginable qu'elle trouva très vite le secours du scepticisme : le docteur Kergourlay s'était trompé, sa mère vivait, sa mère vivrait encore un an, deux ans, trois ans, dix ans, jusqu'à ce que Gwenaëlle soit grande et forte comme elle.

Aussi, au fil des semaines qui suivirent, se consola-t-elle de ne lire aucun changement alarmant sur les traits de sa mère. Il y avait de bons jours, il y en avait de moins bons. Mais elle vivait. Elle vivrait !

Ce fut la Chandeleur. « La fête à Jabel gozh », galéjait-on à Roz-Kelenn à l'époque du bonheur. Chaque année, pour qu'on la plaigne, elle disait que c'était la dernière fois qu'elle ferait des crêpes. Chaque année, environ une semaine avant la date, Fanch demandait : « Je dois mettre en route tes deux *pillig* dans l'appentis ? » Et elle répondait : « Je vais encore prendre sur moi cette année, tant qu'on peut il faut en profiter. » Cette fois, elle ajouta :

— J'aurai moins de crêpes à servir, puisque Nicole et Gwenaëlle manquent à l'appel...

Mettre en route les deux *pillig*, cela consistait à transporter deux bouteilles de butane dans l'appentis et à les brancher sur les deux galettières, puis à installer une vieille porte sur deux tréteaux et à déménager deux bancs et une chaise pour Jabel gozh. Elle préparait trois sortes de pâte dans trois bassines pour trois sortes de crêpes : blé noir, froment et, à l'occasion de la Chandeleur, ses fameuses galettes, mélange de farine de sarrasin, de froment et de lait ribot. Fanch et Soizig étaient friands de ces galettes épaisses et molles, au léger goût de suri.

Le grand repas de crêpes de la Chandeleur, sur la terre battue de l'appentis, au milieu de toutes les odeurs dont les vieux murs étaient imprégnés – odeurs de suie, de paille, de cidre, ainsi que celle de fumier qui transpirait de la crèche mitoyenne –, réveillait en chacun la nostalgie de l'enfance. Immanquablement, Jabel gozh racontait le repas de crêpes que leur avait offert, à sa sœur Maï-Yann et à elle, la patronne de la ferme au grand chien noir, le premier jour qu'elles étaient parties mendier pendant que leur *mamm* était clouée sur son lit, à mourir de son mal de ventre. A chaque fois, Jabel gozh disait : « Et dire que je n'ai plus eu de nouvelles de Maï-Yann, si c'est pas malheureux... » Soizig enrageait d'une sorte de fierté rebelle en imaginant sa grand-mère et cette grand-tante qu'elle n'avait jamais connue, obligées d'errer de ferme en ferme, crasseuses et en haillons.

Cette Chandeleur-là – qui serait bel et bien la dernière –, Jabel gozh évita la description de sa *mamm* agonisant sur son lit : elle évoquait un peu trop le mal d'Adelice. Soizig lui en sut gré.

Jabel gozh régala son monde – Adelice grignota juste une crêpe de blé noir –, se prépara trois galettes, s'assit sur sa chaise et mangea, l'assiette sur ses genoux. Fanch sortit vaquer à quelque occupation, Jabel gozh finit les trois sortes de pâtes en empilant les trois sortes de crêpes en trois tas sur trois torchons. Soizig et sa grand-mère portèrent les trois tas sur leurs torchons dans la cuisine de la maison afin que les crêpes refroidissent et qu'elles soient plus faciles à plier.

— Je vais vous aider à les plier, dit Adelice.

— Si tu penses que ça ne te fatiguera pas trop, dit Jabel gozh.

— Oh ! non, ça je peux faire, quand même. Je serai assise.

Vers trois heures, Fanch revint déménager la vieille porte, les tréteaux et les bancs de l'appentis, et débrancher les bouteilles de butane. Il apporta la chaise de Jabel gozh dans la cuisine. Les trois femmes étaient assises autour de la table, occupées à plier les crêpes. En voyant Adelice, il lança une réflexion qui n'était qu'une boutade, sans doute, mais que Soizig se rappellerait toute sa vie :

— Ah ! ah ! Alors, on a repris goût au travail ?

Vers trois heures et demie, Adelice eut un coup de faiblesse.

— Va t'allonger un peu sur mon lit, dit Jabel gozh.

— Je crois que je ferai mieux...

Elle se hissa à l'étage, en se tenant à la rampe.

Vers quatre heures, malgré qu'il se fût goinfré de galettes, Fanch vint chercher son goûter. Jabel gozh et Soizig se contentèrent d'un bol de café. La cafetière fut laissée sur le coin de la cuisinière.

Peu avant cinq heures, alors que la nuit tombait, Jabel gozh dit à Soizig :

— Peut-être qu'il serait temps de dire à ta mère de descendre si elle veut prendre son goûter à une heure raisonnable.

Soizig monta, Jabel gozh entendit des cris : « Maman ! maman ! maman ! », Soizig dégringola l'escalier, le malheur sur sa figure.

— Maman ne respire plus !

Jabel gozh se signa.

— Va vite à Kroazh-Venn téléphoner au docteur ! Et téléphone aussi à ta tante !

Jabel gozh se hissa à son tour à l'étage. Adelice avait les yeux fermés. Elle avait passé dans son sommeil, éteinte, c'était bien le cas de le dire, comme une bougie. Jabel gozh lui croisa les mains et s'assit sur le lit, à la contempler en priant que la fin d'Adelice n'annonce pas celle de Roz-Kelenn.

Elle entendit le tracteur, ouvrit la fenêtre et appela son fils.

— Monte vite !

— Hein, quoi ? Pourquoi ?

— Adelice vient de passer !

— Hein ? Tu déconnes ? C'est pas possible !

Jabel gozh referma la fenêtre. Le phare de la Mobylette de Soizig remontait le chemin, suivi, au loin, de ceux d'une voiture. Fanch entra dans la chambre. Il resta sidéré.

— Alors, elle est morte, c'est vrai ?

— Mon pauvre Fanch, tu risques d'avoir du dur avec tes filles...

Les phares étaient ceux de la R6 de Jeannette et René. Le docteur Kergourlay arriva trois quarts d'heure plus tard et ne put que constater le décès. Il signa les papiers et repartit. Nicole rentra peu après de l'usine. Elle monta voir sa mère, redescendit en sanglots et alla s'asseoir sur les marches du perron, dans le froid, où elle resta à fumer cigarette sur cigarette. Fanch offrit un coup de *lambig* à René.

— On va la transporter dans le pennti, murmura Fanch.

— Je vais aller mettre un drap de dessous propre sur le lit, dit Jeannette.

— Fanch n'aura qu'à dormir dans ma chambre et moi je dormirai avec Nicole, dit Jabel gozh.

Soizig rejoignit Nicole dehors. Les deux sœurs se prirent par le bras et se serrèrent l'une contre l'autre.

— Je ne veux pas voir ça, gémit Nicole.

Soizig ne tourna pas la tête. Elle voulait voir *ça*, elle, comme pour se mortifier et châtier son père : porté par les deux hommes, le corps démantibulé de leur mère, mou comme un sac vide, et sa tête qui pendait.

Jeannette et Jabel gozh arrangèrent la morte. En fouillant dans l'armoire, elles découvrirent qu'Adelice avait préparé une belle chemise de nuit blanche et un chapelet. On alluma une bougie sur la table de nuit. On disposa des chaises en arc de cercle au pied du lit, pour les visites, ainsi qu'une assiette creuse sur une console, près de laquelle on posa la branche de buis décrochée du crucifix, pour les bénédictions. Nicole et Soizig vinrent se recueillir un instant devant leur mère. Une minute à peine, le plus qu'elles purent supporter avant de se précipiter dehors, secouées de sanglots.

Ensuite, pendant que Jabel gozh préparait une soupe, Jeannette alla chercher les parents d'Adelice, qui n'avaient pas de voiture. On les laissa seuls un moment avec leur fille, puis ils vinrent se mettre à table. Ils étaient muets de chagrin. On respecta leur silence jusqu'à ce que la mère Scouarnec dise :

— Si vite... comme ça...

— Il y a plein de choses à décider, dit Fanch.

Et Soizig songea, à tort ou à raison, qu'il avait hâte d'enterrer sa femme, comme on expédie une formalité déplaisante.

Les « formalités » : voir le curé de Briec dès le lendemain matin, convenir du jour et de l'heure de l'enterrement, rédiger l'avis d'obsèques à passer dans *Le Télégramme* et *Ouest-France*, décider dans quelle tombe mettre Adelice...

— Il y a de la place dans celle de mon mari, dit Jabel gozh, moi je ne verrai aucun inconvénient à ce qu'Adelice repose avec lui.

— Maman n'aura pas sa tombe à elle ? dit Soizig.

A ces mots, Nicole éclata de nouveau en sanglots.

— C'est trop tard, ça ne se fait pas comme ça, dit Fanch.

L'idée que sa mère repose sur les restes du grand-père était insupportable à Soizig.

— Tu n'aurais pas pu y penser ?

— Ben écoute, qui aurait cru... bafouilla Fanch.

— Tu t'en foutais ! dit Soizig.

— Ce n'est pas le moment de se disputer, dit Jeannette.

— Et puis vous avez tous oublié une chose ! cria Soizig. Quelqu'un ! Gwenaëlle.

— C'est vrai, la pauvre petite, souffla Jabel gozh, comment on va lui annoncer ?

— Soizig et moi on ira à Quimper demain, dit Jeannette.

— *Mat tre*, dit Fanch.

— Ça te soulage, hein !

— Calme-toi, chuchota Jeannette.

Ainsi, songeait Soizig, la mort possède ses conventions, à décliner point par point, jusqu'à ce que la terre recouvre le cercueil. C'était trop simple. Elle aurait voulu que son père se débattît dans les tracas, seul face à des problèmes insolubles. Or, tout s'organisait comme une pièce déjà écrite, comme si tout le monde, toujours et encore, était à ses pieds, pour son confort à lui. Ses grands-parents maternels l'énervaient, qui subissaient la loi de Roz-Kelenn, à croire qu'ils avaient donné leur fille une fois pour toutes aux Goasdoué, jusque dans la mort. Jeannette les ramena chez eux. Fanch alla se coucher dans la maison neuve. Jabel gozh tint à veiller la morte jusqu'à ce que le sommeil menace de la faire basculer de sa chaise.

Soizig n'avait pas lu beaucoup de livres, mais le lendemain, dans le hall du lycée, ce furent des illustrations d'un des romans anglais de Gwenaëlle qui lui vinrent à l'esprit : au bout d'un couloir austère – *gothique*, songea-t-elle – un maître de discipline déguisé en femme, canne flexible à la main pour infliger un châtiment corporel. C'était madame le censeur. Elle alla chercher Gwenaëlle en salle d'études.

— Maman est morte ? dit-elle.

— Ma pauvre petite, dit Jeannette.

— Je vais mettre ma tenue de sortie et chercher mes affaires…

Tout en conduisant, Jeannette ne put s'empêcher de réconforter Gwenaëlle.

— Ta maman n'a pas souffert, elle s'est endormie.

— Oui, pour toujours.

— Oui, pour toujours, répéta Jeannette, bouleversée par la gravité de ces deux mots, de ces deux misérables mots, qui résumaient tout.

Dans le pennti, Jabel gozh veillait la morte.

— Elle est belle, dit Gwenaëlle.

— Oui, elle a l'air reposée, dit Jabel gozh. Embrasse ta maman.

Gwenaëlle parut n'avoir pas entendu. Elle regarda autour d'elle.

— Il faut des fleurs.

— Oh ! elles ont été commandées.

— Non, des fleurs de chez nous.

Elle sortit. De longues années plus tard, lorsque Gwenaëlle aurait ses problèmes de santé, Soizig se rappellerait la façon qu'elle eut de considérer le palmier et de dire :

« On dirait qu'il a poussé depuis que je suis partie au lycée. »

Ce palmier, que personne ne voyait plus, dépassait à présent le faîtage de la maison et, à cause de ces étranges paroles de Gwenaëlle, il sembla se détacher en relief, de même que tout à coup, sous le regard de Gwenaëlle, les camélias furent en fleurs, qu'on n'avait pas vus éclore.

Gwenaëlle commença à en cueillir des blancs, Soizig appela Nicole, elles rassemblèrent tous les vases de la maison et se mirent elles aussi à cueillir des camélias, des blancs, des roses et des rouge corail, des rouge cerise et des rouge rubis, qu'elles déposèrent à profusion autour du lit dans le pennti.

— *Ma !* Je ne sais pas si ça se fait, dit Jabel gozh, mais sûrement que notre Adelice est contente, de là où elle regarde ses filles.

L'après-midi et le soir, il y eut les visites : famille et connaissances des Scouarnec, voisins et connaissances des Goasdoué. Soizig et Nicole firent le service dans la maison où un en-cas était servi aux visiteurs. Gwenaëlle ne bougea pas de sa chambre.

Le lendemain matin, Jabel gozh s'habilla en grand deuil, Soizig et Nicole mirent des bas et des souliers noirs, et on estima que la tenue de lycéenne de Gwenaëlle lui seyait bien, comme un uniforme qui donne un air officiel à une cérémonie et valorise à la fois le défunt et les endeuillés.

Soizig fut la seule des trois filles à assister à la mise en bière. Le cercueil fut embarqué dans le corbillard et on suivit en voiture. La foule attendait à l'extérieur de l'église. On posa le cercueil sur une petite charrette équipée de deux roues de vélo et de brancards devant et derrière, entre lesquels se mirent deux hommes. Le porteur de croix, un camarade de régiment de Fanch, se mit dos au cercueil, leva sa croix bien haut et la morte entra dans la maison de Dieu. Les familles Goasdoué et Scouarnec prirent place au premier rang et les gens se répartirent derrière elles des deux côtés de l'allée centrale. Les filles de Roz-Kelenn focalisaient la compassion de la plupart, et la curiosité de quelques personnes bien informées, qui se demandaient si les trois sœurs étaient au courant des frasques de leur père.

A la fin de la messe et de l'énoncé des noms et adresses de donateurs pour les services et la messe, la foule sortit et emboîta le pas au corbillard et à la famille en direction du cimetière. Le cercueil fut déposé dans la fosse et béni par le curé, puis les deux familles s'alignèrent dans l'allée pour recevoir les condoléances : Fanch, ses filles, les parents d'Adelice, et Jabel gozh, qui choisissait son monde et disait aux privilégiés : « Vous êtes invités au café, à Kerrossignol. »

Les trois sœurs furent embrassées par un tas de gens qu'elles ne connaissaient pas. Nicole pleurait, Gwenaëlle écarquillait ses yeux de poupée comme si elle rêvait éveillée, Soizig serrait les dents. Elle fixait droit devant elle la forêt de croix disparates et se bouchait les oreilles pour ne pas voir ni entendre son père à son côté jouer son rôle de grand affligé.

Malgré cela, elle ne put s'empêcher de remarquer que certaines personnes le regardaient d'un air bizarre, avec parfois l'esquisse d'un sourire ironique.

17

Les condoléances achevées, les gens invités au café se dirigèrent vers Kerrossignol. Les autres s'attardaient entre les tombes, puis sortaient par les portes latérales, rejoindre leurs voitures, tous courbés contre la bise. Les hommes s'enfonçaient leur casquette sur le crâne, les femmes resserraient le nœud de leur fichu.

Pour les proches, le moment était venu d'abandonner la morte à la terre, instant d'indécision et de remords, acmé de l'affliction. Du ciel uniformément gris se mit à tomber du grésil en fines aiguilles obliques. Pressés d'en finir, les fossoyeurs empoignèrent leurs pelles. Les deux familles s'embrassèrent, moins par affection que par sens des convenances, et quittèrent le cimetière avec au cœur ce soulagement, impossible à réprimer, d'un supplice achevé.

Dans la salle de bal de Kerrossignol, où les tables et tréteaux avaient été installés, avec dessus les bols, les chaussons aux pommes et les biscuits secs, les verres et les bouteilles de vin blanc et de vin rouge pour les hommes, les invités s'étaient assemblés par affinités et, respectueux des usages, avaient laissé la longue table du fond aux familles.

— On dirait la Cène, dit Gwenaëlle à Soizig.

— Quelle scène ?

— La Cène. Jésus et les apôtres.

— Tu as de drôles d'idées.

Les cousins et cousines Goasdoué et la plupart des Scouarnec, frères, sœurs et alliés d'Adelice, s'y installèrent aussitôt. Pour Fanch, Jabel gozh et Jeannette, ainsi que pour les parents Scouarnec, le chemin fut beaucoup plus long jusqu'à cette table. Ils étaient interpellés d'une tablée à l'autre, d'où résonnaient les mêmes phrases, adressées aux Goasdoué et aux Scouarnec : « Depuis le temps qu'on ne s'est pas vus... Il faudra venir à la maison, on ne se voit qu'aux enterrements... Et comment va, ma Jabel gozh ? Toujours fidèle au poste ?... Si c'est pas triste de perdre votre petite dernière !... Ho, Fanch ! Si c'est pas triste de perdre sa femme si jeune !... »

Soizig, de la table du fond, devinait plus ces paroles qu'elle ne les entendait. Fanch hochait la tête, acceptant qu'on le plaigne, comme un chien couche les oreilles sous la caresse. Le con ! songea Soizig.

« Alors, on a repris goût au travail ? » La phrase de son père grinçait dans sa tête, associée à la dernière image de face de sa mère vivante, assise à plier des crêpes. Ensuite, quand elle avait gravi l'escalier, elle n'avait vu que son dos. Soudain, elle pressentit que quelque chose d'anormal se déroulait sous ses yeux. Une sorte de film muet.

Un paysan se déhanche sur sa chaise et attrape la mère Scouarnec par la manche.

La femme du paysan se tourne aussi sur sa chaise et, bras sur le dossier, tête baissée, écoute son mari parler à ceux de Stang-Gouez.

Le père Scouarnec a un haut-le-corps.

La mère Scouarnec se penche vers ses interlocuteurs.

— C'est pas possible, c'est pas possible...

— Si ! si ! fait le paysan.

La paysanne hausse les épaules et secoue la tête, l'air de dire : « Oh ! moi je ne sais pas exactement. »

Le paysan donne un coup de menton en direction de Fanch, l'air de dire : « Tu n'as qu'à le lui demander. »

La mère Scouarnec fait « non-non-non ».

Mais le père Scouarnec s'en va taper sur l'épaule de Fanch et lui demande quelque chose.

Fanch se redresse et le toise du haut de son orgueil avec son air de dire « quoi-quoi-quoi ? ».

Son air niais de vieux con piégé dans le filet de ses contradictions, songea Soizig.

Jabel gozh parut prendre la défense de son fils.

Jeannette eut l'air d'essayer d'apaiser la discussion.

Les grands-parents Scouarnec semblèrent dire : « Puisque c'est comme ça… »

Ils sortirent. Fanch, Jeannette et Jabel gozh les suivirent.

Soizig se leva. Il fallait qu'elle sache.

— Je reviens, dit-elle à Gwenaëlle et Nicole.

Dehors, ses grands-parents s'éloignaient.

— Attendez ! Mais attendez donc ! leur criait Jeannette. Je vais vous ramener chez vous.

— Oh ! ne t'inquiète pas, répondit le père Scouarnec, on trouvera bien quelqu'un de plus honnête que vous pour nous ramener.

Ils avaient l'air si tristes, si désemparés, que Soizig voulut les retenir. Elle se rendit compte qu'elle ne saurait pas comment les appeler. Ses sœurs et elle ne les avaient jamais appelés autrement que pépé et mémé Stang-Gouez. Elle ne pouvait quand même pas leur crier après : « Pépé Stang-Gouez ! Mémé Stang-Gouez ! » Ce n'était pas assez affectueux. Elle se rendit compte aussi, avec stupeur, qu'ils n'avaient jamais fait partie de la famille, que ses sœurs et elle étaient peut-être allées chez eux dix fois en dix-huit ans, tandis qu'eux-mêmes étaient venus à Roz-Kelenn combien de fois ? quatre ou cinq ? Elle songea combien cela avait dû attrister sa mère, qui s'était livrée corps et âme, et cœur et santé, au maître de Roz-Kelenn. A son con de père, qui sautillait d'un pied sur l'autre, l'air coupable.

— Espèce de *droch*, lui dit Jabel gozh, tu n'aurais pas pu te défendre mieux que ça au lieu de rester muet ?

— Laisse-le donc avec sa honte, dit Jeannette, c'était forcé que ça transpire un jour jusqu'à eux, et aujourd'hui ce n'était vraiment pas le jour.

— Quoi ? Qu'est-ce qui devait transpirer ? demanda Soizig.

Un coup de fourche dans les fesses ne les aurait pas fait plus sursauter que la voix de Soizig.

— Ah ! tu étais là, toi ? dit Jabel gozh.

— Rien, ne t'occupe pas de ça, dit Jeannette.

— Pas question ! Je veux savoir ce qui s'est passé. Pourquoi ils sont partis fâchés ?

Jabel gozh clappa du dentier.

— Il vaut autant qu'elle sache, à condition qu'elle ne dise rien à ses sœurs.

— Rentre donc, toi, dit Jeannette à son frère, pendant que je parle à ta fille.

— A ma *keben*, tu veux dire.

— Tais-toi ! lui intima Jabel gozh. Ne mets pas de l'huile sur le feu. Rentre avec moi à l'intérieur et tâche de faire bonne figure. Il ne manquerait plus que ça qu'il y ait du scandale au café d'enterrement de ta femme.

Jeannette et Soizig s'abritèrent du vent dans l'embrasure de la porte.

— Jure-moi d'abord de ne rien dire à tes sœurs.

— C'est si grave que ça ?

— Jure !

— Je le jure.

— On raconte que ton père a eu une maîtresse jusqu'à ces derniers temps.

— Une maîtresse ?

— Une bonne de ferme.

— Une salope, tu veux dire.

— Non, une brave fille, paraît-il.

— Que notre père a entortillée, alors ?

— Sans doute. Et... autant que tu saches tout, vous auriez un demi-frère...

— Hein ? Où ça ? Où elle est, cette fille ?

— Elle est partie. Elle a pris le train et est allée accoucher quelque part.

— Le fumier !

— Bien qu'il n'ait pas beaucoup d'excuses, il faut essayer de lui pardonner.

— Tu rigoles ? Ah ! il va en chier, tu peux me croire !

— Soizig !

— A partir de maintenant, c'est une affaire entre lui et moi.

— Mon Dieu ! J'aurais mieux fait de me taire.

— Non. Tu imagines, si je l'avais appris de quelqu'un d'autre ? C'est pas possible ! Coucher avec une fille pendant que maman mourait d'un cancer...

— Tu as entendu ta grand-mère ? Pas de scandale au café d'enterrement de ta mère...

— Il n'y aura pas de scandale.

Elles rentrèrent dans la grande salle de Kerrossignol. Il leur sembla que les conversations avaient baissé d'un ton, autour des tables. Soizig reprit sa place. Son café était froid.

— Pourquoi ils sont partis ? demanda Gwenaëlle.

— Mémé Stang-Gouez ne se sentait pas bien.

Les gens s'en allèrent les uns après les autres sur des promesses de se revoir ailleurs qu'à un enterrement.

— Et en tout cas, si c'est pour enterrer quelqu'un, le plus tard possible, alors !

— Oh ! maintenant je suis la première sur la liste ! minauda Jabel gozh à plusieurs reprises.

Il faisait nuit. Le vent du nord-est avait lavé le ciel, d'où une partie des étoiles étaient dégringolées. Sur les toits des maisons et des voitures luisaient les grains de mica du gel.

— Vous venez tous manger à Roz-Kelenn ? demanda Jabel gozh.

— Moi, je vais aller vous aider à ranger un peu, dit Jeannette, mais René travaille demain et les garçons ont école, alors je ne sais pas...

René et ses fils préférèrent rentrer à pied à la maison. Soizig s'assit d'autorité à l'avant de la R6 de sa tante. Gwenaëlle s'installa à l'arrière, suivie de Nicole, après un temps d'hésitation.

Leur père fut déconcerté.

— Ah bon, ma voiture n'est plus assez bien pour vous ? lança-t-il sur le ton de la plaisanterie forcée.

A Roz-Kelenn, Gwenaëlle monta dans sa chambre. Nicole aida sa grand-mère à préparer le repas. Pendant que Fanch inspectait la crèche, voir « si le travail n'avait pas été saboté » – il s'était arrangé avec un voisin pour la traite –, Jeannette et Soizig remirent de l'ordre dans le pennti. Il y faisait un froid de canard.

— On devrait allumer le poêle, dit Jeannette.

— Tu rigoles ? Ça lui fera du bien de se les cailler.

Elles débarrassèrent les camélias et les vases, les bougeoirs et la branche de buis, l'assiette creuse d'eau bénite sur la console. Jeannette tira le drap de dessous, le roula en boule dans un coin, ouvrit la porte de l'armoire pour prendre des draps propres et des couvertures.

— Qu'est-ce que tu fous ? demanda Soizig.

— Je refais le lit.

— Manquerait plus que ça !

Soizig saisit la literie et la jeta en vrac sur le matelas.

— Qu'il se démerde !

— Pendant combien de temps tu vas lui faire la guerre ?

— Toute ma vie !

— On dit ça.

— Tu verras !

Jabel gozh et Nicole avaient préparé une soupe au vermicelle et battu des œufs dans deux écuelles pour deux tours d'omelette dans la grande poêle. Personne n'osa ou ne voulut s'asseoir à la place d'Adelice. Jabel gozh brisa une crêpe de blé noir dans son potage. Son regard croisa celui de Soizig, et elles eurent la même pensée : la Chandeleur, Adelice pliant des crêpes, puis se hissant à l'étage, il y avait deux jours... Deux jours seulement...

— C'est toujours pareil, dit Jabel gozh, c'est quand quelqu'un est parti qu'on s'aperçoit de sa présence.

— Ouais, c'est dur, dit Fanch.

Soizig serra les dents. Gwenaëlle se leva de table.

— J'ai des leçons à réviser.

— Quand est-ce que tu dois être de retour au lycée ? demanda Jabel gozh.

— Le plus tôt possible.

— J'irai te conduire, dit Jeannette.

Soizig et Nicole ne mangèrent qu'un bout d'omelette.

— Je donnerai le reste aux chiens, dit Fanch.

Les femmes débarrassèrent la table et pendant qu'elles faisaient la vaisselle Fanch se plongea dans la lecture de paperasses qu'il tournait et retournait. Nicole monta se coucher.

— Bon, dit Jeannette, je m'en vais. Je passerai demain vers dix heures prendre Gwenaëlle.

— *Mat tre*, dit Jabel gozh en se levant de table.

— Je vais nettoyer un peu la cuisine, dit Soizig.

Elle regarda sa grand-mère gravir l'escalier en se tenant à la rampe de la main droite et en pesant sur sa cuisse de la main gauche. Exactement comme sa mère, deux jours auparavant. Elle apostropha son père, à voix basse :

— Et toi, tu comptes prendre racine ?

— Je me disais que tu avais peut-être envie de me causer.

— Ah ! tu as deviné ça, hein ? T'es donc pas complètement taré !

— Quoi-quoi-quoi ?

— Ecoute-moi bien, chuchota-t-elle, parce que c'est la dernière fois que je te parle... Je ne te pardonnerai jamais d'avoir tué notre mère !

— Tué votre mère ?

— Oui, assassinée ! A petit feu. Et l'arme du crime, c'est ta connerie ! Tuée au travail, pas soignée quand il aurait fallu... Et le coup de grâce, ç'a été d'aller sauter une bonne femme je ne sais où, pendant que le cancer la rongeait.

— Qui t'a dit ça ?

— Tout le monde ! Tout le monde le sait !

— Ta mère n'était pas au courant.

— Qu'est-ce que t'en sais, pauvre con ?

— C'est comme ça que tu oses parler à ton père ? Oh ! mais, tu n'es pas assez vieille pour que je ne te foute pas une tournée !

Soizig se saisit d'un couteau de cuisine.

— Essaye donc, et je te le plante dans le bide !

— Tu n'oserais pas !

— Essaye pour voir ! Il y a un tas de gens qui diront que j'ai bien fait ! T'es qu'une ordure finie ! Maintenant dégage ! Fous le camp dans ton pennti !

— Oh ! c'est ce que je vais faire ! Je ne vais pas rester une seconde de plus avec une folle !

Soizig fit un pas en avant, couteau pointé.

— Maman était une sainte, et tu l'as tuée !

Fanch recula, ouvrit la porte.

— Dégage, je te dis !

— Saleté !

— Ne m'adresse plus la parole ! Jamais !

— Tu n'es plus ma fille !

— Tant mieux !

— Saleté ! répéta Fanch.

Soizig s'écroula sur une chaise et se mit à pleurer. Du seuil, Fanch se retourna.

— Eh ben, c'est ça, pleure, tu pisseras moins !

— Salaud !

Elle se précipita sur lui, le repoussa des deux mains et lui claqua la porte au nez. Vivement, elle éteignit la lumière extérieure pour plonger la cour dans l'obscurité, en espérant qu'il se casse la figure. Mais l'ombre de son père se dirigeait d'un pas sûr vers le pennti. Elle se rassit et laissa couler toutes les larmes qu'elle retenait depuis deux jours.

Elle pleura sa mère.

Elle pleura la fin d'une époque à Roz-Kelenn.

Le lendemain matin, la cuisine suait cette tristesse des lieux qu'on s'apprête à quitter pour toujours. La maison tout entière grimaçait, exposant ses défauts : une tache de salpêtre sous le rebord de la fenêtre, au plafond un morceau de plâtre décollé, la troisième marche bancale de l'escalier... « Tu te souviendras de moi ? » sembla-t-elle demander à Soizig, et Soizig répondit : « Oh ! je ne suis pas encore partie, mais pendant le temps qu'il me reste à vivre ici, je vais t'offenser, maison de notre enfance... »

Oui, le mode de vie qu'elle avait décidé d'adopter, pour les quelques mois qu'il lui restait à passer à Roz-Kelenn, était une offense à la mémoire du lieu : afin d'éviter son père, manger seule avant les autres ; « faire son travail », c'est-à-dire s'occuper des vaches, du ménage et du linge des femmes, mais laisser celui de son père de côté ; ne plus lui adresser la parole que par l'intermédiaire de sa grand-mère ; ne plus poser le pied dans le pennti.

Jabel gozh respecta la détermination de Soizig. Elle aimait le drame, ce sel de la vie. Elle lava le linge de son fils et alla balayer une fois le temps dans le pennti.

En semaine, Nicole déjeunait à l'usine. Au bout d'une quinzaine de jours, l'absence de Soizig au dîner lui devint insupportable, si bien qu'elle s'arrangea pour dîner avec sa sœur de bonne heure. Elles se retiraient au moment où leur père entrait dans la cuisine, revenaient débarrasser quand il était parti.

— Eh ben, dit-il à Jabel gozh, on nous laisse en tête à tête tous les deux.

— Oh ! attends un peu pour voir... Seuls on sera bientôt tous les deux pour de bon...

— Ce ne sera pas plus mal. Mieux vaut regarder les murs en mangeant que deux figures de carême.

— Tu dis ça aujourd'hui, mais quand ça arrivera...

— Et ceux du bourg, pourquoi ils ne viennent plus nous voir ? On est pestiférés ou quoi ?

— Ils ont leur travail. Et leurs soucis, avec la maison neuve à construire.

— Ouais, mais ça n'empêche pas de passer dire bonjour. Ne serait-ce que prendre des œufs, il y en a à faire fumier.

— Ils viendront quand ils en auront envie.

Fin mars, Soizig eut son permis de conduire, du premier coup. Jabel gozh proposa de lui payer une voiture d'occasion. Elle refusa. Là où le destin allait la mener, dans une grande ville, elle n'aurait pas besoin de voiture.

— Qu'elle ne s'avise pas de prendre ma 203 ! dit Fanch à Jabel gozh.

— Ta 203 ? Cette voiture est autant à moi qu'à toi ! Si j'ai besoin d'aller quelque part, ta fille m'emmènera.

En avril, Soizig se rendit à Quimper passer les concours pour les impôts et l'hôpital psychiatrique, puis à Rennes, passer celui des PTT. Aux impôts, elle fut mise sur liste d'attente. En revanche, elle fut reçue à l'hôpital et aux PTT, et eut donc le choix entre la proximité et l'exil. Elève infirmière psychiatrique à Quimper, avec un salaire d'emblée, c'était intéressant, mais l'idée de s'occuper de fous lui faisait peur. Elle préféra entrer aux PTT et quitter la Bretagne. On lui proposait un poste aux comptes-chèques postaux, à Paris.

A Paris ! C'était angoissant, aussi, mais cela faisait moins peur que de soigner des fous. D'abord, il y avait beaucoup de Bretons à Paris, auprès de qui elle ne manquerait pas de trouver de l'aide. Et puis René, syndiqué à la CGT, arrangea beaucoup de choses avec ses collègues parisiens. Le temps de trouver un appartement, Soizig logerait dans un foyer de filles. A leur contact, elle se familiariserait avec le quartier, découvrirait la ville. En cas de gros problèmes, le syndicat serait là pour les résoudre.

Le départ de Soizig fut organisé en secret par Jeannette.

— Ton père va m'accuser d'avoir comploté contre lui, mais tant pis. Il faut que tu fasses ta vie.

Soizig se confia à Nicole seulement une semaine avant son départ. Elle pleura, dit qu'elle voulait partir, elle aussi.

— Qu'est-ce que je vais devenir ? Papa voudra que je quitte l'usine pour m'occuper de la ferme.

— Ne te laisse pas faire !

— Toi tu es forte de caractère, pas moi.

— Tiens bon ! Ne l'écoute pas ! Envoie-le balader !

Nicole renifla.

— Je ne pars pas au bout du monde. Je reviendrai pour les vacances. Et puis tu viendras me voir à Paris quand j'aurai un logement.

— Tu crois ?

— Et pourquoi tu ne viendrais pas ? On montera en haut de la tour Eiffel !

— J'aurai le vertige !

— Moi aussi.

— Et comment je prendrai le métro toute seule ?

— Je viendrai te chercher à la gare.

— Quand même…

— Ecoute, ma Nicole, tu vas avoir dix-huit ans. Toi aussi, tu partiras de Roz-Kelenn.

— Ah ! ça, c'est sûr !

— Tu vois… Ne pars pas trop tôt. Ne tombe pas dans les bras du premier gars venu, juste pour partir.

— Et Gwenaëlle ? Tu lui as dit ?

— Non, je lui écrirai au lycée en arrivant à Paris. Elle va grandir… Tante Jeannette t'aidera à t'occuper un peu d'elle.

— Elle est tellement plus intelligente que moi.

— Que nous !… Justement, elle comprendra qu'il faut que je parte. Allez, essuie tes yeux, dans un an cette nouvelle vie nous paraîtra normale à toutes les trois.

— C'est drôle, dit Nicole, depuis que maman est morte, tout s'est écroulé d'un coup autour de nous.

— Oui, parce que ça s'écroulait déjà depuis longtemps.

Un samedi matin du mois de mai, la R6 se gara dans la cour. Jeannette klaxonna et sortit de sa voiture. Fanch apparut de derrière le hangar.

— Tiens, on a retrouvé la route de Roz-Kelenn ! dit-il d'un ton victorieux.

Jeannette ouvrit le coffre de la R6 sans tendre la joue à son frère. « Il m'a toujours énervée, mais là maintenant je n'en peux plus », disait-elle pour tenter de traduire ce besoin irrépressible de lui battre froid, de le punir d'avoir tout détruit. La mort d'Adelice l'avait éloignée de lui, avait tari toute affection, en révélant comme une lumière crue tous les défauts de Fanch, parachevés par cet adultère odieux dont tout le bourg se gaussait.

— On vient aux provisions sans rien débourser ? ironisa-t-il.

Jeannette ne s'embarrassa pas de précautions oratoires. Ça risquait de barder, alors autant que ça barde tout de suite...

— Je vais conduire Soizig à la gare de Quimper.

— A la gare de Quimper, s'il vous plaît !

— Prendre le train pour Paris.

Les yeux de Fanch brillèrent de méchanceté.

— Ah ! c'était donc ça qu'on me cachait ? Je me disais bien, aussi, à voir toutes ces lettres officielles qu'elle ouvrait en cachette, qu'il y avait anguille sous roche.

— Ta fille a été reçue au concours des PTT.

— C'est ton fonctionnaire qui a monté le coup ?

— Il n'a pas passé le concours à sa place.

Soizig sortit de la maison, un foulard autour du cou, joliment vêtue d'un imperméable léger sur une jupe et un chemisier, et des chaussures neuves aux pieds. Elle n'adressa pas un regard à son père, déposa ses deux valises dans le coffre de la R6, s'assit à l'avant et claqua la portière. Jeannette s'installa au volant. Fanch rouvrit la portière et passa la tête à l'intérieur, presque jusqu'à toucher le front de sa sœur. Il suait comme un bœuf.

— C'est bien beau de foutre le camp, mais on a oublié qu'un père a son mot à dire !

Jeannette tourna la clé de contact et fit rugir le moteur.

— Tu veux m'empêcher de démarrer ?

— Je peux très bien mettre mon tracteur en travers de la route.

— Vas-y !

Il sentit qu'on le tirait par la manche. Il se dégagea violemment sans songer qu'il n'y avait plus à la maison qu'une personne susceptible d'être dans son dos : sa mère. Elle faillit tomber. Ses yeux larmoyaient, qu'elle essuyait nerveusement avec le torchon de vaisselle.

— Fanch ! Ne fais pas ton imbécile ! le supplia-t-elle.

— T'étais au courant, toi aussi ?

— Non, au courant de ça je n'étais pas.

Il se pencha de nouveau tout contre le visage de sa sœur et lança à Soizig :

— Fous le camp faire le trottoir à Paris, saleté !

Il claqua la portière et frappa des deux poings sur le toit de la voiture.

— *Ma sac'h !*

Jeannette embraya brutalement et resta en première, à fond, jusqu'à la sortie de la cour.

— Pas demain la veille qu'elles remettront les pieds ici, ces deux salopes ! dit Fanch entre ses dents.

— Espèce de *droch*, chevrota Jabel gozh, ce serait trop malheureux si ça arrivait, qu'elles ne reviennent plus jamais.

Parvenue sur le chemin, Jeannette ralentit et lâcha un soupir de soulagement.

— Bon, dit-elle, ça ne s'est pas trop mal passé... Ç'aurait pu être pire.

Les larmes coulaient sur les joues de Soizig.

— C'est triste de partir dans ces conditions...

Elle se retourna pour regarder Roz-Kelenn.

— Quand est-ce que je reverrai le palmier ?

— Ne t'en fais pas, il va continuer à pousser, lui.

18

Ce fut de nouveau l'époque des foins, le grand plaisir de Fanch, dans lequel il se roula comme un chien dans la rosée, tout en expédiant avec frénésie les corvées ordinaires, tel un bourdon énervé qui se cogne aux vitres et rebondit sans cesse, infatigable.

Il ne fit aucune allusion directe au départ de Soizig. Il procédait par ricochets de la pensée. A Jabel gozh, qui dut retourner à l'étable pour aider à la traite, il disait presque chaque jour, en reprenant le propre leitmotiv de sa mère :

— Si c'est pas malheureux...

— Quoi, si c'est pas malheureux ? Tu répètes après moi, maintenant, ou c'est juste pour te moquer de ta mère ?

— Si c'est pas malheureux, à ton âge, avec ton arthrose et ta canne, d'être obligée de te casser le derrière...

Et Jabel gozh répondait invariablement :

— Oh ! le travail n'a jamais tué personne !... Tu risques seulement de manger froid à ton dîner plus souvent que tu peux souhaiter...

— Oh ! te fais pas de bile ! Je préfère une tranche de rôti froid à une soupe chaude à la grimace !

En bons paysans, tous deux compensaient leur amertume par la fatigue physique, le meilleur des somnifères. Le week-end, Nicole s'occupait du ménage et de la lessive, aidait à la traite et au potager, mais toujours sur ordre, sans initiative, et en silence et en vitesse, pressée de voir arriver les samedis et dimanches soir pour se coller du rouge à lèvres et du noir aux yeux, et filer sur sa Mobylette rejoindre un lascar.

— Celle-là ne tardera pas à te laisser tomber aussi, prophétisait Jabel gozh.

— Elle n'a pas eu ses dix-huit ans !

— Elle ne va pas tarder à les avoir.

— Et où elle ira ?

— Elle est libre d'aller où elle veut avec son salaire.

— Ouais, et d'ailleurs on se demande ce qu'elle fabrique de ses sous.

— Elle les met à la Caisse d'épargne ou au Crédit agricole, sûrement.

— Grand bien lui fasse !

— On dirait que tu regrettes qu'elle travaille. Je sais bien que c'était plus facile pour toi de la tenir quand elle était obligée de te demander des sous.

— Je m'en fous, de ses sous ! Tant qu'elle ne les donne pas à un marlou...

— Tu as une drôle d'opinion d'elle. C'est pas parce qu'elle va au bal que...

— Au bal ? T'appelles ça aller au bal ? Faire la ribouldingue, oui, avec des blousons noirs et compagnie.

— C'est que des gars du bourg qui s'habillent à la mode.

— Je t'en foutrais, moi, de la mode ! Je te les collerais au cul d'un cheval, avec un manche de charrue à la place d'un guidon de moto !

— Peuh ! Tu as déjà dit ça ! Et c'est facile à dire pour quelqu'un qui a un tracteur depuis longtemps. Les temps changent, mon pauvre Fanch.

— Ouais, les temps changent, et pas en bien !

— Oh ! en bien ou en mal, de ça on n'est jamais trop sûr.

Nicole attendait avec impatience les grandes vacances et le retour de Gwenaëlle. Entre sa grand-mère et son père, elle étouffait. Elle se sentait épiée et critiquée. Les samedis et dimanches soir, elle sortait en coup de vent, en baissant la tête, pour qu'ils ne voient pas son maquillage. Aucune conversation n'était possible : ils ne parlaient que de la ferme, des bêtes, de la terre, parfois du voisinage, et pour peu que Nicole voulût participer, son père critiquait ses réflexions, la traitait comme une idiote ; et Jabel gozh, femme d'un autre temps et d'autres traditions, ne pouvait recueillir les confidences et les tourments d'une jeune fille des années 60.

Heureusement qu'à l'usine elle avait un tas de copines à qui se confier, avec qui comparer en riant les manières de tel ou tel garçon d'essayer de vous passer la main sous la jupe. Il y avait aussi sa tante Jeannette, qui lui servait de directrice de conscience et de boîte à lettres. Soizig lui écrivait une carte postale par semaine. Nicole fondait à leur lecture, moins envieuse qu'admirative à l'égard de l'esprit aventureux de sa sœur.

Soizig n'était restée que quinze jours au foyer des jeunes travailleurs. Elle avait trouvé rue des Francs-Bourgeois, non loin de la station de métro Rambuteau, une chambre de bonne pas chère sous les toits, sans confort – juste un évier dans un recoin, et W-C à mi-étage –, une sorte de nid qu'elle allait rendre douillet au fil des mois. De sa lucarne, en se hissant sur la pointe des pieds, elle voyait les flèches de Notre-Dame. « C'est un vieux quartier, un vieil immeuble, mais tout près de l'Hôtel de Ville et du Louvre, et de l'autre côté de la Seine, pas loin non plus, c'est Saint-Germain-des-Prés », rien que des mots à faire rêver Nicole. Son travail était moins fatigant que répétitif, encore qu'il comportât une certaine dose de responsabilité et un peu de fantaisie quand il y avait un doute, qu'il fallait soumettre au chef : elle vérifiait les signatures sur les chèques.

Tout cela, Soizig l'écrivit sur une seule carte – représentant Notre-Dame – à sa grand-mère, sans un mot pour son père. La carte resta sur le dessus du buffet pendant des semaines, puis Jabel gozh la rangea dans le tiroir. Fanch l'avait sûrement lue, mais n'en pipa mot.

Gwenaëlle rentra à la maison fin juin. D'émotion, les yeux humides, Jabel gozh en mâchonna son dentier.

— Ma mignonne, te voilà de retour avec nous...

— Ben oui.

— Ah ! ça alors, ça alors, ta grand-mère est contente, tu peux me croire...

Gwenaëlle ne dit pas « moi aussi ». Elle tendit la joue à son père.

— Alors, tu passes en cinquième ?

— Ben oui.

— Bon, on fera face à ta pension.

— Tu ne peux pas payer ? répondit Gwenaëlle à brûle-pourpoint.

A l'instar de Soizig, Gwenaëlle parlait sans détours. Quand elle parlait. Déjà, quand il la voyait tous les jours, Fanch était gêné par cette façon qu'elle avait de bien vous montrer que ça cogitait dans sa tête pendant que les autres déblatéraient, et qu'elle attendait le moment propice pour glisser un mot, qui résumait bien de longues phrases. De ce point de vue, c'était pire qu'avant qu'elle n'aille en pension : ses grands yeux qui ne cillaient pas semblaient voir encore plus loin à l'intérieur de son père.

— Oh ! sûr que si, qu'on peut payer, répondit Jabel gozh, même si ça coûtait le double. L'instruction, ça n'a pas de prix.

— Je ne vais pas rester, dit Gwenaëlle.

— Tu ne vas pas rester au lycée ? s'étrangla Jabel gozh.

— Ici. Je ne vais pas rester ici pendant toutes les vacances.

— Ah ! et on peut savoir où tu comptes aller ? demanda Fanch.

— Chez une amie, à Beg-Meil.

— Et c'est où, ça, Beg-Meil ?

— Près de Fouesnant, au bord de la mer.

Fanch décrocha le calendrier des postes et examina la carte du Finistère. Il prit son air sournois.

— C'est pas tout près... Et qui t'amènera à Beg-Meil ?

— Tante Jeannette.

— Ah ! c'est elle qui a mijoté tout ça !

— Pas du tout. Je suis invitée par les parents de mon amie. Je suis déjà allée chez eux, le dimanche après-midi.

— Et c'est qui, ces gens ?

— Le papa de mon amie est architecte à Quimper.

— Et on a une maison à Beg-Meil ! Une résidence secondaire, hein, c'est comme ça qu'on dit ?

— Ils y passent l'été.

— Des rupins, hein ! J'ai l'impression que le lycée t'a déjà tourné la cervelle...

— Il me faudra un maillot de bain et un sac de voyage.

— Un maillot de bain ! S'il vous plaît !

— Ta grand-mère te donnera de quoi acheter ton maillot et ton sac, dit Jabel gozh.

— Puisque je n'ai plus mon mot à dire... grommela Fanch.

Le jour du départ de Gwenaëlle, fixé en milieu d'après-midi, il resta aux alentours de la maison, à guetter la R6 de sa sœur. Jabel gozh guettait aussi. Elle sortit pour prévenir tout esclandre. La mère et la fille s'embrassèrent.

— Alors, Jabel gozh, comment ça va ?

— Oh ! pas trop, pas trop...

— Ce qui veut dire que tu es en pleine forme !

— Oh ! c'est vite dit.

Gwenaëlle vint à la rencontre de sa tante, qui lui tendit un sac neuf.

— Prépare tes petites affaires. On s'arrêtera à Quimper t'acheter un maillot de bain.

Fanch déboula dans la cour. Jeannette s'était préparée à affronter son frère. Sa tactique fut de le dérouter. Elle fit comme si rien ne s'était passé entre eux. Guillerette, elle l'embrassa sur les deux joues.

— Alors, ça va, toi ?

— Tu veux m'enlever mes filles l'une après l'autre ?

— Arrête de déconner. C'est une chance pour Gwenaëlle. L'été au bord de la mer lui fera beaucoup de bien. Et puis elle va connaître un autre monde.

— Quoi, il n'est pas bien, notre monde ?

— Si, concéda Jeannette, mais il y en a d'autres. Et ça, tu ne pourras pas toujours l'ignorer.

— Le café est prêt, dit Jabel gozh.

Bien qu'elle eût perdu l'habitude de goûter, Jeannette ne pouvait pas refuser. Le frère et la sœur se rabibochèrent autour de la table de la cuisine, en évitant les sujets qui fâchent. La maison neuve était hors d'eau et Jeannette et René comptaient pendre la crémaillère en octobre. Les garçons suivaient leur chemin, tout allait bien.

— Alors, il n'y a qu'ici que ça va mal, dit Fanch.

— Qu'est-ce que tu radotes encore ? le tança Jabel gozh. Excepté la mort de ta femme, rien ne va plus mal qu'avant, à Roz-Kelenn.

— Si ! Tout le monde fout le camp ! répondit-il d'un ton pitoyable.

La cuirasse était tombée. Jeannette jugea le moment propice pour aborder la plus délicate des questions. Elle chuchota :

— Tu n'as pas essayé de... d'avoir des nouvelles de... enfin tu sais bien de qui, et de son petit.

— En quoi ça te regarde ? explosa Fanch.

— Chuuut ! fit Jabel gozh en désignant le plafond.

Gwenaëlle bouclait son sac, là-haut.

Jeannette continua à voix basse :

— Veuf, le jour où tes trois filles seront parties, tu pourrais peut-être...

— Moi, je n'irai pas contre, chuchota Jabel gozh.

— A supposer que je retrouve sa trace, sûr qu'elle viendrait ici tout de suite, murmura Fanch. Mais je ne sais pas si je pourrais supporter une nouvelle bonne femme avec son *marmouz* autour de moi.

— C'est le tien.

— J'ai le droit de vieillir en paix, non ?

— Parler de vieillir en paix, à ton âge ! Mon pauvre Fanch, tu es rendu bien bas.

— Ne crois pas ça ! S'il y a une chose qui n'est pas près de me faire peur, c'est le travail.

A l'étage, une porte claqua. Gwenaëlle dégringola l'escalier.

— Je suis prête.

— On y va, dit Jeannette en se levant. Vous viendrez manger au bourg dimanche à midi ? demanda-t-elle à son frère et à sa mère.

— Ça peut s'envisager, dit Fanch.

Autant Gwenaëlle sembla ne s'étonner de rien, autant Jeannette fut impressionnée par ce *voyage* à Beg-Meil, au bout d'un monde si différent de Roz-Kelenn, à trois quarts d'heure de route à peine. Elle n'avait pas cru si bien dire à son frère, une heure auparavant, en plaidant la nécessité de découvrir d'autres univers que le leur.

— Tu es déjà venue ? demanda-t-elle à sa nièce.

— Non. Mais c'est comme Amélie me l'a raconté.

Passé un hôtel à colombages, au détour d'une petite route bordée de pommiers, c'étaient un chemin entre deux talus, des villas invisibles, ici et là des portails en bois vermoulu et des dépendances – garages à voitures, garages à bateaux ? – et puis une barrière bleue ouverte, une allée, et au bout de l'allée une vieille maison crépie de rose et sa terrasse où des gens buvaient un verre. A droite de la maison, au fond du jardin, un portillon s'ouvrait dans une haie et menait à une petite plage. On voyait la mer.

— Eh ben, dit Jeannette, toi au moins tu es sûre d'échapper à Roz-Kelenn.

Une fillette en short bondit de la terrasse et entraîna Gwenaëlle à l'intérieur de la maison.

— Viens, je vais te montrer notre chambre.

Au passage sur la terrasse, une dame en robe d'été très courte – la maman d'Amélie, songea Jeannette – embrassa Gwenaëlle et serra la main de Jeannette.

— Vous êtes sa tante, n'est-ce pas ?

— Oui, la sœur de son père.

— Une fillette charmante. Et intelligente et courageuse. Il faut voir comment elle a surmonté l'épreuve du décès de sa maman... Amélie et elle s'arrangent à merveille... Vous prendrez bien un verre avec nous ?

— Je ne sais pas si...

Sur la terrasse, il y avait trois hommes et deux autres dames, tous habillés de façon décontractée, un pull jeté sur les épaules, plus ou moins décoiffés – ils avaient dû se baigner. Les hommes se levèrent pour saluer Jeannette. Une des dames alla chercher un verre à l'intérieur, l'autre approcha une chaise, comme si c'était tout naturel.

Le père d'Amélie servit un demi-verre de vin blanc, resservit les autres personnes et tout le monde dit tchin-tchin. Jeannette eut l'impression d'avoir pris place dans une carte postale sépia des Années folles, qui soudain s'animait et se colorait. Ces gens, songea-t-elle, c'était encore autre chose que les quelques dames *cheuc'h*[1] du bourg à qui elle vendait des crêpes. Un monde d'insouciance et d'aisance, ouvert et prévenant. Aucun d'entre eux ne porta un regard déplaisant sur sa jupe droite, son chemisier défraîchi, son cardigan tricoté à la main et ses souliers plats.

— Gwenaëlle a de qui tenir, dit le père d'Amélie. Elle nous a dit que sa grand-mère avait tenu un bateau-lavoir au bord de la Loire après la Grande Guerre...

— Mon frère et moi avons grandi à Tours, jusqu'à nos douze ans.

— C'est extraordinaire, une paysanne de Cornouaille, partir vers l'inconnu, comme ça, et revenir pour acheter une ferme.

— C'est une maîtresse femme. On lui doit tout.

Ils interrogèrent Jeannette sur la situation des paysans, face au Marché commun. Elle eut le sentiment que ses réponses n'étaient pas très brillantes, mais ses hôtes eurent l'art de les rendre savantes.

Les fillettes sortirent de la maison en maillot de bain, une serviette autour du cou, et coururent sur la pointe de leurs pieds nus, comme sur des charbons ardents, vers le portillon. Jeannette opposa cette image à celle d'une petite fille sans visage – était-ce elle-même ou l'une de ses trois nièces ? – en sarrau et sabots, dans la cour de Roz-Kelenn constellée de bouses de vache.

— Je vais apprendre à nager à Gwenaëlle !

1. Chic.

— Attention, pas d'imprudence ! cria la maman d'Amélie. Gwenaëlle, viens embrasser ta tante avant qu'elle parte !

Elle s'adressa à Jeannette :

— La plage est très sécurisante. Il faut aller très loin pour ne plus avoir pied. Elles vont passer un été magnifique. Gwenaëlle vous donnera de ses nouvelles. Vous avez le téléphone, m'a-t-elle dit. Attendez, je vais vous noter notre numéro sur un bout de papier...

Jeannette prit congé, fière de sa nièce qui, par sa singularité, gratifiait Roz-Kelenn d'une espèce d'honneur dans lequel rincer les origines de la famille.

— Eh ben, ta petite sœur a de bonnes fréquentations, tu peux me croire, dit-elle à Nicole.

— Elle n'a jamais été comme nous.

— C'est vrai. Va-t'en savoir pourquoi. Des fois, René et moi on se dit qu'elle est tombée de la lune...

— En attendant, je suis seule à Roz-Kelenn entre le père et la grand-mère.

— Tiens bon !

— Ouais, mais c'est pas marrant, tu sais... Quand vous aurez déménagé, tu me louerais une chambre dans votre ancienne maison ?

— Ecoute... Ton père le prendrait très mal.

— Je serais plus près de mon travail.

— Bon, on verra. Pour le moment, essaye de rester le plus longtemps possible à Roz-Kelenn.

Gwenaëlle revint de Beg-Meil quinze jours avant la rentrée, le visage mangé de taches de rousseur. Jusqu'à la fin des vacances, elle passa moins de temps à lire dans sa chambre. A l'heure des repas, elle aidait plus volontiers aux tâches ménagères.

« Ne va pas t'abîmer les mains à faire la vaisselle », disait Jabel gozh.

Gwenaëlle souriait, les yeux écarquillés d'indulgence amusée à l'égard de sa grand-mère quand elle ôtait son dentier pour en déloger les grains de mûres qu'elles avaient ramassées ensemble pour faire de la confiture – c'était la saison, « et il ne faut rien laisser perdre », disait Jabel gozh.

En septembre, une carte postale de l'Arc de Triomphe remplaça la tour Eiffel sur le dessus du buffet. Au prénom de sa fille aînée, qu'il ne voulait plus prononcer, Fanch substitua un surnom dont il ferait un usage exclusif pendant de nombreuses années : « la Parisienne ».

— Ah ! ah ! La Parisienne est toujours en vie !

— Oh ! tu peux lire !

— La carte n'est pas à mon nom !

Il y avait moins d'aigreur dans sa voix. A l'instar de la nature, l'automne conduisait les gens vers le repos de l'hiver. Les journées raccourcies, les nuits fraîches, les odeurs de fumée que le vent transportait des fermes alentour, les bêtes débarrassées des mouches, les brouillards matinaux rampant sur les prairies, les bruines d'après-midi qui fondaient les arbres dans le ciel, les dimanches de chasse au lapin, les chiens vannés d'avoir cent fois monté et descendu les talus et qui ferment les yeux le soir sur un regard de gratitude comblée, tout cela vous adoucissait le cœur et le corps. Le lit semblait plus moelleux, les bottes moins lourdes, les ragoûts et les civets plus roboratifs, et l'avenir sans grande importance : Fanch avait fini par se satisfaire d'un modus vivendi qui lui apportait la paix. « Au moins maintenant, tu as la paix ! » lui répétait une voix intérieure, qu'il se gardait bien de contredire, parce que le mensonge qu'induisait le mot « maintenant » l'arrangeait. Il n'avait pas plus la paix qu'avant, mais l'essentiel était de s'en persuader.

Une fin d'après-midi d'octobre, Nicole entra en coup de vent chez Jeannette qui préparait le déménagement dans la maison neuve. Elle tomba en pleurs dans les bras de sa tante.

— Tu sais ce qu'une fille vient de me dire, à l'usine ? Que papa avait une maîtresse pendant la maladie de maman ! Qu'il lui a fait un gosse !

— Ah ! nous voilà bien, dit Jeannette. Je me disais aussi que le secret ne tiendrait pas éternellement.

— C'est vrai ? Tu étais au courant ?

— Oui, c'est vrai. Mais bon, ça paraît presque incroyable, aujourd'hui.

— Soizig était aussi au courant ?

— Soizig et ta grand-mère.

— Alors j'étais la seule pauvre conne à ne pas savoir. Pourquoi vous ne m'avez rien dit ?

— Pour qu'on soit le moins possible à se ronger les sangs.

— C'est dégueulasse, ce qu'il a fait !

— Ne te mets pas à détester ton père, toi aussi.

— Tu parles que je vais l'adorer ! Je vais me tirer de Roz-Kelenn, le plus vite possible.

— Réfléchis bien.

— N'importe comment, j'avais l'intention de partir. Ronan et moi...

— Ronan ?

— Le garçon avec qui je sors. Celui qui travaille à la papeterie Bolloré. On a décidé de vivre ensemble.

— Mais vous êtes trop jeunes.

— J'ai eu mes dix-huit ans.

— Et lui ? Il y a le service militaire.

— Il a presque vingt-deux ans, et il a été réformé.

— Bon, écoute...

— Il faut que tu me loues une chambre quand vous aurez déménagé.

— Je ne vais pas prendre d'argent à une nièce.

— Tu es d'accord ?

— Il faut que je demande à René.

— Oh ! il sera d'accord, j'en suis sûre. Il est tellement gentil, lui.

— N'importe comment, dis-toi bien que ce ne serait que provisoire. Je te rappelle que petit Pierre pense ouvrir un restaurant au rez-de-chaussée dès qu'il saura son métier. Il aura besoin de l'étage.

— Pour alors, Ronan et moi on aura notre chez-nous.

— En tout cas, ne dis rien à Gwenaëlle à propos de ton père.

— Ça ne risque pas !

— A Roz-Kelenn, continue à faire comme si tu ne savais pas. Et fais comme nous, tâche d'oublier. D'ailleurs, ça paraît déjà tellement loin qu'on se demande si c'est bien arrivé.

— La fille, on sait où elle est ?

— Non. Elle a disparu de la région. Elle s'est peut-être mariée, à l'heure qu'il est, avec quelqu'un qui a bien voulu de son gosse...

— Il l'a laissée tomber, en plus.

— Il ne pouvait guère faire autrement.

— C'est vraiment archi-dégueulasse.

— Essaie d'être plus indulgente que Soizig. Une famille, c'est une famille...

— Tu parles, avec un père comme ça !

— Il n'a pas que des défauts. Ça va lui faire un choc, si toi aussi tu pars de la maison.

— Je m'en fous de lui !

— Pas moi. D'ailleurs... Ecoute, ce n'est pas possible... Si je te donne une chambre, il m'accusera d'avoir tout arrangé. Il m'en voudra à mort. Cette fois-là, on sera brouillés à vie. Et ta grand-mère ne rajeunit pas.

Comment je ferai, brouillée avec ton père, quand il faudra aller s'occuper d'elle ? Tu me comprends ?

— Je me débrouillerai toute seule avec Ronan.

— Mais non, pas toute seule ! Ta tata Jeannette sera toujours là pour t'aider, mais en douce, comme d'habitude.

Nicole renifla dans son mouchoir, hocha la tête et sourit.

— Prenez votre temps, ton copain et toi. Pour tout ! Tu comprends ce que je veux dire.

— Ben, on l'a déjà fait, avoua Nicole.

— J'espère que vous êtes prudents. Manquerait plus que...

— Oh ! non ! On fait attention ! N'importe comment, on pense se marier assez vite...

— Eh ben, on ira à la noce ! J'ai une idée, tiens ! On va inviter ton Ronan à pendre la crémaillère. Comme ça ton père sera un peu préparé à ton départ.

— Et s'il lui fait la gueule ?

— A toi de préparer ton copain au caractère de ton père.

Nicole embrassa sa tante avec fougue.

— Heureusement que tu es là !

— Heureusement que j'ai eu des gars et pas des filles !

— On est tes filles.

— Ben oui, vous êtes mes filles.

Jeannette et René déménagèrent sans solliciter Fanch et sa remorque. Ils disposaient d'assez de bras, entre leurs fils et les collègues de René, et empruntèrent une vieille camionnette. Pour la pendaison de crémaillère, ils envisagèrent d'inviter leurs deux familles en même temps, autour d'un buffet froid, ce qui devenait à la mode. Mais cela risquait de déplaire à Fanch, qui ne concevait de repas qu'assis à une table avec une succession de plats sans surprise. D'autre part, il était difficile de prévoir l'attitude de Fanch à l'égard des parents de René. Une réflexion désagréable de sa part et la fête serait gâchée. Ils pendirent donc la crémaillère en deux temps. Ceux de Roz-Kelenn furent invités un dimanche midi.

Présents sur place dès onze heures et demie, Fanch et Jabel gozh, selon l'usage, visitèrent la maison neuve de fond en comble. Jabel gozh s'extasia avec naïveté et sincérité sur tout : la porte d'entrée en chêne massif, la qualité des carrelages, le confort moderne, notamment les deux W-C, l'un au rez-de-chaussée et l'autre à l'étage, la salle de bains avec baignoire et la cuisine « américaine » avec une poubelle dont le couvercle se soulevait tout seul quand on ouvrait la porte du placard sous l'évier. Fanch considéra tout cela de haut, sans piper mot. Il retrouva la parole lorsque Jeannette ouvrit la porte-fenêtre qui donnait sur le jardin de derrière, toujours à l'état de chantier, encombré de gravats et d'un tas de terre végétale à étaler.

— Ah ! ah ! se rengorgea-t-il. Il y a encore du boulot avant que ce soit propre.

— Juste du nettoyage, dit Jeannette.

— Je vais faire une terrasse devant la porte-fenêtre, dit René.

— Une terrasse ? Pour te prélasser ?

— Pour te servir l'apéro au soleil quand tu viendras au bourg, répondit René.

— C'est bien beau, mais moi je ne suis pas fonctionnaire.

— Tu auras ta retraite comme tout le monde.

— Je ne compte pas dessus.

— Elle tombera bien un jour dans ta poche, insista René.

— Avec la terre, on n'arrête jamais.

Le carillon de la porte d'entrée résonna. C'étaient Nicole et son copain Ronan. Fanch fronça les sourcils.

— Qui c'est, celui-là ? demanda-t-il à Jeannette. Le *blev hir* qui venait tourner en moto autour de Roz-Kelenn ?

— Non, un nouveau. Le copain attitré de ta fille.

— Ah bon ? Attitré ? Je ne me rappelle pas avoir été invité au repas de fiançailles.

— Oh ! écoute, tu sais bien qu'aujourd'hui il n'y a plus tout ce tralala. On dit « un copain »... Peut-être que c'est le bon, peut-être pas... C'est comme ça.

Ronan était un garçon de taille moyenne, mince et bien bâti, au visage avenant et au regard franc. Ses cheveux bouclaient sur sa nuque et il portait des pattes descendant jusqu'au lobe des oreilles.

— Ronan, mon copain, dit Nicole, les joues écarlates.

— *Ma !* Tu nous avais caché ça, dit Jabel gozh, ravie. Mignon il est, ma foi.

— Bonjour madame, bonjour monsieur, dit Ronan en serrant fermement la main de Fanch.

Ce dernier le toisa.

— Ton coiffeur est mort ?

— Pardon ? Mort ? Euh, non, dit le jeune garçon, éberlué.

— C'est la mode, dit Nicole.

— Ah bon, alors je ne suis pas à la mode, ironisa Fanch.

— A table ! claironna Jeannette.

Fanch ne lâcha pas Ronan des yeux. Il tenait une cible nouvelle, où planter ses sarcasmes. Il tenait sa proie, à consommer au dessert, avec un coup dans le nez. La dévorer d'un coup ou bien la grignoter ? Il choisit la lente dégustation, que rendit plus jouissive encore la docilité du sujet, prévenu de n'avoir pas à répliquer à une pique par une autre pique. « Tu écrases, un point c'est tout », lui avait prescrit Nicole.

— Alors, comme ça, tu es ouvrier à la papeterie d'Odet ?

— Depuis cinq ans. J'y suis entré à dix-sept ans. Mon père y travaille aussi, comme mon grand-père avant lui.

— Les Bolloré investissent drôlement, dit René.

— C'est une place sûre, dit Jabel gozh.

— Oh ! pour ça, sûr que c'est une place sûre, articula lentement Fanch. On est sûr de ne pas arriver à grand-chose.

Nicole pinça les lèvres.

— Un jour, Ronan passera contremaître.

— Sous-chef ou chef de claque, on n'est jamais qu'un larbin des patrons.

— Ils ne sont pas bien embêtants, dit Ronan, on ne les voit presque jamais.

— Les gars de la papeterie sont bien payés, dit René. Plus qu'un facteur.

— Alors, ça doit être le pactole ! Surtout s'ils sont payés à rien foutre comme les facteurs !

— Ferme ta grande trappe, dit Jabel gozh, il n'y a pas que toi qui travailles sur cette terre.

— Je sais de quoi je parle !

— Parle d'autre chose ou tais-toi !

— On est ici pour causer, non ?

Ronan encaissa les assauts suivants, y compris le plus fielleux :

— Alors, où tu as fait ton service ?

— J'ai été réformé.

— Tu n'étais pas bon pour le service ? En général, c'est mauvais signe… Les réformés que j'ai connus ne valaient pas un coup de cidre.

— Ronan a été asthmatique, ça a suffi pour qu'il soit réformé, dit Nicole.

— Asthmatique ? Tubard, tu veux dire ?

— Mais non, dit Jeannette, ça n'a rien à voir.

— La preuve, Ronan joue au foot dans l'équipe des Paotred d'Ergué-Gabéric.

— Comme goal, appuyé à son poteau ?

— Comme demi, dit Ronan.

Il commençait à s'énerver.

— Un poste où on court beaucoup, ajouta-t-il.

— Et tu marques des buts ?

— Autant que je peux. D'ailleurs...

Il regarda sa montre et donna un coup de genou à Nicole.

— ... il faut qu'on y aille. J'ai match cet après-midi.

— Match de quoi ? De radada ?

Ronan serra les poings.

— De foot.

Nicole se leva. Sous son air boudeur habituel transparaissait à présent une nouvelle détermination, comme si elle venait de faire un choix définitif.

— On s'excuse... lança-t-elle d'un ton détaché, comme elle aurait dit « bon vent ! ».

— Revenez en fin de soirée, dit Jeannette.

— Je ne crois pas qu'on pourra, on a des trucs à faire après le match, dit Nicole.

— Tombe pas sur une pointe rouillée, grasseya Fanch.

Nicole en eut le souffle coupé. Elle inspira d'un coup, hésita un instant et répondit à son père :

— Là au moins, tu parles par expérience.

— Quoi-quoi-quoi ?

— Il paraît que tu en as connu une, que tu as fait tomber sur une pointe rouillée.

Fanch repoussa sa chaise.

— Nom de Dieu !

— La paix ! lui intima Jabel gozh. Partez profiter de votre après-midi, les jeunes.

La fête était gâchée. Une fois dehors, Ronan dit à Nicole :

— Ton père est un sale con.

— Oui, un très sale con.

— Il faut que tu te tires de la maison.

— Ma tante ne veut pas me louer une chambre dans son ancienne maison. Elle a peur que mon père fasse du bazar.

— On la comprend.

— Comment on pourrait faire ?

— Je vais demander un des logements dc la papeterie. Le temps que tu passes ton permis, je te conduirai et j'irai te chercher à Briec. Moi, j'irai à pied au boulot. On sera tout à côté.

— Oh ! je pourrai bien aller en Mobylette.

— Remarque, il y sûrement des gens à l'usine de poulets qui habitent Ergué-Gabéric. Ils pourraient te prendre dans leur voiture.

— Sûrement. Mais j'espère que j'arriverai à avoir mon permis.

— Il n'y a pas de raison.

Ils allèrent faire l'amour sur un tapis de fougères sèches au milieu d'un landier. Ronan avait des gestes doux et précautionneux. Dans ses bras, à chaque fois elle frissonnait longuement, du premier baiser à la fin du plaisir, abandonnée, confiante, certaine d'être aimée. Ensuite, ils se rendirent à Sainte-Anne-la-Palud, marcher le long de la plage, bras dessus, bras dessous, dans le vent et les embruns.

Le soleil s'enfonça dans l'océan et Nicole imagina qu'il emportait avec lui sa vie passée à Roz-Kelenn, de sa naissance à la minute présente. Elle songea à Soizig et se sentit presque aussi forte que sa sœur aînée. Bien sûr, elle allait habiter à Odet et non à Paris, mais pour Nicole la timide et la casanière, c'était déjà un exploit.

A l'époque où la papeterie employait des centaines et des centaines d'ouvriers, les Bolloré avaient fait construire des logements sur le versant ouest de la vallée au fond de laquelle s'étalait l'usine le long de la rivière. Pour la plupart mitoyennes, les maisonnettes s'alignaient là-haut, semblables à des corons, sauf qu'elles étaient en pierre, et plutôt jolies. Plusieurs générations les avaient occupées. La nouvelle ne s'y attardait pas, juste le temps de mettre un peu d'argent de côté et d'acheter un terrain alentour où construire une maison à soi.

Ronan emménagea dans une des maisonnettes au mois de novembre. Nicole y déménagea ses affaires petit à petit. De bonne heure le matin, trois semaines avant Noël, elle partit à l'usine à Mobylette, en emportant un simple sac. Elle glissa un mot sous la porte de Jabel gozh. « Je vais habiter avec Ronan. A bientôt. Nicole. »

Jabel gozh le trouva en se levant.

— *Ma !* Voilà encore quelque chose, dit-elle tout haut.

Fanch était dehors. Elle ne l'appela pas. A dix heures, quand il vint chercher sa tranche de pain, son bout de lard et son bol de café frais, elle lui dit :

— Nicole a laissé un mot. Elle va habiter ailleurs.

— Où ça ?

— Elle ne l'a pas écrit.

— Avec qui ? Avec son queutard ?

— Avec le garçon qu'elle fréquente.

— Saloperie !

— Pas la peine de monter sur tes grands chevaux. Te voilà sans tes filles.

— Il reste la petite.

— Oh ! la petite n'est plus tout à fait d'ici non plus, ça tu le sais très bien.

— Qu'elles aillent se faire foutre !

Fanch était debout. Il jeta son bol plein de café dans l'évier.

— Espèce de *droch*, qu'est-ce qui te prend de casser ton bol ? Tu te mets à déroger ? Les enfants se fabriquent pour qu'ils quittent un jour leurs parents.

— Pas comme ça !

— La faute à qui ? La mienne, peut-être ? J'ai toujours fait tout ce que j'ai pu pour tes filles.

— Moi aussi !

— Sûrement ! Jusqu'à leur fabriquer un demi-frère !

— Assez !

— Oh ! tu n'as pas d'ordre à me donner ! Maintenant que ta deuxième grande est partie, il va falloir faire avec ta mère. Il va falloir faire avec le travail, tous seuls tous les deux.

— On se démerdera ! Et que personne ne vienne plus me faire chier ici !

Ce fut le début des temps où l'on dirait de Fanch Roz-Kelenn qu'il avait perdu la boule.

19

D'une certaine façon, Fanch avait toujours eu la folie des grandeurs, mais cette folie-là, qu'il avait partagée avec sa mère, quand elle est tout entière vouée à la terre et à l'expansion d'une ferme, n'est que le synonyme d'un mot plus savant qui n'appartient pas au vocabulaire des paysans : l'ambition, forme de déraison noble et légitime, quand elle est couronnée de succès, délire dont on rit sous cape quand le malade a eu les yeux plus gros que le ventre et a fini par « bouffer sa *kigne* », autrement dit s'est ruiné en appétits démesurés, jusqu'à devoir manger sa propre peau.

Fanch n'en serait jamais là : aurait-il dû dévorer son capital qu'il lui aurait fallu vivre un siècle de plus avant d'être réduit au régime pain rassis et eau de la fontaine. Alors, de quelle sorte fut sa soudaine folie des grandeurs ? Aux yeux des ruraux économes, une hérésie totale : jeter l'argent par les fenêtres comme s'il voulait galoper en tête devant les gens de la ville, dans la nouvelle course à la consommation.

Il fit tirer une ligne de téléphone du carrefour de Kroazh-Venn à Roz-Kelenn : quatre millions d'anciens francs. Le chiffre fut longtemps répété dans les cafés du bourg : « Ça lui a coûté quatre briques, au Fanch, *quatre briques* ! alors que d'après ce qu'on dit, dans quelques années les poteaux seront gratuits. »

Pendant des jours et des jours, le chemin fut encombré par le camion spécial des PTT, avec au cul une foreuse en tire-bouchon pour creuser les trous des poteaux.

Lors des essais, ce fut Jabel gozh qui tint le combiné et répondit aux instructions de la voix, à l'autre bout. Ce fut elle qui passa le premier coup de téléphone – à Jeannette –, et ce fut elle qui décrocha un instant plus tard quand Jeannette rappela pour tester la liaison dans le sens opposé. La magie était apprivoisée, une règle implicite entra en vigueur : Jabel gozh répondait, Jabel gozh répondrait, tout le temps. Fanch serait bien heureux de la rareté des coups de fil le concernant. A l'heure des repas, Jabel gozh informerait son fils :

— On a demandé après toi.

— Qui ça ?

C'étaient la coopérative, ou la DDA, ou la Chambre d'agriculture.

— Qu'ils aillent se faire foutre ! bougonnait Fanch.

Il n'aurait pas rappelé ces gens-là, ces « gugusses », pour un boulet de canon.

Le combiné noir fut posé sur le buffet, et bientôt sur l'annuaire, pour lequel Jabel gozh exigea que Fanch achète une jaquette en simili cuir, car le volume lui semblait plus précieux et plus ésotérique qu'un livre de messe. Pendant plusieurs semaines, l'après-midi, au lieu de broder, son plaisir serait de chausser ses lunettes et de déchiffrer les noms des abonnés, commune par commune, et d'identifier des gens qu'elle connaissait ou avait connus. Fanch le ferait aussi, mais discrètement, comme s'il en avait honte. En revanche, c'est avec l'orgueil du propriétaire qu'il arpentait le chemin aller-retour, de la ferme à Kroazh-Venn, en suivant la ligne, le nez en l'air.

Paradoxalement, ce fut à croire qu'il avait fait installer le téléphone pour mieux s'isoler, en déléguant à Jabel gozh le soin de maintenir les liens familiaux.

Nicole et Gwenaëlle, bien aises que ce soit leur grand-mère qui décroche, n'hésitaient pas à appeler. Ainsi Jabel gozh aurait-elle des nouvelles de toute la famille, et notamment de Soizig, par Jeannette et Nicole ; elle aurait le plaisir de s'étendre sur les maux du grand âge, et de se plaindre d'avoir pour seule compagnie un Fanch de plus en plus lunatique.

Elle disposa une chaise à l'angle du buffet afin de s'asseoir sans lâcher le combiné, croyant que la communication serait coupée si elle cessait de parler. Elle rendait compte de ses conversations téléphoniques à Fanch. Soit il sanctionnait de façon lapidaire – « Conneries ! » – les *cochennou mamm-gozh*[1] colportés par Jeannette, soit il commentait de « *mat tre* » ou de « peuh ! » les nouvelles de Nicole et Gwenaëlle, soit il enfilait sa veste et ses bottes et claquait carrément la porte, quand il s'agissait de Soizig.

— Oh ! tu pourrais bien écouter ce qui concerne ta fille aînée, lui lançait Jabel gozh.

— Rien à foutre de la Parisienne !

Gwenaëlle téléphona du lycée pour dire qu'elle était invitée par son amie dans les Pyrénées pendant les vacances de Noël.

— *Ma !* Ça c'est quelque chose ! Dans les montagnes ? Tu raconteras à ta grand-mère après, hein !

Elle en informa Fanch :

— La petite a téléphoné de l'école. Elle ne sera pas là à la Noël. Elle va en vacances avec son amie dans les « parrainées » ou quelque chose comme ça. Dans les montagnes, j'ai compris, en tout cas.

---

1. Les potins de grand-mères.

— Roz-Kelenn n'est plus assez bien pour Mademoiselle ?

Jusqu'au dernier Noël de son existence, Adelice avait confectionné une crèche et décoré un sapin que Fanch allait couper du côté de la butte aux houx. Pour la première fois depuis plus de vingt ans, les personnages restèrent dans leur carton et un jeune sapin échappa à la serpe de Fanch.

A neuf heures le soir du réveillon, la mère et le fils étaient au lit, chacun chez soi, comme un jour ordinaire. Le lendemain midi, ils allèrent manger chez ceux du bourg. Fanch s'étonna de l'absence de Nicole.

— Je croyais qu'elle ne faisait plus la gueule.

— Mais je t'ai prévenu qu'elle m'a téléphoné, dit Jabel gozh.

— Sûrement pas !

— Ah ! sûr que si ! Elle m'a téléphoné pour me dire qu'elle allait voir sa sœur à Paris et je te l'ai dit le soir même.

— Chez la Parisienne ? Ah ! sûr que non ! Si tu me l'avais dit, qu'est-ce que je t'aurais répondu ?

— Rien du tout, comme d'habitude !

— Mon œil ! Je vais te le dire, moi, ce que j'aurais répondu : « Grand bien lui fasse d'aller se faire ramoner le cul par les bougnoules, comme sa sœur ! »

— Fanch ! Pas de ça devant mes garçons ! protesta Jeannette.

— Quoi ! Ils ont l'âge de tremper leur biscuit, eux aussi !

René y alla de sa boutade grivoise, ce qui lui valut un regard noir de Jeannette.

— De mettre le petit Jésus dans la crèche, tu ferais mieux de dire, puisque c'est Noël.

Pendant la partie de belote, Fanch ne cessa de houspiller sa mère, que les rois lui avaient désignée comme partenaire, contre ceux du bourg. Jeannette avait laissé le poste de télé allumé et le programme en cours distrayait Jabel gozh. Elle en oubliait de faire tomber les atouts adverses dès les premiers plis. Fanch se fit couper des as.

— Regarde ton jeu, tu ferais mieux !

— *Ma !* Il n'y a pas à dire, c'est intéressant.

— Bon, j'ai compris le message !

Entre Noël et le premier de l'An, Fanch acheta le plus grand, le plus cher des postes de télé, avec un meuble sur lequel le poser dans la cuisine, et à condition qu'on lui installe l'antenne tout de suite. Le soir du 31, la mère et le fils suivirent d'un bout à l'autre la soirée du réveillon dans le poste : des chansons et des danses, avec des filles à moitié nues.

— *Ma ! Sell-ta !* Elles n'ont rien sur le derrière...

— Comme des juments, dit Fanch. On pourrait les atteler par deux à la charrue.

— Avec toi après elles, le sillon irait de travers.

Ils rirent tous les deux. La télévision, allumée à tous les repas, allait devenir le troisième personnage de Roz-Kelenn, à propos de qui dialoguer.

Le matin du 1er janvier, Jeannette, Nicole et Gwenaëlle téléphonèrent pour souhaiter la bonne année. Jabel gozh, habile, passa de force l'appareil à Fanch, pour qu'il réponde à ses deux filles. Il maugréa quelques mots, oui, oui, *bloavezh mat*[1] à toi aussi...

— On ne peut pas dire que tu fais beaucoup d'efforts, lui reprocha Jabel gozh.

— Quoi ? Qu'est-ce que tu veux que je leur raconte ? Que j'ai chié de travers ?

— Malhonnête !

1. Bonne année.

Le 3 janvier, Jabel gozh reçut une carte de vœux de Soizig. Elle ne souhaitait pas la bonne année à son père. Jabel gozh lui répondit sur une feuille de papier quadrillé dénichée dans la chambre de Gwenaëlle.

Chère Soizig,

Je t'écris pour te souhaiter bloavezh mat *à toi aussi et te donner des nouvelles de Roz-Kelenn. Tout va bien avec nous et Nicole m'a dit que tout va bien avec toi et que tu es bien installée et que tu te plais de ton travail à la poste. Maintenant on a le téléphone alors si tu l'as aussi envoie-moi ton numéro et comme ça je t'appellerai une fois le temps. La télé on a aussi et c'est plaisant je trouve parce que ça nous change. On a encore beaucoup de pommes de l'année dernière dans le grenier de la crèche. Je ne sais pas trop si ton père est toujours mal disposé après toi mais j'espère qu'un jour ça ira mieux avec vous deux. On ne peut pas rester fâchés tout le temps. Je termine en t'embrassant.*

Ta grand-mère

Soizig répondit par une carte postale, sans donner de numéro de téléphone. Jabel gozh en fut chagrinée, mais s'accommoda de continuer de recevoir des nouvelles de Soizig par l'intermédiaire de Nicole et de Jeannette. Au fil du temps, quand elle serait un peu mélancolique, elle reprendrait la plume pour écrire à cette petite-fille qui lui manquait le plus, la « plus capable », celle qui lui ressemblait le plus.

Depuis le départ de Nicole, Jabel gozh lavait le linge de corps dans l'évier. Elle commença de tarabuster Fanch à propos des draps qui n'avaient pas été changés.

— *Ma !* Qui aurait pensé qu'on vivrait dans la crasse ! Moi qui ai lavé tant de linge dans le bateau-lavoir… Tremper les draps et les mettre à bouillir, ça je ne peux plus faire… Il faut trouver quelqu'un.

— Qu'est-ce que tu déconnes encore ? Trouver une bonne ? Où ça ? Toutes les filles travaillent à l'usine de poulets !

— Alors, je vais demander à Jeannette.

— Pas question ! Puisque c'est comme ça, on va acheter une machine à laver.

— Et qui la fera marcher ?

— Moi !

— On dit que les machines abîment le linge.

— Il y a des gens pas plus bêtes que nous qui en achètent, alors ça veut dire que ça ne marche pas si mal que ça.

— *Mat tre*, tu n'as qu'à faire à ton goût.

La machine à laver fut livrée et installée dans la buanderie qui reliait la cuisine à la crèche. Fanch fit la première lessive de draps, à 90°, en respectant les consignes du mode d'emploi, puis il les mit à sécher sur le fil où Jabel gozh se livra à une inspection.

— *Ma !* Ils sont propres ! Il n'y a pas à dire le contraire.

Emerveillée comme une petite fille devant un nouveau jouet, elle apprit à se servir de la machine.

Au printemps, l'embrayage de la 203 de Fanch rendit l'âme.

— *Ma sac'h !* jura-t-il. L'héritage sera assez gros comme ça, pas la peine de se priver.

L'acquisition d'une voiture neuve paracheva l'ère de « folie des grandeurs ». Fanch se rendit en car à Quimper faire le tour des garages et ce n'est pas n'importe quelle voiture qu'il commanda : un break Ford Taunus vert métallisé, long comme une charrette à foin, qui lui valut un temps, à la coopérative, le surnom de John Wayne. Il est vrai qu'au volant, en veston et casquette, il portait beau dans le genre cow-boy au regard lointain. Le capot de la Ford prolongeait son ego, la calandre souriait pour lui de toutes ses dents chromées, telle une bouche de *termaji*[1] remplie de dents en or. Fanch remorqua la 203 et la poussa d'un coup de tracteur dans la jaille, par-dessus les machines agricoles.

Trois ans plus tard, couche sur couche de ferraille rouillée, elle aurait disparu sous les ronces, symbole prémonitoire du naufrage.

Après la folie des grandeurs, vint l'époque du sabordage...

Ces gens, ces fonctionnaires ou assimilés, ces « gugusses » qui demandaient Fanch au téléphone et qu'il ne rappelait pas, l'agaçaient comme des mouches à merde autour de la tête d'un cheval. Il avait beau secouer la tête, elles se reposaient en grappes sur ses paupières, son nez, ses joues, ses lèvres, et pénétraient dans sa cervelle par les trous de ses oreilles. Il secouait, secouait, secouait la tête, et c'était pour dire non, non et NON !

Adelice encore en vie, heureux en ménage avec trois filles aimantes et obéissantes, sans une Herveline et sans fils naturel perdus quelque part dans la nature et qui hantaient ses nuits, aurait-il mis genou à terre devant les changements imposés ? Jabel gozh et Jeannette pensaient que oui, mais se disaient aussi que les mouches du progrès bourdonnaient à contretemps, au plus mauvais moment, autour d'un cheval déjà énervé.

Les mouches étaient partout, à la campagne comme à la ville. Dans toute la France c'était le bordel. A Paris, il y avait des barricades dressées par des étudiants cravatés.

— Quoi ? Qu'est-ce qu'ils veulent ? Gagner gros et rien foutre ?

---

1. Romanichel.

Jabel gozh se passionna pour les événements de mai 68 à la télévision. Elle penchait le nez sur l'écran, quand le reportage montrait des défilés de grévistes. Elle espérait apercevoir Soizig. Les élections législatives remirent de l'ordre dans le pays. Les mouches à merde agricoles se remirent à bourdonner à Roz-Kelenn.

Sur la peau à vif de Fanch, les taons piquaient les mots remembrement, nouveaux traitements, nouveaux engrais, nouveau plan comptable, Marché commun agricole, formulaires, imprimés, déclarations, monceaux de paperasses. Ils s'attaquaient surtout aux vaches de Fanch : pas assez performantes, lait trop riche en graisse, fallait les nourrir autrement, et les traire avec des gants stériles dans un atelier à moderniser en fonction des nouvelles règles d'hygiène, et même les envoyer toutes à l'abattoir pour les remplacer par des races fabriquées en laboratoire. Fanch rua et se cabra en hennissant son juron favori :

— *Ma sac'h !* Ils vont arrêter de me faire chier, tu peux me croire, dit-il à sa mère.

— Quoi, tu te figures que tu es le plus fort ?

— Le plus fort je ne sais pas, mais je suis encore libre chez moi !

— Oh ! tu te soumettras comme les autres !

— Mes os sont trop vieux pour plier ! Je vais démissionner, comme le grand Charles !

— Peuh ! Espèce de *droch* ! Démissionner !...

— Tu vas voir !

Il vendit ses vaches en un seul lot au dernier maquignon de la commune, bazarda le matériel de traite, acheta quatre génisses auxquelles il ferait faire des veaux qu'il laisserait sous la mère, et peu importe le bénéfice au bout, ce serait juste pour le bonheur de les entendre meugler et de leur gueuler dessus en breton – « Grosses cochonnes ! Culs sales ! Chieuses de chiasse ! » –, et la satisfaction de tuer un veau lui-même et de mettre les meilleurs morceaux au congélateur – il en acheta deux, un grand et un petit, qu'il brancha dans l'atelier de traite transformé en remise. Il loua les terres arables à l'entreprise de travaux agricoles et garda juste dix hectares de prairie en guise de pâtures.

— Voilà, la question est réglée ! Bon débarras. Ils peuvent toujours téléphoner ou envoyer des lettres à la con. Plus rien à gratter. Plus d'emmerdements. Plus de camion de lait à venir défoncer la route. Terminé !

— Et maintenant, tu vas rester sans rien faire en attendant de toucher ta retraite ? se moqua Jabel gozh.

— Ah ! que non ! Je vais me distraire.

— Te distraire et manger nos économies ?

— Non, je vais me distraire et gagner des sous en restant les bras croisés.

— Tu ne sais plus ce que tu dis !

— Je sais trop bien ce que je dis !

Ayant appris qu'il arrêtait le lait, un ponte de l'abattoir de poulets était venu le caresser dans le sens du poil. Qu'est-ce qu'il dirait de faire un peu de hors-sol, histoire de meubler sa fin de carrière ?

— Je ne suis pas encore bon pour la casse ! répliqua Fanch.

Le col blanc fit ses excuses, bien sûr que Fanch pouvait encore en remontrer à plus d'un jeune, mais bon, après une vie aussi bien remplie, il méritait de se reposer un tant soit peu sur ses lauriers. Les marchés à l'exportation de poulets congelés croissaient à la vitesse grand V, l'abattoir cherchait à installer des élevages de petite taille à proximité. Trente mille poulets, pas plus. Le fermier fournissait le terrain et le bâtiment, l'usine s'occupait de tout le reste : matériel, aide technique, fourniture d'aliment. Tout ce que l'éleveur avait à faire, c'était de réceptionner les poussins, de les regarder grossir et d'encaisser son chèque cinq ou six fois par an. Un boulot de rentier.

Fanch donna dans le panneau. Le permis de construire fut déposé par l'usine et accordé, le bâtiment en préfabriqué construit en cinq sec à l'angle de deux talus à deux cents mètres de la ferme, le silo, les mangeoires et tout le bazar installés, puis la première fournée de poussins arriva, et avec elle des cartons de médicaments et de fortifiants à mélanger à leur eau. Le col blanc avait vanté les avantages et omis les inconvénients.

Ces bêtes-là, ce n'étaient pas des poussins nés à la dure dans une meule de foin. Ça crevait comme un rien et plus ça grossissait plus ça devenait fragile, puisque ça prenait de plus en plus de place, à la fin plus serrés que des boyaux dans une andouille. Ça pouvait s'affoler et s'étouffer pour une bricole : un coup de tonnerre, une tôle qui se détache du toit et qui joue de la musique, et hop, il n'y avait plus qu'à récolter les morts et les foutre dans le trou. Jabel gozh n'alla qu'une fois, clopin-clopant, voir les poulets.

— *Ma !* Les pauvres bêtes, dit-elle. C'est pas naturel de les concentrer autant. Si c'est ça l'avenir, tu aurais mieux fait de garder les vaches...

— Les vaches c'était trop d'emmerdements pour se mettre aux normes !

La première fournée s'en alla de nuit, récoltée par des jeunes gars et filles payés au noir. Ils aveuglaient les poulets avec des lampes pour que ce ne soit pas la débandade. Fanch reçut le chèque de l'usine, fronça les sourcils et examina le bordereau à la loupe.

— Tu ne te trouves pas ton compte ? demanda Jabel gozh.

— T'occupe ! grogna-t-il.

A l'enlèvement de la troisième fournée et à la réception du troisième chèque, Fanch mit sa fierté dans sa poche.

— Cette fois, c'est sûr. Ces cons-là se foutent de ma gueule ! Je gagnerais plus comme cantonnier de la commune à me les rouler.

— Ah ! je te l'avais dit ! Il y a des choses qu'il ne faut pas croire quand c'est trop beau pour être vrai.

— Terminé ! Quand ils téléphoneront, tu leur diras de venir récupérer leur matériel !

— Tu leur diras toi-même.

Le col blanc de l'usine montra les dents : Fanch avait signé un contrat de trois ans, qu'il devait respecter.

— Mon cul ! Respecter quoi ? L'esclavage ? Si vous ramenez des poussins ici, je fous le feu au bâtiment !

Fanch reçut des lettres recommandées, auxquelles il ne répondit pas, et l'usine baissa les bras. Un camion vint récupérer le matériel.

— Qu'est-ce que tu vas faire du bâtiment ? demanda Jabel gozh.

— Un bâtiment, ça ne mange pas de pain. Il pourra servir un jour ou l'autre.

— Peuh ! A qui ?

— A mon cul !

— Tu n'as pas honte ?

Meurtri, honteux de sa crédulité, Fanch aurait bien rasé le poulailler, qui témoignait de son échec et lui heurtait la vue au point qu'il se mit à faire des tours et des détours pour l'éviter quand il déplaçait les vaches et leurs veaux d'un champ à l'autre. Chaque panneau de ce bâtiment lui cuisait le derme et l'épiderme, et les nerfs là-dessous. C'était un sujet qu'il ne fallait plus évoquer. Or un voisin allait avoir le malheur de le faire, et ce serait la cause des derniers coups de folie de Fanch avant qu'il ne se transforme en ermite.

Bien que la chasse ne le passionnât plus guère et que les réunions de chasseurs lui rappelassent Herveline, il se rendit au repas d'avant l'ouverture, au cours duquel on évaluait la population de lapins et de lièvres, et décidait de limiter ou non les prélèvements. Si on fixait des quotas, c'était parole contre parole, belle promesse contre belle promesse : aucun n'était assez sot pour laisser passer un lièvre s'il lui en tombait un sous le fusil, ni assez con pour se vanter ensuite de l'avoir mis au carnier. L'essentiel, dans ce contrat de roublards, était de se donner bonne conscience au départ de la saison, de se tenir par la barbichette pendant, et de se distribuer des tapettes après, notamment au repas des chasseurs.

— Oh ! dit l'un en regardant Fanch, on avait dit qu'on ne tirerait pas le lièvre l'année dernière, et pourtant...

— Pourtant quoi ? grogna Fanch.

— Il y a eu un lièvre qui a été tiré et raté en début de saison, avec pour résultat une patte de devant en *istribilh*[1]. Plus d'une fois je l'ai vu courir sur trois pattes dans tes prairies, mais passé la Noël il avait disparu. Peut-être que quelqu'un a réveillonné avec.

— Et tu insinues que c'est moi ?

— Moi je ne dis rien, je constate, c'est tout.

— Tu sais bien que ça peut pas être Fanch qui l'a bousillé, lança un plaisantin, il raterait une vache dans un couloir.

La tablée se gondola aux dépens de Fanch.

— Quoi-quoi-quoi ? explosa-t-il en tapant du poing sur la table. On se fout de ma gueule ?

Le gros malin enfonça une nouvelle épine dans l'épiderme de Fanch :

— J'ai jamais dit que tu avais tiré le lièvre à trois pattes... M'est avis qu'il s'est plutôt noyé dans ta fosse à merde de poulets... Qu'est-ce que tu vas faire de ton

---

1. En pendant.

poulailler, maintenant que t'as arrêté à peine commencé ? Le louer comme hivernage de caravanes ?

Fanch se leva. Tout le monde se tut.

— Rassieds-toi, Fanch, temporisa un chasseur. T'énerve pas. On rigolait juste un peu.

— Oh ! vous allez pouvoir continuer à rigoler entre vous. Mais pas du côté de Roz-Kelenn.

— Qu'est-ce que tu veux dire ? demanda le charpentier de Gouézec – le chasseur de bécasses qui fréquentait avec assiduité les prairies sauvages et la saulaie longeant le ruisseau.

— Je retire mes terres du groupement !

— Tu vas chasser en Juif, chez toi ?

— J'arrête la chasse !

— Tu peux arrêter la chasse et laisser tes terres avec nous.

— *Ma sac'h !* Je retire mes terres du groupement et je les fais garder par la fédération. Le premier qui franchira la frontière repartira avec un PV au cul ! Et qu'il ne vienne pas pleurer à Roz-Kelenn pour que je téléphone au garde de faire sauter son PV !

Il sortit. Le charpentier de Gouézec l'accompagna jusqu'à sa voiture, pour essayer de le ramener à la raison.

— Tu sais bien que je ne tire que la bécasse...

Fanch l'envoya paître :

— Tu paieras comme les autres !

De retour à la ferme, Fanch prit son fusil au-dessus de l'armoire de sa chambre, se remplit les poches de cartouches numéro quatre – du plomb pour le renard –, libéra ses trois chiens courants et les mena jusqu'à la jaille, où il les tua, l'un après l'autre. Il jeta les cadavres dans le trou, parmi la ferraille.

— Sur quoi tu as tiré ? demanda Jabel gozh.

— J'arrête la chasse, j'ai liquidé les chiens.

— *Ma doué !* Ne t'avise pas de raconter ça à tes filles…

— Si quelqu'un leur raconte, ça ne pourra être que toi.

— Déjà que…

— Déjà que quoi ? Que mes filles me regardent de travers depuis qu'elles sont nées ?

— Oh ! il ne tiendrait qu'à toi…

— La paix !

Dans la semaine qui précéda l'ouverture, Fanch s'activa à charruer une bande de deux mètres de terre le long des talus frontaliers. Une botte ne pourrait pas se poser chez lui sans laisser de traces. Le matin de l'ouverture, il se posta sur le balcon, jumelles en mains, prêt à téléphoner au garde. En fin d'après-midi, il inspecta le no man's land.

— Ah ! ah ! Aucun d'entre eux n'a osé poser le pied chez moi.

— Cette fois-ci, c'est avec le monde entier que tu es brouillé, dit Jabel gozh.

— Rien à foutre ! Tous des cons !

— *Ma !* C'est une drôle de fin de vie que tu nous prépares…

— Pas drôle, tranquille ! Avec plus personne pour me faire chier !

C'est à partir de ce moment-là qu'on parla de Fanch comme de l'ermite de Roz-Kelenn. Il avait été craint pour son esprit de domination, il fut craint pour sa solitude.

« Heureusement qu'il a sa mère avec lui, disait-on, sans cela il serait déjà à l'asile.

— Pourtant, il avait encore pas mal d'atouts en main… »

Pompidou cassa sa pipe, Giscard se présenta contre Mitterrand, ni Jabel gozh ni Fanch n'allèrent voter. Giscard fut élu président, Fanch eut soixante ans et liquida sa retraite. Lorsqu'il reçut le premier avis de virement, il resta à le regarder, comme un soldat mange des yeux son avis de démobilisation, ou comme s'il s'agissait d'une boule de cristal dans laquelle il se voyait bricoler ici et là autour de la ferme, faire du bois comme autrefois, arpenter ses champs le matin et le soir et surveiller les semailles du locataire, sans plus aucune responsabilité, débarrassé de tout souci, enfin libre. Il froissa l'avis de crédit dans sa main calleuse, souleva le rond du milieu de la cuisinière et jeta le papier au feu.

— Voilà, on est arrivés au bout, dit-il à sa mère, apaisé.

— Au bout de quoi ?

— Au bout du bout.

— Je ne sais pas si c'est une satisfaction. Tu te renfermes, mon pauvre Fanch.

— Toi aussi, tu t'es renfermée. Quand j'ai repris la ferme, tu t'es retirée dans ta cuisine.

— Pour que tu sois le chef.

— Je l'ai été.

— Sûr assez que tu l'as été. Maintenant, peut-être que tu pourrais te rappeler que tu as des filles.

— Je n'ai pas oublié.

— Oh que si, mon pauvre Fanch. Pourtant tu as intérêt à te le rappeler, parce qu'un jour tu n'auras plus qu'elles.

— Tu n'es pas encore partie.

— Ta mère n'est plus ce qu'elle était.

— Je n'ai pas vu le docteur autour de toi.

— Non, mais je sens bien mes forces s'en aller petit à petit.

— Moi non plus, je ne pourrais plus jeter un sac de cent kilos sur mes épaules.

— Nicole t'a dit qu'elle allait se marier ?

— Depuis le temps qu'elle vit à la colle.

— Voilà des choses qu'il ne faut plus dire. Les jeunes aujourd'hui vivent ensemble un moment pour voir si ça marche… Et puisque ça marche entre eux, ils vont se marier… Alors voilà ce qu'elle m'a demandé : elle voudrait que tu fasses le chauffeur des mariés avec ta belle voiture.

— Eh bien, on fera !

— *Mat tre !* Et la petite Gwenaëlle qui pousse toute seule comme quelqu'un à part ? Tu te rappelles qu'elle existe, aussi ?

— Evidemment ! Et la Parisienne, qu'est-ce que tu vas me dire à son propos ?

— Peut-être qu'elle attend un mot de toi pour revenir.

— S'il n'y a que ça…

— Tu le ferais ? s'étonna Jabel gozh, surprise.

Fanch haussa les épaules.

— Pour arriver au bout du bout du bout…

— *Mat tre.*

Jabel gozh se leva de sa chaise en s'appuyant sur le rebord de la table, souleva le couvercle de la soupière, servit le bouillon au vermicelle et coupa de fines tartines de pain rassis qu'elle mit à tremper dans les deux assiettes. Ils prirent chacun une cuillerée de soupe et soufflèrent dessus. Le téléphone sonna. Jabel gozh se releva pour décrocher et demeura le dos voûté. C'était Nicole, qui venait aux nouvelles.

— Ton père est d'accord de faire le chauffeur, dit-elle. Et il a dit qu'il va écrire à Soizig. Maintenant, il faut que je raccroche et que tu me rappelles tout à l'heure, parce que la soupe va refroidir. Si, je te répète, il a dit qu'il va écrire à Soizig…

Elle se rassit.

— *Ma !* J'aurais dû allumer la télé avant de m'asseoir.

— Pour ce qu'il y a dedans… Demain j'irai au bourg acheter du papier à lettres avec des lignes tracées dessus, plaisanta Fanch. Faudrait pas que j'écrive de travers à la Parisienne...

— La Parisienne a un nom.

— Son nom sera sur l'enveloppe.

— Qu'est-ce que tu vas lui écrire ?

— Que la porte de Roz-Kelenn n'est pas fermée.

— Je ne sais pas si ça suffira à la décider à venir au mariage de sa sœur... Tu pourrais lui dire aussi que longue est une vie, et que certaines gens changent plus d'une fois au cours de leur existence.

20

Fanch gâcha le quart du bloc de correspondance avant d'être satisfait de sa lettre. Elle commençait par : « Ma chère fille » et se terminait par : « J'espère qu'on te verra à Roz-Kelenn à l'occasion du mariage de ta sœur, ton père qui t'embrasse. » Entre les deux, Fanch donnait des nouvelles du temps, du pays, de Jabel gozh et de lui, bien qu'il sût que Soizig était informée de tout cela, au téléphone, au minimum une fois par semaine. Mais il fallait bien que sa lettre eût l'air d'une vraie lettre, et non d'un mot qu'il se serait forcé à écrire.

Soizig répondit indirectement, via Nicole : elle ne pourrait pas venir à la noce, étant de service ce jour-là.

— Et voilà ! Elle a trouvé le bon prétexte, dit Fanch à Jabel gozh. Je me suis abaissé pour des prunes.

— Qu'est-ce que tu en sais ? Elle a sûrement des obligations, là où elle travaille. Les salariés ne font pas ce qu'ils veulent.

— Enfin, moi j'ai fait le premier pas. A elle de faire le deuxième.

— J'ai bon espoir qu'elle le fera.

Nicole ne parut pas chagrinée de l'absence de Soizig. Fanch imagina que les deux sœurs s'étaient arrangées entre elles : les nouveaux mariés iraient à Paris chercher leur cadeau et on gueuletonnerait dans un grand restaurant. Pourtant il s'en ficha. D'avoir écrit cette lettre l'avait libéré, un peu comme on va à confesse. Il n'avait pas récité son acte de contrition, mais le nom et l'adresse de Soizig sur l'enveloppe, et le cachet de la poste qui faisait foi, valaient absolution du pénitent par lui-même. Ce fut comme si, tout d'un coup, l'avait quitté la nécessité de lier la vie de ses filles à la sienne. Elles n'étaient plus incrustées en lui, elles vivaient désormais à part lui.

Il considéra Nicole avec une affection toute neuve : c'était une femme à présent, aux formes généreuses, et si elle rougissait toujours aussi facilement, c'était de gaieté naturelle, d'enthousiasme, de goût pour tous les plaisirs de la vie – et aucun doute, à les voir se bécoter, qu'elle se plaisait au lit avec son Ronan.

Il remplit de bon cœur sa mission de chauffeur déguisé. Nicole lui demanda de porter un costume breton prêté par le bagad de Briec, avec pantalon rayé, *chupenn*[1] brodée aux couleurs, bleu et jaune, du pays *glazik*, et chapeau rond à rubans. Jabel gozh ne se fit pas prier pour porter sa robe de velours noir et sa coiffe du pays de Quimper qu'elle sortit de sa boîte à couvercle transparent. Les « jeunes », s'étonna-t-elle, revenaient aux sources qu'ils avaient méprisées. Ce qu'elle traduisit par un aphorisme de son cru :

— On ne trouve jamais de meilleur lait que le lait du sein qu'on a tété.

Il n'y eut point de grand repas à s'en péter la panse, pas de bal comme dans le temps, mais une fête en plein air, où chacun se servait à un buffet, et une espèce de surprise-partie générale pour terminer. Point non plus de garçon ni de fille d'honneur. Gwenaëlle aurait tenu le rôle à merveille, si jolie, si fraîche, si lointaine dans sa

1. Veste, veston.

robe courte et légère, avec sa couronne de roses sur ses cheveux nattés.

— Ma foi, c'était aussi bien que de rester à table toute la journée, concéda Jabel gozh.

Pour la première fois de sa vie, Fanch fut fier de Nicole, et il songea que Soizig avait dû changer elle aussi, habillée à la mode, parlant avec l'accent parisien, sûre d'elle-même, épanouie dans l'amour sans doute, et si elle était venue il aurait pu être fier d'elle également, mais bon, il était dit qu'il n'était pas près de la voir.

Concernant ses sentiments à l'égard de Gwenaëlle, le mot « fierté » ne suffisait pas. S'y ajoutaient une affection transie, une sorte de trouble amoureux de petit garçon sous la tutelle d'un être admiré et inaccessible. Pour son père, Gwenaëlle était une île au milieu d'un océan de mystère. Elle ressemblait de plus en plus à sa mère, et de sa mère elle avait la beauté fragile d'une fleur coupée qui ne se tient droite qu'à l'aide d'un tuteur, dans un vase à long col. Elle poussait à part, nourrie d'études et de livres, ses yeux semblaient parler plusieurs langues, toutes ces langues qu'elle apprenait, l'anglais, l'allemand, le latin, le grec, et quand on l'interrogeait sur son devenir, elle répondait en utilisant des mots hermétiques qui vous inspiraient un respect de novice : hypokhâgne, khâgne, agrégation.

Nicole était heureuse en ménage et réussirait sa vie, Gwenaëlle serait un grand professeur, Soizig reviendrait un jour à Roz-Kelenn : à ce stade de sa vie, Fanch se *soucha* [1] dans la paix comme un gros dormeur dans son lit bien chaud.

« Maintenant je suis tranquille avec mes filles », disait-il à Jabel gozh, en gloussant de bonheur.

---

1. Du verbe *souchañ*, se tapir, se lover, particulièrement sous les couvertures.

Ce mot, « tranquille », il l'avait retourné comme une peau de lapin. Naguère, vouloir « être tranquille » signifiait râler, gueuler, claquer les portes, briser en miettes les gens, les bêtes et les choses pour évacuer tous les soucis, réels ou imaginaires, dans la jaille de la fureur et de l'agressivité, et défendre son terrier d'égoïste, comme un blaireau, tête en avant, dents et griffes dehors.

A présent, sa « tranquillité » était celle d'un sage, et elle lui procurait en permanence cette douce et légère ivresse qui vous fait voir tous les défauts et les injustices du monde avec indulgence et philosophie. Pourtant, un coup du sort aurait pu faire qu'il retournât la peau de lapin dans le mauvais sens.

— Je ne sais pas comment le lui annoncer, dit Jeannette à Jabel gozh.

— Oh ! il le saura bien assez vite, alors autant le lui dire.

— Il risque d'être de nouveau fâché contre tout le monde, et va-t'en savoir pour combien de temps.

Jabel gozh haussa les épaules et mâchonna son dentier.

— Contre ça on ne pourra rien, si ça doit se produire...

Entre Brest et Quimper, on allait tracer une voie express et construire un échangeur à deux kilomètres en face de Roz-Kelenn, quasiment en vue du balcon ou du haut du palmier. Alors, les mauvaises terres, les bouts de landes et de prairies à ciguë qui avaient échu à Jeannette quand Jabel gozh avait mis la ferme au nom de Fanch, après la mort d'Adelice...

— Eh ben, voilà, le département me les achète, dit Jeannette à Fanch. N'importe comment, si je ne veux pas vendre, ils m'exproprient.

— A combien le mètre carré ?

Ce n'était pas le pactole, au mètre carré, mais multiplié par plusieurs hectares... Jabel gozh et Jeannette attendaient, anxieuses, l'explosion de fureur, la vaisselle lancée dans l'évier, la porte qui claque, les coups de fusil, allez savoir, sur les coqs et les poules – Fanch avait bien liquidé ses chiens. Il respira un grand coup, leva le menton, ferma les paupières aux trois quarts, expira, puis tapa du poing droit dans sa paume gauche en éclatant de rire.

— Celui qui croit baiser l'autre est souvent le plus baisé !

— Personne n'a essayé de tromper personne, dit Jeannette, le partage a été fait comme ça, moi j'étais d'accord, j'ai signé chez le notaire. C'est le hasard, personne n'aurait pu prévoir...

— Oh ! ne te défends pas, dit Fanch, celui qui gagne à la loterie n'a rien à se reprocher.

— Je ferai un geste, dit Jeannette.

Jabel gozh tritura son tablier. Aïe-aïe-aïe ! Fanch risquait de ne pas apprécier ces mots-là. Elle le connaissait si bien qu'elle pouvait répondre à sa place les paroles de la zizanie, germes d'une nouvelle fâcherie : « Quoi, un geste ? Tu me prends pour qui ? Pour un clochard ? Je ne demande pas la charité !... »

Il se frotta le bout du nez et tourna la tête pour regarder sa sœur du coin de l'œil, et tendre l'oreille comme un sourd.

— Un geste ?

Se rendant compte qu'elle avait commis une bourde, Jeannette se balançait d'un pied sur l'autre, tête baissée.

— Ben oui, un geste, quoi.

— Tu ne me dois rien.

— Oh ! je ne pensais pas à ça, je sais bien que tu n'accepterais pas. Je pensais juste que je pourrais payer quelque chose à tes filles... Des meubles à Nicole quand elle construira, une voiture à Gwenaëlle le jour où elle en aura besoin, un...

— C'est généreux de ta part, la coupa Jabel gozh pour que le nom de Soizig ne soit pas prononcé.

Fanch opina.

— Ma foi, il ne viendrait à l'idée de personne d'aller contre, si tu veux faire des cadeaux à tes nièces.

— *Mat tre*, jubila Jabel gozh.

Son fils avait chassé tous ses démons.

Les jours paressent, les années galopent, dit le proverbe. Faux, objectèrent les lares de Roz-Kelenn, où les heures se mirent à serpenter le long des méandres des jours, les jours à ramper du lundi au dimanche, et les semaines à cheminer d'un pas de salamandre sur le calendrier des mois.

Longtemps après le mariage de Nicole, les heures, les jours et les années paressèrent de concert. Roz-Kelenn vécut dans cette lenteur du vieillissement, au goût trompeur d'immortalité. Figés dans leur âge, Jabel gozh et Fanch pouvaient se croire éternels, comme le train paraît immobile aux passagers hypnotisés par le paysage qui défile.

René prit sa retraite de la Poste. Grâce à la vente des terrains, Jeannette aida ses fils à s'installer. L'aîné, comme prévu, ouvrit son restaurant route d'Edern. Quelque chose de moderne, dans l'air du temps, une pizzeria-saladerie, qui marcha très fort tout de suite. Il était à la cuisine, sa femme en salle. Enfin, on disait « sa femme », bien qu'ils ne soient pas mariés. C'était comme ça, à présent, les jeunes ne se mariaient plus beaucoup.

Le deuxième fils de Jeannette eut un bac technique, dans une spécialité prometteuse : les fenêtres en plastique. Pour l'instant il était toujours salarié. René disait qu'il attendrait sa trentaine pour monter sa boîte.

Le troisième fils de Jeannette prit en gérance le garage où il avait appris son métier. Lui aussi avait une copine, et un petit garçon qu'elle avait eu d'un autre gars. C'était comme ça, à présent...

Nicole et Ronan firent construire une maison neuve au bourg de Lestonan, près de la papeterie Bolloré, puis ils fabriquèrent deux enfants en trois ans. Nicole arrêta de travailler pour les élever. Ça roulait pour eux aussi bien que pour ceux du bourg.

Gwenaëlle suivait sa voie. Elle avait eu sa photo dans le journal, à la page de Briec, au moment de son admission, après le bac, dans un lycée paraît-il prestigieux : Henri IV, à Paris. Elle habita chez sa sœur Soizig jusqu'à son entrée à l'Ecole normale supérieure.

— Après, elle sera nommée professeur de lycée, dit Jabel gozh à Fanch.

Le nom de Soizig n'était plus proscrit à Roz-Kelenn. Jabel gozh l'avait réintroduit à doses prudentes, comme elle rajoutait du lait, dans le temps, à sa pâte à crêpes de froment, par petites louchées : une de trop et la pâte serait trop liquide, et il faudrait ajouter de la farine, et ça n'en finirait plus. Fanch n'avait pas mal réagi, alors Jabel gozh avait pu étaler sa pâte sur la *pillig* sans craindre qu'elle ne frise, ni ne crisse, ni ne parte en lambeaux. Après chaque conversation téléphonique avec Jeannette ou Nicole, elle racontait à Fanch ce qu'elle avait appris de la vie de Soizig. Elle était montée en grade, elle avait acheté un appartement dans le quatrième arrondissement, avec cuisine, salle de bains, séjour et deux chambres.

— *Mat tre*, dit Fanch. Toujours pas de larron en vue ?

— Non, d'après ses sœurs elle ne fréquente personne.

— Bizarre...

— Elle prend son temps. Ou peut-être qu'elle a l'intention de rester seule. Ce serait assez dans son caractère.

Soizig faisait un geste par an : sur l'enveloppe de la carte de bonne année, elle écrivait désormais les deux noms : Madame Isabelle Goasdoué et Monsieur François Goasdoué, mais sur la carte il n'y avait jamais un mot pour son père en particulier. Il se contentait de son nom sur l'enveloppe.

Jabel gozh ne taisait qu'une information à propos de Soizig : tous les mois d'août, elle passait deux semaines à l'hôtel, du côté de Douarnenez, où Jeannette et Nicole allaient la voir, ainsi que Jabel gozh, au moins une fois. Jeannette passait prendre sa mère sous un prétexte quelconque, et le soir Jabel gozh donnait à Fanch des nouvelles fraîches de Soizig, en omettant de préciser qu'elle les avait eues de vive voix. Malgré l'assurance qu'on lui donnait qu'il avait changé, Soizig s'entêtait à ne pas vouloir revoir son père.

Nicole ne comprenait pas son entêtement, elle qui avait noyé ce passé dans sa propre vie d'adulte, dans son bonheur avec son mari et ses enfants, dans la construction d'une maison neuve.

— Tu devrais aller à Roz-Kelenn, pressait-elle Soizig.

— Non. Rien qu'à l'idée de voir sa tête, et d'imaginer une saloperie qu'il pourrait me dire…

— Il n'en dit plus, assurait Nicole. Maintenant, il est doux comme un agneau.

— Je ne pourrais jamais lui pardonner ce qu'il a fait à notre mère, répétait-elle chaque année.

— Mais si, tu pourrais ! disait Nicole.

— *Ma !* Elle sait mieux que nous, disait Jabel gozh à Nicole. Elle saura quand le moment sera venu.

Jabel gozh et Jeannette souhaitaient et redoutaient à la fois une confrontation entre le père et sa fille aînée. Elles ne la croyaient pas susceptible de produire un drame, mais on serait le bec dans l'eau si jamais le nom de Soizig ne pouvait plus, de nouveau, être prononcé à Roz-

Kelenn. A quoi bon risquer de rompre cette sorte de paix des braves qui conduirait fatalement, au fil des années, à une réconciliation ? Tenir vaut mieux que courir. A vouloir appuyer sur un plateau de la balance, on risque de la fausser.

— N'importe comment, disait Soizig, on se téléphone, on se voit tous les étés, vous pouvez venir à Paris quand vous voulez, alors...

— Ma foi oui, c'est déjà très bien comme ça ! disait Jabel gozh. Malgré qu'il soit content d'avoir de tes nouvelles avec nous, ton père ne réclame pas après toi.

— Et Gwenaëlle ? demandait Nicole à Soizig.

— Je ne la vois plus beaucoup. Elle a loué un studio. Elle va voir des films qu'on n'aurait pas idée d'aller voir. Et en plus elle court les théâtres. Mais quand je la vois, elle m'inquiète. Elle a maigri, elle a l'air fatiguée.

L'année de son agrégation, Gwenaëlle passa quelques jours à Roz-Kelenn. Jabel gozh la soupesa du regard.

— Il ne reste plus rien de toi, dit-elle. On ne te donne pas à manger dans ton école à Paris ? Tu devrais rester tout l'été à Roz-Kelenn. Ta grand-mère te ferait des bonnes choses à manger et tu serais vite remplumée.

— Gwenaëlle suit la mode, commentait Fanch. Regarde les filles à la télé, on pourrait leur compter les côtes.

— Moi je ne comprends pas ça, qu'on puisse se priver de manger.

— Gwenaëlle n'est pas comme toi, elle n'a pas connu la faim.

— C'est vrai... Elle n'a pas eu à mendier...

Jabel gozh sacralisait la nourriture. Du temps de la splendeur de la ferme, son bonheur était de faire l'inventaire des réserves – de quoi soutenir un siège de plusieurs semaines : andouilles, saucissons, charniers pleins de lard, conserves maison en tout genre, haricots verts, haricots demi-secs, confiture de rhubarbe, de mûres, de framboises, compote de pommes par pots d'un litre...

Venue sur le grand âge, elle n'avait pas renié sa religion du « manger ». Auparavant elle pratiquait sur place, à présent elle se rendait au temple, pour se fournir en provisions, et tenir les deux gros congélateurs remplis jusqu'à la gueule.

Une fois par semaine, le samedi après-midi, Fanch la conduisait dans son break Ford – en passe de devenir une voiture de collection – à l'hypermarché Leclerc, à la sortie de Quimper, par la voie express. Jabel gozh écarquillait les yeux d'émerveillement. Elle voulait tout capter, tout accaparer, tout acheter aux rayons de ce qui se mangeait. Si bien qu'ils prenaient deux Caddie, et Jabel gozh remplissait le sien de denrées extraordinaires, surgelées ou qu'elle congèlerait. Il n'y avait qu'à tendre le bras : de la charcuterie, du poisson, des coquilles Saint-Jacques, des biscuits par centaines, des gâteaux de pâtisserie par douze dans des boîtes transparentes, des glaces de toutes sortes.

— Qu'est-ce que tu en as à foutre de glaces ? râlait Fanch.

— Tes petits-enfants seront bien contents de les trouver !

— Et qu'est-ce que t'en as à foutre de coquilles Saint-Jacques ? T'as regardé sur l'étiquette d'où ça vient ? Du Chili ! On va attraper la chiasse, avec ça !

— Peuh ! Espèce de *droch* !

C'est au rayon boucherie qu'elle aimait s'attarder. Il y avait toujours des promotions mirifiques. Des barquettes de cinq kilos de steak, de côtes de porc, de côtelettes d'agneau, pour le prix d'une entrecôte chez le boucher.

— C'est pour rien, disait-elle.

— Parce que les paysans sont payés à coups de lance-pierre !

— Oh ! je ne vois aucun malheureux autour de Roz-Kelenn.

Nicole et Jeannette profitaient des congélateurs de Jabel gozh qui, souvent, était obligée de leur donner le trop-plein.

Elle passait tout l'après-midi du samedi « au Leclerc ». C'était encore mieux que la sortie de l'église, autrefois : on y rencontrait un tas de connaissances, et on les rencontrait presque tout le temps à la même heure – « Les gens ont leurs habitudes », se délectait-elle. Fanch faisait le pied de grue, soupirait, trépignait. Jabel gozh était intarissable.

— Il n'y a que ta langue qui ne fatigue pas, disait Fanch.

— Tu reproches à ta mère de vieillir ?

Depuis quelque temps, elle était incapable de pousser un Caddie, si bien qu'ils étaient enchaînés au même chariot. Fanch ne pouvait plus baguenauder de son côté et attendre sa mère devant les caisses.

Jabel gozh allait sur ses quatre-vingt-dix ans. Rencontres ou pas, elle arpentait les allées de l'hypermarché de plus en plus lentement, vite essoufflée, les joues rouges, avec des cernes blancs autour des yeux et de la bouche, et ces marques de fatigue accentuaient son air émerveillé, en y ajoutant une touche de douleur cachée et surmontée, comme il y avait bien longtemps sur le visage d'Adelice.

Un samedi après-midi de fin août, par un temps lourd et orageux, elle prit froid au rayon des surgelés et rejoignit à petits pas une zone plus tempérée. Il y avait encore de nombreux touristes, qui allongeaient les queues devant les caisses. Les cernes de Jabel gozh se creusèrent, presque nacrés, comme un masque. La caissière la regarda bizarrement.

— Ça ne va pas, madame ?

— Oh si, ça va !... souffla-t-elle.

Sur le parking, sans s'en apercevoir, Fanch la laissa à la traîne. Il se retourna. Eberlué, il vit sa mère assise sur le marchepied d'un camping-car. Il se précipita vers elle en poussant le Caddie.

— Ho ! Jabel gozh ! Qu'est-ce qu'il y a ? Tu rends les armes ?

Elle esquissa un sourire. Elle regardait droit devant elle et happait l'air, la bouche entrouverte. L'image qui vint à l'esprit de Fanch fut celle d'une jument épuisée, comme morte après avoir pouliné. Des fois on avait du mal à les remettre sur pied... Les pensées se bousculaient dans sa tête : le Caddie, les denrées périssables au soleil, sa voiture à l'autre bout du parking, Jeannette, ah oui, Jeannette ! Il fallait l'appeler...

Heureusement une jeune dame s'arrêta, une belle femme, en blue-jean et débardeur.

— La dame ne va pas bien ?

— C'est la chaleur.

La jeune dame prit le pouls de Jabel gozh, écouta sa respiration sifflante...

— Vous êtes médecin ?

— Infirmière. C'est votre maman ?

Le mot « maman » résonna drôlement aux oreilles de Fanch.

— Ben oui, c'est Jabel gozh, ma mère.

— Hum ! Je pense qu'il vaudrait mieux appeler le Samu.

Fanch regarda autour de lui.

— Appeler ?... Appeler qui ?

— Ne bougez pas, je vais appeler du magasin...

Un attroupement se forma. Fanch était dans le brouillard. Il entendit quelqu'un dire : « Eloignez-vous, il faut qu'elle ait de l'air... » La jeune dame revint, et dix minutes plus tard l'ambulance du Samu, sirène hurlante, se frayait un chemin dans les travées du parking. Trois femmes en blouse blanche s'activèrent autour de Jabel gozh allongée sur une civière. Piqûre, oxygène... Fanch sentait que la balance était en train de pencher du mauvais côté. Finalement les trois urgentistes commencèrent à ranger leur matériel.

— On peut la transporter à l'hôpital, dit celle qui devait être la doctoresse. Vous êtes en voiture ?

— Ben oui, dit Fanch.

— Vous n'avez qu'à nous suivre.

— C'est que... Il faut que je passe à la maison avant. Et que je prévienne ma sœur.

— Bon... Je pense que ça ira. Votre maman sera aux urgences.

La doctoresse échangea un regard avec les deux autres. Un regard qui voulait dire « peut-être ». L'ambulance mit sa sirène en marche et emporta Jabel gozh. Fanch vida son Caddie dans le break Ford, alla le ranger sous l'auvent le plus proche, récupéra sa pièce de dix francs, s'assit au volant et d'une main tremblante tourna la clé de contact. Jamais il ne s'était senti aussi seul.

Le brouillard dans sa tête s'épaissit. A Roz-Kelenn, il composa le numéro de téléphone de Jeannette. Ça sonnait, sonnait, sonnait dans le vide. Pendant cette éternité, il eut peur que Jeannette ne soit pas là et qu'il soit obligé d'aller tout seul aux urgences de l'hôpital Laennec. Enfin, elle décrocha.

— J'étais dans le jardin...

Il lui expliqua en deux mots, elle dit : « Je passe te prendre », il rangea les victuailles dans le frigo et le congélateur, mit une chemise propre, et Jeannette arriva. Elle réunit quelques affaires dans un sac, chercha et trouva la carte d'assurée social de Jabel gozh, et ils partirent à Quimper.

On les fit attendre une bonne heure aux urgences. Puis un médecin sortit de derrière l'accueil et appela à la ronde : « Monsieur Goasdoué ! Monsieur Goasdoué ? » Fanch et Jeannette se levèrent. Jeannette tenait son mouchoir roulé en boule dans le creux de sa main.

— Vous êtes son fils ? demanda le médecin à Fanch.

— Oui.

— Et moi je suis la sœur, dit Jeannette.

— La sœur de madame Goasdoué ?

— Non, sa fille.

— Ah ! Bien. Par ici. Suivez-moi…

21

Jabel gozh vivait. Reliée à un tas de tuyaux, elle dormait.

— Demain elle sera transférée en cardiologie, dit le médecin. Un moment qu'elle devait être essoufflée.

— Elle n'a jamais été malade, dit Jeannette.

— Ah ! Comme tous les gens de la campagne. Jamais malade, et on meurt d'un coup.

Les artères de Jabel gozh n'étaient pas non plus en très bon état.

— Je suppose qu'elle ne se privait de rien. Du beurre partout...

— Ah ! ça ! dit Jeannette. La nourriture, c'est tout pour elle.

— Eh bien, il va falloir qu'elle se mette au régime...

Après quinze jours d'hôpital, Jabel gozh séjourna un mois en maison de repos, à Saint-Yvi, puis elle revint à Roz-Kelenn, ayant perdu une dizaine de kilos, affaiblie, sèche et ridée comme une toute petite vieille, à présent.

— J'aurais pu la prendre chez moi, dit Jeannette.

— Non, tu as tes petits-enfants à garder, dit Fanch, moi je n'ai plus rien à faire, je peux m'occuper de ma mère, quand même.

Il réintégra la maison au palmier, occupa une des chambres des filles, et on aménagea la chambre au balcon en fonction de l'état de Jabel gozh : un poste de télé avec télécommande, un lit médicalisé, un meuble où ranger ses médicaments, un peu de vaisselle et le nécessaire pour les soins, une bouilloire électrique pour n'avoir pas à descendre à chaque fois chauffer l'eau de ses tisanes, un plateau à roulettes comme à l'hôpital pour qu'elle puisse prendre ses repas au lit. Le bac à douche fut remplacé par un modèle plus pratique, sans seuil.

— Me voilà prisonnière chez moi, chuinta Jabel gozh, qui n'avait plus qu'un filet de voix. Oh ! mais il ne faut pas croire, je descendrai dans le jardin dès que ça ira mieux avec moi.

Une infirmière à domicile passait tous les matins lui faire sa toilette. En semaine, Jeannette venait presque tous les jours à l'heure du *merenn vihan*, Nicole un jour sur deux ou trois, en coup de vent, et le dimanche tout le monde se retrouvait à Roz-Kelenn, pour la journée. René et Ronan donnaient un coup de main à Fanch pour descendre Jabel gozh assise sur une chaise afin qu'elle participe au repas de midi. Les deux femmes faisaient le ménage, lavaient le linge sur place ou l'emportaient.

Le travail le plus délicat incombait à Fanch : sauf le dimanche, préparer les repas de sa mère, midi et soir, selon les instructions du médecin. Le régime était sévère, Jabel gozh ne l'acceptait pas. Tout ce que Fanch lui servait était mauvais. Ça manquait de sel, ça manquait de beurre, la margarine allégée gâchait les meilleures viandes ; grillé ou bouilli, le poisson ne ressemblait à rien.

— Tu n'as jamais su cuisiner quoi que ce soit, reprochait Jabel gozh à son fils.

— Je mange la même chose que toi et ce n'est pas mauvais !

— *Ac'h*[1] *!* Un cochon n'en voudrait pas.

1. « Pouah ! »

Privée de sel, de beurre et de sauce, Jabel gozh déprimait et ne dormait plus. Le nouveau médecin du bourg – le docteur Kergourlay avait pris sa retraite depuis belle lurette – lui prescrivit un antidépresseur léger et un somnifère. Son humeur s'améliora pendant une quinzaine de jours, puis elle redevint acariâtre. Voulait-elle du foie de veau que Fanch filait dare-dare en acheter au bourg, le cuisinait de son mieux, en ajoutant des échalotes dans la margarine, et Jabel gozh recrachait la première bouchée.

— *Ac'h !* Tu veux empoisonner ta mère ?

Voulait-elle descendre dans la cuisine – « En bas j'aurai meilleur appétit... » – que Fanch la portait dans ses bras, au risque de se casser le dos – il allait sur ses soixante-dix ans –, et la posait doucement sur sa chaise, comme une figurine en porcelaine, et elle semblait heureuse, une demi-heure, une heure, après quoi elle grognait pour remonter. Le lendemain, elle ne voulait plus descendre :

— Je suis mieux dans mon lit... Tu fais trop de courants d'air, en bas...

— Qu'est-ce que tu racontes ? Tout était fermé !

Elle avait trop chaud et besoin d'air, il ouvrait la fenêtre de sa chambre. Dix minutes plus tard, elle gémissait qu'elle avait froid. Il fermait la fenêtre et allumait le radiateur électrique d'appoint, et voilà qu'elle réclamait de l'air.

— Qui aurait cru que ton père serait aussi dévoué que ça à sa mère ? disait Jeannette à Nicole.

Jabel gozh ne s'alimentait plus assez, il fallut lui donner une sorte de bouillie liquide, que le docteur appelait « complément alimentaire », et la forcer à l'avaler. Elle déclinait. Jeannette ou Nicole tenaient Soizig informée de l'évolution de son état, par téléphone, presque au jour le jour.

— Peut-être qu'il vaudrait mieux l'hospitaliser ? suggéra Soizig.

— Ça ne servirait à rien, d'après le docteur. Elle est usée. Il vaut mieux que... qu'elle...

L'histoire recommençait. On n'osait pas achever la phrase que le docteur Kergourlay n'avait pas finie à propos d'Adelice : « ... qu'elle meure chez elle, dans son lit. » Tout était prêt dans l'armoire. Il y avait de longues années que Jabel gozh avait dit à Jeannette comment elle souhaitait être habillée sur son lit de mort : dans cette même tenue de paysanne qu'elle portait au mariage de Nicole, jupe et corsage de velours noir et tablier brodé.

Au mois d'octobre, la Cornouaille connut une sorte d'été indien, mais sans ciel bleu. Des températures estivales, des averses de pluie tiède et de ces coups de vent bizarres qui transportent du sud le sable rouge du désert. Jabel gozh respirait de plus en plus difficilement. Elle sommeillait sur son lit, en petite chemise, les bras le long du corps, les paumes dirigées vers le plafond.

René alla à Quimper acheter un ventilateur. L'infirmière apporta un brumisateur. Fanch aspergeait de fines gouttelettes d'eau d'Evian le front, les joues et les épaules nues de sa mère. Il n'osait plus s'éloigner de la maison. Nicole et Jeannette passaient deux fois, trois fois par jour. Le médecin s'arrêtait souvent, quand il était dans les parages.

Un vendredi après-midi, Jabel gozh perdit connaissance. Jeannette et Fanch recueillirent son dernier souffle aux alentours de minuit. Fanch secoua la main de sa mère.

— Alors, Jabel gozh, tu nous as laissés tomber ? Ah ! ce n'est pas bien de ta part ! dit-il d'une voix brisée.

— Idiot ! Ce que tu peux être bête de lui parler comme ça ! dit Jeannette en éclatant en sanglots.

Le samedi matin, Jeannette et Nicole arrangèrent la morte et se répartirent les formalités. L'enterrement aurait lieu le lundi, à quatorze heures trente. Nombreuses furent les visites à Roz-Kelenn. Des gens que Fanch connaissaient, à commencer par les parents d'Adelice ; des gens qu'il connaissait à peine ; des gens qu'il ne connaissait pas du tout ; des descendants de gens qu'il aurait pu connaître s'il ne s'était pas enfermé d'abord dans la tour d'ivoire de son ambition, ensuite dans le château fort de sa rancune à l'égard du monde.

Tous dirent du bien de Jabel gozh, avec une sincérité indubitable, renforcée par des anecdotes émues. Fanch apprit ainsi des choses qu'il ignorait. Par exemple que sa mère, après avoir acheté Roz-Kelenn, faisait porter chaque année une bouteille de fine champagne aux enfants de la fermière qui lui avait offert des crêpes, le jour où elle avait commencé de mendier avec sa sœur – Maï-Yann, sa petite sœur disparue on ne savait où. A la même époque, elle tenait à jour une liste de pauvres à qui elle faisait livrer un sac de blé à la fin du battage. Ces louanges le consolèrent un peu de la perte de sa mère, mais pas de la grosse déception qu'il allait subir.

Le dimanche midi, au début du repas, il demanda à Nicole :

— Et tes sœurs ? Elles arrivent quand ? Elles prendront le taxi ou il faut aller les chercher à la gare ?

René et Ronan regardèrent en l'air. Nicole rougit jusqu'à la racine des cheveux. Jeannette répondit à sa place :

— Elles ne peuvent pas venir.

— Elles ne peuvent pas venir à l'enterrement de leur grand-mère ?

— Gwenaëlle passe ses derniers examens.

— Et la Parisienne ? Elle ne passe pas d'examens, elle !

Fanch secoua la tête.

— Quand même, après tout ce temps... Les gens vont se demander pourquoi il n'y a qu'une petite-fille sur trois à l'enterrement.

— Mais non, dit Jeannette, les gens savent bien qu'on ne fait pas ce qu'on veut.

— Et moi, qu'est-ce qu'il faut que je fasse ? Que je demande pardon ? Eh ben, je demanderai pardon ! Je me mettrai à genoux. J'enverrai une lettre à Paris dès la semaine prochaine.

— C'est ça, dit Jeannette, on en reparle la semaine prochaine.

— Tu m'as l'air bien pressée de finir cette conversation... J'ai l'impression qu'on me cache quelque chose.

— Mais non, tu te fais des idées, personne ne te cache quoi que ce soit.

— Hum ! Je n'en suis pas sûr. Pas sûr du tout.

Le lundi matin de bonne heure, Interflora livra un splendide coussin de roses blanches et son bandeau en lettres dorées sur fond bleu : « A notre grand-mère chérie, Soizig et Gwenaëlle. »

Juste avant midi, le facteur apporta une lettre de Gwenaëlle : un mot manuscrit où elle disait qu'elle était malheureuse de ne pas pouvoir venir, et un texte tapé à la machine.

— Un hommage à sa grand-mère, dit Jeannette.

— Je savais bien que tu me cachais quelque chose.

— Tu te serais énervé si le courrier n'était pas arrivé. Je me suis arrangée avec le curé. Il lira ce qu'elle a écrit à la messe. Montre...

— Attends un peu que je le lise...

Au bout de quelques lignes les lèvres de Fanch se mirent à trembler. Puis les larmes lui vinrent aux yeux. En même temps, il souriait.

— *Ma !* Elle écrit bien... Comme un écrivain.

Gwenaëlle racontait la vie à Roz-Kelenn sous l'égide de sa grand-mère, ses grandes qualités et ses petits travers, avec un humour duquel naissait une formidable émotion. Jeannette et Nicole lurent le texte à leur tour, et durent s'essuyer les yeux.

— C'est Jabel gozh tout craché, dit Jeannette, on croirait qu'elle est là avec nous.

— Comment Gwenaëlle a pu enregistrer tout ça ? dit Fanch d'une voix rauque. Elle qui n'avait jamais l'air d'être tout à fait avec nous... Et au contraire... Tout lui entrait dans la tête...

— Gwenaëlle a toujours été sensible, dit Jeannette. Peut-être trop... Et d'ailleurs...

Elle laissa sa phrase en suspens. Les gars des pompes funèbres arrivaient, pour la mise en bière et la levée du corps.

La messe fut magnifique, sans doute la dernière vraie messe d'enterrement avant que les traditions ne disparaissent avec les anciens qui ne butaient pas sur les mots des cantiques en breton, que chanta la chorale de Briec. Lu avec l'accent de basse Cornouaille par le curé, le texte de Gwenaëlle fit forte impression : c'était la première fois qu'une pauvresse née dans la misère avait droit à son éloge funèbre, comme les grosses têtes.

Dans les yeux des anciens qui défilaient pour bénir le cercueil, on pouvait lire comme un étrange bonheur intérieur et de la gratitude à l'égard de la famille répartie sur les deux bancs de devant.

A l'abri du fier rempart du grand deuil, drapée dans son chagrin, Jeannette épiait chaque visage de ses yeux embués, et son cerveau, à chaque échange du goupillon, tournait comme une noria, plongeait ses godets dans le puits de la mémoire, en ressortait avec un nom de famille associé à un nom de lieu-dit. Les Cosmao de Kermabig… Les Guéguen de Savardiry… Les Troadec de Verlédan… Les… ? Ah… Dans son annuaire des fermes du canton, il manquait parfois des noms. La noria plongeait dans un trou de mémoire, le godet remontait à vide.

Un couple de miséreux mit en échec la sagacité de Jeannette. C'étaient des gens sans âge, mal fagotés, lui dans un costume étriqué de chanteur de twist des sixties, elle dans une robe de mariée retaillée, mari et femme probablement, des caricatures. Presque des nains, et des cloches à cent pour cent.

Ils cherchèrent à croiser le regard de Jeannette, puis celui de Nicole et de Fanch, avec sur les lèvres un sourire intimidé, ou niais, avec un rien de complicité en suspens, comme s'ils avaient quelque chose à dire, une confidence qu'ils n'osaient pas faire. D'une tape impatiente sur le bras, une vieille paysanne leur réclama le goupillon et ils s'en allèrent en traînant les pieds, suivis du regard par Jeannette.

Reprenant son observation, elle eut un haut-le-corps et donna un coup de coude à Nicole.

— Tu as vu celui-là ? chuchota-t-elle. Dis-moi que je rêve…

— C'est pas possible, souffla Nicole.

Elles roulèrent toutes deux des yeux effarés. Un jeune homme recevait le goupillon de la vieille paysanne, le trempait dans le vase, le secouait en direction du cercueil, comme on assène un coup de merlin. Fanch se tenait tête baissée, mains croisées entre ses genoux. Le jeune homme s'arrêta devant lui. Fanch releva la tête. Une lueur d'effroi voila son regard. Ce jeune homme, c'était lui, à vingt ans : le même front, le même nez, les mêmes mâchoires, ces mêmes yeux bleu acier et ce même regard insoumis et conquérant. De sa mère Herveline il tenait une jolie bouche en cœur et une lèvre supérieure délicatement ourlée.

La file marquait le pas. Dans celle qui quittait l'église par l'allée du milieu, des gens se retournèrent. L'organiste fit une fausse note. Le curé fronça les sourcils. Fanch ne pouvait pas faire autrement que de rester assis, en position d'infériorité.

— Je suis venu à l'enterrement de ma grand-mère, dit le jeune homme.

— *Mat tre*, murmura Fanch. C'est tout à ton honneur. On se parlera après si tu veux.

Le jeune homme suivit le cortège jusqu'à la tombe, assista à l'inhumation et sortit fumer une cigarette près de la porte principale du cimetière, où le rejoignit Fanch, tandis que Jeannette et Nicole, leurs maris, leurs enfants et alliés se tenaient à l'écart.

— Comment tu t'appelles ? demanda Fanch.

— Veg.

— Tu as l'intention de faire du barouf ?

— Non, pas du tout.

— Alors c'est bon. Et ta mère, elle vit toujours ?

— Elle s'est mariée après ma naissance, avec un marin d'Etat qui avait fait ses quinze ans. Ils habitent à Brest. Il travaille à l'arsenal.

— Sûrement qu'il est heureux avec elle. Ta mère est quelqu'un de bien.

— Oui, je sais.

— Et toi, qu'est-ce que tu fais ? Tu poursuis des études ?

— Oh ! moi, je tiens de mon père, dit Veg en toisant Fanch et en plissant les yeux comme lui. Je suis un gars de la terre. Je viens d'avoir mon brevet agricole.

— *Mat tre ! Mat tre !* Viens au café, on va parler de tout ça...

A Kerrossignol, le père et le fils firent bande à part, de chaque côté d'une table au fond du bistrot. L'événement ternit la gloire à laquelle Jabel gozh aurait dû prétendre. Au lieu de parler d'elle, les gens venaient à la table de la famille chuchoter leur question : « C'est lui ? C'est le fils qu'il a eu d'Herveline ? » Nicole et Jeannette haussaient les épaules, ben oui, vu comment il ressemble à son père...

Que se dirent-ils ? Cette interrogation plana jusqu'au dessert au cours du repas du soir à Roz-Kelenn. On attendit en vain que Fanch mette le sujet sur le tapis. René et Ronan sortirent soi-disant fumer une cigarette et Jeannette passa à l'attaque :

— Sa mère vit toujours ? demanda-t-elle.

— La mère de qui ? ironisa Fanch.

— Oh ! ne fais pas l'imbécile... Tu sais bien de qui je parle.

— Cette question ne regarde que moi.

— Et tes filles, excuse-moi. Un demi-frère qui leur tombe dessus, ça change beaucoup de choses.

— Occupe-toi de tes fesses ! gueula Fanch.

— Pauvre Jabel gozh, dit Jeannette, heureusement qu'elle n'est plus là pour t'entendre.

— Oh ! si elle était là, elle écouterait pareil ce que je vais vous dire et que vous tenez tellement à entendre. Le gars qui vous occupe tant s'appelle Veg et il a fait l'école d'agriculture. Il cherche des terres pour s'installer, alors j'ai décidé de lui donner celles de Roz-Kelenn à exploiter.

— Peuh ! Tu ne sais même pas si ça peut l'intéresser, dit Jeannette.

— Il faut bien réfléchir, dit Nicole du bout des lèvres et en rougissant. Si on veut vendre les terres un jour...

— Ah ! tu penses à ton héritage, toi ?

— Non, mais...

— Nicole a raison, dit Jeannette, quand il y a un locataire dans la place, c'est impossible de l'en déloger.

— Il n'y aura aucune raison de l'en déloger s'il se plaît à Roz-Kelenn.

— Bon, tu feras comme tu voudras, concéda Nicole.

— Y a intérêt, que je ferai comme je voudrai ! Je suis encore maître chez moi !

— Soizig ne sera pas d'accord, dit Jeannette.

— Pas d'accord ? Et à quel titre ? Pas d'accord ? Eh bien, qu'elle vienne me le dire en face, la Parisienne !

— Plus tôt que tu ne le penses, parce qu'elle va venir ramener Gwenaëlle à la maison.

— Ramener Gwenaëlle ?

— Elle est malade, murmura Nicole.

— Malade ?

— Oui, malade, asséna Jeannette. Ses examens, elle les a eus il y a un bout de temps, et après elle a été nommée dans un collège de banlieue, et elle n'a pas tenu le coup.

— Elle faisait classe à des bougnoules ?

— C'était un collège difficile... Elle est soignée pour dépression et depuis elle est en longue maladie.

— Et on a jugé bon de ne rien me dire ?

— Tu avais déjà assez de soucis comme ça avec notre mère, répondit Jeannette.

— Ben merde alors ! Vous me prenez vraiment pour la dernière roue de la charrette ! Maintenant, foutez le camp que je digère tout ça tout seul.

— Tu peux nous promettre que Soizig ne sera pas mal reçue ? demanda Nicole.

— Ta sœur aînée est une fille de Roz-Kelenn autant que toi et Gwenaëlle.

Fanch mit ses coudes sur la table et se prit la tête à deux mains.

— *Ma sac'h !* J'en ai marre de tout ça. Vraiment marre de tout ça...

Il faisait pitié à voir. Jeannette et Nicole se levèrent pour débarrasser la table. En silence. Fanch sanglotait.

Jeannette alla chercher Soizig et Gwenaëlle à l'arrivée du train de nuit, le samedi matin, et les emmena d'abord chez elle prendre le petit déjeuner et se déchiffonner. A Roz-Kelenn, Fanch bouillait d'impatience, ce qui ne l'empêcha pas, quand la voiture de Jeannette s'annonça dans le chemin, de foncer se cacher dans la crèche et d'attendre que ses filles et leur tante aient débarqué, en partie pour se préparer au choc, et en partie pour ne pas avoir l'air de s'abaisser. Il surgit dans la cour une fois les valises posées par terre.

Soizig était élégamment vêtue de bottes en cuir, d'une jupe ample et d'un manteau à grand col de fourrure, ainsi que d'une toque, également en fourrure, qui mettait en valeur la teinte acajou de ses cheveux arrangés comme ceux d'une actrice de cinéma. Fanch fut intimidé, comme devant une femme étrangère, d'un niveau supérieur au sien. Il la regarda à hauteur du col et de la toque et se moqua :

— On est habillée comme pour aller au pôle Nord ? Il fait donc si froid que ça à Paris ?

Il se penchait pour lui tendre sa joue à embrasser, elle fit un pas en arrière en relevant son col de fourrure.

— Ni plus chaud ni plus froid qu'ici, dit-elle. Plus chaleureux, en tout cas.

Il ferma les yeux à demi, signe qu'il préparait une attaque.

— Chaleureux, je pense deviner ce que tu veux dire... Pourtant, les hommes à Paris ne doivent pas être très *chaleureux*, puisque tu es toujours vieille fille, à ce qu'on m'a dit.

— Et très contente de l'être, ne t'inquiète pas pour moi.

— Oh ! je ne m'en fais pas !

— Tant mieux, parce que si un jour je me marie, tu ne recevras pas de faire-part.

— Ho ! ho ! ho ! fit mine de se réjouir Fanch, ça fait plaisir de retrouver la Soizig telle qu'elle est partie.

— Alors on est contents tous les deux, parce que moi aussi je suis ravie de te retrouver tel que tu as toujours été.

— *Mat tre, mat tre*, bougonna-t-il.

Dans l'instant, comme si l'eau n'avait pas coulé sous les ponts depuis le départ de Soizig, Fanch était de nouveau dominé, dressé, fouetté par ses yeux vifs de rouge-gorge et sa moue de dédain. Du coup, il en oublia d'embrasser Gwenaëlle. Elle était en jean et chaussures de sport, et frissonnait dans une veste en laine, à carreaux rouges et verts, trop large pour sa poitrine plate. Elle avait enroulé une grosse écharpe autour de son cou, dans laquelle elle enfonçait le menton. Elle avait toujours ses grands yeux à contempler le dedans des gens et des choses sans ciller, mais leur regard était un peu fixe, tourné vers l'intérieur d'elle-même, à présent.

— Alors et toi, Gwenaëlle ? On m'a dit que tu avais perdu le moral ?

— Ça va mieux.

— Les bougnoules t'ont fait chier dans ton collège de banlieue ?

— Oh ! non ! Pas du tout. Ce n'est pas ça.

— Alors, quoi ? Un amoureux qui t'a laissée tomber ? Un de perdu, dix de retrouvés !

— Gwenaëlle est allée au bout de ses forces pour avoir ses examens, dit Soizig. Après, elle n'en avait plus assez pour faire face aux élèves.

Gwenaëlle hocha la tête.

— Elle a besoin de se reposer, dit Jeannette.

— Et qu'on la ménage, dit Soizig. Qu'on ne lui dise pas n'importe quoi.

Fanch tressaillit mais ne répliqua pas.

— Bon ! Où tu veux t'installer ? demanda Jeannette à Gwenaëlle. Dans la maison ou dans le pennti ?

— Dans le pennti, je crois.

— *Mat tre !* opina Fanch. Là, tu seras comme chez toi. Je vais aller allumer le feu dans le poêle.

— On va mettre des patates à cuire, dit Jeannette. J'ai apporté un rôti de porc froid.

— *Mat tre*, répéta Fanch, comme s'il voulait acquiescer à tout.

Il empoigna les deux valises.

— C'est tout ce que tu as comme bagages ?

— Tous ses livres vont venir par transporteur, dit Jeannette.

— *Mat tre.* Dans le pennti, elle aura toute la place qu'elle veut pour les mettre.

Après manger, Jeannette emmena Gwenaëlle ranger ses affaires dans le pennti. Le poêle ronronnait.

— Je mettrai mes posters, dit Gwenaëlle.

— Bien sûr. Tu décoreras ton chez-toi à ton goût.

Dans la cuisine, Fanch et Soizig étaient assis face à face aux deux bouts de la table.

— Pas la peine qu'on tourne autour du pot, dit Soizig. Je ne suis pas d'accord qu'on donne les terres en location à l'autre.

— L'autre a un nom. Il s'appelle Veg.

— Nicole est d'accord avec moi.

— Celle-là, elle pense déjà à vendre les terres à peine j'aurai cassé ma pipe. Peut-être qu'elle a peur que je fasse donation de ma part de capital à quelqu'un avant de crever...

— Quelqu'un ! Appelle-le par son nom, puisque tu m'as fait remarquer qu'il en avait un ! Parle franchement, au lieu de couper les cheveux en quatre ! Regarde les choses en face ! Tu sais bien que ce n'est pas possible, pour un tas de raisons ! A commencer par le respect de la mémoire de notre mère ! Mais je suppose que notre avis t'importe peu !

— *Ma !* « Notre avis t'importe peu... » On parle comme une grande dame, maintenant ?

— Si tu loues les terres à ce fils que tu as eu d'une autre pendant que notre mère mourait, c'est la dernière fois que tu me vois.

— Dernière fois ou pas, c'est à toi de décider.

— Parfait ! On n'a plus rien à se dire.

— Je crois que pour une fois tu as raison.

— Quand l'un a raison, ça signifie que l'autre a tort.

Soizig se leva et sortit pour ne pas laisser à son père le temps de répliquer. Elle alla embrasser Gwenaëlle dans le pennti.

— On se téléphone au moins une fois par semaine, hein ? Et si un jour tu veux revenir travailler à Paris, tu sais que ta chambre sera toujours prête.

Gwenaëlle secoua la tête.

— Je ne crois pas.

— Repose-toi bien. Change-toi les idées. Je suis sûre que tout ça va passer et que tu repartiras du bon pied.

Les deux sœurs avaient du mal à se séparer. Elles s'embrassèrent encore une fois, puis Soizig monta dans la voiture de Jeannette.

— Il va lui donner les terres en location, dit-elle.

— Remarque, ce n'est peut-être pas plus mal... La ferme va revivre...

— Que la ferme revive, pourquoi pas. Mais pas avec un coucou dans le nid.

— Oh ! que la vie est compliquée ! soupira Jeannette.

— Très simple, au contraire, trancha Soizig, quand on n'a plus à se soucier de certaines personnes.

— Tu es dure avec ton père.

— Il restera toujours un sale con.

— Tu ne devrais pas dire ça. Il t'a laissée avoir le dessus sur lui.

— Oui, pour mieux installer son coucou dans le nid.

— Peut-être que Fanch espère que vous allez finir par vous arranger avec... euh, son locataire.

— Il peut toujours courir ! C'est la dernière fois que je mets les pieds à Roz-Kelenn de son vivant.

— Il aurait sûrement aimé avoir ses trois filles autour de lui. Tu vas lui gâcher ses vieux jours.

— Tant mieux ! Qu'il en bave, et qu'il crève !

La voiture cahotait dans le chemin, au ralenti, laissant derrière elle la maison au balcon et son palmier. Le moteur ronflait, en première. Jeannette marqua le stop au carrefour de Kroazh-Venn.

— Je n'ai jamais compris et je ne comprendrai jamais qu'entre ton père et toi ça ait pu aller aussi loin.

— Moi non plus.

— On peut vivre comme chien et chat, mais aller jusqu'à souhaiter la mort de son propre père...

— Bon, d'accord, j'ai exagéré. Mais il mourra bien un jour et crois-moi, on ne me verra pas à son enterrement.

— Tu as le temps de changer d'idée d'ici là.

— Ne compte pas là-dessus, ma petite tante.

— Oh ! remarque, peut-être qu'il nous enterrera tous.

— Ne parle pas de malheur !

Jeannette démarra, pila de nouveau après avoir franchi le stop, pour laisser passer un cycliste. Le museau de la voiture dépassait sur la route.

— Démarre d'ici avant qu'on soit tuées toutes les deux, dit Soizig. J'ai pas envie que mon père vienne à mon enterrement.

— Oh ! il n'économiserait pas sur les fleurs !

— Sur les pissenlits, certainement ! En disant : « Tiens, bouffe-les par la racine. »

— Ma foi, ce serait bien digne de lui...

Elles rirent toutes les deux.

— Je suis sûre que tu reviendras le jour où il faudra.

— Non, ma petite tante, même pas pour te faire plaisir.

22

— « Même pas pour te faire plaisir », c'est ce qu'elle m'a dit ce jour-là au stop de Kroazh-Venn, répéta Jeannette à Nicole et Gwenaëlle.

Elle guignait le corps de Fanch dans son cercueil, avec dans le regard les éclats d'acuité d'un contrôleur à la recherche du détail qui cloche.

— Elle a toujours fait ce qu'elle disait, murmura Nicole.

— Hier soir au téléphone, je l'ai sentie très hésitante, dit Gwenaëlle. J'aurais cru qu'elle viendrait.

— Si c'est pas malheureux... soupira Jeannette.

Yannig Loussouarn et un de ses gars se tenaient prêts à visser le couvercle du cercueil. Les deux autres employés terminaient de transporter les fleurs dans le corbillard garé en marche arrière devant la porte du funérarium aménagé dans le sous-sol de la maison de retraite. Jeannette frisa le nez au passage d'une couronne anonyme – de la part d'Herveline, hum, certainement.

— Soizig ne viendra plus, dit Gwenaëlle.

Yannig Loussouarn consulta sa montre.

— Tu sais, Jeannette, il va être temps qu'on y aille.

— Alors tant pis pour elle, dit Jeannette, elle n'aura pas vu son père sur son lit de mort.

— Peut-être qu'elle est à l'église, dit Nicole.

Elle prit son téléphone portable dans son sac.

— Tu veux que j'appelle Ronan ?

Le reste de la famille attendait l'arrivée du corps devant l'église.

— Non, pas la peine. On verra bien.

Les trois femmes embrassèrent le front du défunt.

— Il a vraiment l'air jeune, s'attendrit Jeannette.

Elle se répétait, alors Nicole se répéta aussi, par délicatesse. Répondre la même chose aux personnes qui radotent est le meilleur moyen de leur donner l'illusion qu'elles ne radotent pas.

— Oui, on dirait qu'il a rajeuni dans la mort, dit-elle.

— C'est le cas, c'est le cas, acquiesça Jeannette.

Yannig Loussouarn la prit par les épaules et l'écarta avec douceur.

— S'il te plaît, Jeannette...

— Mon frère jumeau... C'était quelqu'un, quand même !...

Le couvercle du cercueil fut vissé. Le ciel ne brillerait plus jamais au-dessus de la tête de Fanch Goasdoué de Roz-Kelenn.

Les deux sœurs aidèrent leur tante Jeannette à monter dans le corbillard. A quatre-vingt-huit ans, c'était une petite vieille ratatinée, fragile et râleuse, le portrait craché de sa mère Jabel gozh, sur la fin.

Nicole avait bien l'air de la dame qu'elle avait souhaité devenir dès qu'elle eut franchi la cinquantaine : une grand-mère permanentée, vêtue de couleurs passe-partout, portant des collants opaques et des chaussures basses confortables, à semelle de crêpe.

Quant à Gwenaëlle, à cinquante-deux ans c'était une belle femme mince, une femme faite puisqu'elle avait eu un fils, mais qui avait gardé son allure de jeune fille à part, rêveuse et marginale en regard des critères familiaux, avec ses longs cheveux qu'elle teignait en blond vénitien et qu'elle coiffait comme ces femmes-artistes qu'elle fréquentait – chanteuses, peintres, poétesses –, nattés ou en queue-de-cheval, ou comme ce jour-là en chignon plus défait qu'épinglé. A Gwenaëlle on pardonnait tout, même de porter à l'enterrement de son père des bottes d'équitation, un jean noir et l'un de ses pulls rococo, brodé d'une grosse fleur en verroterie.

Le fourgon mortuaire démarra doucement en direction de l'église proche.

— Même pas pour me faire plaisir, marmonna Jeannette. C'est ce qu'elle m'a dit ce jour-là, au carrefour de Kroazh-Venn. Vous vous rendez compte ? C'est pas possible... Elle aurait quand même pu pardonner à son père, depuis le temps...

Depuis le temps, la roue avait tourné et de l'eau polluée de nitrates et de pesticides avait coulé sous les ponts de l'Odet.

Malgré la malédiction prononcée par Soizig dans la voiture de sa tante au carrefour de Kroazh-Venn – « Qu'il crève ! » –, Fanch connut de longues années de paix, comblé de tous côtés, repu de félicité bonasse.

Comblé par Soizig. Qui n'aurait été surpris de lire dans ses pensées ? Oui, Soizig l'avait comblé, le jour où elle avait ramené Gwenaëlle à la maison, en se montrant à lui si bien habillée, si bien coiffée et si arrogante. Elle avait réussi sa vie à Paris et, paradoxalement, cela lui plaisait qu'elle n'eût pas besoin de lui. Le célibat proclamé de Soizig était un sujet de contentement plus confus et plus secret, comme une brume rose qui flottait quelque part dans sa tête, dans la zone de ses contradictions : il aurait détesté que lui ayant tenu tête, à lui, son père, elle se fût pliée aux désirs d'un marlou, qu'il imaginait, pour se faire peur, sous les traits d'un Parigot d'opérette, pâlichon et hâbleur, vantard et nullard.

Il fut comblé par le retour de Gwenaëlle, cette orchidée tombée d'une planète inconnue, qu'il couva de tous ses soins. « Il est complètement gâteux d'elle », disait Nicole à Soizig, au téléphone. Voulait-il se racheter d'avoir négligé et trahi sa mère Adelice, à qui elle ressemblait tant ? Il se dévoua à son service bien plus qu'il ne s'était dévoué auprès de Jabel gozh devenue dépendante. Il entretenait son feu, changeait son lit, lui préparait à manger ce qu'elle désirait, allait au bourg de bonne heure le dimanche matin lui chercher du pain frais et des choux à la crème, s'ébaudissait de la voir passer des heures et des heures à lire et à écrire il ne savait quoi. Il lui achetait tout ce qu'elle désirait, ou qu'il croyait qu'elle désirait : un poste de télévision grand écran, un téléphone rien que pour elle dans le pennti, un cheval quand Veg lui en donna l'idée. Qu'elle fût mélancolique l'arrangeait aussi. Elle se tenait à l'écart du monde, la protéger était plus facile. Fanch redoutait de la perdre, mais pas pour la même raison que le célibat de Soizig lui plaisait. Dépourvue de tout sentiment de rivalité, c'était la crainte qu'elle ne tombe amoureuse d'un garçon qui ne saurait pas manipuler le cristal.

Du côté de Veg, la félicité fut un peu plus longue à atteindre. D'une part, la reprise des terres demanda le temps des dossiers à remplir pour qu'il s'établisse sous le statut de jeune agriculteur. D'autre part, Fanch s'était imaginé que Veg allait remettre les pâtures en état pour un troupeau de belles vaches laitières. Or, il commença par couper tout ce qui dépassait des talus, puis rasa certains talus eux-mêmes, avant de transformer le vieux poulailler en porcherie. Un bulldozer traça une route directe entre le chemin de Kroazh-Venn et le bâtiment afin que les engins de Veg n'aient pas besoin de traverser la cour.

— Tu crois que c'est ça l'avenir, le cochon ? demanda Fanch, déçu.

— C'est le seul moyen de s'en tirer, répondit Veg.

Il allait ensemencer en maïs chaque mètre carré et saucer la terre sans répit, d'engrais, de pesticides et de lisier. C'étaient les nouvelles méthodes, et Fanch l'accepta.

Il s'était aussi imaginé que Veg viendrait habiter avec lui et qu'il lui donnerait la chambre au balcon. Mais Veg louait d'autres terres, à l'ouest de la voie express, et y habitait.

— Tu m'as donné tes terres pour un loyer symbolique, et je ne t'en remercierai jamais assez, mais habiter à Roz-Kelenn, non, ça c'est impossible. Ma vie est de l'autre côté de la voie express.

— Tu as quelqu'un ?

— Plus ou moins. Elle n'est pas encore décidée à se marier avec un paysan, mais j'espère que ça viendra.

— Alors...

De cette cohabitation impossible, Fanch prit également son parti. De toute façon, il voyait son fils presque tous les jours. Il suffisait qu'il se rende du côté de la porcherie quand il entendait le tracteur gronder dans la nouvelle percée. Veg restait assez souvent manger, ou prendre le quatre-heures. Ces jours-là, Gwenaëlle souriait. Veg trouvait les mots qu'il fallait pour la dérider. Ils parlaient de films qu'ils avaient vus à la télé, et de romans compliqués que Gwenaëlle prêtait à son demi-frère.

— *Ma !* disait Fanch, toi aussi t'es un intellectuel ?

Veg rigolait.

— C'est pas parce qu'on est paysan qu'on est complètement con.

— Sûr que non, sûr que non...

Un jour Gwenaëlle parla de chevaux, et combien elle avait aimé les juments de Roz-Kelenn dans son enfance.

— Tu lui achèterais un cheval ? demanda Veg à son père.

— Sûr que oui, si tu en trouves un de bon caractère.

Ce fut un petit cheval de course que vendait un éleveur amateur de Roudouallec, une jument de huit ans, placide et douce comme une vieille chienne setter, avec en prime un sulky que Fanch remit à neuf. Une mode tombait à pic : le nettoyage des chemins ruraux, à l'abandon sous les ronces depuis des lustres. Tenant les rênes d'une main et de l'autre un fouet qui ne lui servait à rien, Gwenaëlle faisait de grands tours dans la campagne, en emmenant les mercredis ou les dimanches les enfants de Nicole, fous de joie.

Les roues du cabriolet entraînaient celle de l'éternel recommencement : ainsi que Soizig et Nicole avant elle, Gwenaëlle passa son permis de conduire, Fanch lui acheta une 205 Peugeot, elle reprit contact avec le monde extérieur et au bout de trois ans de congé de maladie, plutôt que d'être mise en invalidité, elle suivit une formation de bibliothécaire, fut embauchée à Quimper, et elle, si calée en français, anglais, allemand, latin et grec, fut attirée par l'apprentissage du breton. Au bout de quelques mois, elle décréta qu'à Roz-Kelenn le breton serait la seule et unique langue des samedis et dimanches ! Fanch en riait comme un bossu, de parler la langue de sa mère avec sa Gwenaëlle. Il n'en revenait pas : on progressait vers l'avenir en remontant vers les sources.

Il n'en revenait pas non plus du miracle qui s'opérait en lui. Alors qu'il s'acheminait vers la dernière heure de l'hiver de sa vie, la sève descendue de son tronc desséché puisait dans ses racines un sang nouveau qui lui irriguait l'esprit de la fierté de son identité bretonne.

Du breton aux danses bretonnes, il n'y avait qu'un pas de gavotte. C'est probablement dans un *fest-noz* que Gwenaëlle rencontra le gars qui allait lui fabriquer un gosse. A sa demande, il faut croire, puisqu'elle laissa tomber l'inconnu une fois l'affaire conclue. En aparté, et à voix très basse, Fanch confia à Nicole en rigolant :

— Elle s'est fait inséminer, quoi !

— Oh là là, ne va pas répéter des choses comme ça devant Gwenaëlle...

— Tu penses bien ! Depuis le temps, j'ai appris à me taire.

De peur qu'elle ne rechute dans la mélancolie, on n'interrogeait pas Gwenaëlle, on la laissait dire quand elle était décidée à parler. Dire « Je vais avoir un bébé », et le mettre au monde comme une formalité, et l'appeler Guénolé, et l'élever à Roz-Kelenn, comme s'il n'y avait rien de plus naturel. Fanch devint encore plus gâteux du fils que de la mère.

— On dirait que c'est le premier petit-fils qu'il a, se plaignait Nicole à Soizig, au téléphone, avec un brin d'acrimonie.

— Tu ne vas pas être jalouse de Gwenaëlle, quand même !

— Non, mais les miens, il ne les a jamais regardés.

— Il s'estimait trop jeune pour être grand-père.

— Tu crois ?

— Sûrement.

Veg épousa sa copine, une Enora, fille d'un marin pêcheur de Douarnenez. Fanch fut invité au mariage et Herveline lui fit dire par Veg que son mari et elle seraient heureux qu'il vienne. Il refusa, disant qu'il ne tiendrait jamais tout le temps d'un repas de noce à cause de cette somnolence qui le prenait après le repas de midi et l'obligeait à faire la sieste jusqu'à quatre heures. Ce n'était pas faux, mais il garda pour lui la raison essentielle de son refus : à cette femme de vingt ans plus jeune que lui, il ne voulait pas donner à contempler un vieillard. Il se fit pardonner sa défection par un chèque royal aux mariés, et reçut en retour, sous album, un choix de photos du mariage, qu'il feuilletait le soir au lit. Herveline n'avait presque pas changé : une femme solide, souriante et certainement, toujours, comme autrefois, comme la première fois qu'ils s'étaient aimés dans la grange en ruine, bonne comme du bon pain.

A leur tour, Veg et Enora fabriquèrent deux enfants, et mis à part le petit Guénolé qu'il avait sous les yeux tous les jours, Fanch commença à confondre cette marmaille : les gosses des gosses de Jeannette, les gosses de Nicole, les gosses des gosses de Nicole et puis maintenant les gosses de son fils naturel, et les noms, et les liens entre tout ce monde-là, cette indénombrable descendance sortie peu à peu, marche après marche de l'escalier du siècle en fin de parcours, de la cabane où Jabel gozh était née à la fin du siècle précédent, dans la misère.

Il y avait de quoi avoir le vertige, et par moments Fanch semblait chanceler, le regard fixe. Au milieu d'un grand repas de midi chez Jeannette, il bafouilla pendant cinq minutes, et puis ça lui passa, jusqu'au samedi, un mois plus tard, où Gwenaëlle, étonnée que les volets restent clos, entra dans la maison au palmier et trouva son père au lit, un œil fermé et la bouche de travers, paralysé d'un côté.

Jeannette et Nicole accoururent, suivies du médecin, qui se montra plus que pessimiste. Le mal était fait, l'accident vasculaire cérébral datait peut-être du début de la nuit, trop tard pour espérer que Fanch récupère ses facultés. Il resta un mois à l'hôpital, où son état ne s'améliora guère. Il avait perdu toute autonomie. Que faire ? Jeannette était une vieille dame, avec sur le dos un René bien mal en point, atteint d'un cancer de la vessie ; Gwenaëlle travaillait et avait son petit garçon ; Nicole était très occupée avec ses petits-enfants, sans compter que sa maison n'était pas adaptée à l'accueil d'un invalide, que de toute façon Ronan rechignerait à héberger, n'ayant jamais pu blairer son beau-père ; quant à Soizig...

A la suite de multiples coups de téléphone, elle trancha la tête aux scrupules :

— Il va avoir quatre-vingt-huit ans, et jusqu'à présent il n'avait souffert de rien... Qui n'en demanderait pas autant ?... Il n'a pas à se plaindre... Personne n'a besoin de culpabiliser, c'est comme ça... La seule solution, c'est la maison de retraite.

On venait de construire une MAPA à la sortie du bourg. Une chambre était libre, dans le secteur des Alzheimer, ce que Fanch n'était pas, mais bon, c'était tout comme, et le directeur de la MAPA, que Jeannette connaissait – qui ne connaissait-elle pas ? –, accepta le dossier de Fanch, d'une simplicité biblique, avec un minimum de paperasses, puisque le malade avait de l'argent.

Jeannette et Nicole installèrent Fanch dans sa chambre, en secteur fermé, où il serait seulement le deuxième homme parmi une dizaine de femmes qui avaient perdu la mémoire. Celle de Jeannette était excellente : à l'exception de trois dames de Quimper, elle put réciter la biographie des malades, en long, en large et en travers des fermes qu'elles avaient exploitées.

L'une d'elles, prenant Fanch pour l'un de ses anciens commis, l'invitait chaque midi à sa table, en le priant d'essuyer d'abord ses bottes sales sur le paillasson et de prendre les patins. Une lueur de haine brillait dans l'œil valide de Fanch, mais il s'asseyait quand même à la table – façon de parler : on poussait son fauteuil roulant pour qu'il complète la table de six, cinq femmes et un homme. « Ton harem, Fanch ! », plaisantaient les femmes de service.

— On s'occupe bien d'eux, disait Nicole à sa tante, pour se rassurer.

— Sûr que oui, acquiesçait Jeannette, tout à fait convaincue. On ne peut pas demander mieux.

Une seule chose la choquait un peu. Après le dîner, servi à six heures du soir, une fille appuyait sur un bouton et tous les volets des chambres du secteur fermé descendaient automatiquement, été comme hiver, pour faire croire aux malades que la nuit était tombée.

— Comme des poules pondeuses dans les élevages industriels, disait-elle. Sauf que là on rallume en pleine nuit, pour qu'elles pondent deux fois en vingt-quatre heures.

Gwenaëlle rendit visite à son père une seule fois, un mois après son admission. C'était un dimanche matin, après le petit déjeuner et les soins d'hygiène. Les malades sur leurs fauteuils roulants étaient alignés dans la salle commune, face à l'écran de télé. Tous la regardaient comme si elle était le messie, la visite espérée depuis des semaines, le sauveur qui allait les sortir de là. Fanch bafouilla quelque chose et tenta de se dresser sur son séant. Gwenaëlle crut comprendre qu'il voulait partir avec elle, et courut vomir dans les toilettes. Au cours des mois qui suivirent, elle s'évertua à contourner le bourg pour ne pas avoir à passer devant la MAPA.

Veg s'y rendait irrégulièrement, au gré de ses disponibilités dans la journée. Le fait que les pensionnaires soient couchés à dix-huit heures trente ne facilitait pas ses visites.

Nicole venait une fois par semaine s'occuper des lainages, qu'elle lavait à la maison. A l'occasion, elle faisait manger un fruit de saison à son père après l'avoir dénoyauté – un abricot, une pêche, quelques cerises. Il appréciait.

Jeannette perdit son René en mars 2002. Ce « cochon-là » – ses propres mots – lui joua un sale tour, en faisant part de ses dernières volontés à ses enfants : pas d'église, et crémation à Carhaix. Trop heureux d'échapper à un enterrement en fanfare, les gosses exigèrent qu'on respecte la volonté du défunt. Au regard des critères de Jeannette, les obsèques de René furent anecdotiques. D'un geste vengeur, elle dispersa ses cendres dans le jardin du souvenir, derrière le crématorium.

— Puisque c'est là que tu as voulu aller, marmonna-t-elle, eh ben, vas-y...

En avril, lorsque Jospin arriva troisième derrière Chirac et Le Pen au premier tour de la présidentielle, elle dit à la photo de René, qui avait malgré tout sa place sur le buffet :

— Tes copains socialistes ont perdu ! Ça t'a servi à quoi d'être entêté ? Même ton Mitterrand est passé par l'église et les gens peuvent aller sur sa tombe. Inciné ré ! Me faire ça à moi !...

Non mais !... De même qu'une mère peut se flatter d'avoir élevé ses enfants dans le droit chemin, une épouse a bien du mérite d'avoir mené son homme très loin, quand il faut pour cela se battre contre ses défauts, mesurer ses cuillerées de sauce, lui cacher son tabac et reboucher sa bouteille de vin après le premier verre. Sûr assez, aurait confirmé Jabel gozh à sa fille, un veuvage tardif à lui seul vaut déjà une décoration. Alors, quelle ingratitude envers celle qui avait prolongé sa vie que d'exiger des obsèques civiles et la dispersion de ses cendres dans un endroit où les chiens viennent pisser ! Ce mépris des coutumes, le refus de ces rites funéraires qui adoucissent tant la peine des affligés, cet impardonnable sacrilège post mortem élargirent grandement son aura de veuve percluse de souffrance morale, qui n'avait pas la tombe d'un défunt mari à fleurir.

C'est en ressassant cet affront qu'elle prit ses habitudes à la MAPA, comme pour veiller à ce que, mort, son frère, lui au moins, n'échappe pas à ses soins protocolaires, veillée, visites, gravure de son nom sur la pierre tombale avant l'inhumation, messe, et à Kerrossignol café-concert d'évocations du passé. Car elle ne doutait pas qu'il partirait avant elle – les gens de l'âge de Fanch, et dans son état, tenaient six mois, un an au grand maximum en maison de retraite –, ni que Nicole lui confierait le rôle de maîtresse de cérémonie, Gwenaëlle papillonnant dans ses hautes sphères et Soizig se fichant de comment serait enterré son père.

Jeannette venait à pied de chez elle, à l'heure du goûter. Elle trottinait dans le jardin de la MAPA, bavardait avec les quelques vieux garçons autorisés à fumer leur cigarette sur un banc, se plaignait de ses maux réels ou imaginaires auprès de l'infirmière si par bonheur elle la croisait, composait sur le digicode le numéro d'accès au secteur fermé, jouait le jeu de la remontée du temps avec les paysannes qui avaient perdu la mémoire – oui, elle avait trait les vaches avant de venir et mis le linge à sécher et préparé le repas des garçons de ferme –, puis s'asseyait un instant à côté de Fanch sanglé sur son fauteuil roulant, estimait la progression de sa décrépitude et ressortait du secteur fermé pour aller prendre le goûter avec les valides, dans la salle à manger, où sa langue était sollicitée. Il y avait là des vieilles copines avec qui évoquer le bon vieux temps et, surtout, la figure légendaire de Jabel gozh que certaines avaient côtoyée quand elles étaient filles de ferme. Ce qui plaisait à Jeannette, c'était d'entendre chanter les louanges de sa mère et d'en recueillir sur sa tête les lauriers.

« Notre mère, c'était vraiment quelqu'un, disait-elle à Fanch. Tout le monde se souvient d'elle. »

La paupière affaissée de son œil valide se levait un peu et il se penchait en avant, comme pour dire qu'il avait compris, ou comme pour demander qu'on desserre sa sangle, ou qu'on change sa couche – allez savoir...

Visiteuse régulière de la MAPA, interlocutrice principale du directeur et de l'infirmière, Jeannette fut prévenue en priorité du décès de Fanch, mort dans son sommeil, le mois des moissons, probablement à l'aube car il était encore tiède à l'heure du lever.

Comme prévu, Nicole s'en remit à sa tante, qui ne laissa échapper aucun détail concernant les obsèques.

— Enfin, on aura fait de notre mieux, soupira-t-elle à l'entrée de l'église.

23

Jeannette jugea bon de préciser sa pensée :

— On aura fait tout notre possible, mais on aurait pu faire mieux, dit-elle en mangeant sa bouche comme le faisait sa mère.

Elle ajouta :

— C'est aussi un lundi, à la même heure, que Jabel gozh a été enterrée. Mais pas dans les mêmes conditions.

Et elle récapitula ce qui n'allait pas, en regard du bel ordonnancement des obsèques d'antan : les petits en habits de tous les jours, le blue-jean de Gwenaëlle, l'absence de curé, le flottement du côté des hommes pour savoir qui allait porter la croix.

Finalement ce fut donc Veg, le fils naturel, qui la dressa droit devant lui comme un pénitent. Le cortège familial se mit en branle, et le mort entra dans l'église.

Jeannette avait l'ouïe fine quand on parlait d'elle. La réflexion des vieilles commères, comme quoi elle ressemblait maintenant à sa mère Jabel gozh, lui parvint à l'oreille, et ne lui déplut pas. Elle tourna la tête pour savoir d'où venait la réflexion, salua d'un coup de menton altier les deux vieilles, des copines de jeunesse, et regarda de nouveau droit devant elle.

Yannig Loussouarn et ses gars empoignaient le cercueil pour le poser sur les tréteaux, décalés à droite par rapport à l'allée centrale. Ce faisant, ils révélèrent à

Jeannette deux personnages que le cercueil lui avait cachés : l'une qu'on n'attendait plus et l'un qu'on n'attendait pas du tout.

Jeannette exulta, étourdie de surprise : ces deux personnes debout au premier rang, c'était l'allègre certitude d'apprendre tout à l'heure, dès la fin des obsèques, quelque chose d'inouï, une nouvelle extraordinaire qui vous enfièvre la vie jusqu'à la fin de vos jours.

De dos, malgré sa nouvelle couleur d'un roux moins soutenu qu'autrefois, c'était l'opulente chevelure de Soizig et, dans une robe à dos nu boutonnée dans le dos et serrée à la taille, c'était sa belle silhouette de presque sexagénaire attentive à sa ligne.

A sa gauche se tenait un homme mince, pas très grand, aux cheveux d'un blanc de neige et à la peau foncée.

— *Ma !* murmura Jeannette. Qui aurait cru...

Elle clopina jusqu'à la chaise à droite de Soizig ; les autres se répartirent sur le reste de la rangée et les deux suivantes derrière. Tout en se penchant pour jeter un coup d'œil furtif sur le compagnon de Soizig, Jeannette salua sa nièce d'un hochement de tête sévère, par lequel elle entendait exprimer un subtil mélange de reproche et de satisfaction. Soizig lui répondit d'un fin sourire, qu'un étranger à la famille aurait qualifié d'énigmatique ou d'ambigu, mais aux yeux de sa tante, qui la connaissait si bien, un sourire sans équivoque : combinant l'affection suave, la pénitence feinte et l'assurance indéfectible, c'était bel et bien un sourire de triomphe.

Jeannette pinça les lèvres. Soizig avait réussi son coup, un sacré coup décisif, impossible à rendre du fond d'un cercueil : le jour de l'enterrement de son père, lui voler la vedette.

Les jambes, les mains, la langue de Jeannette fourmillaient d'impatience. Et les autres, derrière elle, devaient comme elle se trémousser sur leur chaise dans leur hâte de savoir, savoir, savoir, ah oui, savoir qui était l'homme de Soizig.

Rien ne comptait plus.

Ni la messe, dont Jeannette et Nicole avaient choisi les cantiques et les lectures.

Ni les hésitations de la dame à l'harmonium.

Ni mettre des noms sur les gens qui bénirent le cercueil. Quoique... Jeannette fronça les sourcils : ce drôle de couple, ces deux cloches habillées *truilh*[1], il était déjà à l'enterrement de Jabel gozh...

Passons, passons, accélérons, accélérons...

Courons derrière le corbillard jusqu'au cimetière, descendons le cercueil dans la fosse, bénissons, jetons une poignée de terre, embrassons-nous entre gens de la famille et versons un pleur, vraie larme de chagrin ou larme de crocodile...

Paour[2] Fanch, enterré à la va-vite à cause de sa *keben* de fille aînée, songea Jeannette, comme on récite son acte de contrition, sans beaucoup de foi.

Elle pressa le mouvement vers la sortie, au risque de se tordre une cheville sur les gravillons. A l'intérieur d'un cimetière cela ne se fait pas de fumer, ni d'interroger les gens...

— *Ma !* dit-elle à Soizig à peine eurent-elles franchi le portail. Ç'a été une drôle de surprise de te voir à l'église.

— L'avion n'était pas à l'heure.

— L'avion ?

— Oh ! tu sais, en couple on a des tarifs. L'avion coûte moins cher que le train.

— Ah bon ?

---

1. De *truilhek*, en haillons.
2. Pauvre.

Nicole et Gwenaëlle se tenaient en retrait, la première par timidité, la seconde par courtoisie, ou peut-être un brin d'indifférence. Veg, qui affichait le même air mi-hautain, mi-goguenard que son père au temps de son triomphe, patientait à l'écart avec sa femme, dans l'attente d'être jugé par la Parisienne – admis ou non au sein des Goasdoué.

Soizig prit son homme par le bras et se serra contre lui. Il avait la peau foncée, des yeux noirs et des mains fines, aux longs doigts de couturière. Il souriait aimablement à chacun. Il avait cet air doux et juvénile, quel que soit leur âge, de ces gens de pays lointains dont on entendait parfois les noms aux informations et que Jeannette ne pouvait pas situer sur la carte du monde : l'Inde ? le Pakistan ? l'Afghanistan ?

— Bref, reprit Soizig, on s'est dit qu'on n'avait pas le temps de passer à la maison de retraite. Et finalement, c'est vous qui étiez en retard.

— Parce qu'on a poireauté à t'attendre, bougonna Jeannette. Et on n'imaginait pas que tu serais accompagnée...

Soizig eut un petit rire moqueur, secoua sa crinière comme une fille de vingt ans et coupa l'herbe sous les pieds de sa tante :

— Je vous présente Jerry.

— Jerry ? *Ma !* dit Jeannette. Ton père a eu un teckel qui s'appelait comme ça.

Soizig feignit d'être fâchée.

— Tss ! tss ! tss ! Tante Jeannette ! Tu ne vas pas prendre le relais de mon défunt père, me lancer des piques à chaque occasion ?

— Oh ! ce n'était pas une pique, c'était juste pour dire !...

— Jerry est de l'île Maurice. On s'est connus à la Poste et on est mariés depuis onze ans...

Jerry serra toutes les mains qu'on lui tendait. Son sourire était éclatant. Jeannette prit son air chafouin pour demander à Soizig :

— Tes sœurs étaient au courant ?

— Eh oui, ma bonne tante, dit Gwenaëlle.

— Si c'est pas malheureux, alors j'étais la seule à ne pas savoir ?

— Tu n'aurais pas pu t'empêcher de le dire à ton frère, et je n'y tenais pas.

— Peuh !... Et vous avez des enfants ?

— Réfléchis un peu... Onze ans qu'on est ensemble, je n'avais plus tellement l'âge d'en avoir.

— Mais...

— Garde quelques questions pour plus tard, plaisanta Soizig, on va se voir souvent... Jerry et moi, on cherche une petite maison sur la côte, Douarnenez ou le pays bigouden.

— *Ma !* C'est formidable !

Soizig entraîna son mari par le bras, en direction de Veg et de sa femme. Jeannette, Nicole et Gwenaëlle retinrent leur souffle.

— Jerry, je te présente mon demi-frère, Veg.

— Enchanté, dit Jerry en lui serrant la main.

— Et Enora, c'est bien ça ? Sa femme, ma belle-sœur, par conséquent.

— Pas tout à fait, dit Veg. Demi-belle-sœur.

Soizig embrassa Enora et tendit sa joue à baiser à Veg.

— C'est fou ce que tu ressembles à ton père.

– Ça ne donne pas forcément des droits.

Soizig haussa les épaules.

— Ecoute, pour moi tu fais partie de la famille, et ta femme et tes enfants aussi.

— C'est une famille qui nous plaît.

— *Mat tre*, jubila Jeannette, soulagée.

Gwenaëlle accapara Jerry.

— Je suppose que vous parlez anglais, venant de Maurice.

— Oui, oui, je suis bilingue. L'anglais est la langue officielle de Maurice, mais presque tous les Mauriciens parlent français.

Il avait un accent délicieux et sa voix était au diapason de son air, douce comme une caresse. La Parisienne est tombée sur quelqu'un de gentil, songea Jeannette.

— Bon, on ne va pas rester plantés là, dit Soizig. Je suppose que vous avez prévu un café à Kerrossignol ?

— Sans café d'après enterrement il n'y a pas d'enterrement, dit gaiement Jeannette.

— Alors, allons-y ! Le vent devient frisquet pour un mois d'août. Tous ces gosses vont prendre froid.

Soizig jeta un châle sur ses épaules nues et ils se mirent en route, par groupes effilochés, en rameutant les petits-enfants qui se couraient après autour des arbres plantés sur le trottoir. Gwenaëlle attrapa son Guénolé et le tint d'une main ferme tout en devisant avec Jerry, très disert, apparemment. Soizig et Jeannette formaient les deux derniers grains du chapelet. On aurait dit, à voir comment la nièce se montrait attentive à régler son pas sur celui de sa tante, qu'elle avait quelque chose à se faire pardonner. Ou bien alors était-ce de part et d'autre un retour d'affection, après une si longue séparation...

Le couple bizarre sortit du cimetière comme s'il les avait guettés jusque-là et leur emboîta le pas.

— T'as vu ces gogols ? Tu les connais ? chuchota Soizig à Jeannette.

— Ils étaient déjà là à l'enterrement de ta grand-mère, même qu'ils sont venus au café à Kerrossignol. Mais ils étaient partis avant que j'aie eu le temps de leur parler. Ils étaient habillés pareil. Sa robe à elle a bien jauni depuis...

— Tu n'as pas envie de savoir qui c'est ? s'étonna Soizig.

— Bien sûr que si ! Autant que toi. Attends un peu, on va voir...

Jeannette s'arrêta et se retourna.

— Je crois qu'on s'est déjà vus, dit-elle.

Le bonhomme fit trois ou quatre petits pas en avant et se courba un peu. Il aurait frétillé de la queue s'il en avait eu une. Il avait un bon sourire, pas complètement niais, mais pas très intelligent non plus.

— A l'enterrement de Jabel gozh, dit-il.

— *Ma !* Vous connaissiez donc Jabel gozh ?

— On est vos cousins, dit le bonhomme.

La bonne femme ouvrit grand une bouche édentée pour confirmer :

— Oui, oui, hi-hi-hi, vos cousins, hi-hi-hi.

Celle-là était complètement *droch*, il n'y avait pas à se le demander.

— Nos cousins ? piqua Jeannette, paupières plissées. De quel côté ?

— Je suis le petit-fils de Maï-Yann !

— Oui, oui, hi-hi-hi, le petit-fils de Maï-Yann, hi-hi-hi !

— Maï-Yann ? La sœur de Jabel gozh ?

— Oui, oui, la sœur de Jabel gozh.

— Oui, oui, hi-hi-hi, la sœur de Jabel gozh, hi-hi-hi !

— Sa petite sœur qu'elle emmenait mendier avec elle ?

Le cousin et la cousine hochèrent la tête vigoureusement.

— Tu m'en diras tant ! commenta Soizig.

— Tout le monde croyait qu'elle était morte, dit Jeannette.

— Non, non, elle s'est mariée, dit le bonhomme.

— Oui, oui, mariée, hi-hi-hi !

— Vous allez venir avec nous au café à Kerrossignol nous raconter tout ça, leur intima Jeannette.

Ils opinèrent du chef.

— *Ma !* Si Jabel gozh avait su ça, que sa sœur s'était mariée, dit Jeannette. C'est bizarre la vie, quand même…

— Eh ben, la famille s'est agrandie plus que tu ne le pensais, dit Soizig.

Quant à savoir comment, les deux innocents allaient le raconter.

C'était un café d'après enterrement qui promettait…

Le Fossé (Denoël, 1995 ; Editions de la Chapelle, 2003)
Flora des Embruns (Denoël, 1991 ; Editions de la Chapelle, 2003)
Toutes les couleurs du noir (Denoël, 1995), « Omnibus » regroupant 5 titres épuisés
L'Allumeuse d'étoiles (Denoël, 1996 ; Folio Gallimard no 3029, 1998), Prix Populiste 1996
La Tentation du banquier (Denoël, 1998)
Merci de fermer la porte (nouvelles, Denoël, 1999 ; Folio Gallimard no 3560, 2001)
Chroniques d'hier et de demain (Editions Ouest-France, 2004)
L'Argent de la quête (Après la Lune, 2006)
Les Moulins de Yalikavak (Rivages/Noir, n° 617, 2006 ; sous le titre *Ouragan sur les grèbes*, Denoël, 1993)
Fleur d'achélème (Diabase, 2007)
Lettres de Groix et d'ailleurs, correspondance avec Anne Pollier, 1986-1993 (Diabase, 2007)

Jeunesse

Le Monstre du lac Noir (Syros, 1987)
La Croix du Sud (Syros, 1988)
Le Cahier noir (Gallimard Jeunesse, 1992), Prix des Ecrivains de l'Ouest 1992
L'Oisif surmené (Seuil, 1995)
Stang Fall (nouvelle, in *Pages Noires*, collectif, Gallimard Jeunesse, 1995)
L'Or blanc du Loch Ness (Gallimard Jeunesse, 1998)
Singes d'hommes (Nathan, 1999)
Mamie Mémoire (Gallimard Jeunesse, 1999), Prix Chronos 2000, Prix des Incorruptibles 2001
Combien je vous doigt ? (Nathan, 2000)
La Route de la liberté (Gallimard Jeunesse, Folio Junior, 2003)

Littérature de voyage et beaux livres

Journal d'Irlande 1977-1983 (Calligrammes, 1984), Prix des Ecrivains bretons
Journal d'Irlande 1977-1983/1984-1989 (Editions Ouest-France, 1990, et 2002 au format de poche)
Irlande (album, texte illustré de photographies de Bruno Ravalard, Editions Ouest-France, 1992)

Chroniques irlandaises 1990-1995 (Editions Ouest-France, 1995, et 2002 au format de poche)

Petite Prose trans(e)irlandaise (texte accompagnant des photographies de Georges Dussaud in *Variations sur un temps incertain*, Apogée, 1995)

Le Bois bleu (texte accompagnant des aquarelles de Bernard Louviot, in *La Bretagne au fil de ses couleurs*, Editions Ouest-France, 1996)

La Cocaïne des tourbières (Editions Ouest-France, 2000, et 2002 au format de poche)

L'Eternel irlandais (texte accompagnant des photographies de Nutan, Editions du Chêne, 2003)

Abers (texte accompagnant des peintures de Michel Bellion, Editions du Télégramme, 2005)

Traductions

L'Assassin, de Liam O'Flaherty (Joëlle Losfeld, 1994 ; Rivages/Noir no 247, 1996)

Les Robinsons du Connemara, de Guy St John Williams (Editions Ouest-France, collection « Latitude ouest », 2002)

PRODUCTION JEANNINE BALLAND

Romans « Terres de France »

Jean Anglade
Un parrain de cendre
Le Jardin de Mercure
Y a pas d'bon Dieu
La Soupe à la fourchette
Un lit d'aubépine
La Maîtresse au piquet
Le Saintier
Le Grillon vert
La Fille aux orages
Un souper de neige
Les Puysatiers
Dans le secret des roseaux
La Rose et le Lilas
Avec le temps...
L'Ecureuil des vignes
Une étrange entreprise
Le Temps et la Paille
Les Ventres jaunes
Le Semeur d'alphabets
Sylvie Anne
Mélie de Sept-Vents
Le Secret des chênes
La Couze
Ciel d'orage sur Donzenac
La Maîtresse du corroyeur
Un horloger bien tranquille
Un été à Vignols
Jean-Jacques Antier
Tempête sur Armen
Marie-Paul Armand
La Poussière des corons
Le Vent de la haine
La Courée
tome I *La Courée*
tome II *Louise*
tome III *Benoît*
La Maîtresse d'école
La Cense aux alouettes
L'Enfance perdue
Un bouquet de dentelle
Au bonheur du matin
Le Cri du héron
Le Pain rouge
Victor Bastien
Retour au Letsing
Henriette Bernier
L'Enfant de l'autre
L'Or blanc des pâturages
L'Enfant de la dernière chance
Le Choix de Pauline
Françoise Bourdon
La Forge au Loup
La Cour aux paons
Le Bois de lune
Le Maître ardoisier
Les Tisserands de la Licorne
Le Vent de l'aube
Les Chemins de garance
Patrick Breuzé
Le Silence des glaces
La Grande Avalanche
La Malpeur
Nathalie de Broc
Le Patriarche du Bélon
La Dame des Forges
La Tresse de Jeanne
Annie Bruel
Le Mas des oliviers
Les Géants de pierre
Marie-Marseille
Michel Caffier
Le Hameau des mirabelliers
La Péniche Saint-Nicolas
Les Enfants du Flot
La Berline du roi Stanislas
La Plume d'or du drapier
L'Héritage du mirabellier
Jean-Pierre Chabrol
La Banquise
Claire Chazal
L'Institutrice
Didier Cornaille
Les Labours d'hiver
Les Terres abandonnées
Etrangers à la terre
L'Héritage de Ludovic Grollier
L'Alambic

Georges Coulonges
Les Terres gelées
La Fête des écoles
La Madelon de l'an 40
L'Enfant sous les étoiles
Les Flammes de la Liberté
Ma communale avait raison
Les blés deviennent paille
L'Eté du grand bonheur
Des amants de porcelaine
Le Pays des tomates plates
La Terre et le Moulin
Les Sabots de Paris
Les Sabots d'Angèle
La Liberté sur la montagne
Les Boulets rouges de la Commune
Anne Courtillé
Les Dames de Clermont
Florine
Dieu le veult
Les Messieurs de Clermont
L'Arbre des dames
Le Secret du chat-huant
L'Orfèvre de Saint-Séverin
Paul Couturiau
En passant par la Lorraine
Annie Degroote
La Kermesse du diable
Le Cœur en Flandre
L'Oubliée de Salperwick
Les Filles du Houtland
Le Moulin de la Dérobade
Les Silences du maître drapier
Le Colporteur d'étoiles
La Splendeur des Vaneyck
Les Amants de la petite reine
Alain Dubos
Les Seigneurs de la haute lande
La Palombe noire
La Sève et la Cendre
Le Secret du docteur Lescat
Constance et la Ville d'Hiver
Marie-Bernadette Dupuy
L'Orpheline du bois des Loups
Les Enfants du Pas du Loup
La Demoiselle des Bories
Le Chant de l'Océan
Elise Fischer
Trois Reines pour une couronne
Les Alliances de cristal
Mystérieuse Manon
Le Soleil des mineurs
Les cigognes savaient
Laurence Fritsch
La Faïencière de Saint-Jean
Alain Gandy
Adieu capitaine
Un sombre été à Chaluzac
L'Enigme de Ravejouls
Les Frères Delgayroux
Les Corneilles de Toulonjac
L'Affaire Combes
Les Polonaises de Cransac
Le Nœud d'anguilles
L'Agence Combes et Cie
Suicide sans préméditation
Fatale Randonnée
Une famille assassinée
Gérard Georges
La Promesse d'un jour d'été
Les Bœufs de la Saint-Jean
L'Ecole en héritage
Le Piocheur des terres gelées
Les Amants du chanvre
Denis Humbert
La Malvialle
Un si joli village
La Rouvraie
L'Arbre à poules
Les Demi-Frères
La Dernière Vague
Yves Jacob
Marie sans terre
Les Anges maudits de Tourlaville
Les blés seront coupés
Une mère en partage
Hervé Jaouen
Que ma terre demeure
Au-dessous du calvaire
Les Ciels de la baie d'Audierne
Michel Jeury
Au cabaret des oiseaux
Guillemette de La Borie
Les Dames de Tarnhac
Le Marchand de Bergerac
Jean-Pierre Leclerc
Les Années de pierre
La Rouge Batelière
L'Eau et les Jours
Les Sentinelles du printemps

Un amour naguère
Julien ou l'Impossible Rêve
Hélène Legrais
Le Destin des jumeaux Fabrègues
La Transbordeuse d'oranges
Les Herbes de la Saint-Jean
Les Enfants d'Elisabeth
Louis-Jacques Liandier
Les Gens de Bois-sur-Lyre
Les Racines de l'espérance
Jean-Paul Malaval
Le Domaine de Rocheveyre
Les Vignerons de Chantegrêle
Jours de colère à Malpertuis
Quai des Chartrons
Les Compagnons de Maletaverne
Le Carnaval des loups
Les Césarines
Grand-mère Antonia
Une maison dans les arbres
Une reine de trop
Une famille française
Le Crépuscule des patriarches
Dominique Marny
A l'ombre des amandiers
La Rose des Vents
Et tout me parle de vous
Jouez cœur et gagnez
Pascal Martin
Le Trésor du Magounia
Le Bonsaï de Brocéliande
Les Fantômes du mur païen
La Malédiction de Tévennec
Louis Muron
Le Chant des canuts
Henry Noullet
La Falourde
La Destalounade
Bonencontre
Le Destin de Bérengère Fayol
Le Mensonge d'Adeline
L'Evadé de Salvetat
Les Sortilèges d'Agnès d'Ayrac
Le Dernier Train de Salignac
Michel Peyramaure
Un château rose en Corrèze
Les Grandes Falaises
Frédéric Pons
Les Troupeaux du diable
Les Soleils de l'Adour
Passeurs de nuit
Jean Siccardi
Le Bois des Malines
Les Roses rouges de décembre
Le Bâtisseur de chapelles
Le Moulin de Siagne
Un parfum de rose
La Symphonie des loups
La Cour de récré
Bernard Simonay
La Fille de la pierre
La Louve de Cornouaille
Jean-Michel Thibaux
La Bastide blanche
La Fille de la garrigue
La Colère du mistral
L'Homme qui habillait les mariées
La Gasparine
L'Or des collines
Le Chanteur de sérénades
La Pénitente
L'Enfant du mistral
Jean-Max Tixier
Le Crime des Hautes Terres
La Fiancée du santonnier
Le Maître des roseaux
Marion des salins
Le Mas des terres rouges
Brigitte Varel
Un village pourtant si tranquille
Les Yeux de Manon
Emma
L'Enfant traqué
Le Chemin de Jean
L'Enfant du Trièves
Le Déshonneur d'un père
Blessure d'enfance
Mémoire enfouie
Louis-Olivier Vitté
La Rivière engloutie
L'Enfant des terres sauvages
Colette Vlérick
La Fille du goémonier
Le Brodeur de Pont-l'Abbé
La Marée du soir
Le Blé noir

Biographie

Michel Caffier
Le Découvreur du Mississippi

Récit « Terres de France »

Albine Novarino
George Sand ou l'Amour du Berry

Collection « Sud Lointain »

Sylvie Anne
L'Appel de la pampa
Jean-Jacques Antier
Marie-Galante, La Liberté ou la Mort
La Dame du Grand-Mât
Le Sixième Condamné de l'Espérance
Erwan Bergot
Les Marches vers la gloire
Sud lointain
tome I *Le Courrier de Saïgon*
tome II *La Rivière des parfums*
tome III *Le Maître de Bao-Tan*
Rendez-vous à Vera-Cruz
Mourir au Laos
Jean Bertolino
Chaman
Fura-Tena
Anne Courtillé
Le Mosaïste de Constantinople
Paul Couturiau
Le Paravent de soie rouge
Le Paravent déchiré
L'Inconnue de Saigon
Les Amants du fleuve Rouge
Le Pianiste de La Nouvelle-Orléans
Les Brumes de San Francisco
Paradis perdu
Annie Degroote
L'Etrangère de Saint-Pétersbourg
Alain Dubos
Acadie, terre promise
Retour en Acadie
La Plantation de Bois-Joli
La Baie des maudits
Elise Fischer
L'Enfant perdu des Philippines
Hubert Huertas
L'Orque de Magellan
Hervé Jaouen
L'Adieu au Connemara
Le Testament des McGovern
Diane Lacombe
L'Hermine de Mallaig
Eric Le Nabour
Orages sur Calcutta
Les Démons de Shanghai
Les Jardins d'Istanbul
Sonia Marmen
La Vallée des larmes
La Saison des corbeaux
La Terre des conquêtes
La Rivière des promesses
Dominique Marny
Du côté de Pondichéry
Les Nuits du Caire
Cap Malabata
Du côté de Bombay
Juliette Morillot
Les Orchidées rouges de Shanghai
Michel Peyramaure
Le Pays du Bel Espoir
Les Fleuves de Babylone
Les Tambours sauvages
Le Temps des moussons
Les Roses noires de Saint-Domingue
Bernard Simonay
Les Tigres de Tasmanie
La Dame d'Australie
Princesse maorie

Jean-Michel Thibaux
La Fille de Panamá
Tempête sur Panamá
La Pyramide perdue
La Cinquième Courtisane

Colette Vlérick
Le Domaine du belvédère

Romans

Hubert Huertas
Nous jouerons quand même ensemble
La Passagère de la « Struma »
Terminus Pondichéry

Denis Humbert
Un été d'illusions

Dominique Marny
Mes nuits ne sont pas les vôtres

Michel Peyramaure
Le Roman de Catherine de Médicis

Jean-Michel Thibaux
Le Roman de Cléopâtre

Composé par Nord Compo
à Villeneuve-d'Ascq

Achevé d'imprimer sur les presses de

BUSSIÈRE

GROUPE CPI

à Saint-Amand-Montrond (Cher)
en octobre 2007